W0204088

STERNENFAUST

Band 1

Alfred Bekker / Christian Montillon / Luc Bahl

EIN NEUER CAPTAIN

Mohlberg Verlag

Heinz Mohlberg Verlag
Hermeskeiler Str. 9
50935 Köln
Bestellungen und Abonnements:
Fon 0221 / 43 80 54 & 0170 / 94 47 580
Fax 0221 / 43 00 918
heinz@mohlberg-verlag.de
www.mohlberg-verlag.de

1. Auflage

Titelbilder und Logo: Arndt Drechsler
Covermontage, Satz & Layout: Andrea Velten – Factor 7
Druck & Bindung: Schaltungsdienst Lange Berlin
© der Originalausgabe: STERNENFAUST *(# 1 Ein neuer Captain,*
 # 2 Angriff der Kridan, # 3 Die Welt der Mantiden),
© 2005 by Bastei Verlag, Bergisch Gladbach. Mit freundlicher
Genehmigung der Verlagsgruppe Lübbe und Co. KG.
© 2008 Mohlberg-Verlag
Alle Rechte vorbehalten

ISBN: 978-3-940181-46-6

Tribute to Honor – oder: Ehre, wem Ehre gebührt

Es muss im Herbst 2004 gewesen sein, da saß ich in einem Büro der Verlagsgruppe Lübbe in Bergisch Gladbach dem Lektor Holger Kappel gegenüber, mit dem ich schon bei VAMPIRE, BAD EARTH und SCHATTENREICH zusammengearbeitet hatte. Es ging um die geplante neue Science Fiction-Serie namens STERNENFAUST. Holger Kappel hatte das Grundkonzept dafür erarbeitet und ich sagte ihm ganz ehrlich meine Meinung dazu. Den Hintergrund fand ich klasse, aber ich fand es keine gute Idee, eine Frau zur Hauptfigur zu machen. »Das geht nicht«, sagte ich. »Unsere männliche Zielgruppe läuft uns weg, weil sie dann Beziehungsdramen fürchtet.«

»Doch, Alfred, das geht schon – es hängt von der Umsetzung ab«, sagte mir mein Lektor dann und gab mir den ersten Band der HONOR HARRINGTON-Serie von David Weber. »Lies das hier, dann verstehst du, was ich meine.«

Ein paar Tage später saß ich im Flieger nach Wien. Der Carl Ueberreuter Verlag hatte mich zu seiner halbjährlichen Vertretertagung eingeladen, um das Buch *Verschwörung gegen Baron Wildenstein,* den Startband meiner Tatort Mittelalter-Serie vorzustellen, der in diesen Tagen übrigens bei dtv als Taschenbuch nachgedruckt wird.

Auf diese Weise hatte ich tatsächlich Zeit genug, den Weber-Roman zu lesen.

Der Titel lautete *Auf verlorenem Posten.* Als der Geschäftsführer des Ueberreuter-Verlages dieses Buch während einer der Pausen bei mir sah, sagte er zu mir: »Ja, aber hier bei uns im Ueberreuter-Verlag sind Sie auf keinen Fall *auf verlorenem Posten*!« Recht hatte er, denn ich habe seitdem zehn Bücher für dieses Haus geschrieben.

Nachdem ich *Auf verlorenem Posten* gelesen hatte, musste ich Holger recht geben. So konnte man es machen.

Nummer 1 musste dann aufgrund verschiedener verlagsinterner Umstände recht schnell geschrieben werden – was aber gut war, denn so gab es keine Möglichkeit lange darüber nachzudenken, wie irgendwelche Mini-Reich-Ranickis den Band in ihren Foren vielleicht zerreißen würden. Einen ganzen Nachmittag hatte ich zuvor mit Holger telefoniert. Ich hatte das Exposé für Band 1 verfasst und nun ging es darum, verschiedene (auch technische) Details zu klären und festzulegen. Das Wichtigste an einem Nummer 1-Band ist nämlich nicht, sich zu überlegen, was man schreibt, sondern sich darüber Gedanken zu machen, was man besser *nicht* schreibt, um die Serie nicht schon von Anfang an dramaturgisch zu töten. So haben wir gemeinsam den Hintergrund hier und da ergänzt oder modifiziert und dabei immer die Frage im Hinterkopf gehabt, welche Auswirkung das alles auf eine weitere Entwicklung hat. Fünf Tage habe ich an dem Roman geschrieben und ihm zunächst den Titel *Die erste Mission* gegeben, den Holger dann in *Ein neuer Captain* umgeändert hat.

Unter dem – dadurch frei gewordenen – Titel *Die erste Mission* erschien dann ja bekanntermaßen mein erstes STERNENFAUST-Hardcover im Zaubermond-Verlag.

Die Serie erreicht nun die magische Bandzahl Hundert und erlebt jetzt sogar eine Zweitauflage im Mohlberg Verlag. Es ist lange her, dass eine SF-Serie das trotz aller Widrigkeiten geschafft hat.

Darüber freut sich

Alfred Bekker

Im November 2007 erreichte mich die Anfrage des Bastei-Verlages, ob Interesse bestände, Sternenfaust als Buchausgabe herauszugeben, um so den Lesern die Gelegenheit zu geben, die schon lange vergriffenen und gesuchten Romane wieder in die Finger zu bekommen.

Ich hatte Alfred Bekker einige Zeit vorher schon von meinem Interesse an einer Neuauflage berichtet – wir telefonieren immer wieder gerne miteinander; Alfred hat schließlich schon an einigen Projekten des Mohlberg-Verlages mitgearbeitet.

Nachdem Ende 2007 der Abschluss von Bad Earth als Nachdruck bei uns erschien, war es eigentlich nur ein kleiner Schritt hin zu Sternenfaust.

Allerdings zog sich die Verwirklichung länger als geplant hin – es dauerte rund ein ¾ Jahr, bis alles unter Dach und Fach war.

Dafür kommt die Neuauflage aber nun mehr oder weniger pünktlich zu einem ›historischen‹ Moment.

Sternenfaust ist die erste SF-Serie außerhalb von Pabel/Moewig, die die magische Zahl 100 ›knackt‹. Maddrax, die Serie, die bestimmt eine Menge Vorarbeit geleistet hat, ist ein Genremix; ich beziehe mich hier auf reine SF-Serien.

Und ich freue mich, diese spannende Serie, nun auch im eigenen Verlag beheimaten zu können; sie bietet eine willkommene Ergänzung zu unseren anderen Reihen und Serien (Infos dazu auf der Verlagsseite

www.mohlberg-verlag.de <http://www.mohlberg-verlag.de>).

Bevor ich Sie zu den Romanen ›entlasse‹, kurz ein paar Informationen zu der geplanten Erscheinungsweise.

Es sollen pro Jahr acht Buchausgaben mit dem Inhalt von jeweils drei Heftromanen und den Originaltitelbildern in Farbe erscheinen – dies entspricht 24 Heftromanen. Jeweils zwei Bücher werden vierteljährlich zusammen ausgeliefert; 2008 starten wir noch mit vier Büchern durch.

Und jetzt genug der Vorrede, viel Spaß mit den ersten Abenteuern der Sternenfaust.

Ihr/Euer
Heinz Mohlberg

BASTEI
STERNEN FAUST
Ein neuer Captain
Band 1 • Deutschland 1,50 €
Österreich 1,80 € • Schweiz 3,00 CHF
Belgien 1,80 € / Luxemburg 1,80 € / Niederlande 1,80 € / Frankreich 1,80 €
Italien 1,80 € / Spanien 2,10 € / Griechenland 2,10 € / Portugal cont. 2,10 €
00001
4 196718 901503

Ein neuer Captain

von Alfred Bekker

Etwa dreißig Raumschiffe hatten sich am Rand des Trident-Systems versammelt und eine Kampfformation eingenommen, wie sie bei den Einheiten des Space Corps üblich war. Die Leichten Kreuzer und Zerstörer bildeten die Flanken, während sich die größeren und stärker bewaffneten Schweren Kreuzer im Innenbereich der Formation befanden. Im Zentrum richteten zwei Schlachtschiffe der Dreadnought-Klasse ihre Raumgeschütze aus. Die Flotte erwartete ihren weit überlegenen Feind, einen Verband von über vierzig Kriegsschiffen der vogelartigen Kridan. Ein Durchbruch dieser Raum-Armada wäre für die Menschheit einer Katastrophe gleichgekommen. Wenn die kriegerischen Aliens hier siegten, konnten sie tief in den Kernbereich des Verbundes der Solaren Welten eindringen.

Aber mit Verstärkung konnten die Verteidiger nicht rechnen ... Die Kridan-Schiffe näherten sich und gingen sofort zum Angriff über. Schon trafen den ersten Zerstörer mehrere Graser-Strahlen in die Triebwerkssektion. Das Raumschiff wurde für Sekunden zu einem Glutball, der schließlich verlosch und nur einige wenige strahlenverseuchte Trümmerteile zurückließ ...

Commander Dana Frost schluckte. Die Anspannung war der 32-jährigen deutlich anzusehen. Das fein geschnittene, von kurzem schwarzem Haar umrahmte Gesicht verriet volle Konzentration. Ihr Blick war auf den großen Panorama-Sichtschirm gerichtet, dessen Drei-D-Effekte ein verblüffend naturgetreues Bild der räumlichen Verhältnisse bot.

Das Licht des roten Riesen schimmerte matt. Ein Schatten malte sich am Rand der glutfarbenen Scheibe ab und wanderte langsam den Sonnenäquator entlang. Es handelte sich um einen Gasriesen mit fünffacher Jupitermasse, der sein Zentralgestirn in einer extrem engen Umlaufbahn umkreiste.

Im Vordergrund tobte das Raumgefecht zwischen der überlegenen Kridan-Flotte und den Einheiten des Space Corps des Solaren Weltenbundes.

Die Raumer der Vogelartigen bremsten ab. Das Aufflammen der Gegenschubdüsen war deutlich zu erkennen und erleichterte die optische Ortung. Aufgrund ihrer hohen Geschwindigkeit beim Erreichen des Trident-Systems wären die Kridan-Schiffe ansonsten mit beinahe fünfzig Prozent der Lichtgeschwindigkeit auf ihre Gegner zugerast. Die Wahrscheinlichkeit von Kollisionen war dabei verschwindend gering. Sie wären vermutlich einfach an den Space Corps-Schiffen vorbei oder sogar durch ihren Verband hindurchgerast. Das entsprach allerdings eher der auf der Bewaffnung basierenden Taktik des Space Corps, und die Vogelähnlichen wären eine leichte Beute für die Geschütze der Verteidiger geworden.

Aber die Kridan wussten sehr wohl, wie man eine Raumschlacht führte. Sie waren gewiefte Taktiker und nach allem, was man über die Geschichte der Vogelartigen wusste, verfügten sie über eine Kampferfahrung im Raumkrieg wie sonst kaum eine andere Spezies im bekannten Universum. So etwas wie einen dauerhaften Frieden schienen sie nicht zu kennen.

Im Jahr 2236 waren Raumschiffe der Menschheit zum ersten Mal auf die Kridan gestoßen und sofort angegriffen worden. Ein grausam geführter Krieg hatte in den nächsten drei Jahren getobt und auf beiden Seiten ungezählte Opfer gefordert.

Wer hätte gedacht, dass ausgerechnet das Trident-System zum Ort der Entscheidung wird!, ging es Commander Dana Frost durch den Kopf, während sie verfolgte, wie die Kridan den Schiffen des Space Corps konzentriertes Graser-Feuer entgegenschleuderten. Diese Strahlenwaffe ermöglichte vor allem einen zielgenauen Beschuss aus der Distanz. Die Schiffe des Space Corps hingegen verfügten mit ihren Gauss-Kanonen über eine ungleich größere Feuerkraft, hatten aber deutliche Nachteile bei der Treffsicherheit. Die Taktik der Kridan lag daher auf der Hand. Sie hielten einen größtmöglichen Abstand zum Gegner und zueinander, der es ihnen ermöglichte, dem Dauerfeuer der Space Corps-Raumer zu entgehen.

Der Kampf war in vollem Gang.

Die kugelförmigen Schiffe der Kridan setzten ihre Graser mit erschreckender Zielsicherheit ein. Ein weiterer Zerstörer und ein leichter Kreuzer gingen verloren, während eines der beiden Dreadnought-Schiffe immerhin den Plasma-Schirm einbüßte, als er unter konzentriertes Graser-Dauerfeuer geriet.

Die Lage ist hoffnungslos, dachte Dana. *Wie man es auch dreht und wendet, wir haben letztlich keine Chance.*

Daran änderten auch vereinzelte Erfolge der Space Corps-Schiffe nichts, denen es gelang, einen Kridan-Raumer mit Dauerfeuer zu belegen.

Tausende von auf halbe Lichtgeschwindigkeit beschleunigte Geschosse durchschlugen dann jede nur denkbare Panzerung. Sauerstoff trat in gefrierenden Fontänen aus, der Druckabfall war je nach Trefferzahl rapide und wenn Triebwerke oder Energiesysteme getroffen wurden, kam es zur Explosion.

Die Schiffe des Space Corps wehrten sich tapfer. In breiter Kampfformation kamen sie den Kridan-Schiffen entgegen, die auf einen Ausweichkurs einschwenkten. Ihre Kommandanten wussten genau, dass es ihr Tod war, wenn sie dem Dauerfeuer ihrer Gegner zu nahe kamen …

Ein Summton ertönte.

Dana betätigte wie beiläufig einen Schalter und aktivierte damit eine Interkom-Verbindung.

Auf einem Nebenbildschirm erschien das Gesicht von Admiral Norman Fabri, seines Zeichens Chef der Personalverwaltung des Space Corps. »Ich würde Sie gern umgehend sprechen, Commander.«

Dana nahm unwillkürlich Haltung an. »Ja, Sir. Kommen Sie herein!«

»Sie werden Ihre Simulation unterbrechen müssen, Commander Frost.«

»Das macht nichts, Sir.«

»Wie Sie meinen.«

Im nächsten Moment glitt die Schiebetür ihres Quartiers zur Seite, und Admiral Fabri betrat den Raum. Er war ein großer, breitschultriger Mann mit grauen, kurz geschorenen Haaren, durch die die Kopfhaut hindurchschimmerte.

Dana salutierte.

»Stehen Sie bequem, Commander«, sagte der Admiral und ließ den Blick schweifen.

Das Schlachtgeschehen auf dem großen Panoramaschirm war wie gefroren. Ein Kridan-Schiff detonierte gerade.

Der Admiral deutete auf die dunkle Scheibe des Gasriesen, der sich deutlich sichtbar als dunkler, kreisrunder Fleck vor dem roten Hintergrund seines Zentralgestirns abhob.

»Die Schlacht um das Trident-System am 11. September des Jahres 2239«, erkannte Fabri sofort. »Fast genau elf Jahre ist es jetzt her, dass unsere Flotte dort den entscheidenden Sieg gegen eine zahlenmäßig weit überlegene Armada von Kridan-Schiffen errang und den Geierköpfen so starke Verluste zufügte, dass sie sich zurückzogen und sogar zu einem Waffenstillstand bereit waren.«

»Einem unerklärten Waffenstillstand, Sir«, ergänzte Dana Frost.

Das war ein Punkt, der ihr wesentlicher schien. Die Kridan hatten niemals erklärt, dass sie Frieden oder auch nur Koexistenz mit der Menschheit oder irgendeiner anderen raumfahrenden Spezies für möglich oder wünschenswert hielten.

Tatsache war nur, dass sie sich nach der Schlacht im Trident-System zurückgezogen und ihre Expansion bislang nicht weiter fortgesetzt hatten.

Die Ursachen dafür waren letztlich nicht bekannt, auch wenn es zu diesem Punkt zahllose Spekulationen gab.

Der Admiral hing einige Augenblicke lang an der Schlachtsimulation, die auf dem großen Panoramaschirm dargestellt wurde, überflog anschließend kurz die Anzeigen auf den verschiedenen Displays und Kontrollbildschirmen, ehe er sich schließlich wieder Dana zuwandte.

»Was interessiert Sie so sehr an der Trident-Schlacht?«, fragte er.

»Sie war ein Wendepunkt im Krieg gegen die Kridan«, erklärte Dana. »Einem Konflikt, bei dem wir damit rechnen müssen, dass er jederzeit wieder aufflammen kann!«

Fabri nickte. »Dieser Analyse stimme ich zu, auch wenn im Rat derzeit Debatten darüber geführt werden, ob man die Mittel des Space Corps nicht besser kürzen und in andere Bereiche stecken sollte – nun, da die Kridan schon seit über einem Jahrzehnt nicht mehr angegriffen haben.«

»Ich bin nicht dieser Ansicht, Sir«, bekannte Dana.

Fabri lächelte. »Das ist wahrscheinlich kaum jemand, der im Corps dient.« Er deutete erneut auf das erstarrte Bild in der Simulation. »Sie haben den Simulator der Flottenakademie recht häufig aufgesucht und dabei immer wieder die Schlacht um das Trident-System mit geringen Variationen ablaufen lassen. Ich wiederhole meine Frage: Was ist der Grund für diese Hartnäckigkeit, Frost?«

»Die Tatsache, dass wir die Schlacht damals nicht hätten gewinnen dürfen, Sir.«

Fabri runzelte die Stirn. »Wie soll ich das verstehen? Wir haben die Schlacht doch schließlich gewonnen und die verdammten Geierköpfe zurück in ihr Territorium gejagt!«

»Sir, ich bin mir nicht sicher, ob es wirklich unsere Flotte war, die den Gegner zum Rückzug veranlasste. Die Kridan hätten leicht Verstärkung herbeiholen können. Mindestens fünfzig Raumschiffe wurden laut Logbuch der KAVANAUGH beim Übergang in den Unterlichtflug geortet. Sie hätten ihren Einheiten zu Hilfe eilen können, aber sie haben sich stattdessen ebenso zurückgezogen wie alle anderen Kridan-Schiffe.«

»Eine interessante Überlegung mit militärhistorischen Implikationen erster

Güte«, gestand der Admiral zu. »Ich weiß, dass Sie an der Akademie im Fach Taktik und Militärhistorie Bestnoten hatten, aber vielleicht ist Ihnen doch etwas entgangen, Commander Frost.«

Dana hob die Augenbrauen. »Ich weiß nicht, wovon Sie sprechen, Sir.«

»Ich spiele auf die gewaltigen Verluste an, die in einer bestimmten Phase der Schlacht unter den Kridan-Schiffen auftraten.«

»Das war nur eine vorübergehende Phase, Sir. Ich habe alle relevanten Parameter der Schlacht in das Simulationsprogramm eingegeben und es immer wieder ablaufen lassen. Und zwar im Gegensatz zu den Ereignissen, die wir aus den Geschichtsbüchern kennen, bis *zum Ende*. Das Ergebnis war immer dasselbe. Die Schiffe des Space Corps konnten den Kridan-Einheiten auf die Dauer nicht standhalten. Selbst wenn man das ohnehin schon brillante taktische Verhalten unserer damaligen Flotte noch nachträglich optimiert oder …«

»… oder das Programm unter der Voraussetzung ablaufen lässt, dass wir damals schon unsere heutigen Plasma-Schirme gehabt hätten, mit denen die Wirkung der Graser zumindest … abgemildert wird«, ergänzte Admiral Fabri, während sein Blick an einem der Displays haften blieb. »Eine interessante Variation, die Sie da eingegeben haben, das muss ich zugeben.« Er drehte sich herum und sah Dana offen in die Augen. »Leider bin ich aus dienstlichen Gründen hier und nicht, um mit Ihnen über Schlachten der Vergangenheit zu sprechen. So sehr ich dieses Gespräch auch genieße. Waren Sie damals überhaupt schon im aktiven Dienst, Commander?«

»Ja, ich war gerade Fähnrich auf der Dreadnought NEW CALIFORNIA geworden und diente im taktischen Stab von Admiral Müller, dessen Flottenverband die Einheiten im Trident-System unterstützen sollte. Allerdings kamen wir dort erst an, als schon alles vorbei war.«

»Und das nagt bis heute an Ihnen, nicht wahr?«

»Sie wollten etwas mit mir besprechen, Sir«, wich Dana einer Stellungnahme aus.

Der Admiral nickte. »Ihre Beförderung zum Commander ist ja inzwischen durch. Commodore Jackson dürfte Ihnen Ihre Urkunde bereits überreicht haben.«

»Ja, Sir.«

»Jetzt geht es um die Einführung in Ihr neues Kommando.«

»Die STERNENFAUST liegt doch noch im Orbitalen Dock«, gab Dana zu bedenken.

»Das ist richtig. Aber traditionellerweise wird die Übergabe eines Kommandos immer an Bord durchgeführt und nicht in irgendeinem Amtszimmer. Davon abzuweichen hieße, den geballten Aberglauben der Flotte gegen sich zu haben, denn das soll angeblich Unglück bringen. Morgen früh um neun wird Sie ein Gleiter von Ihrem Appartement abholen und zum Raumhafen von New L. A. bringen. Ich werde auch dort sein. Ein Shuttle bringt uns zum Dock 13, wo die STERNENFAUST derzeit liegt. Ein Teil der Mannschaft – darunter auf jeden Fall alle Offiziere – wird zu diesem Zeitpunkt bereits dort sein und Sie erwarten.«

»Ich verstehe.«

»Wenn Sie wollen, packen Sie gleich Ihre persönlichen Sachen ein und beziehen Ihre Kabine«, schlug der Admiral vor. »Sie haben zwar derzeit keine eigentliche Aufgabe an Bord, aber die Crewmitglieder, die momentan schon Dienst tun, um die Systeme einzurichten, lernen Sie dann umso früher kennen. Ich denke, das kann nicht schaden.«

»Das sehe ich genauso, Sir.«

»Ich soll Ihnen offiziell noch nichts davon sagen, aber ich tue es trotzdem. Wir werden morgen einen außerordentlich prominenten Gast an Bord der STERNENFAUST haben.«

Frost hob etwas irritiert die Augenbrauen. »Ein Gast? Wer sollte das sein?«

»Admiral Gregor Rudenko!«

Dana konnte ihre Verblüffung kaum verbergen. Rudenko war zwar noch immer Mitglied des Space Corps, hatte inzwischen aber eine politische Karriere als Mitglied des Solaren Rates gemacht, wo er Anführer jener in letzter Zeit arg in die Defensive geratenen Gruppierung war, die sich vehement gegen eine Kürzung des Flottenetats wehrte und nicht müde wurde, vor der im Hintergrund lauernden Kridan-Gefahr zu warnen.

»Das ist wirklich eine Überraschung«, gab Dana unumwunden zu.

»Ich habe keine Ahnung, weshalb Admiral Rudenko darauf bestanden hat, an der Zeremonie teilzunehmen. An Ihrer Stelle würde ich es einfach als Ehre betrachten.«

***

Orbital-Shuttle 213-A verließ die Stratosphäre und erreichte den erdnahen Weltraum.

Neben dem zweiköpfigen Pilotenteam, das sich in der Steuerkabine befand, waren insgesamt nur drei Passagiere an Bord. Außer Admiral Norman Fabri und Commander Dana Frost saß noch Commodore Kim Ray Jackson im Aufenthaltsraum des Shuttle.

Jackson war, was die Laufbahnverwaltung betraf, Danas direkter Vorgesetzter. Sein Kopf war vollkommen kahl, obwohl er noch keine vierzig war. Sie wusste, dass dies keine modische Extravaganz war, sondern Folge einer Strahlenverseuchung, die er bei der Havarie der NEW CALIFORNIA während der Schlacht im Trident-System erlitten hatte – damals noch im Rang eines Lieutenants.

Nach verheerenden Graser-Treffern durch die angreifenden Kridan-Schiffe waren Teile der Triebwerkssektion explodiert und es war zu einer Verstrahlung ganzer Decks gekommen.

Jackson hatte zu jenen gehört, die durch ihren Einsatz im verseuchten Bereich die Explosion des gesamten Schiffs hatten verhindern können. Manövrierunfähig war die NEW CALIFORNIA bis zum Ende der Schlacht auf den Gasriesen Trident I zugetrieben, bis es endlich anderen Einheiten der Flotte gelungen war, die Überlebenden an Bord zu nehmen.

Dana kannte aufgrund ihrer intensiven Beschäftigung mit dem Hergang der Trident-Schlacht jedes in den Akten verzeichnete Detail dieser Geschichte.

Schon deshalb genoss Commodore Kim Ray Jackson in ihren Augen höchsten Respekt. Ein Respekt, der so hoch war, dass sie sich in seiner Gegenwart immer etwas befangen fühlte. Er hatte in einer sehr kritischen Situation Verantwortung übernommen – und zwar ohne Rücksicht auf sein eigenes Leben oder seine Gesundheit.

Beim Dienst im Space Corps waren viele vergleichbare Situationen denkbar, und seit sie von Jacksons Rolle in der Schlacht um das Trident-System wusste, fragte sie sich, ob sie selbst dazu im entscheidenden Moment in der Lage wäre.

Commodore Jackson hatte in einem der Schalensitze im Passagierbereich Platz genommen, die Beine übereinander geschlagen und las per Handreader ein eBook, während Admiral Fabri einen Syntho-Drink genoss.

»Admiral Rudenko kommt mit seinem eigenen Orbitalshuttle zur STERNENFAUST«, erklärte Fabri. »Rang hat eben seine Privilegien.«

Jackson blickte auf. »Rudenko hat eine erstaunliche politische Karriere hinter sich«, meinte der Commodore.

»Ich beneide ihn dennoch keineswegs«, sagte Fabri. »Er hat einen schweren

Stand im Rat. Je länger der Frieden mit den Kridan andauert, desto schwieriger wird es vor allem für die Vertreter der Kolonien, ihren Wählern gegenüber plausibel zu machen, weshalb die Menschheit das Space Corps nach wie vor in der gegenwärtigen Flottenstärke benötigt!«

»Natürlich! Das Space Corps verschlingt Unsummen, die beim dringend notwendigen Aufbau weiterer Kolonien im All fehlen.« Jackson nickte. »Aber ich fürchte, dass wir eine bewaffnete Raumflotte noch dringend brauchen werden, wenn die Kridan ihre Expansionsbestrebungen wieder aufnehmen.«

»Sie rechnen damit?«

»Offen gestanden wundert es mich, dass die Waffenruhe schon so lange hält«, bestätigte der Commodore.

»In dem Punkt teile ich Ihren Pessimismus.«

»Und wenn ich daran denke, dass wir den Kridan in Zukunft vielleicht mit einer stark reduzierten Flotte entgegentreten müssen …« Jackson schüttelte energisch den Kopf. Es war ihm deutlich anzusehen, wie sehr ihm allein diese Vorstellung missfiel. »Was ist Ihre Meinung dazu, Commander?«, fragte er nach einer kurzen Pause an Dana gerichtet.

Fabri nippte zwischenzeitlich an seinem Syntho-Drink und wandte sich Frost zu, die an einem der Sichtfenster stand und hinaus ins All blickte. Der Anblick der blauen Erdscheibe war jedes Mal aufs Neue etwas Besonderes. Es machte einem deutlich, wie klein und unbedeutend die Menschheit in Anbetracht des Universums war. Eine Lebensform, die ihre Existenz bis vor kurzem auf einem kosmischen Staubkorn gefristet und es inzwischen geschafft hatte, sich auch auf ein paar weiteren Staubkörnern festzuklammern.

Dana wandte den Kopf.

»Wie bitte?«

Jacksons Frage hatte sie aus ihren Gedanken gerissen, mit denen sie im Augenblick Lichtjahre weit vom Gesprächsthema der beiden Männer entfernt gewesen war.

»Sie sollten Commander Frost nicht mit unserem Gerede belästigen, Commodore«, fand Admiral Fabri. »Ich vermute, dass ihr jetzt völlig andere Gedanken durch den Kopf gehen. Schließlich ist es ihr erstes Kommando …«

Jackson runzelte die Stirn. Er kannte Danas Laufbahn natürlich sehr viel genauer als der Admiral und daher fiel ihm sofort auf, dass dessen Aussage nicht ganz zutraf. »Sir, mit Verlaub, aber Sie kommandierte bereits ein Schiff der …«

»Ich meinte natürlich ihr erstes Überlichtkommando. Ein Raumschiff mit Bergstrom-Aggregat«, unterbrach der Admiral seinen Gesprächspartner. Er zuckte die Achseln. »Alles andere ist doch gar keine richtige Raumfahrt … Oder sind Sie anderer Meinung, Commander Frost?«

Ein mildes, leicht verlegenes Lächeln glitt über Danas etwas angespannt wirkenden Gesichtszüge. »Nein, Sir.«

»Hängen Sie ruhig Ihren Gedanken nach«, fügte der Admiral noch hinzu. »Heute haben Sie meine offizielle Erlaubnis zur Sentimentalität. Sobald die STERNENFAUST erst Spacedock 13 verlassen hat, werden Sie dazu ohnehin keine Gelegenheit mehr haben …«

Jackson und Fabri nahmen nach einer kurzen Pause ihre Diskussion über die aktuelle Debatte im Hohen Rat der Solaren Welten wieder auf und ereiferten sich abwechselnd über die Kurzsichtigkeit vieler Ratsvertreter.

Insbesondere galt dies ihrer Ansicht nach für Julio Ling. Der Vorsitzende des Rates betrachtete Politik eher unter wirtschaftlichen Gesichtspunkten.

Über Sicherheitsfragen machte er sich weniger Sorgen, als es den beiden Flottenoffizieren lieb gewesen wäre.

Dana hörte ihrem Gespräch nur ganz am Rande zu und trat zu dem an Bord befindlichen Getränkeautomaten. Über einen Touchscreen gelangte sie in dessen Menü und versuchte darin, den Befehl zum Einschenken eines Bechers mit Kaffee zu finden. Dieses Getränk war in den vergangenen Jahrhunderten aus der Mode gekommen, aber Dana gehörte zu der Minderheit, die ihm nach wie vor die Treue hielten, auch wenn die belebende Wirkung mancher Syntho-Drinks nachgewiesenermaßen viel höher war. Dana hatte den Kaffee kennengelernt, als sie zu einem Kurzaufenthalt in der irdischen Subregion Österreich geweilt hatte. Dort waren bis heute mehr als ein Dutzend verschiedene Zubereitungsarten üblich. Von dem Getränkeautomaten eines Orbital-Shuttle konnte sie natürlich nicht erwarten, dass er Spezialitäten wie einen ›großen Braunen‹ in seinem Programm hatte, sondern musste froh sein, wenn sie ihren Kaffeedurst überhaupt stillen konnte.

Das, was sie erhielt, war immerhin nicht zu dünn. Vielleicht hatte man den Kaffee mit künstlichen Geschmacksverstärkern aufgepeppt, aber das kümmerte Dana im Augenblick nicht weiter. Sie nahm ihren Becher, nippte kurz daran und ging zurück zum Sichtfenster. Der Anblick des Alls beruhigte. Nichts hätte sie in diesem Moment in einem der Schalensitze gehalten, die für die Shuttle-Passagiere zur Verfügung standen.

Die Sichtscheibe spiegelte leicht.

Sie sah die Umrisse ihres eigenen, fein geschnittenen Gesichts. Die in blau und anthrazit gehaltene Space Corps-Uniform lang eng an ihrer sportlich wirkenden Figur an und saß perfekt.

Bis auf eine Kleinigkeit.

Etwa eine Handbreit unterhalb des Kehlkopfes befand sich eine kleine Verdickung.

Dana berührte sie unwillkürlich mit der Linken, als sie die Ausbeulung in ihrem Spiegelbild bemerkte. Ein versonnenes, leicht melancholisches Lächeln glitt über ihr Gesicht.

Unter dem Stoff der Uniform hob sich etwas Hartes, unregelmäßig Geformtes ab. Ein verbogenes Projektil, das sie an einer Kette um den Hals trug und ihr als Glücksbringer und Talisman diente.

Bedenke, dass du sterblich bist!

Das war Danas Wahlspruch geworden, und dieses eigenartig verformte Stück Metall auf ihrer Brust erinnerte sie ständig daran. Erinnerte sie an ihre eigene Verletzlichkeit und die Begrenztheit menschlichen Lebens und menschlicher Erkenntnisfähigkeit – seit man es ihr knapp über dem Herzen aus der Schulter geschnitten hatte.

Sie hatte als Erster Offizier der SURVIVOR die echsenartigen Einheimischen der abgelegenen Dschungelwelt Dambanor II nicht ernst genug genommen und einen Schuss mit einer altertümlichen Steinschlosspistole abbekommen. Acht Monate Rehabilitation, eine Narbe und die Erkenntnis, dass sie alles andere als unsterblich war, waren die Folge gewesen. Das Projektil trug sie seitdem immer bei sich.

Plötzlich wurde ihre Aufmerksamkeit durch ein Objekt abgelenkt, das draußen im All hinter der Erdscheibe auftauchte. Es musste sich um Spacedock 13 handeln. Eine Vielzahl kleinerer und größerer Transportfähren schwirrte um diese gewaltige Werftstation herum. Außerdem hatten zwei Zerstörer angedockt. Darüber hinaus gingen die Pendelflüge zu Mond, Mars und Venus von hier aus ab.

Ein Rumoren ließ den Boden im Passagierraum leicht erzittern. Der Pilot des Orbital-Shuttles hatte offenbar den Gegenschub bereits eingeleitet, damit das für den Einsatz im inneren Bereich des Sol-Systems konzipierte Raumfahrzeug nicht mit ungeheurer Geschwindigkeit auf die Außenhülle der Werft prallte, sondern sanft andockte.

Die Geschwindigkeit wurde rapide verlangsamt, doch davon merkte man an Bord nichts, wenn man nicht aus dem Fenster schaute.

Immer weitere Einzelheiten von Spacedock 13 wurden erkennbar. Der Pilot leitete ein letztes Manöver zur Kurskorrektur ein und lenkte das Shuttle auf die bis dahin abgewandte Seite der Station.

Dort befand sich der Liegeplatz der STERNENFAUST.

Das lang gezogene, 110 Meter lange Oval schimmerte im Licht der Sonne. Von der äußeren Form her ähnelte es antiken U-Booten aus der Prä-Weltraum-Ära der Erde. An der dicksten Stelle betrug der Durchmesser des Rumpfes gute 35 Meter.

Das ist es also – dein zukünftiges Reich!, ging es Dana durch den Kopf. *Nicht gerade die imposanteste Einheit der Flotte, aber es ist und bleibt ein eigenständiges Überlichtkommando! Und das ist es doch, worauf es ankommt ...*

Frost wusste, dass die STERNENFAUST im Spacedock 13 einer umfassenden technischen Überholung und Modernisierung unterzogen wurde. Am Ende ihrer Liegezeit würde sie zweifellos auf dem modernsten Stand der menschlichen Technik des Jahres 2250 sein. 107 Mann Besatzung zählte die Crew. Dazu kamen noch zwanzig Marines für eventuelle Kampfeinsätze am Boden oder besondere Sicherungsaufgaben.

Jetzt, zur Einführung des neuen Captain, würden lediglich die Offiziere an Bord sein. Jene Männer und Frauen also, auf deren Zusammenarbeit Dana besonders angewiesen war. Sie hatte sich die Personalakte eines jeden Einzelnen von ihnen genau angesehen und sich akribisch vorbereitet.

Mit dem Zeigefinger der linken Hand strich sie noch einmal über die kleine Ausbuchtung, die das verbogene Projektil der Steinschlosspistole verursachte. *Ja, ich bin sterblich ... Aber Angst machen lasse ich mir auch nicht! Von niemandem!*

Eine Stimme riss sie aus ihren Gedanken heraus.

»Hier spricht Captain Devittko, der Pilot von Orbital-Shuttle 213-A. In wenigen Minuten werden wir Spacedock 13 erreichen. Bitte halten Sie Ihre ID-Cards bereit, wenn Sie das Schiff verlassen. Passagiere, die ihre Reise mit den Zielen Erdmond, Venus oder Mars fortsetzen wollen, folgen bitte den Hinweisschildern.«

***

Die Einführungszeremonie des neuen Captains der STERNENFAUST ging kühl, sachlich und vor allem recht schnell über die Bühne.

Admiral Rudenko traf in allerletzter Minute mit seinem Sondershuttle ein. Er war dunkelhaarig und mit seinen 44 Jahren recht jung für die hohe Position, die er bekleidete. Dana Frost begegnete ihm zum ersten Mal und fand, dass er im persönlichen Umgang genauso beeindruckend wirkte, wie er ihr oft in den Medien als Wortführer im Hohen Rat der Solaren Welten erschienen war.

Es war an Commodore Jackson, die offizielle Dienstorder vorzulesen, nach der Commander Dana Frost zum neuen Captain des leichten Kreuzers STERNENFAUST bestimmt wurde. Ein militärischer Gruß, ein Händedruck und die Sache war perfekt.

Anschließend war es die Aufgabe des Ersten Offiziers, Dana zu begrüßen.

Er nahm Haltung an.

»Lieutenant Commander Tong«, stellte er sich vor. »Als Erster Offizier heiße ich den neuen Captain an Bord der STERNENFAUST willkommen. Glückliche Fahrt, Ma'am.«

»Danke, I.O. Ich erwarte eine gute Zusammenarbeit.«

Aus den Akten wusste Dana, dass Michael Tong, dem man die chinesischen Vorfahren deutlich ansehen konnte, einen kometenhaften Aufstieg im Space Corps hinter sich hatte. Auf keiner Sprosse dieser Leiter hatte der 29jährige länger als zwei Jahre verbracht und seine Beurteilungen strotzten nur so vor Superlativen. Zweifellos hatte Tong ebenfalls darauf spekuliert, nach dem plötzlichen Tod des vorhergehenden Captain – Commander Leslie – dessen Position zu bekommen. Tong wäre zwar der jüngste Kommandant eines Überlichtraumers der Flotte geworden, aber der Jüngste und trotzdem der Beste zu sein, war in seiner Karriere nichts Neues.

Diesmal aber hat man ihm jemanden mit mehr Erfahrung vorgezogen!, überlegte Dana, während der Erste Offizier ihr pflichtgemäß die Hand schüttelte.

Sein Gesicht war vollkommen unbewegt.

Er lässt sich nichts anmerken, erkannte Dana, war aber sensibel genug, um die Anspannung bei ihrem Gegenüber zu spüren. *Drei Jahre ist er jünger als ich.*

Jemandem drei Jahre an Lebenserfahrung voraus zu haben, bedeutete nicht unbedingt sehr viel. Aber drei Jahre länger im Space Corps gedient zu haben, konnte genau den Unterschied an Erfahrung ausmachen, der in diesem Fall wohl den Ausschlag gegeben hatte.

»Mit Ihrer Erlaubnis stelle ich Ihnen die Offiziere der STERNENFAUST vor«, kündigte Tong an.

Die innere Reserve, die der Erste Offizier gegenüber seiner neuen Kommandantin empfand, war nicht zu übersehen, auch wenn er sich mit Sicherheit keinen emotionalen Ausrutscher erlauben würde.

Die anderen Offiziere hatten ebenfalls Haltung angenommen.

Tong ging gemeinsam mit dem neuen Captain ihre Reihe ab und stellte sie einen nach dem anderen vor.

Lieutenant John Santos war der leitende Ruder-Offizier. Ebenso wie Dana war er erst vor kurzem befördert worden. Er galt aber als einer der begabtesten Piloten der Flotte, dem überall eine glänzende Karriere prophezeit wurde. Mit seinen 24 Jahren war er ausgesprochen jung für seinen Rang.

Waffenoffizier war Lieutenant Robert Mutawesi, ein hochgewachsener Mann mit fast schwarzer Haut.

Anschließend war die leitende Ingenieurin Catherine Black an der Reihe. Die mollige 43-Jährige wirkte Frost gegenüber ähnlich reserviert wie Tong. Die Ursache dafür war der Kommandantin jedoch nicht ganz klar. Die Nichtbefriedigung des eigenen Ehrgeizes konnte es in diesem Fall wohl nicht sein.

Dr. Simone Gardikov war die Schiffsärztin, eine rotblonde, recht zierliche Person, von der Dana gleich den Eindruck hatte, dass sie ihr offen und ehrlich gegenübertrat.

»Lieutenant David Stein«, stellte Tong schließlich den Ortungsoffizier der STERNENFAUST vor. Blaue Augen sahen sie an.

Die Mundwinkel wirkten entspannt. Das blonde Haar war für den militärisch adretten Stil des Space Corps eigentlich eine Spur zu lang und setzte auf dem Kragen der Uniform auf.

»Auf gute Zusammenarbeit, Lieutenant Stein«, sagte Dana eine deutliche Sekunde zu spät.

»Gleichfalls, Ma'am«, war seine knappe Erwiderung.

Der sonore Klang seiner Stimme löste etwas in ihr aus, das sie zutiefst beunruhigte. Ein angenehmes Kribbeln machte sich in ihrer Bauchgegend bemerkbar. Ein Kribbeln, das sie lange vermisst hatte. Seitdem sich Dana vor Jahren von ihrem Mann, dem auf Wega IV lebenden Genetiker Tonio Gordon, in gegenseitigem Einvernehmen getrennt hatte, sah es in ihrem Liebesleben ziemlich trist aus. Das musste sie sich ehrlich eingestehen.

Es funktioniert als noch!, meldete sich ein ironischer Kommentator in ihrem Hinterkopf, der sich manchmal nur sehr schwer zum Schweigen bringen ließ. *Du siehst einen Mann, von dem du vom ersten Moment an hin und weg bist! Wann ist dir das zuletzt passiert, Dana? Als Teenager?*

Dana schluckte unwillkürlich.

Ihr Blick verschmolz für einen kurzen Moment mit dem leuchtenden Blau von Steins Augen.

Zwei volle Sekunden gestattete es sich Dana Frost, sich diesem plötzlich aufkeimenden Gefühl hinzugeben …

Dann hatte sie sich wieder absolut unter Kontrolle. Sie wusste genau, dass sie allein den Gedanken daran, mit jemandem wie Stein etwas anzufangen, aus ihrem Hirn verbannen musste. Es war gegen die Vorschriften, »intime Beziehungen mit Mitgliedern derselben Befehlskette zu pflegen«. Auf die Einhaltung dieses Befehls wurde im Space Corps großen Wert gelegt.

Nachdem Tong seinem Captain noch Sergeant Ralff Olafsson, den Chef des zur Besatzung gehörenden Zuges von Marines vorgestellt hatte, folgte zum Schluss noch ein Mann, bei dem schon an der Kleidung anzusehen war, dass er außerhalb der militärischen Flottenhierarchie stand. Er trug eine graue Kutte. Braunes Haar umrahmte ein Gesicht mit aufmerksamen, sehr wach wirkenden braunen Augen.

»Bruder William vom Orden der Christophorer«, stellte Lieutenant Tong den Kuttenträger vor. »Er ist als Berater an Bord und bekleidet keinen Rang in der Flotte.«

Bei den Christophorern handelte es sich um einen religiösen Orden, dessen Mitglieder sich erstaunlich gut in die Mentalität und Kultur fremder Sternenvölker hineinzuversetzen versuchten. Sie waren häufig als reisende Forscher unterwegs und gründeten hier und da auch kleinere Kolonien auf zumeist abgelegenen Planeten. Der Rat eines Christophorers war bei jedem gefragt, der überlichtschnelle Raumfahrt betrieb und damit in die Situation kommen konnte, auf Angehörige fremder intelligenter Spezies zu treffen.

»Es freut mich, Sie kennenzulernen«, sagte Bruder William.

Er blickte nur kurz auf und starrte dann wieder auf seine Füße. Seine Unsicherheit war ihm deutlich anzumerken.

Hoffentlich traut er sich wenigstens, mich zu beraten, dachte Dana. »Sind Sie zufällig ein Experte für die Kridan-Kultur, Bruder William?«

Der Christophorer schaute scheu hoch. »Ich habe mich so intensiv mit ihrer Kultur beschäftigt, wie dies zurzeit überhaupt nur möglich ist«, erklärte er zögernd. »Außerdem habe ich ein Jahr lang in der Christophorer-Kolonie auf Allister V gelebt, wo wir mit den Kridan ja quasi auf Tuchfühlung waren. Einen wirklichen Experten werden Sie allerdings wohl in der gesamten Menschheit derzeit nicht finden. Was wir wissen, sind nur Bruchstücke, die sich nur sehr mühsam zu einem stimmigen Bild zusammensetzen lassen.« Er schaute sie verlegen an.

Dana lächelte und hoffte, ihm so seine Scheu zu nehmen. »Ich sehe schon, wir müssen uns bei Gelegenheit mal intensiver unterhalten, Bruder William.« In gedämpftem Tonfall fügte sie nach einer Pause hinzu: »Mein Interesse an den Kridan ist mindestens so groß wie das Ihre, Bruder William.«

»Nur ein toter Geierkopf ist guter Geierkopf – läuft es darauf hinaus?«, fragte der Christophorer.

Bei jedem anderen hätte dies wie eine boshafte Spitze geklungen.

Bruder William brachte das Kunststück fertig, diese Bemerkung schüchtern und verhalten klingen zu lassen, sodass Dana sich nicht im Mindesten angegriffen fühlte.

Dieser junge Mann hat es faustdick hinter den Ohren!, ging es ihr durch den Kopf. *Oder er ist wirklich so naiv. Wenn er seinem Orden nicht beigetreten wäre, hätte er vielleicht im diplomatischen Dienst Karriere machen können. Und das Beste ist – es scheint ihm nicht einmal bewusst zu sein, was er tut!*

»Ich persönlich habe nichts gegen die Kridan«, beteuerte sie – und es war die Wahrheit. »Aber ich fürchte, dass die brüchige Waffenruhe zwischen unseren Völkern nicht ewig halten wird.«

»Mag sein, Captain.«

»Haben Sie sich je mit der Schlacht um das Trident-System beschäftigt, Bruder William?«

»Ich bin kein Militärhistoriker, Ma'am«, wehrte er ab.

Er starrte wieder zu Boden …

***

Im Anschluss an die Zeremonie gab es einen kleinen Sektempfang. Tong wich dabei kaum von Danas Seite. Er schien es als eine Verpflichtung anzusehen, ihr für Fragen zur Verfügung zu stehen oder sie mit den anderen Anwesenden ins Gespräch zu bringen.

Die innere Distanziertheit war für Dana allerdings nach wie vor deutlich spürbar.

Für ihn bin ich ein störender Fremdkörper an Bord, ging es ihr durch den Kopf. *Jedes Mal, wenn er von mir einen Befehl entgegenzunehmen hat, wird es ihn daran erinnern, dass er an meiner Stelle sein könnte.*

Die Voraussetzungen für eine Zusammenarbeit waren vielleicht nicht gerade die besten, aber Dana war fest entschlossen, dass es an ihr nicht scheitern sollte. Möglicherweise war es sogar am besten, das unsichtbar zwischen ihnen schwebende Problem in nächster Zeit einmal offensiv anzusprechen.

»Werden Sie gleich an Bord bleiben, Captain?«, fragte Tong schließlich. »Ein Teil der Mannschaft tut hier bereits während der Reparaturphase Dienst und richtet beispielsweise die neuen Rechnersysteme ein, kalibriert die Bergstrom-Aggregate und dergleichen mehr…«

»Ja, ich werde bleiben«, sagte Dana. »Lassen Sie bitte mein Gepäck aus dem Shuttle in mein Quartier bringen. Wie groß ist der Anteil der Besatzung, der sich zurzeit schon an Bord befindet?«

»38 Crewmitglieder.«

»Das ist viel, eigentlich ist es doch nur üblich, dass der Captain und ein paar Offiziere aus dem technischen Bereich in dieser Phase bereits ihren Dienst an Bord verrichten.«

Michael Tong hob die Augenbrauen. »Die STERNENFAUST genießt Priorität im Dock. Es scheint so, als hätte jemand Interesse daran, dass wir möglichst schnell startklar sind, Ma'am.«

»Kennen Sie den Grund?«, fragte Dana.

»Nein, Ma'am. Ich weiß nur, dass die STERNENFAUST für eine Sondermission vorgesehen ist, weshalb auch die technische Aufrüstung und Optimierung erfolgte.«

»Wissen Sie etwas über das Ziel dieser Sondermission, I.O.?«

»Nein, Captain. Das war nur Ihrem Vorgänger Commander Leslie bekannt.«

Dana atmete tief ein.

Commander Richard J. Leslie, ihr Vorgänger im Amt des Captains auf der STERNENFAUST, war ein Kapitel für sich. Dana war natürlich bekannt, auf welch tragische Weise Commander Leslie ums Leben gekommen war. Er hatte offenbar persönlich die Reparaturarbeiten und Neujustierungen an den Bergstromaggregaten überwacht. Dabei war es zu einer kleineren Explosion gekommen, bei der Leslie ums Leben gekommen war.

Ein Unfall, dem ich letztlich wohl meinen Karrieresprung verdanke!, ging es Dana Frost durch den Kopf.

»Na, dann warte ich einfach ab, bis man mich endlich einweiht«, antwortete sie ihrem Ersten Offizier.

Plötzlich hatte Dana Frost das Gefühl, angestarrt zu werden.

Sie wandte sich zur Seite und bemerkte aus den Augenwinkeln heraus, dass Admiral Rudenko sie beobachtete. Fabri und Jackson standen in seiner Nähe …

***

Später führte Michal Tong den neuen Captain zu ihrer Kabine.

Der Platz an Bord eines Leichten Kreuzers war begrenzt. Die Kabinen des Captains und der Offiziere waren exakt sechzehn Quadratmeter groß. Unteroffiziere bewohnten derartige Räume zu zweit, Mannschaften zu viert.

Es befand sich ein Relief in der Wand, das die Form eines Wikinger-Schiffs aus der irdischen Prä-Weltraum-Ära hatte.

Unwillkürlich hob Dana die Hand, um damit über die metallische Innenverkleidung der Wand zu fahren und den Linien und Erhebungen des etwa ein Meter langen Reliefs nachzuspüren.

Nach zwei Sekunden zuckte sie förmlich zurück.

Zum ersten Mal bemerkte sie, wie sich Tongs Gesicht etwas entspannte. Ein leicht amüsierter Zug spielte um seine Mundwinkel.

Ich habe in seiner Gegenwart die Kontrolle verloren, dachte Dana. *Wenn auch nur für wenige Sekunden – es war kaum zu übersehen.*

»Sie brauchen sich nicht zu genieren, Ma'am«, versicherte er. »Erstens zwingt einen dieses Relief quasi dazu, die Wand zu berühren, und Zweitens ist es jetzt Ihre Kabine.«

Dana hatte ihre Fassung wieder gewonnen. »Stammt das von meinem Vorgänger?«

»Ja, Ma'am. Er hatte eine offizielle Erlaubnis der Admiralität zur Anbringung dieses etwas exzentrischen Wandschmucks. Die Entfernung ist technisch gesehen etwas aufwendig, und ich bin zugegebenermaßen bislang nicht dazu gekommen, das zu veranlassen, da ich hier in letzter Zeit alle Hände voll zu tun hatte.«

»Lassen Sie es einstweilen da.«

»Wie Sie wünschen, Ma'am.« Tong nickte bestätigend. »Haben Sie noch irgendwelche Fragen?«

»Im Moment nicht, I.O.«

»Dann möchte ich mich jetzt gerne zurückziehen, Captain. Ich habe noch zu tun.«

»Tun Sie das.«

***

Während der nächsten Wachperiode durchstreifte Dana auf eigene Faust das Schiff. Sie hatte keine Lust, sich dabei von dem zwar äußerst korrekten aber nichtsdestotrotz ausgesprochen distanzierten Ersten Offizier begleiten zu lassen. Außerdem hatten alle an Bord im Moment offenbar ihre Aufgaben.

Allein der neue Captain schien dabei eine Ausnahme zu sein.

Auf der Brücke traf sie David Stein, den Offizier für Ortung und Kommunikation. Er war gerade damit beschäftigt, das interne Datennetz des Schiffs neu zu konfigurieren.

Als er Commander Frost bemerkte, erhob er sich und nahm Haltung an.

»Machen Sie weiter, Lieutenant Stein«, forderte sie ihn auf.

»Ja, Ma'am.«

Wieder begegnete sie dem wachen Blick seiner dunklen Augen.

Hättest du diesen Mann nicht unter anderen Umständen treffen können?, ging es ihr dabei durch den Kopf.

Aber wahrscheinlich war das ein Grund dafür, dass sie nach ihrer Trennung von Tonio Gordon eine so lange Zeit des Single-Daseins hinter sich hatte. Als Offizier der Raumflotte war es einfach ziemlich schwierig, jemanden kennenzulernen, der nicht derselben Befehlshierarchie angehörte wie man selbst. Und je höher man im Rang emporstieg, desto schwerwiegender wurde dieses Problem.

Immerhin haben wir noch kein offizielles Zölibat im Space Corps, wie es die Ordensritter des Mittelalters kannten!, ging es ihr durch den Kopf. Ein ironischer Seitenhieb schwirrte ihr noch durch die Gedanken: *Damals wussten diejenigen, die einem Ritterorden beitraten, zumindest, was für Opfer in dieser Hinsicht von ihnen erwartet wurden. Den Absolventen der Space Corps Akademie sagt das kein Mensch ...*

Dana spürte ein deutliches Unbehagen in ihrer Magengegend. Unbewusst berührte sie die Verdickung an ihrer Uniform, wo sich das Projektil von Dambanor II hervorhob.

Bedenke, dass du sterblich bist und nur ein Leben hast, Dana, durchzuckte es sie. *Und dass sich die Zahl der Männer, die dich vom ersten Augenblick an derart stark beeindruckt haben, an einer halben Hand abzählen lassen!*

»Ich hoffe, Sie kommen gut voran, Lieutenant«, sagte Dana gleichzeitig fast automatenhaft, während in ihren Gedanken und Gefühlen ein einziges

Chaos herrschte. Ein Zustand, den sie eigentlich hasste und normalerweise auch umgehend zu beseitigen wusste. Aber nicht in diesem Fall. *Wenn du ganz ehrlich bist, dann genießt du es. Zumindest ein Teil von dir …*

»Wir haben hier leider ein paar schwerwiegende Probleme mit dem Bordrechner«, erläuterte David Stein.

Dana ertappte sich dabei, dass ihr der Klang seiner tiefen, männlichen Stimme im Moment viel wichtiger war als das, was er zu sagen hatte. *Reiß dich zusammen! Wenn man es dir ansieht, was mit dir los ist, kannst du dich gleich um ein anderes Kommando bemühen, weil du dann nie die nötige Autorität an Bord gewinnen wirst!*

»Was sind das für Probleme?«, fragte sie.

»Es hängt alles mit dem Unfall von Commander Leslie zusammen. Ich weiß nicht, wie viel Sie darüber wissen, Ma'am …«

»Es gab eine Explosion bei den Bergstrom-Aggregaten.«

Stein nickte. »Exakt. Und zwar an einer sehr sensiblen Stelle. Es kam zu einem kompletten Systemausfall. Normalerweise ist der Bordrechner dagegen mit mehreren redundanten Systemen gesichert, aber in diesem Fall kam zum Verhängnis auch noch das Pech. Die Sicherungssysteme versagten, und jetzt kann ich zusehen, wie ich aus dem Datensalat wieder etwas mache, das man ein Daten- und Kommunikationssystem nennen kann!«

»Sie sind um Ihre Aufgabe nicht zu beneiden.«

»Keine Sorge, Ma'am, das bekomme ich schon wieder hin«, versicherte Stein.

»Ich habe Ihre Akte gelesen, Lieutenant, und deswegen habe ich keinerlei Zweifel daran.«

»Danke, Ma'am.«

Als sich ihrer beider Blicke abermals trafen, wandte Commander Frost schon nach einem kurzen Moment den Kopf zur Seite. Sie glaubte zu spüren, dass von ihrem Gegenüber zumindest Sympathie herüberkam.

Schlag es dir einfach aus dem Kopf, Dana!, erteilte sie sich selbst einen überaus energischen Befehl. *Es ist schlicht und ergreifend sinnlos!*

Ein Pfeifton ertönte.

David Stein löste seinen Kommunikator aus der Magnethalterung am Gürtel. »Eine Folge des Computercrashs ist auch der zeitweilige Ausfall des Schiffs-Interkoms«, sagte Stein an Dana gewandt. »Jeder von uns ist zurzeit nur über den persönlichen Kommunikator erreichbar. Etwas ärgerlich, aber …«

»Sie tun sicher Ihr Bestes, Lieutenant.«

Er lächelte. »Natürlich, Ma'am.«

Jetzt erst schaltete er den Kommunikator frei. Frost stand nahe genug, um zu sehen, dass auf dem Minibildschirm des Kommunikators das Gesicht des Ersten Offiziers erschien.

»Ich brauche Computerkapazitäten zur Berechnung eines Winston-Feldes«, verlangte Michael Tong.

»Sir, das ist im Moment äußerst ungünstig.«

»Ich kann mir Ihre Schwierigkeiten lebhaft vorstellen, Lieutenant. Aber ich würde Sie nicht darum bitten, wenn es nicht notwendig wäre.«

»Die Neukonfiguration des Kommunikationssystems würde sich um mindestens 40 Stunden verzögern, Sir!«

»Das nehmen wir in Kauf.«

»Ich weiß nicht, Sir …«

»Was wissen Sie nicht?«

Stein blickte in Frosts Richtung.

Die Kommandantin streckte die Hand aus. »Geben Sie mir das Ding!«

Bislang hatte sie geglaubt, dass Tong in der Lage war, seinen Frust über die nicht erfolgte Beförderung herunterzuschlucken und die neue Situation zu akzeptieren. Aber das war offensichtlich nicht der Fall!

Was erlaubt sich der Kerl?, durchfuhr es Dana ärgerlich. *Macht einfach hinter meinem Rücken, was er will!*

Zwar war es die Aufgabe des Ersten Offiziers, für den reibungslosen Ablauf des Tagesgeschäfts an Bord eines Raumschiffs zu sorgen. Aber wenn sich die Rekonfiguration des Kommunikationssystems der STERNENFAUST um zwei Standard-Erdtage verzögerte, dann war das etwas, worüber Frost gerne Bescheid wusste.

»Tong?«

»Ja, Ma'am?« Dem Lieutenant Commander war nicht anzumerken, was er von ihrem Eingreifen hielt.

»Sie hätten mich konsultieren sollen.«

»Mag sein, Ma'am, aber …«

»Kommen Sie umgehend in meinen Raum. Dort werden wir uns unterhalten.«

Stein mischte sich ein. »Captain, das ist leider nicht möglich. Ihr Raum dient zurzeit als Lagerraum für Ersatzteile der Brückenelektronik. Tut mir leid, aber …«

»Dann komme ich zu Ihnen, Lieutenant Commander«, sagte Frost eisig.

***

»Seien Sie vorsichtig, Mister Tong«, sagte eine weibliche Stimme. »Mit diesem Eisbiest von Captain ist nicht gut Kirschen essen.«

Eisbiest – das war bereits Danas Spitzname an der Akademie gewesen, und er bezog sich natürlich auf ihren Nachnamen – Frost …

Was lag da näher als ein paar Wortspiele, in denen Eis und Kälte eine Rolle spielten.

Frost bog um die Korridorecke und erblickte ihren Ersten Offizier. Neben ihm stand eine mollige, von der Figur her sehr weiblich wirkende Frau, die Frost bereits als einer der Offiziere ihres Schiffs vorgestellt worden war: Lieutenant Catherine Black, die Chefingenieurin der STERNENFAUST.

Dana näherte sich den beiden.

»Ich weiß, dass man mich hinter meinem Rücken als Eisbiest bezeichnet, Lieutenant Black«, eröffnete Frost. »Dieser Name hat mich während meiner gesamten Space-Corps-Karriere begleitet und wird es wahrscheinlich so lange tun, wie ich nun einmal meinen Namen trage. Ich bitte Sie nur um einen Gefallen.«

»Ma'am, ich …«

»Benutzen Sie diesen Namen niemals wieder in meiner Gegenwart. Haben wir uns verstanden, Lieutenant Black?«

»Ja, Ma'am«, sagte die Ingenieurin kleinlaut.

»Und jetzt lassen Sie mich bitte mit Lieutenant Commander Tong unter vier Augen reden.«

Catherine Black atmete tief durch. Ihr Gesicht war hochrot angelaufen. Sie konnte es gar nicht erwarten, den Ort ihrer Blamage schnellstmöglich zu verlassen.

»I.O., ich weiß, dass Sie berechtigte Ambitionen hatten, selbst das Kommando auf der STERNENFAUST zu übernehmen«, begann Dana. »Die Qualifikation dafür hätten Sie in jedem Fall. Es ist Ihr Pech, dass man in diesem Fall die Erfahrung dem Genie vorgezogen hat. Tut mir leid für Sie, aber ich kann es nicht ändern! Was ich Ihnen voraus habe, sind drei Dienstjahre und der Rang des Commanders. In drei Jahren kann viel geschehen. Wenn Sie so alt sind wie ich jetzt, werden Sie wahrscheinlich auf der Erfolgsleiter an mir vorbeigezogen sein, so mustergültig wie Ihre bisherige Bilanz ist! Aber solange das noch nicht der Fall ist und Sie meinem Kommando unterstehen, erwarte ich Loyalität.«

»Das ist selbstverständlich, Ma'am«, erwiderte Tong. Eine tiefe Furche war mitten auf seiner Stirn entstanden.

Entweder ich habe genau ins Schwarze getroffen oder liege so vollkommen daneben, dass er gerade meinen Verstand anzweifelt!, dachte Frost.

Aber da sie sich auf ihren Instinkt für Zwischenmenschliches im Allgemeinen gut verlassen konnte, zog sie die zweite Möglichkeit gar nicht ernsthaft in Betracht.

Er weiß genau, wovon ich spreche, dachte Frost. *Und ich werde ihm nicht gestatten, sich irgendwie herauszureden. Die Fronten müssen jetzt ein für alle Mal geklärt werden.*

»Wenn Sie eine Entscheidung treffen, die eine Verzögerung bei der Rekonfiguration des Kommunikationssystems um 48 Stunden bedeutet«, kam Dana auf den Punkt, »dann erwarte ich, dass ich darüber zumindest informiert werde und Sie nicht einfach tun, was Ihnen gefällt!«

»Es war nicht meine Absicht, Ihre Autorität in Frage zu stellen, Captain.«

»Gut, das zu wissen. Denn ansonsten hätten wir ein Problem.« Dana atmete tief durch.

Ihren Start an Bord der STERNENFAUST hatte sie sich wahrlich anders vorgestellt. Irgendwie schien ihr Kommandoantritt unter keinem guten Stern zu stehen. Aber sie sah keinerlei Grund dafür, sich selbst Vorwürfe zu machen. Für die Rahmenbedingungen war sie schließlich nicht verantwortlich – und schon gar nicht dafür, dass einem Mustersoldaten, der die Rangstufenleiter bisher auf der Überholspur genommen hatte, zugemutet wurde, mal eine Stufe im Normaltempo zu nehmen.

Ihr Mitleid hielt sich in diesem Punkt in sehr engen Grenzen.

Einige Augenblicke des Schweigens folgten. Die kühle, distanzierte Art, mit der ihr Erster Offizier sie musterte, ließ Frost innerlich kochen. Aber sie gab sich alle Mühe, nichts davon nach außen dringen zu lassen. Sie musste die Kontrolle behalten – und zwar zunächst und zuallererst über sich selbst.

Nur wer sich selbst beherrscht, vermag über andere zu herrschen, drang ihr ein Zitat des chinesischen Philosophen Li Tang in die Erinnerung. Eine Weisheit, die sie sich zu Herzen genommen hatte.

Sie sah Tong direkt in die Augen.

»Was wollen Sie mit einem Winston-Feld an Bord der STERNENFAUST?«, fragte Dana Frost geradeheraus.

Winston-Felder dienten der Sicherung kleinster organischer Partikel und fand üblicherweise bei archäologischen Grabungen und der Aufklärung von

Straftaten Anwendung. Michael Tong verschränkte die Arme. Er machte ein paar Schritte und vollführte dann eine ausholende Geste.

»Sehen Sie das Sicherheitsschott dort? Das ist der einzige Zugang zum Bergstrom-Aggregat B. Dort starb Commander Richard J. Leslie, Ihr Vorgänger im Amt des Captains.«

Frost runzelte die Stirn. »Ein Unfall, wie ich gehört habe.«

»Wirklich? Ich habe meine Zweifel, Captain.«

»Sie gehen davon aus, dass Captain Leslie einem Verbrechen zum Opfer fiel?«

»Sagen wir so …« Tong sammelte seine Gedanken. »Die Umstände seines Todes sind in meinen Augen noch lange nicht geklärt. Mit dem, was in dem vorläufigen Abschlussbericht der Untersuchungskommission steht, werde ich mich jedenfalls nicht zufrieden geben. Das bin ich Captain Leslie schuldig.«

Eine Pause entstand.

Tongs Tonfall hatte sich verändert. Frost spürte, wie nahe ihm der Tod Captain Leslies offenbar ging. Ganz sicher hatte er ihm auch persönlich recht nahe gestanden.

Noch ein Grund für ihn, um den neuen Captain nicht zu mögen!, überlegte sie.

»Berichten Sie mir, was Sie herausgefunden haben«, forderte sie den Ersten Offizier der STERNENFAUST auf.

Tong wirkte überrascht. Er hatte wohl nicht mit Verständnis gerechnet. »Captain Leslie ließ sich kurz vor seinem Tod – oder seiner Ermordung, wie ich eher glaube – mit einem Shuttle hierher bringen und ging an Bord, obwohl zu diesem Zeitpunkt die Reparaturarbeiten in einem Stadium waren, in dem der Captain hier nun wirklich nichts zu suchen hatte. In einem Großteil der Sektion war zu diesem Zeitpunkt das Lebenserhaltungssystem ausgeschaltet. Außer Wartungsrobotern und ein paar Spezialisten des Spacedock-Personals hätte sich niemand an Bord befinden dürfen.«

»Haben Sie eine Ahnung, was Leslie an Bord wollte?«

»Nein, Captain.« Tong schüttelte den Kopf. »Dann wäre ich in meinen Ermittlungen ein ganzes Stück weiter. Allerdings weiß ich, dass ein weiteres Shuttle andockte, kurz nachdem Leslie hier eintraf. Es dockte wohlgemerkt direkt an der Außenschleuse der STERNENFAUST an – nicht an Spacedock 13. Leider scheinen sämtliche Computeraufzeichnungen und Datenprotokolle darüber unwiederbringlich verloren, da wir durch die Explosion an einem der Bergstrom-Aggregate einen Computer-Crash hatten.«

»Gibt es keine Aufzeichnung des Zentralrechners von Spacedock 13?«, hakte Frost nach.

»Eigenartigerweise nicht. Für mich sieht es aus, als wären sie gelöscht worden. Leider gestattet mir niemand einen Zugriff auf die Datenbanken von Spacedock 13, der weitreichend genug wäre, um das aufklären zu können.« Er deutete auf den Boden. »Genau hier wurde Captain Leslie von der Explosion getötet. Er wurde regelrecht zerrissen. Es blieb nichts von ihm übrig, außer den paar Gramm DNA, die für eine Identifizierung ausreichten.«

»Und jetzt glauben Sie, dass hier im Kontrollraum auch der Täter seine Visitenkarte in Form seines Gen-Codes hinterlassen hat«, schloss Frost.

»Richtig«, bestätigte Tong. »Ein Schweißtropfen oder ein paar Hautzellen, die er an einer scharfen Kante verlor, ohne es zu merken, würde schon ausreichen. In einem Winston-Feld lassen sich auch winzige oder bruchstückhafte DNA-Sequenzen sichtbar machen, sodass eine Chance besteht, sie näher unter die Lupe zu nehmen.«

Er hob den Kopf und sah Frost mit einem abschätzigen Blick an.

Der Kommandantin war durchaus klar, dass jetzt alles an ihrer Reaktion abhing.

In gedämpftem Tonfall fuhr Tong fort: »Ich glaube, dass Captain Leslie hier mit seinem Mörder zusammentraf.«

Frost überlegte einige Augenblicke. Was Tong ihr vortrug, warf tatsächlich einige Fragen auf. »Die offizielle Untersuchung ist bereits abgeschlossen?«

»Ja, Captain. Aber die konzentrierte sich auf die technischen Gegebenheiten des explodierten Bergstrom-Aggregats.«

»Sie wissen, dass Sie mit Ihren Ermittlungen Ihre Zuständigkeit überschreiten. Wenn Sie Verdachtsmomente haben, sollten Sie diese an die zuständigen Stellen weiterleiten.«

»Das habe ich längst getan, Ma'am. Leider ohne Erfolg. Und ich werde nicht abwarten, bis sich keine Spuren mehr finden lassen.«

Dana Frost zögerte einen Moment. Wenn sie Michael Tong weiter ermitteln ließ, dann war das ein Verfahrensfehler. Nichts, was ihre Karriere beenden würde, aber doch ein grauer Fleck in ihrer Personalakte, der es ihr vermutlich erschwerte, später ein größeres Kommando oder einen Stabsoffiziersposten in der Admiralität zu erhalten. Andererseits interessierte jetzt auch sie, was mit ihrem Vorgänger wirklich geschehen war.

Ihre Entscheidung entsprang schließlich einem spontanen Bauchgefühl. »Machen Sie weiter, I.O.«

Tong nahm Haltung an. »Danke, Ma'am.«

»Und halten Sie mich über Ihre Ermittlungsergebnisse auf dem Laufenden.«

»Aye, Ma'am.«

***

Sie hat Charakter!, dachte Michael Tong, nachdem Commander Frost gegangen war.

Was auch immer sonst zwischen ihnen stehen mochte, so musste er dies einfach anerkennen. Immerhin riskierte *das Eisbiest* – wie Lieutenant Black sie genannt hatte – einen Verweis in ihrer Personalakte, wenn herauskam, dass sie in dieser Sache nicht den offiziell vorgeschriebenen Weg gegangen war.

Tong aktivierte den Kommunikator, den er an einem Armband trug. »Lieutenant Black, ich brauche Sie jetzt«, erklärte er.

»Bin schon da, Sir!«, kam die Antwort aus dem Gerät.

Wenige Augenblicke später tauchte Catherine Black auf. Sie hatte in einem Nebenraum abgewartet, bis das Gewitter in Gestalt des Captains sich verzogen hatte.

Black blickte Tong fragend an. »Ich schätze, unsere Ermittlungen sind jetzt beendet, oder?«

»Kalibrieren sie die Feldprojektoren, Lieutenant. Wir machen weiter. Sobald wir das Okay von Stein wegen der Rechnerkapazitäten haben, können wir beginnen. Der Captain hat mich angewiesen, die Ermittlungen fortzusetzen.«

Black stand die Überraschung ins Gesicht geschrieben. »Komisch … sie wirkte auf mich so beherrscht und steif.«

»Lag vielleicht an der Zeremonie.«

»Jedenfalls machte sie auf mich nicht den Eindruck, als würde sie leichtfertig Vorschriften missachten.«

»Leichtfertig bestimmt nicht.«

Black zuckte die Achseln. »Sie hätten es trotzdem verdient gehabt, wenn man Ihnen das Kommando übertragen hätte, Sir.«

Es war Tong unangenehm, von Black auf dieses Thema angesprochen zu werden. Er hatte das Gefühl, dass da jemand – ohne es zu wollen – in einer offenen Wunde herumstocherte.

»Das Kapitel ist für mich abgeschlossen«, erklärte der Erste Offizier der STERNENFAUST.

Aber er selbst wusste am besten, dass seine Worte bestenfalls eine Absichtserklärung waren…

***

Frost befand sich in ihrem Quartier, als Tong sie aufsuchte. Ihr eigentliches Büro, das sich neben der Brücke befand, musste schließlich erst noch hergerichtet werden.

Sie blickte von dem etwa handgroßen Lesemodul auf, mit dessen Hilfe sie sich in die Logbücher der STERNENFAUST vertieft hatte.

»Meine Nachforschungen sind leider bisher ohne Ergebnis geblieben«, berichtete Tong. »Selbst die Untersuchung des Tatorts mit dem Winston-Feld blieb ergebnislos. Es gab keinerlei Spuren, die bei der offiziellen Untersuchung übersehen wurden. Ich habe außerdem zusammen mit Lieutenant Black das interne Rechnermodul der Außenschleuse unter die Lupe genommen.«

»Und?«

»Nichts. Alle Daten des Moduls sind gelöscht worden.«

»Hängt das mit dem Computercrash zusammen?«, fragte Frost.

»Nein, das Modul der Außenschleuse hat einen autonomen Bereich, der mit dem Hauptcomputer keine Verbindung hat. Schließlich muss es im Notfall möglich sein, die Mannschaft aus einem havarierten Schiff zu bergen, dessen Bordrechner nicht mehr arbeitet.«

»Sie müssen schon entschuldigen, I.O. Ich bin weder Techniker noch Computerspezialist.«

Tong zeigte auf diese Bemerkung keinerlei Reaktion, sondern fuhr mit seinem Bericht fort. »Ich habe die Andockhalterungen auf chemische Rückstände untersucht. Die Substanz, die ich dabei isolieren konnte, trägt die Kennung KLM-321 und entspricht seit 2233 nicht mehr der technischen Norm für die Außenbeschichtung von Orbital-Shuttles. Daraus schließe ich, dass ein Shuttle an der STERNENFAUST angedockt hat, das vor 2233 hergestellt wurde. Des Weiteren muss es sich um ein privates Raumschiff gehandelt haben, denn die offiziellen Orbital-Shuttles werden nach spätestens zwanzig Jahren wegen Materialermüdung außer Dienst gestellt. Im Moment versuche ich herauszubekommen, welches Schiff, auf das diese Merkmale zutreffen, zu einem in Frage kommenden Zeitpunkt auf der Erde gestartet ist.«

»Es könnte auch von anderswo gekommen sein«, stellte Frost fest.

Schließlich gab es auch auf den anderen Planeten des Sol-Systems Siedlungen und Raumhäfen. Das Hauptsiedlungsgebiet war dabei der Mars, auf dem über drei Milliarden Menschen lebten – mehr als auf der Erde des frühen zwanzigsten Jahrhunderts. Dagegen waren die Kolonien auf dem Erdmond und der Venus aufgrund der extremeren Bedingungen natürlich verschwindend klein, zumal in einem von der Menschheit beherrschten Radius von etwa 50 Lichtjahren um das Sol-System herum eine ganze Reihe vergleichsweise paradiesischer erdähnlicher Welten zur Verfügung stand.

»Ich weiß, dass das eine Sisyphos-Arbeit ist, Ma'am«, stimmte Tong zu. »Aber ich habe das Gefühl, sie Captain Leslie schuldig zu sein.«

»Ich verstehe. Ist dieses unbekannte Shuttle denn vom Stationsrechner von Spacedock 13 nicht registriert worden?«

»Der Auskunft nach, die ich erhielt – nein.«

»Seltsam …«, sagte Dana.

»Ein halbwegs geschickter Hacker kann die Daten löschen, Ma'am.«

»Wie wäre es, wenn sich Lieutenant Stein nach der Rekonfiguration des Kommunikationssystems den gesamten gespeicherten Datenverkehr vor der Explosion vornimmt und in Hinblick auf verdächtige Merkmale untersucht. Schließlich muss es einen Grund gegeben haben, dass Leslie an Bord kam, und vielleicht gab es vorher einen Funkspruch, eine Datentransmission – irgendetwas!«

»Den Vorschlag halte ich für gut«, sagte Tong. »Ich würde es allerdings bevorzugen, wenn *Sie* Lieutenant Stein darum bitten würden.«

»Weshalb?«

Tong hob die Schultern. »Er hält meinen Verdacht, dass Captain Leslie ermordet wurde, für unbegründet.«

***

Frost suchte die Brücke auf und trug Stein ihr Anliegen vor.

Er lächelte.

»Hat Lieutenant Commander Tong Sie also mit seiner Mordtheorie eingewickelt«, sagte er. »Mir persönlich stand Captain Leslie auch sehr nahe, aber jeder, der im Space Corps tätig ist, weiß, dass damit gewisse Risiken verbunden sind. Und die liegen nicht in einer möglichen Feindberührung oder Verwicklungen in Kampfhandlungen. Das Versagen technischer Systeme führt immer wieder zu Unfällen und kostet Menschenleben. Commander Leslie hatte Pech. Er war zur falschen Zeit am falschen Ort. Der offizielle Bericht bestätigt dies.«

»Ich möchte Ihnen in dieser Sache keinen Befehl erteilen, Lieutenant Stein«, sagte Frost, die genau wusste, auf welch schmalem Grad aus Paragraphen der Dienstvorschrift sie sich bewegte. »Ich bitte sie einfach um einen Gefallen. Sehen Sie, ich möchte einfach etwas genauer über das Bescheid wissen, was mit meinem Vorgänger im Amt des Captains geschehen ist.«

»Dafür habe ich Verständnis«, sagte Stein. Seine dunklen Augen musterten sie einen Augenblick lang.

Sie erwiderte den Blick. »Ich könnte natürlich eine zweite Untersuchung verlangen, aber dazu reichen Tongs Indizien wohl tatsächlich noch nicht aus.«

»Ich werde mir den gespeicherten Verkehr vornehmen, Captain. Ab morgen laufen hier alle Systeme wieder einwandfrei.«

»Ich danke Ihnen.«

Frosts Armbandkommunikator piepte. Sie betätigte den Annahmeknopf des Gerätes.

Auf dem Minibildschirm erschien das Gesicht von Commodore Kim Ray Jackson. »Ein Shuttle ist unterwegs zum Spacedock 13 und wird Sie in einer halben Stunde zur Orbitalbasis Delta bringen. Admiral Rudenko wünscht Sie dort zu einem informellen Gespräch zu treffen.«

Frost war verwundert. Es war schon ungewöhnlich gewesen, dass Rudenko ihr die Ehre hatte zuteil werden lassen, an ihrer Einführungszeremonie teilzunehmen. »Hat der Admiral gesagt, was der Grund für dieses Treffen ist?«

»Nein, Commander. Ich wünsche Ihnen einen guten Flug.« Commodore Jackson unterbrach die Verbindung.

Er weiß mehr, als er sagt!, dachte Dana.

***

Orbitalstation Delta war ein ziviles Weltraumhabitat, das in einer geostationären Umlaufbahn die Erde umkreiste. Etwa hunderttausend Menschen lebten hier. Eine regelrechte Orbitalstadt. Die Wohnungspreise waren entsprechend hoch.

Der Flug mit dem Shuttle dauerte für Dana Frost keine halbe Stunde.

Nachdem es angedockt hatte, wartete ein Mann in der Uniform eines Space-Corps-Angehörigen auf sie. An den Rangabzeichen sah sie gleich, dass er ihr übergeordnet war.

»Commander Frost?«, sprach er sie an.

»Ja, Sir?«

»Commodore Pablo Basehart«, stellte er sich vor. »Ich bin der persönliche Adjutant von Admiral Rudenko und habe den Auftrag, Sie zu seiner Wohnung zu bringen«

»Seiner *Wohnung*?«, echote Dana etwas erstaunt.

»Ja, Commander. Der Admiral hat eine Wohnung hier auf Delta. Das hat vor allem Sicherheitsgründe. Seit er eine herausragende politische Rolle im Hohen Rat spielt, ist er ein potentielles Ziel von Attentaten.«

Wenig später empfing Rudenko sie in einem weiträumigen, ganz in Blau gehaltenen Raum. Große Panoramafenster vermittelten einen fantastischen Blick.

»Ich danke Ihnen, Commodore«, wandte sich der Admiral an seinen Adjutanten, nachdem er Frost begrüßt hatte, und schwieg, bis Basehart den Raum verlassen hatte. »Dies ist ein inoffizielles Vier-Augen-Gespräch, Commander Frost. Setzen Sie sich.«

Er deutete auf eine Sitzgruppe aus Schalensesseln, die um einen Glaskubus herum gruppiert waren, der als Tisch diente.

Dana setzte sich.

»Möchten Sie etwas trinken, Commander?«

»Nein, danke, Sir.«

»Dann kommen wir zur Sache.« Der Admiral setzte sich ebenfalls, lehnte sich zurück und schlug dabei die Beine übereinander. Er unterzog Dana anschließend einer intensiven Musterung, ehe er schließlich sagte: »Sie werden sich über die Umstände dieses Treffens vielleicht etwas wundern.«

»Das ist wahr, Sir.«

»Nun, ich bin als Vertreter des Space Corps im Hohen Rat zwar offiziell noch im Dienst, aber nicht mehr Teil der eigentlichen Befehlskette. Stattdessen beteilige ich mich auf politischer Ebene an der Entscheidungsfindung. Die Debatte um eine eventuelle Kürzung des Space-Corps-Etats werden Sie vermutlich verfolgt haben.«

»Ja, Sir.«

»Ich hoffe, dass ich am Ende das Schlimmste verhindern kann. Aber das ist so mühsam wie das Bohren dicker Bretter, und ich bin mir keineswegs sicher, ob es am Ende reichen wird. Wissen Sie, was die Anhänger unseres Vorsitzenden Ling vorgeschlagen haben? Eine Reduzierung des Etats um ein Drittel. Das sind doch alles Bürohengste, die von Raumfahrt so viel Ahnung haben wie ein Toter vom Beißen. Kein Mensch hat sich Gedanken darüber gemacht, wie wir den Betrieb der Flotte auf einem auch nur halbwegs zu vertretenden Niveau mit einer derart drastischen Kürzung aufrecht erhalten sollen. Dutzende von Dreadnoughts würden in Depots verschwinden und eingemottet werden. Das Corps käme nicht umhin, qualifiziertes Personal zu entlassen, das wir mühsam jahrelang ausgebildet haben. Es ist nicht zu fassen!«

Rudenko atmete tief durch.

Die gegenwärtige Debatte im Rat schien ihm einfach nicht aus dem Kopf zu gehen. Dana hatte die Entwicklung am Rande verfolgt und die Vorschläge von Julio Ling und seinen Anhängern wie ein heraufziehendes Gewitter betrachtet.

»Trauen Sie dem Frieden mit den Kridan?«, fragte Rudenko schließlich nach einer Pause. Er wartete Danas Antwort gar nicht erst ab. »Meiner Ansicht nach kann aus dem kalten Krieg, der zwischen uns und den Kridan herrscht, jederzeit wieder eine heiße Auseinandersetzung werden. Im Moment scheinen sie vor allem mit sich selbst beschäftigt zu sein. Möglicherweise gibt es sogar interne Machtkämpfe. Aber irgendwann werden sie ihre Expansionsbestrebungen fortsetzen. Und all diejenigen, die glauben, dass unsere Siege im Kridan-Krieg dazu geführt hätten, dass die andere Seite jetzt Respekt vor der Menschheit hat und an einem ernsthaften Frieden interessiert ist, halte ich für Träumer.«

»Ich bin Ihrer Meinung, Sir«, sagte Frost.

»Tatsache ist, wir wissen nicht, weshalb ihr Expansionsdrang nach der Schlacht im Trident-System plötzlich verebbte. Sie hätten mit Sicherheit über ausreichend Ressourcen verfügt, den Kampf fortzusetzen, und ich frage mich, ob sie nicht lediglich auf einen günstigeren Zeitpunkt warten. Ich nehme an, Sie wissen über das Allister-System Bescheid, Commander.«

»Natürlich, Sir.«

»Ein weiterer Punkt, der mir Sorgen macht«, bekannte Rudenko. »Ich sage Ihnen, da braut sich was zusammen, was uns allen noch um die Ohren fliegen wird!«

Das Allister-System war 56 Lichtjahre von der Erde entfernt und lag damit deutlich außerhalb des 50 Lichtjahre-Radius, den die Menschheit zurzeit als ihr Siedlungsgebiet beanspruchte. 15 Planeten umkreisten eine Sonne von doppelter Sol-Masse. Es war eine Kolonie, die mitten im Niemandsland zwischen dem Einflussbereich der Solaren Welten und dem Kridan-Imperium lag.

In letzter Zeit hatte die Gründung eines so genannten Allister-Freistaates in den Medien Schlagzeilen gemacht. Eine Gruppe von Siedlern akzeptierte die Autorität der Solaren Welten nicht mehr, weil man sich durch das Star Corps nicht ausreichend geschützt fühlte. Auslöser waren bis dato geheim gehaltene Pläne aus dem Umkreis des Ratsvorsitzenden Ling gewesen, die im Zusammenhang mit den Kürzungen des Space Corps-Etats zu sehen waren. Danach sollte das Allister-System evakuiert und den Kridan im Tausch gegen einen sichereren Frieden angeboten werden.

Natürlich hatte Julio Ling dies seinen Pressesprecher umgehend dementieren lassen, aber für die erzürnten Siedler war es der berühmte Tropfen gewesen, der das Fass zum Überlaufen gebracht hatte.

»Ling und seine Leute hatten tatsächlich vor, das Allister-System den Kridan zu überlassen«, erklärte Rudenko. »Auch wenn er das jetzt in der Öffentlichkeit dementieren lässt. Diese Pläne liegen in der Schublade. Bei passender Gelegenheit wird Julio Ling sie wieder hervorholen, davon bin ich überzeugt.«

»Das Argument der astronomisch hohen Unterhaltkosten, die von den Allister-Kolonien verschlungen werden, ist nicht ganz von der Hand zu weisen«, meinte Dana.

Rudenko lachte heiser. »Ja, wenn man alles nur unter dem Gesichtspunkt wirtschaftlicher Effektivität sieht, so wie Ling, stimmt das natürlich. Dieser Mann ist eine Krämerseele! Er hat keine Vision von dem, wo der Platz der Menschheit in – sagen wir – fünfzig oder hundert Jahren sein könnte. Das Einzige, was ihn interessiert, ist, dass er einen sauberen Haushalt vorzuweisen hat und die Firmen, die seinen Wahlkampf unterstützen, satte Gewinne machen. Dabei scheint er nicht eine Sekunde darüber nachzudenken, dass seine ganzen Berechnungen nicht den Chip wert sind, auf denen sie gespeichert wurden, wenn die Kridan erneut angreifen.«

Über das Entscheidende haben wir noch nicht gesprochen!, ging es Frost durch den Kopf, während sie den Ausführungen des Admirals zuhörte. *Er wird mich kaum hierher beordert haben, um sich über die allgemeine politische Lage zu beschweren.*

Rudenko erhob sich, ging auf das Panoramafenster zu und blieb einige Augenblicke davor stehen.

Schließlich drehte er sich um. »Ich möchte jetzt ein paar Dinge mit Ihnen besprechen, die auch Ihrem Vorgänger Commander Leslie bereits bekannt waren, der tragischerweise nicht mehr unter uns weilt. Die Reparaturarbeiten an der STERNENFAUST gehen über die normalerweise turnusgemäß fälligen Wartungen hinaus. Ihr Schiff erhält ein neues System zur Übertragung verschlüsselter Funkbotschaften, da es für eine besondere Mission vorgesehen ist. Botschafter John Paljanov wird an Bord der JEFFERSON ins Allister-System fliegen, um sich dort mit Abgesandten der Kridan zu geheimen Verhandlungen zu treffen. Die Aufgabe der STERNENFAUST ist es, bereits vor dem Geheimtreffen ins Allister-System zu fliegen, um dort die Lage besser beurteilen und notfalls beruhigen zu können. Außerdem ist es Ihre Aufgabe, nach eventuell vorhandenen verdeckten Operationen der anderen Seite Ausschau zu halten, die zum Ziel haben könnten, das Treffen zu torpedieren.«

»Die Siedler …?«, murmelte Frost.

»Die Siedler.« Der Admiral nickte. »Oder aber interessierte Kreise unter den Kridan, denen es darum geht, einen Zwischenfall zu provozieren. Alles ist möglich.«

»Ich verstehe.«

»Was die Allister-Siedler angeht, so werden die weder auf Sie als Repräsentantin des Space Corps, noch auf Botschafter Paljanov gut zu sprechen sein. Es herrscht nach wie vor der Verdacht, dass der Rat plant, die Existenz der Allister-Siedler zu opfern. Unseren Erkenntnissen nach gibt es sogar die Bereitschaft zu bewaffnetem Widerstand.«

»Aber im Allister-System leben auf drei erdähnlichen Planeten zusammen nicht mehr als zwanzigtausend Menschen, die zudem nur über leichte Raumboote verfügen. Die könnten sich weder gegen das Space Corps noch gegen einen Angriff der Kridan wehren.«

»Aber sie sind sehr wohl in der Lage, Anschläge zu verüben und durch Terror auf ihre Lage aufmerksam zu machen.« Rudenko zuckte die Achseln. »Diese Leute sind verzweifelt. Sie haben sich eine Existenz aufgebaut, sind teilweise schon in der zweiten Generation im Allister-System, und nun befürchten sie, dass all ihre Opfer und Anstrengungen umsonst waren. Wie gesagt, sie sollen deutlich vor der JEFFERSON im System eintreffen. Wir teilen Ihnen einen Geheimdienstoffizier zu Ihrer Unterstützung zu.«

»Ist er mir gegenüber in irgendeiner Form weisungsbefugt?«, hakte Dana nach.

Rudenko schüttelte den Kopf. »Nein, das ist er nicht. Sein Name ist Jassan Brendup. Er ist Experte für das Allister-System und wird für Sie eine Art Berater sein. Sicherlich haben Sie bereits bemerkt, dass die STERNENFAUST auf Spacedock 13 absolute Priorität genießt. Dabei wird es auch bleiben, sodass ich davon ausgehe, dass Sie bald aufbrechen können.« Ein überlegenes Lächeln spielte um seine Mundwinkel. »Ich habe volles Vertrauen zu Ihnen und die Übertragung des Kommandos an Sie unterstützt. Haben sie noch irgendwelche Fragen, die wir besprechen sollten?«

»Ja.«

»Dann schießen Sie los, Commander.«

»Warum wurde in diesem Fall die normale Befehlskette übergangen?«, fragte Dana.

»Seien Sie versichert, dass Ihre direkten Vorgesetzten in die Sache eingebunden und informiert sind. Ihren offiziellen Marschbefehl erhalten Sie von Commodore Jackson, wenn es so weit ist.«

»Commander Leslie war seinerzeit offensichtlich der Einzige, der über den bevorstehenden Einsatz im Allister-System informiert war. Ich hingegen würde gerne meine Offiziere einweihen.«

»Weihen Sie den I.O. ein«, gestand Rudenko zu.

»Und den Kommunikationsoffizier.«

»Einverstanden. Aber ansonsten bewahren Sie strengstes Stillschweigen, bis die STERNENFAUST Spacedock 13 verlässt.«

***

Sein Kopf glich dem eines Falken. Er war ein Meter achtzig groß, ging auf zwei Beinen mit nach hinten knickenden Knien, die in vierzehigen Krallenfüßen endeten. Die oberen Extremitäten waren deutlich feingliedriger und endeten in einer Krallenhand mit vier Fingern.

Ratan-Lai, seines Zeichens Oberbefehlshaber der ruhmreichen Flotte des Kridan-Imperiums, betrat den von einer Glaskuppel überspannten Raum. Man hatte von hier einen fantastischen Rundumblick über Matlanor, die auf Kridania gelegene Hauptstadt des heiligen Imperiums.

Hier war das Zentrum des Reiches. Milliarden von Kridan pilgerten zu den hohen Feiertagen hierher, um die Heiligtümer zu besuchen. Der Himmel Kridanias war durch seinen hohen Staubgehalt in der Atmosphäre stets rötlich.

Die Farbe des Blutes, mit der Gott seine Gebote an den Himmel geschrieben hatte, so hieß es im Buch der Weisen, der wichtigsten Überlieferung der Kridan-Religion.

Ratan-Lais Kleidung war ebenfalls rot. Die Farbe der Flotte, deren Ziel es war, die Feinde des auserwählten Volkes zu vernichten.

An einer langen Tafel hatten sich die obersten Offiziere der Kridan-Streitmacht versammelt. Sie alle waren aufgestanden, sobald ihr Oberbefehlshaber den Raum betreten hatte. Ihre großäugigen Köpfe wandten den Blick in Richtung des Eingetretenen. Gemessenen Schrittes trat Ratan-Lai vor. Erst nachdem er auf einem, an die vogelartige Anatomie der Kridan angepassten Sitz Platz genommen hatte, setzten sich auch die anderen wieder.

Ein Platz – er war gegenüber den anderen leicht erhöht – blieb frei.

Hier saß normalerweise der Raisa, der Stellvertreter Gottes, dessen Führung sie sich bereitwillig anvertrauten. Es war das Recht des Raisa, jederzeit an einer Sitzung des obersten Militärstabes teilzunehmen, sofern er dies wünschte.

Der letzte Raisa hatte selten diesen Wunsch gehabt. Die Gesellschaft von Priestern war ihm deutlich lieber gewesen als die von Vertretern des pragmatisch eingestellten Militärs, für das die religiösen Motive des Krieges nur zweitrangig waren.

Zur Zeit war der Stuhl des Raisa nicht nur in diesem Raum verwaist.

Nach dem plötzlichen Tod des letzten Raisa hatte die Zeit der Suche begonnen, in der es Aufgabe der Priesterschaft war, einen neuen Raisa zu erwählen. Üblicherweise wurde dazu ein männliches Kridan-Kind nach bestimmten, nur den Priestern bekannten Merkmalen ausgewählt.

Formal herrschte der Raisa dann mit absoluter Macht über das Reich der Kridan. Er war nicht nur Herrscher, sondern die rechte Hand Gottes, die in dessen Namen die Heiligen Gebote ausführte und in seinen Träumen die Macht des Geistes empfing.

Faktisch teilten sich Priesterschaft und Militär die Macht zumindest so lange, bis der Raisa alt genug war, um tatsächlich politische oder religiöse Entscheidungen treffen zu können.

Ratan-Lais offizieller Titel lautete Mar-Tanjaj, was ›Kommandant der Gotteskrieger‹ bedeutete. Die Tanjaj waren die privilegierte Kriegerkaste der Kridan, die höchste Verehrung genossen. Ihre Aufgabe war es, dafür zu sorgen, dass den wahren Gläubigen ein genügend großer Teil der Galaxis als Siedlungsraum zur Verfügung stand.

Formal waren nur die Raisa-Priester den Tanjaj übergeordnet. Faktisch herrschte ein schwankendes Gleichgewicht zwischen diesen beiden, die Kridan-Gesellschaft beherrschenden Kräften.

Im Augenblick allerdings neigte sich diese Waage eindeutig auf der Seite der Priesterschaft, der immer dann eine besondere Bedeutung zukam, wenn die *Zeit der Suche* anbrach. Von der Wahl der Priester hing alles ab. Solange kein Raisa im Tempelkomplex von Matlanor residierte, durfte der Heilige Krieg nicht fortgeführt werden, so lautete das Gebot.

»Die Lage ist äußerst ernst«, sagte Ratan-Lai. »Für meinen Geschmack dauert die Phase des Friedens schon viel zu lange. Die Kampfkraft der Tanjaj schläft ein, und die Gläubigen drohen fett zu werden. Das Feuer des Glaubens kommt ihnen abhanden. Es wird nicht mehr lange dauern, bis es zum Auftreten von ersten Zweiflern an dem Gebot des permanenten Heiligen Krieges kommen wird!«, eröffnete Ratan-Lai.

Es hatte vor dreihundert Matlanor-Jahren eine Zeit der Suche gegeben, die fast ein halbes Jahrhundert gedauert hatte. Die Folge waren Ketzerbewegungen gewesen, die genau dieses Gebot in Frage gestellt hatten. Der Wohlstand der Gläubigen war in dieser Zeit stark gestiegen, aber die Ketzer hatten das Reich an den Rand des Abgrunds und der Spaltung gebracht. Nur durch das blutige Eingreifen der Tanjaj war es gelungen, das Imperium geeint zu halten.

So etwas durfte nie wieder geschehen!

»Die Priesterschaft spielt mit dem Feuer, wenn sie versucht, ihren Einfluss dadurch zu stärken, dass sie die Inthronisierung eines neuen Raisa verzögert«, meldete sich Ngor-Don zu Wort, ein uralter Tanjaj-General, dessen Schnabel bereits rissig und fleckig geworden war. Er genoss höchstes Ansehen im Kreis der Kommandanten. »Es liegt doch auf der Hand, dass unser Einfluss in Friedenszeiten zurückgeht – und genau das ist das Ziel der maßgeblichen Kräfte unter den Raisa-Priestern. Und meiner Ansicht nach dient das Geheimtreffen im System 5147 einzig und allein dem Zweck, sich auf unsere Kosten mit den Menschen zu einigen.«

System 5147 – unter dieser Bezeichnung stand das von den Menschen Allister genannte Sonnensystem in den Sternkatalogen der Kridan. Für so manchen Tanjaj stellte die Existenz der dortigen Menschsiedlungen eine reine Provokation dar – der sie auch noch tatenlos zusehen mussten, da es ihnen in der Zeit der Suche verboten war, den Krieg fortzuführen.

Keinen Matlanor-Tag lang hätten sich die Menschen dort halten können, so lautete die allgemeine Überzeugung im Kommandantenrat. Aber ihnen waren die Krallenhände gebunden, solange die Priester sich nicht bequemten, endlich einen neuen Raisa auf den göttlichen Thron zu setzen, auch wenn dieser in den ersten Jahren seiner Amtszeit nichts weiter als ein Spielball sein würde. Ein unreifes Kind, das Einflüsterungen keinen Widerstand entgegensetzen konnte.

»Und wir werden auch noch die Verpflichtung haben, das Schiff der Unterhändler zu eskortieren!«, maulte ein weiterer Kommandant. »Es ist wie ein Hohn! Als ob sich die Priester heimlich über uns lustig machten.«

Empörtes Gemurmel entstand.

Ratan-Lai hob die Krallenhand, woraufhin augenblicklich Ruhe einkehrte.

»Wer sagt uns, dass die Priester den Raisa nicht längst gefunden haben?«, fragte er.

Alle Blicke waren auf den Mar-Tanjaj gerichtet, dessen muskulöse Fleischwülste über den großen, falkenhaften Augen sich zusammengezogen hatten. »Die Merillium-Preise steigen seit einiger Zeit kontinuierlich an. Die geweihten Händler werden von den Priestern überall dorthin geschickt, wo es zu haben ist. Und sie kaufen es in Massen und zu fast jedem Preis, der von ihnen verlangt wird.«

Das Mineral Merillium wirkte auf den Metabolismus eines Kridan als starkes Halluzinogen. Diese Substanz hatte für die Gläubigen eine besondere Bedeutung. Die massenhafte Einnahme von Merillium war Teil der Rituale, mit denen der neue Raisa eingeführt wurde. Dem Glauben der Kridan nach kam es dadurch zu einer Geistverschmelzung aller gläubigen Kridan mit ihrem Raisa. Gott sprach dann direkt zu seinen Gläubigen – so die Überlieferung …

So war der Merillium-Preis traditionell starken Schwankungen unterworfen. Die Einnahme des Minerals war außerhalb der Inthronisierungsrituale streng verboten, sodass dieses Mineral je nach Lebensdauer des amtierenden Raisa manchmal für lange Zeitspannen völlig wertlos war. Schon wenn sich die Lebensspanne des Raisa – die durch die Einnahme lebensverlängernder Substanzen um bis zu 40 Prozent höher war als die eines gewöhnlichen Kridan – dem Ende näherte, stieg der Preis leicht an. Dasselbe galt, wenn der Raisa starb und die Zeit der Suche begann. Überall im Imperium schwärmten dann die kleinen Sucher-Schiffe der Priesterschaft aus. Sie steuerten jede noch so unbedeutend erscheinende Kolonie der Vogelartigen an und ließen sich neu geschlüpfte Kinder zeigen. Sie suchten gewisse Merkmale, die in den geheimen Priesterschriften verzeichnet waren und niemals einem Außenstehenden verraten werden durften.

Nach welchen Gesichtspunkten die Priester letztlich den Raisa bestimmten, lag vollkommen jenseits der Kontrolle aller Außenstehenden.

Irgendwann verkündete der amtierende Oberpriester, dass der von Gott erwählte Raisa gefunden worden war, und die Feierlichkeiten konnten beginnen. Innerhalb kürzester Zeit war es dann im gesamten Kridan-Imperium unmöglich, noch eine Raumpassage zu buchen. Aber Milliarden von Kridan-Pilgern reisten nach Matlanor und versuchten, dem neuen Raisa bei dessen Inthronisierung im heiligen Tempelbezirk der Stadt so nahe wie möglich zu sein.

»Die Schiffe der Heiligen Händler steuern bereits Systeme außerhalb des Reiches an, um Merillium einzukaufen«, stellte Ratan-Lai fest. »Ich nehme an, dass die Priesterschaft nur auf einen geeigneten Moment wartet, ehe sie den neuen Raisa bekannt gibt. Sie sucht den taktischen Vorteil.« Der Kommandant der Tanjaj ließ ein durchdringendes Krächzen hören – der Kridan-Entsprechung eines zynischen Lachens. »Dass es den Priestern um Lajton-Dor in erster Linie um die Grundsätze des Glaubens geht, nehme ich ihnen schon lange nicht mehr ab. Ein Heide im frommen Priestergewand, der nach der absoluten Macht strebt – das ist unser ach so ehrenwerter Oberpriester!«

Noch nie zuvor hatte Ratan-Lai derart offen seine Meinung über den amtierenden Oberpriester kund getan. Aber der Mar-Tanjaj traf auf viel Zustimmung unter den anderen Kommandanten.

»Das wäre Verrat am Glauben und am Imperium!«, rief einer der jüngeren Kommandanten.

Sein Name war Gastan-Zor, und Ratan-Lai hielt große Stücke auf ihn. In ferner Zukunft sah er in dem Jüngeren das Potential, einmal sein Nachfolger im Amt des Mar-Tanjaj zu werden. Schon jetzt betraute ihn der Oberbefehlshaber der ruhmreichen Flotte häufig mit Aufgaben, die sein besonderes Vertrauen erforderten.

So dachte Ratan-Lai beispielsweise daran, Gastan-Zor das Kommando über die Begleitflottille zu geben, die die Verhandlungsführer zu dem Geheimtreffen im System 5147 begleiten würde. Natürlich würde dann auch Gastan-Zor selbst zur Delegation gehören und den Mar-Tanjaj jederzeit auf dem Laufenden halten.

Ngor-Don meldete sich noch einmal zu Wort.

»Wir müssen alle Eventualitäten in Betracht ziehen, Mar-Tanjaj!«, sagte er. »Es gibt kaum etwas, das wir tun könnten, um die Zeit der Suche zu verkürzen, so sehr wir unseren Einfluss auch schwinden sehen. Die Priester haben nun einmal die Macht, die Inthronisierung des neuen Raisa fast beliebig hinauszuzögern. Der einzige Fall, der uns berechtigen würde, den Krieg trotz der Gebote fortzusetzen, wäre ein Angriff der Menschen, womit nach unseren Geheimdienstinformationen nicht zu rechnen ist.«

»Die Gebote gestatteten uns dann, diesen Angriff abzuwehren – aber nicht mehr«, gab Ratan-Lai zu bedenken.

»Das ist eine Frage der Interpretation«, erwiderte Ngor-Don mit einem schrillen, schabenden Geräusch, der durch das Reiben beider Schnabelhälften entstand.

»Einer Interpretation, deren Hoheit in den Händen der Priester liegt«, erwiderte Ratan-Lai.

»Aber sie könnten es im Verteidigungsfall als vorteilhaft zur Sicherung ihrer eigenen Machtbasis ansehen, den Raisa zu inthronisieren. Wir wären wahrscheinlich alle überrascht, wie schnell dieses Heilige Kind plötzlich ausgebrütet wäre!«

Allgemeines Schnabelklappern als Ausdruck der Heiterkeit war die Antwort des Kommandantenrates.

»Unglücklicherweise ist dieser Fall kaum wahrscheinlich«, meinte Ratan-Lai.

»Die Priester haben eine lange Tradition darin, Wundern nachzuhelfen, die einfach nicht eintreten wollen«, sagte der alte General. »Wir sollten vielleicht auch damit beginnen.«

Dieser Fuchs!, dachte Ratan-Lai. *Ich habe ihn unterschätzt!*

Immerhin konnte er sich angesichts des hohen Alters von Ngor-Don ziemlich sicher sein, dass dieser keinerlei Absicht hegte, sich selbst zu profilieren oder gar irgendwann in den Rang des Mar-Tanjaj zu erheben. Diese Ambitionen lagen lange hinter ihm.

»Ich werde darüber nachdenken«, verkündete Ratan-Lai. »Aber ein etwas näher liegendes Problem harrt noch einer Lösung. Was tun wir, wenn sich der Unterhändler der Priesterschaft tatsächlich mit den Menschen einigt? Lajton-Dor ist verkommen genug, den Heiligen Krieg für seine eigenen Ziele zu opfern. Unseren Informationen nach gibt es auf der Zentralwelt der Menschheit Pläne, uns für das Versprechen eines dauerhaften Friedens sogar System 5147 zu überlassen.«

»Einen derartigen Handel dürfen wir nicht zulassen«, meldete sich Gastan-Zor zu Wort. Die Entschiedenheit und das Selbstbewusstsein, mit der dieser vergleichsweise junge Kommandant in dieser Runde auftrat, wirkte auf manche überraschend.

Alle Blicke waren jetzt auf ihn gerichtet. Er wandte den Kopf in Richtung seines Mar-Tanjaj und Mentors Ratan-Lai. Dieser senkte leicht den Kopf. Ein Zeichen der Bestätigung und der Unterstützung.

Lass ihn sich profilieren!, dachte Ratan-Lai. *Das Imperium braucht starke Individuen wie ihn in dieser schweren Zeit der inneren Fäulnis.*

»Notfalls müssen der Unterhändler und alle seine Begleiter getötet werden«, fuhr Gastan-Zor fort.

»Der Mord an einem Priester ist ein Frevel!«, ereiferte sich einer der anderen Kommandanten.

»Ein Frevel, von dem ja niemand erfahren muss. Aber sollte sich die Lage wirklich so zuspitzen, wie unser Mar-Tanjaj es gerade skizziert hat, sehe ich darin eine Notwendigkeit zum Erhalt des Imperiums.«

»Es wäre die Hinrichtung eins Verräters, der seine Tat noch nicht vollendet hat«, erklärte Ngor-Don und signalisierte damit seine Zustimmung. »Die Gebote heißen eine derartige Vorgehensweise durchaus gut – auch wenn niemand unter den alten Schriftgelehrten sich offenbar vorstellen konnte, dass es ein Priester sein könnte, der das Imperium der Gläubigen verrät.«

»In dieser Sache muss Einigkeit bestehen«, sagte Ratan-Lai. »Denn wir riskieren sehr viel dabei. Wer immer dieser Vorgehensweise nicht zustimmt, möge seine Kralle jetzt heben oder ewig schweigen.«

Niemand hatte Widerspruch anzumelden.

»Hoffen wir, dass dieser Fall nicht eintritt«, sagte Ngor-Don. »Gott würde uns verzeihen, die Priesterschaft aber wohl niemals …«

»Es gibt noch eine Sache, die im Zusammenhang mit dem Treffen in System 5147 besprochen werden muss«, kündigte Ratan-Lai an. »Da wir das Treffen an sich nicht verhindern können, sollte es noch einem anderen geheimen Zweck dienen, der mit einem Menschen-Raumschiff namens STERNENFAUST zu tun hat. Ich werde dazu jetzt ein paar Erläuterungen geben …«

***

In den letzten vier Tagen hatten die Arbeiten an der STERNENFAUST erhebliche Fortschritte gemacht. Fast die gesamte Mannschaft war inzwischen an Bord, und Dana Frost wagte die Prognose, dass das Schiff in ein bis zwei Tagen starklar war.

Inzwischen hatte Frost auch von Commodore Jackson den offiziellen Marschbefehl ins Allister-System bekommen. Allerdings hatte sie ausdrückliche Order, nur Tong und Stein einzuweihen, was sie bisher noch nicht getan hatte.

Tongs Ermittlungen, was den Tod von Commander Leslie anging, traten auf der Stelle. Er hatte lediglich herausgefunden, dass das Shuttle, das kurz vor der Explosion an die STERNENFAUST angedockt hatte, vermutlich vom Genfer Raumhafen aus gestartet war und einer Verleihfirma gehörte. Der Pilot hatte zwar eine gültige Raumlizenz vorgezeigt, aber seine Identität war offensichtlich falsch.

Frost hatte sich dazu entschlossen, über den tatsächlichen oder angeblichen Mordfall Leslie mit allen Offizieren des Schiffes zu sprechen und die Angelegenheit nicht als Geheimsache im kleinen Kreis zu handeln. Schließlich wusste zumindest Lieutenant Black durch ihre Assistenz von Tongs Ermittlungen, und Frost nahm an, dass auch die anderen Offiziere längst eingeweiht waren.

Wahrscheinlich war der Verdacht, dass der ehemalige STERNENFAUST-Captain vielleicht Opfer eines Anschlags geworden war, sogar Gesprächsstoff unter den Mannschaftsgraden.

Daher saß sie nun mit ihrem gesamten Offiziersstab im Konferenzraum der STERNENFAUST – der schon jetzt überfüllt wirkte.

Gerade erstattete Lieutenant Stein zu dieser Angelegenheit Bericht. Er war erfolgreicher gewesen als der Erste Offizier, indem er sämtliche ausgehenden und eintreffenden Transmissionsdaten der letzten Zeit unter die Lupe genommen hatte und auf etwas Interessantes gestoßen war.

»Kurz vor dem Zeitpunkt der Explosion gab es eine verschlüsselte Richtstrahl-Überlichttransmission«, sagte er. »Sie bestand aus einer codierten Impulsfolge, die ich nicht zu entschlüsseln vermag. Diese Transmission war darüber hinaus äußerst geschickt unter anderen Daten versteckt worden, die zur gleichen Zeit die STERNENFAUST verließen, zum Beispiel die automatisch laufende Routinekommunikation mit dem Zentralrechner von Spacedock 13.«

»Mein Respekt, Lieutenant Stein«, sagte Frost. »Es scheint so, als hätten Sie aus diesem Datenwust die einzige Perle herausgepickt, die uns weiterbringen kann …«

»Das ist nicht gesagt, Captain. Es könnte sein, dass da nur jemand eine private Nachricht schicken wollte, keine Lust hatte, Gebühren dafür zu zahlen, und deswegen seine Übertragung in den Strom der abgehenden Daten gemischt hat. Bei kleinen Speichermengen geht das, ohne dass es auffällt und in diesem Fall wäre es auch nicht aufgefallen, wenn ich nicht gezielt danach gesucht hätte.«

Stein lächelte spitzbübisch und zwang Frost damit förmlich dazu, dieses Lächeln zu erwidern.

»Es waren nur Captain Leslie und der Unbekannte aus dem Shuttle an Bord«, gab Tong äußerlich ungerührt zu bedenken, dem das stumme Einvernehmen zwischen Stein und Frost nicht entgangen war.

»Mal vorausgesetzt, dieser Unbekannte existierte tatsächlich«, erwiderte der Lieutenant. »Aber seien wir doch mal ehrlich, die meisten von uns haben den Trick, den ich gerade beschrieben habe, schon einmal benutzt, um den Lichtjahre weit entfernten Lieben einen Gruß zu schicken. Da ist man schon allein in der Unendlichkeit, und dann soll man für seine persönlichen Botschaften auch noch Gebühren entrichten! Wer empfindet das schon als gerecht? Es ist zwar streng genommen eine illegale Aneignung von flotteneigenem Kommunikationsvolumen, aber ich kenne keinen öffentlich bekannt gewordenen Fall, dass ein Angehöriger des Space Corps dafür jemals vor Gericht gestellt worden wäre. Und ein Heiliger war Captain Leslie nun wirklich nicht! Der hat bei Vorschriften gerne mal Fünf gerade sein lassen.«

Dana hatte von dieser Methode auch schon gehört, sie selbst aber nie angewendet. Vielleicht lag es daran, dass die Zahl ihrer ›Lieben, denen sie eine private Nachricht hätte schicken können‹ im Laufe der Zeit einfach zu klein geworden war. Da waren ihre Eltern, ihre Schwester, einige Freunde … Außerdem war die Veruntreuung von Regierungseigentum – und darunter fiel auch Kommunikationsvolumen oder Speicherplatz! – letztlich ein Grund für die unehrenhafte Entlassung, und das hätte Frost für eine relativ geringfügige Ersparnis niemals riskiert.

»Konnten Sie den Zielpunkt des Richtstrahls ermitteln?«, hake sie nach.

Stein nickte. »Das Allister-System.«

»Und warum sollte Captain Leslie dorthin eine Nachricht schicken?«, fragte Tong skeptisch.

»Das habe ich auch überprüft, Sir«, wandte sich Stein jetzt direkt an den Ersten Offizier. »Im privaten Kreis hat er des Öfteren mal von einer alten Flamme gesprochen. Teresa Goncalvez. Captain Leslie hatte seine sentimentale Seite. Er ist von dieser Teresa nie wirklich losgekommen, wollte sich aber andererseits nicht dauerhaft binden, weil er meinte, das wäre mit seinem

Job unvereinbar. Ich habe herausgefunden, dass Teresa Goncalvez als Ärztin in Asimovtown auf Allister IV praktiziert.«

Tong wandte sich an Frost. »Ich bin dafür, dass Sie noch einmal eine offizielle Untersuchung verlangen. Meiner Ansicht nach reichen die neuen Indizien dafür aus.«

»Nein, das werde ich nicht tun, I.O.«, erwiderte Frost etwas schroffer, als sie es eigentlich beabsichtigt hatte.

»Darf ich Sie bitten, Ihre Entscheidung zu erläutern?«, hakte Tong nach, der sich alle Mühe gab, den Ärger, der jetzt in seinem Inneren tobte, so wenig wie möglich nach außen dringen zu lassen. Sein Gesicht wirkte regungslos, die Lippen waren aufeinander gepresst und wirken wie ein gerader Strich. »Bei unseren letzten Gesprächen vermittelten Sie mir den Eindruck, dass Sie meinen Verdacht teilten«, fuhr er fort, als der Captain nicht sofort antwortete. »Ich muss schon sagen, dass ich etwas irritiert bin, Ma'am.«

Seine Stimme klirrte wie Eis.

Wer von uns beiden hätte in diesem Moment den Spitznamen Eisbiest wohl mehr verdient, Tong?, ging es Frost durch den Kopf, während sie ihre Gedanken ordnete. Sie spürte, dass in dieser Sekunde das gesamte Offizierskorps der STERNENFAUST Tongs Ablehnung teilte. David Stein eingeschlossen. Und das tat Frost besonders weh. *Eine klare Linie ist immer der beste Weg,* dachte sie. Dieser Maxime war sie stets gefolgt und damit gut gefahren. Es war sinnlos, etwas nur im Hinblick auf die Reaktion eines anderen willen zu tun oder zu lassen, wenn die sachliche Begründung dafür einer objektiven Prüfung nicht standhielt.

»Ich werde keine Untersuchung verlangen«, sagte sie, »weil ich mir sicher bin, dass man sie ablehnen würde. Im Gegensatz zu Ihnen, Lieutenant Commander Tong, bin ich überzeugt, dass wir damit keinen Erfolg hätten. Dass ich Ihren Verdacht teile, stimmt allerdings auch. Also schlage ich vor, dass Sie weiter ermitteln wie bisher. Sollten wir während unseres Fluges in unser nächstes Einsatzgebiet zu dem Schluss kommen, dass eine Untersuchung notwendig ist, hätte ich das Recht, sie in eigener Verantwortung anzuordnen. Ich habe mir die Dienstvorschrift diesbezüglich noch mal genau angesehen.« Frost wandte sich an Tong. »Ich glaube, diese Vorgehensweise dient unserer Sache am besten. Sie und Lieutenant Stein möchte ich gleich noch zu einem Sechs-Augen-Gespräch hier behalten. Die übrigen Offiziere möchte ich nicht länger von ihren Aufgaben abhalten.«

***

Nachdem die andern Offiziere gegangen waren, fasste Frost in knappen Worten den bisher nur ihr bekannten Befehl über den Einsatz im Allister-System zusammen.

»Es mag ja sein, dass Captain Leslie im Allister-System eine Flamme hat, von der er nicht loskam«, gestand Frost mit Blick auf Lieutenant Stein zu. »Aber die Wahrscheinlichkeit ist genauso groß, dass diese verschlüsselte Nachricht irgendetwas mit dem Einsatz im Allister-System zu tun hat. Captain Leslie waren die Einzelheiten dieses Einsatzes bereits bekannt.«

»Es ist gut möglich, dass wir dem Motiv für den Mord an Leslie einen Schritt näher gekommen sind«, meinte Tong.

»Vielleicht liegt sogar der Schlüssel des Falles *dort* – im Allister-System«, sagte Frost. »Wir werden sehen … Lieutenant Stein?«

»Ja, Captain?« Er erwiderte ihren Blick.

»Halten Sie es für möglich, dass Sie das Transmissions-Signal doch noch entschlüsseln?«

»Ich kann es versuchen. Außerdem gibt es Sektoren in den Datenspeichern, die offenbar kurz vor der Explosion, die Commander Leslie das Leben kostete, gelöscht wurden. Wohlgemerkt *vor* der Explosion und nicht *durch* den anschließenden Computercrash. Eventuell kann man einen Teil dieser Daten rekonstruieren.«

»Versuchen Sie es. Als Zeitpunkt für unseren Start habe ich 1106 OZ Spacedock 13 festgelegt. Ich denke, das müssten wir schaffen.«

***

Die Stammbesatzung der Brücke war auf Posten, die Startvorbereitungen befanden sich noch in der letzten Phase.

Kurz bevor der Startermin angesetzt war, erreichte ein von der Erde gestartetes Shuttle die STERNENFAUST und bat um Erlaubnis zum Andocken.

An Bord befand sich Jassan Brendup, der sich jetzt meldete.

»Wir haben Sie sehnsüchtig erwartet, Mister Brendup«, antwortete Frost über die freigeschaltete Funkphase. »Sie haben uns lange warten lassen!«

»Es war leider aus dienstlichen Gründen nicht möglich, früher an Bord zu gehen, Captain«, antwortete der Geheimdienstler.

Auf dem kleinen Display ihrer Konsole sah Frost sein Gesicht. Er hatte einen stechenden, überprüfenden Blick, bei dem man das Gefühl bekam, dass Brendup damit selbst Gedanken erkennen konnte. Das Haar war grau. Die Augenbrauen bildeten leicht nach oben zeigende Linien.

»Ich stehe Ihnen von nun an jederzeit zur Verfügung, Captain«, versprach er.

»Freut mich zu hören, Mister Brendup. Kommen Sie an Bord!«

Dieser Mann ist mir auf Anhieb unsympathisch. Wie kommt das?, fragte sich Dana, sofort nachdem die Verbindung unterbrochen war.

Sie konnte sich diese Regung nicht erklären. Es war einfach eine spontane Empfindung, ohne dass sie genau sagen konnte, *was* ihr an Brendup missfiel.

Nachdem er an Bord gekommen und das Shuttle per Fernsteuerung in einem der Hangars von Spacedock 13 gelandet war, konnte die STERNENFAUST endlich starten.

Captain Frost hatte in ihrem Kommandosessel Platz genommen.

»Ionentriebwerke aktiviert«, meldete Lieutenant Black, die sich zwar überwiegend in den Kontrollräumen für die Maschinen aufhielt, aber auch auf der Brücke ihre Konsole besaß, von der aus die Triebwerke geregelt werden konnten.

Ein leichtes Rumoren ging durch die STERNENFAUST und ließ den Boden vibrieren. Halbe Lichtgeschwindigkeit war das Maximum, das man aus den Unterlichttriebwerken herausholen konnte. Mit wesentlich mehr war auch in Zukunft nicht zu rechnen.

»Die Kursdaten liegen Ihnen vor, Lieutenant Santos«, wandte sich Frost an den Ruderoffizier.

Ihm war die Nervosität anzusehen, aber Frost war überzeugt davon, dass er sich schnell auf seinem neuen Posten bewähren würde.

»Ja, Captain«, bestätigte er.

»Gehen Sie auf maximale Beschleunigung. Übertritt in den Bergstrom-Raum bei exakt vierzig Prozent der Lichtgeschwindigkeit.«

»Aye, Captain.«

Auf dem großen Panoramabildschirm funkelten die Sterne, während das Rumoren der Maschinen noch etwas anschwoll. Lediglich in der Aufwärmphase der Iontriebwerke war das zu spüren.

Das ist sie also, meine erste Mission als Captain eines Überlichtschiffs!, ging es Frost durch den Kopf. *Scheint, als wäre unser Rudergänger nicht der Einzige, der im Augenblick etwas nervös ist.*

Auf dem großen Panoramabildschirm war noch ein Abschnitt von Spacedock 13 zu sehen. Aber die STERNENFAUST war im Begriff sich zu drehen und

Fahrt aufzunehmen. Die Beschleunigungsphase würde eine ganze Weile dauern. Insgesamt veranschlagte Frost für die Reise ins 56 Lichtjahre entfernte Allister-System etwas mehr als eine Woche im Bergstrom-Kontinuum.

»Ein Funkspruch erreicht das Schiff«, meldete Stein. »Es ist Admiral Rudenko.«

»Legen Sie das Gespräch bitte in meinen Raum«, befahl Frost.

»Aye, Captain.«

Frost wandte sich an Tong. »Sie haben die Brücke, I.O.«

»Ja, Ma'am.«

Kurz bevor Frost die Schiebetür zu ihrem Raum erreichte, betrat durch den eigentlichen Eingang Jassan Brendup die Brücke. Er war größer und breiter, als sie ihn von seiner Erscheinung auf dem Display her geschätzt hätte.

Sie ging weiter. Sollte Tong ihn begrüßen.

Zwei Männer mit regungslos starrer Miene. Das wird ein herzlicher Empfang!, dachte Frost ironisch. *Aber mich nennen sie das Eisbiest!*

Dana setzte sich an ihren Schreibtisch und aktivierte einen Bildschirm, auf dem Kopf und Oberkörper von Admiral Rudenko erschienen. Die Funkphase war freigeschaltet.

»Admiral?«, sagte sie als Gruß.

»Ich wollte Ihnen zu Ihrer ersten Mission als Captain der STERNENFAUST persönlich viel Glück wünschen, Commander.«

»Danke, Sir.«

»Es hängt viel von Ihnen und Ihrer Crew ab. Aber ich bin überzeugt davon, dass Sie die Fähigkeit haben, notfalls zu improvisieren und die richtigen Entscheidungen zu treffen.«

Frost lächelte. »Ich danke Ihnen, Sir.«

»Auf Wiedersehen, Commander Frost.«

***

Die Tage während der Bergstrom-Passage vergingen mit Routinetätigkeiten.

Lieutenant Stein gelang es weder, die verschlüsselte Transmission zu decodieren, noch wesentliche und aussagekräftige Teile der gelöschten Daten zu rekonstruieren.

Jassan Brendup, der Geheimdienstoffizier, hielt sich weitgehend im Hintergrund. Er nahm an den Sitzungen des Offizierskorps teil und einigen Äußerungen konnte Frost entnehmen, dass er über die Verhältnisse im Allister-

System bestens Bescheid wusste. Über seine Kompetenz gab es keinen Zweifel. Aber dieser Umstand machte ihn in Frosts Augen kaum sympathischer.

Am dritten Tag nach dem Start von Spacedock 13 bat Brendup Captain Frost um eine Unterredung unter vier Augen. Dana bat ihn in ihren Raum.

»Was ist Ihr Anliegen, Mister Brendup?«, fragte sie.

»Dieses Schiff wurde mit einem besonderen System zur Datenverschlüsselung ausgerüstet.« Es war keine Frage.

»Sie sind gut informiert«, musste Dana zugestehen.

»Ich brauche einen verschlüsselten Überlichtkommunikationskanal und einen entsprechenden Zugang zum Bordrechner, der vom Kommunikationsoffizier nicht zu kontrollieren ist.«

»Davon ist weder in der offiziellen Order die Rede, die ich von Commodore Jackson erhielt, noch erwähnte Admiral Rudenko etwas davon.«

»Ich besitze eine Alpha-Autorisation, die mich dazu berechtigt. Überprüfen Sie das und funken Sie Admiral Jackson an, der wird Ihnen bestätigen, dass diese Maßnahme im Rahmen der Missionsorder liegt.« Er setzte ein gewinnendes Lächeln auf, das Frost nicht erwiderte. »Vertrauen Sie mir, Dana!«

So eine Indiskretion konnte Frost kaum fassen.

»Für Sie bin ich *der Captain,* Mister Brendup!«, sagte sie kalt.

Brendup hob die Augenbrauen. »Und wie lautet Ihre Entscheidung, Captain?«

Frost atmete tief durch: »Sie bekommen Ihren Kom-Kanal, sobald die Bestätigung von Admiral Jackson eintrifft!«

Brendup grinste breit. »Danke, *Captain!«*

Er wollte gehen.

Er hatte schon die Tür erreicht, als Dana Frosts Worte ihn zurückhielten. »Ach, Mister Brendup, eine Frage.«

»Ma'am?«

»Wie gut kannten Sie eigentlich meinen Vorgänger, Captain Leslie?« Brendup schien überrascht über die Frage zu sein. »Mein Erster Offizier hat die Eintragungen in Captain Leslies Terminplaner überprüft und darin Ihren Namen gefunden, Mister Brendup.«

»Ich kannte ihn nur flüchtig. Wir haben Einzelheiten der bevorstehenden Allister-Mission besprochen, die er ja leider nicht mehr durchführen konnte. Persönlich kann ich mir kein Urteil über ihn erlauben.«

»Können Sie sich denn ein Urteil über die Frage erlauben, wer ihn ermordet haben sollte – und vor allem warum?«

Brendups Gesicht wurde zu einer kühlen Maske. »Sie überraschen mich erneut. Ich dachte, die Untersuchungen wären offiziell abgeschlossen.«

»Ich habe die offizielle Wiederaufnahme angeordnet und meine Gründe dafür. Als Captain eines Raumschiffs im fernen Raumeinsatz, wie es so schön heißt, habe ich das Recht dazu.«

Brendup zuckte die Achseln. »Sollte es sich um ein Attentat und nicht um einen Unfall gehandelt haben, so würde ich sagen, dass als Verdächtige in erster Linie die Allister Freistaatler in Frage kommen. Diese Fanatiker könnten sich dadurch erhofft haben, dass es zu Verzögerungen in Bezug auf das Treffen mit den Kridan kommt, die das um jeden Preis verhindern wollen. Schließlich hält sich unter den Allister-Siedlern ja das hartnäckige Gerücht, dass das gesamte System den Geierköpfen überlassen werden soll.«

»Manche Gerüchte entsprechen der Wahrheit.«

»Wirklich?«

»Sie können gehen.«

***

Die Bestätigung von Admiral Jackson erfolgte umgehend, also gab es für Frost keinen Grund, Brandup den codierten Kom-Kanal vorzuenthalten.

Sie besprach die Angelegenheit mit Tong, der Mühe hatte, ruhig zu bleiben. »Ich traue diesem Mann nicht. Dass er einen unkontrollierten Kom-Kanal erhält, gefällt mir nicht.«

»I.O., in unserer Antipathie gegenüber Brendup sind wir uns einig. Aber er ist mit seinen Kenntnissen ein wichtiger Faktor bei dieser Mission, und ich erwarte von Ihnen, dass Sie ihn wie ein vollwertiges Mitglied unseres Teams behandeln.«

»Das ist viel verlangt, Ma'am.«

»Sie sind mein Erster Offizier. An den habe ich nun einmal hohe Erwartungen – auch, was die Charakterstärke angeht.«

Tong schwieg.

Ein Schweigen, das Frost nicht gefiel. Es war in ihren Augen unangenehmer, als offener Protest oder Gegnerschaft. *Und dabei dachte ich schon, dass wir uns endlich aufeinander zubewegen!*

***

In einem der Aufenthaltsräume begegnete Frost Bruder William.

Der Christophorer befand sich außerhalb jeder Rangordnung. Er war ein Berater, der zwar in mancher Hinsicht die Privilegien eines Offiziers genoss – so hatte er eine Einzelkabine –, der aber natürlich keinerlei Befehlsgewalt ausüben konnte.

Dana ging an den Getränkeautomaten und zog sich einen Kaffee.

»Irgendwann werde ich dieses Ding noch einmal so programmieren, dass es richtig Kaffee kochen lernt«, murmelte sie, nachdem sie einen kleinen Schluck genommen hatte.

Bruder William lächelte amüsiert. »Ich selbst bevorzuge Syntho-Drinks.« Er blickte Dana an und schaute dann zur Seite.

Er hat etwas gesehen, das er mir nicht sagen will!, erkannte Frost sofort.

»Ich hoffe, Sie haben sich an Bord inzwischen gut eingelebt«, begann der Christophorer eine lockere Unterhaltung.

»Es geht, Bruder William.« *Warum sollte ich nicht einfach ihn fragen?,* ging es ihr dabei durch den Kopf. *Wetten, dass er sich auch schon seine Gedanken über das Problem zwischen dem Captain und seinem Ersten Offizier gemacht hat?!*

Sekunden des Schweigens gingen dahin. Ein unsicher wirkendes Lächeln glitt über Williams Gesicht.

Schließlich entschloss sich Frost zum Frontalangriff. »Sie werden die Spannungen bemerkt haben, die zwischen mir und meinen Ersten Offizier bestehen.«

»Sie geben sich beide große Mühe, davon nichts nach außen dringen zu lassen.«

»Wie ich sehe vergeblich.«

Bruder William lächelte etwas verkrampft. »Dass sich Lieutenant Commander Tong Hoffnungen gemacht hat, selbst für dieses Kommando berufen zu werden, wissen Sie vermutlich längst.«

»Allerdings.«

»Ich habe ihm klarzumachen versucht, dass diese Hoffnungen illusorisch waren. Er kann nicht erwarten, auch in den nächsten Jahren ständig Rekorde darin aufzustellen, jeweils der Jüngste in seinem Rang zu sein.«

»Wie hat er darauf reagiert?«, fragte Dana.

»Er hat mich ignoriert.«

»Wie charmant.«

»Sie sollten Tongs Reaktion auf Sie nicht zu viel Bedeutung beimessen«, wiegelte der Christophorer ab. »Ich kenne ihn so lange, wie er hier auf der STERNENFAUST bereits Erster Offizier ist. Er wird sich mit den Gegebenheiten abfinden. Geben Sie ihm einfach noch etwas Zeit.«

»Ich brauche einen I.O., der absolut loyal ist.«

»Daran sollten Sie bei Tong niemals zweifeln, Captain. Selbst wenn er Sie so abweisend behandelt, dass einem jeder Gefängniswärter dagegen freundlich vorkommt!«

Ein Lächeln spielte um Frosts Mundwinkel. »Vielleicht haben Sie recht, Bruder William.« Sie nippte an ihrem Kaffee. *So übel schmeckt er auch wieder nicht!*

***

Auf dem großen Panoramabildschirm leuchtete ein gelber Stern von doppelter Solgröße – Allister.

Er war nach Eric Allister benannt worden, einem Raumfahrer und Kartographen, der dieses Gebiet als Erster erforscht hatte.

Frost hatte sich inzwischen umfassend über das System informiert. Fünfzehn Planeten umkreisten die Sonne. Die Planeten III, IV und V waren erdähnlich – eine Konstellation, die durchaus Seltenheitswert hatte. Nummer VI war eine marsähnliche Wüstenwelt mit Kohlendioxydatmosphäre, auf der nur ein paar hundert Prospektoren nach Rohstoffen suchten.

Gegenwärtig war es vor allem Merillium, das dort abgebaut wurde. Die so genannten Heiligen Händler der Kridan flogen Allister VI daher des Öfteren an, um Ladung aufzunehmen und ins Kridan-Imperium zu bringen.

Die Händler-Schiffe waren unbewaffnet und bedeuteten daher keine Gefahr. Der Hohe Rat der Solaren Welten sah in der Aufnahme von Handelsbeziehungen ein Zeichen dafür, dass vielleicht doch ein dauerhafter Friede mit den Kridan möglich war. Frost hatte die Debatten im Rat nur flüchtig verfolgt, aber dieses Argument spielte darin immer wieder eine Rolle auf Seiten der Anhänger von Julio Ling.

Aber das ist ein Problem, mit dem sich Rudenko herumzuschlagen hat!, dachte Frost.

Sie beneidete den Admiral dafür nicht …

Neben der Stammcrew an Brückenoffizieren befanden sich auch Brendup und Bruder William in der Schiffzentrale des Kreuzers.

Frost war es gewesen, die Bruder William darum gebeten hatte, auf der

Brücke zu sein, da er ein ausgewiesener Experte war, was die Kridan anging.

Es gab auf Allister V eine Ordenssiedlung der Christophorer, wo etwa vierhundert Brüder lebten – zumeist Forscher und Wissenschaftler. Manche von ihnen hatten dort sogar Frau und Kinder. Der Orden der Christophorer war zwar aus den christlichen Mönchsorden hervorgegangen, kannte aber im Gegensatz zu diesen kein Zölibat.

Allister IV war eine Wasserwelt, die überwiegend von Ozeanen bedeckt wurde.

In der Äquatorgegend existierten vergleichsweise kleine Landmassen und Inseln. Auf einer dieser Inseln lag die Stadt Asimovtown, benannt nach dem altirdischen Schriftsteller der Prä-Weltraum-Ära.

Darüber hinaus gab es noch ein paar Plattformen, die der Algenzucht dienten.

Die meisten Allister-Siedler lebten jedoch auf Planet III. Hier war vor kurzem ein Freistaat ausgerufen worden. Man akzeptierte nicht mehr die Autorität des Hohen Rates.

Damit wollte man einerseits gegen die Vernachlässigung durch das Space Corps protestieren. Man empfand es als lächerlich, dass im Allister-System lediglich ein paar kleinere bewaffnete Raumboote stationiert waren. Keines von ihnen mit Überlichtantrieb. Der Grund dafür lag auf der Hand. Der Ratsvorsitzende Ling wollte eine Provokation der Kridan unter allen Umständen vermeiden. Daher hielt man die Flottendichte in diesem Raumsektor bewusst gering.

Der Hauptgrund für die Siedler von Allister III, sich zum Freistaat zu erklären war aber wohl, dass man damit einer Übergabe des Systems an die Kridan vorbeugen wollte. Das Allister-System – so die Argumentation der Freistaatler – gehörte nicht mehr zu den Solaren Welten, und daher hatte diese auch nicht das Recht, derartige Entscheidungen zu treffen.

Die STERNENFAUST hatte schon eine ganze Weile den Gegenschub aktiviert und abgebremst.

Sie befand sich jetzt auf der Höhe des siebten Planeten, einem Gasriesen mit vierundzwanzig Monden, von denen die meisten noch unerforscht waren. Ab und zu flogen Christophorer von Planet IV hierher, um Messungen durchzuführen. Aber ansonsten war das Interesse an diesem Subsystem eher gering.

»Fahren Sie die Ionentriebwerke auf ein Drittel Lichtgeschwindigkeit herunter«, befahl Frost Lieutenant Santos, den Rudergänger.

»Aye, Aye, Captain.«

»Lieutenant Stein? Senden Sie an alle uns bekannten Menschen-Siedlungen im System eine Grußbotschaft.«

»In Ordnung«, bestätigte der Kommunikationsoffizier.

»Wohin werden wir uns als Erstes wenden?«, fragte Tong.

»Wir haben zwei Tage bis zu dem Geheimtreffen«, erklärte Captain Frost. »Unser Auftrag lautet: Die Lage aufklären und sicherheitsrelevante Auffälligkeiten registrieren.«

»Captain, unsere Grußbotschaften werden beantwortet«, meldete Lieutenant Stein.

»Und?«, fragte Frost.

»Die Christophorer von Allister V heißen uns willkommen und bieten uns jede nur erdenkliche Hilfe und Unterstützung an. Aus Asimovtown kommt eine Botschaft mit einem ähnlichen Inhalt, nur deutlich weniger herzlich formuliert. Die Prospektoren auf Planet VI bitten uns um ein paar technische Ersatzteile.«

»Und was ist mit dem so genannten Allister-Freistaat auf Planet III?«, hakte Captain Frost nach.

David Stein zuckte die Achseln. »Bislang Fehlanzeige, Captain. Sie ignorieren uns einfach.«

Frost wandte sich an Tong. »Ich schlage vor, dass wir uns dem größten Problem zuerst zuwenden, I.O.«

»Ich bin derselben Meinung, Captain.«

»Ruder?«, wandte sich Frost nun an Lieutenant Santos. »Kurs auf Planet III. Sobald wir dort angekommen sind, gehen wir in ein stabiles Orbit. Mister Tong, Sie haben die Brücke. Ich werde ein Landeteam zusammenstellen, um mit den Anführern der Freistaatler Kontakt aufzunehmen.«

»Nehmen Sie besser ein paar Marines mehr mit, Captain«, schlug Jassan Brendup vor. »Die Brüder können ziemlich rabiat werden, wie man in letzter Zeit so hört!«

»Ich danke Ihnen für den Hinweis, Mister Brendup.« Frost wandte sich Bruder William zu. »Ich hätte gerne, dass Sie mich begleiten.«

»Gerne, Captain«, antwortete der Christophorer, »aber überschätzen Sie meine Fähigkeiten nicht.«

»Ich denke, es wird Vertrauen erweckend wirken, wenn wenigstens einer im Landeteam auf den ersten Blick als jemand erkennbar ist, der nicht dem Space Corps angehört. Unser Ansehen scheint auf Planet III ja in letzter Zeit etwas gelitten zu haben.«

»Wie Sie meinen …«

Warum diese Unsicherheit?, überlegte Frost. *Dazu hat er nicht den geringsten Anlass.*

Sie wandte sich an den Ruderoffizier. »Santos! Ich brauche einen guten Piloten. Lassen Sie sich hier von einem der Fähnriche vertreten.«

»Aye, Ma'am.«

Frosts Blick blieb an Stein hängen.

»Ich hoffe, Sie denken nicht daran, mich ebenfalls für das Außenteam vorzusehen«, sagte er lächelnd.

Auf seiner Wange bildeten sich dabei Grübchen. Frost gefiel das.

»Warum?«, fragte sie. »Erschreckt Sie der Gedanke so sehr, mit mir unter diese Fanatiker zu gehen?«

»Nein, Captain. Aber ich möchte noch einmal versuchen, das Funksignal zu decodieren. Sie wissen schon.«

»Natürlich. Außerdem sollten Sie den Funkverkehr im System analysieren, soweit das möglich ist. Vielleicht erfahren wir auf diese Weise ja ein paar lokale Neuigkeiten …«

***

Die L-1 war eine von drei bewaffneten Landefähren der STERNENFAUST, die jeweils Platz für zehn Mann Besatzung boten.

Frost hatte sich ihr Bodenteam mit Bedacht ausgesucht. Außer Bruder William und Lieutenant Santos befanden sich Sergeant Ralff Olafsson und sechs seiner Marines in der Fähre. Jeder an Bord trug einen Nadler zur Selbstverteidigung. Die Marines trugen leichte Kampfmontur, aber zusätzlich zu ihren Nadlern auch schwere Gauss-Gewehre, deren Projektilgeschwindigkeit bis zu zweihundertfacher Schallgeschwindigkeit stufenlos regelbar war – je nachdem, welche Wirkung erzielt werden sollte.

Ins Visier ihrer Kampfhelme war ein Display eingearbeitet, mit dem das Ziel erfasst werden konnte.

Santos saß an der Steuerkonsole der L-1, auf deren Hauptbildschirm die blaugrüne Kugel von Allister III erkennbar war. Es gab einige braune Flecke auf der Oberfläche, wo sich wüstenartige, vegetationsarme Gebiete befanden.

Frost hatte noch zweimal versucht, die selbst ernannte Regierung des Allister-Freistaats anzufunken. Bislang ohne Erfolg. Offenbar wollte man mit dem Space Corps nichts zu tun haben. Die Verbitterung der Siedler musste tief sitzen. Vor allem die an die Öffentlichkeit gelangten Pläne für eine Übergabe an die Kridan mussten sie außerordentlich hart getroffen haben.

Frost versuchte, sich in die Lage dieser Siedler zu versetzen, die durch die politische Entwicklung alles zu verlieren drohten, was sie aufgebaut hatten. Den Krieg gegen die Kridan hatten ihre Siedlungen überstanden, aber mit dem Federstrich unter einen Vertrag sollte für ihre Existenzen das Ende kommen.

Frost gestand zu, dass das alles nur schwer hinnehmbar für jemanden war, der sich fern der mit guter Infrastruktur versehenen älteren Kolonien wie dem Mars oder den Wega-Planeten etwas im Schweiße seines Angesichts aufgebaut hatte.

Aber das, was zumindest ein Teil der Allister-Siedler im Moment veranstaltete, glich einem Amoklauf.

Im Notfall hatte ein Allister-Freistaat natürlich nicht den Hauch einer Chance, sich selbst zu behaupten. Weder gegen die Solaren Welten, noch gegen die Kridan.

Die L-1 tauchte unterdessen in die kobaltblau schimmernde Stratosphäre von Allister III ein.

»Diese Welt gleicht einem Paradies«, erklärte Bruder William. »Ich war schon einmal dort. 24 Prozent Sauerstoff! Da können Sie mal wieder tief durchatmen, Commander!«

»Ich hoffe nur, dass wir nicht in Auseinandersetzungen verwickelt werden«, sagte Frost und wandte sich an Sergeant Olafsson. »Keiner von Ihren Marines sollte sich provozieren lassen. Die Gemütslage der Kolonisten dürfte der Empfindlichkeit eines rohen Eis entsprechen!«

»Keine Sorge, Ma'am!«, erwiderte Olafsson. »Das ist nicht der erste heikle Job, den wir erledigen.« Er grinste breit.

»Ich nehme jetzt direkten Kurs auf Allister City«, erklärte Santos. »Soll ich auf dem offiziellen Landefeld des dortigen Raumhafens landen?«

»Nur, wenn wir bis dahin eine Erlaubnis dazu haben. Andernfalls landen wir einfach in der Nähe und gehen zu Fuß bis zur Stadt.«

Ein Ruck ging durch Santos. Er blickte auf seine Anzeigen. »Ein Funkspruch, Captain. Aus Allister City.«

Dana atmete tief durch. »Na endlich! Schalten Sie ihn durch, Santos.«

»Aye, Captain.«

Auf dem Hauptbildschirm bildete sich ein Teilfenster, in dem das grimmig wirkende Gesicht eines bärtigen Mannes erschien.

»Hier spricht Abdul Anderson, gewählter Präsident des Allister Freistaats.

Sie schicken sich an, auf unserem Planeten zu landen. Ich mache Sie darauf aufmerksam, dass Sie unsere Hoheitsrechte verletzen und die Konsequenzen dafür tragen müssen.«

»Hier spricht Commander Frost, Captain des Leichten Kreuzers STERNENFAUST. Wir sind hier, um Sie zu schützen und die Lage im System zu beruhigen, nicht, um Öl ins Feuer zu gießen.«

Anderson lachte auf. »Sie wollen unsere Heimat an die Kridan verschachern, weil sie glauben, dass es dann zu einem dauerhaften Frieden kommt.«

»Nein, das ist nicht wahr.«

»Dann haben Sie keine Verhandlungsvollmacht darüber, mit den Geierköpfen über das Schicksal dieses Systems zu verhandeln?«

»Wer hat Ihnen denn dieses Gerücht erzählt? Ich habe keinerlei Verhandlungsmandat«, versicherte Dana.

»Dann sind Sie nur die Begleiteskorte der eigentlichen Verräter, wie? In meinen Augen sind Sie dadurch kein bisschen besser, Commander.« Der Bärtige spuckte aus.

Frost blieb ruhig. »Wie auch immer, Mister Anderson. Sie sind formal gesehen immer noch Bürger der Solaren Welten, und wir schützen hier deren Hoheitsrechte.«

»Alles Geschwätz, Commander. Wir werden unsere Heimat verteidigen. Gegen die Kridan und notfalls auch gegen menschliche Verräter.«

»Das ist doch Wahnsinn!«

»Wir haben keine Flotte, die diesen Namen verdient«, gab Anderson zu. »Nur ein paar Raumboote und Transportschiffe – ohne Bergstrom-Antrieb – die sich auch kaum zu Schlachtkreuzern umrüsten lassen. Aber hier am Boden werden wir jedem, der uns unsere Freiheit nehmen will, über Jahre hinweg die Hölle bereiten.«

»Ich schlage ein persönliches Treffen vor, Mister Anderson«, sagte Frost.

Anderson zögerte. Er wandte den Kopf und schien sich kurz mit jemandem im Hintergrund zu beraten, dessen Gesicht in dem Bildausschnitt des Videosignals nicht zu sehen war.

»In Ordnung«, erklärte Anderson schließlich.

»Wir werden ein Stück von Ihrer Stadt entfernt landen«, schlug Frost vor, weil sie befürchtete, die Landefähre eines Space Corps-Kreuzers der Scout-Klasse könnte die Aggressionen noch schüren.

»Gut«, erklärte sich Abdul Anderson einverstanden.

Die Verbindung wurde unterbrochen.

***

Planet III hatte ein Verhältnis von 50:50 von Wasser und Land. Die Meere waren offenbar sehr flach und wurden teilweise von mangrovenartigen Wäldern bedeckt.

Inmitten eines großen Waldgebietes oberhalb des Äquators lag Allister City, das Verwaltungszentrum der Kolonie und nach Auffassung der Freistaatler nun wohl Hauptstadt ihres unabhängigen Staatengebildes. Die Waldgebiete um Allister City herum wurden immer wieder von Lichtungen und Schneisen unterbrochen. Offenbar Spuren der Siedler …

Santos wählte eine der Lichtungen aus, um zu landen.

»Zwei Marines bleiben beim Schiff, alle anderen kommen mit mir«, bestimmte Frost. »Wie weit werden wir marschieren müssen?«

»Keine zwei Kilometer«, erklärte Santos. »Allister City ist im Übrigen auch keine Großstadt. Ich schätze, da leben zweitausend Menschen, wenn es hoch kommt.«

»Die Siedler leben hier ziemlich verstreut«, fügte Bruder William hinzu. »Die meisten betreiben irgendeine Form der Landwirtschaft.«

»Verstehe«, sagte Frost nickend.

Sie überprüfte die Ladung ihres Nadlers, der sowohl einen fast immer tödlichen Strom von nadelförmigen Kleinstprojektilen oder einzelne Nadelprojektile verschießen konnte, die mit einem Betäubungsmittel versehen waren, das innerhalb eines Sekundenbruchteils für eine über Stunden andauernde Lähmung der Nerven sorgte.

Das Außenschott glitt zur Seite, und Frost trat ins Freie.

Ein eigenartiges, vielstimmiges Urwaldkonzert unterschiedlichster Tierlaute empfing sie. Die Flora bestand aus sehr großblättrigen Pflanzen, von denen manche offenbar zumindest ihre Blätter gezielt bewegen konnten.

Sie folgten einer der Schneisen, die mitten durch den Dschungel führten und offenbar für primitive Radfahrzeuge gedacht waren.

»Ich kann Ihnen allen nur raten, sehr vorsichtig zu sein«, meldete sich Bruder William zu Wort. »Die Wälder von Allister III sind bekannt für ihre bösartige Fauna und Flora.«

»Waren Sie schon einmal hier?«, fragte Dana.

»Nicht in den Wäldern, Captain. Während meiner Zeit auf Allister V habe ich mich vornehmlich mit der Kultur der Kridan beschäftigt. Wir richteten Antennen aus, um möglichst viel von ihrem Funkverkehr mitzubekommen.

Einmal erlebte ich, wie ein Schiff der heiligen Händler hierher kam. Ich war auch ein paar Mal in Asimovtown auf Planet IV. Doch mein einer Besuch in Allister City war kurz, und ich habe das Schiff kaum verlassen.«

»Woher haben Sie dann Ihr Wissen?«

»Von Mitbrüdern, die hier zu tun hatten und nach Nummer V zurückkehrten.«

Plötzlich hielt er Dana fest, riss sie zur Seite.

Wie aus dem Nichts war ein grüner, schlangenartiger Arm aus dem Gestrüpp herausgeschossen, an dessen Ende sich spitze Stacheln befanden.

Nur Zentimeter hatten gefehlt, und sie wäre getroffen worden.

Der Tentakel zog sich langsam zurück.

Es dauerte ein paar Sekunden, ehe Dana begriffen hatte, dass es sich tatsächlich um eine Pflanze gehandelt hatte und nicht um ein Tier.

»Darauf muss man hier achten«, sagte Bruder William. »Das war ein Mörder-Kaktus. Hat mit dem irdischen Kaktus nichts zu tun, außer der Tatsache, dass beide Pflanzen Stacheln haben. Irgendein unvorsichtiger Dummkopf hat diese Spezies auf Planet V eingeschleppt, wo sie sich rasend vermehrt hat. Aber das lässt sich jetzt nicht mehr rückgängig machen.«

»Ich danke Ihnen, Bruder William« erklärte Prost.

»Nicht der Rede wert. Achten Sie einfach mehr darauf, wenn sich in den Büschen etwas bewegt. Die Nadeln enthalten übrigens ein tödliches Gift, Captain.«

***

Wenig später erreichte die Gruppe Allister City.

Die ›Stadt‹ – wenn man denn von einer solchen sprechen mochte – bestand aus einem Labyrinth von Baracken, die aus Einzelelementen errichtet worden waren. Manche hatten die Form von Quadern, andere sahen aus wie Kuppeln oder Halbkegel.

Nur eins war ihnen allen gemeinsam. Es schien in Allister City nicht ein einziges zweigeschossiges Haus zu geben, wofür der Grund auf der Hand lag. Es gab auf dem Planeten mit seiner lächerlich geringen Einwohnerzahl einfach Platz genug, sodass jeder, der es wollte, sich ausbreiten konnte. In die Höhe zu bauen machte da einfach wenig Sinn.

Die Bauten lagen wie hingeworfen da. Es gab keine erkennbaren Straßen oder irgendeine Form von Ordnung. Am Rande der Stadt gab es ein Landefeld, auf dem mehrere kleinere Raumboote und Transportschiffe standen.

Eine große Menschenmenge erwartete das Landeteam.

Die L-1 war bei der herrschenden klaren Sicht deutlich am Himmel zu sehen gewesen.

»Passen Sie auf, Captain«, raunte Olafsson Frost von der Seite zu. »Ich sehe jede Menge Waffen und eine ziemlich aufgeheizte Stimmung.«

Abdul Anderson, der selbst ernannte Präsident des Allister Freistaats trat ihnen mit mehreren Dutzend bewaffneten Männern entgegen. Sie trugen Waffen unterschiedlichster Bauart. Zumeist handelte es sich um Projektilwaffen und Nadler, sowohl Gewehre als auch Pistolen. Frost bemerkte allerdings auch einen Thermostrahler, der wohl ursprünglich als Werkzeug konzipiert gewesen war, sowie einige wenige Gauss-Gewehre, wie sie auch bei den Marines üblich waren.

»Verräter!«, rief jemand aus der Menge.

»Die Regierung verkauft unser System an die Kridan!«

Ein Wutgeheul erhob sich und mischte sich mit schrillen Pfiffen.

Anderson trat auf Frost zu und reichte ihr die Hand. Auch dafür gab es Buh-Rufe.

Für Augenblicke war jegliche Verständigung unmöglich.

Erst allmählich ebbte das Pfeifkonzert wieder ab.

»Sie sehen, dass die Stimmung hier nicht gerade gut für Sie ist, Captain«, sagte Anderson. »Es war keine gute Idee, hierher zu kommen. Aber da Sie schon mal da sind, können Sie ja vielleicht Ihren Vorgesetzen berichten, was hier los ist! Und wenn Sie Ihren Kridan-Freunden bei den Verhandlungen gegenübersitzen …«

»Ich habe keine Kridan-Freunde!«, erwiderte Frost eisig. »Und ich werde auch keine Verhandlungsführerin sein!«

»Glauben Sie, Sie können mir etwas vormachen?« Er schüttelte den Kopf. »Sie gehören zu denen, die glauben, dass man ein paar einfache Siedler einfach betrügen kann, wie es einem in den Kram passt. Aber das lassen wir uns nicht gefallen. Wissen Sie, welche Entbehrungen es gekostet hat, dies alles hier aufzubauen? Jetzt ernten wir eine Reihe von Früchten, die als Grundstoffe für wertvolle Arzneien exportiert werden. Handelsschiffe kommen hierher und natürlich beliefern wir auch einige Kolonien in der Kernzone des Territoriums der Menschen.«

»Hören Sie, Sie unterstehen hier noch immer den Solaren Welten und …«

»So ein Unsinn, Captain! Solare Welten – so heißt dieses Staatengebilde noch immer, obwohl man den eigentlichen Bereich der Solaren Welten – das Sol-System nämlich – längst verlassen hat. Das zeigt doch schon die ganze Einstellung unserer Regierung! Wichtig ist nur, dass es der Erde und einigen privilegierten Kolonien wirtschaftlich gut geht. Aber was aus Siedlern wie uns wird, ist den hohen Herrschaften doch völlig gleichgültig!«

Ein Alarmsignal ließ Sergeant Olafssons Armbandkommunikator piepen.

Der Sergeant starrte für einen Moment auf die Bildanzeige des Displays. Schussgeräusche drangen aus dem Lautsprecher.

»Unsere Leute an der Fähre wurden angegriffen!«, stellte der Marine-Sergeant fest. »Sie sind beide tot. Einem von ihnen gelang es offenbar, im letzten Moment den Kommunikator einzuschalten.«

Die Freistaatler hoben jetzt die Waffen. Frost und ihre Leute wichen ein Stück zurück.

Nur Olafsson nicht!

Er schnellte vor, warf dem Captain sein Gauss-Gewehr zu, die es sicher fing, und riss den völlig überraschten Anderson zu sich heran. Wie aus dem Nichts gezaubert hielt er den Nadler in der Faust und setzte die Waffe dem so genannten Präsidenten an den Kopf.

»Keinen Schritt näher!«, rief er den Freistaatlern zu.

Mit Anderson im Würgegriff wich der Sergeant zurück.

Dutzende von Waffenmündungen waren auf die Space Corps-Leute gerichtet.

Frost entsicherte das Gewehr.

»Ich schätze, wir befinden uns in einem M.A.S.«, knurrte der Sergeant. Er bemerkte Frosts irritierten Blick und erklärte: »Das **M**iesest **A**nzunehmende **S**zenario.«

»Einen Vorschlag, wie wir hier rauskommen, Sergeant?«

»Wir müssen bis zur Waldgrenze gelangen. Dort gibt es Deckung. Und an Feuerkraft sind wir unseren Gegnern überlegen.«

Die Siedler sahen stumm zu, wie die Gruppe um Frost weiter in Richtung Waldrand zurückwich.

Augenblicke später stieg die offenbar gekaperte L-1 zum Himmel auf. Das seitliche Außenschott stand offen. Nacheinander wurden zwei Körper in die Tiefe geworfen – die Leichen der getöteten Marines.

»Diese Schweine!«, knurrte Olafsson.

Anderson in seinem Würgegriff lief blau an. Doch der Marine schien nicht einmal zu bemerkten, dass er seinem Gefangenen die Luft abschnürte.

»Ich weiß, was Sie denken, Sergeant«, sagte Frost ruhig. »Machen Sie's wie ich und schlucken Sie es hinunter!«

»Ein harter Brocken, Ma'am!«, stieß Olafsson hervor. Aber Anderson konnte offenbar wieder atmen und schnappte nach Luft.

Auch wenn ihr das niemand ansah – innerlich brodelte es in Dana wie in einem Vulkan kurz vor dem Ausbruch. Die beiden Marines hatten offenbar einen ähnlichen Fehler gemacht wie sie selbst damals auf Dambanor II. Sie hatten den Gegner nicht ernst genug genommen und sich wahrscheinlich bei geöffnetem Außenschott die Beine vertreten.

Das hatten die Angreifer ausgenutzt und zugeschlagen. Offenbar hatten es Andersons Leute von Anfang an auf das Beiboot abgesehen. Ihre Rechnung war aufgegangen.

Und jetzt zeigten sie denen, die sie für die Repräsentanten des Hohen Rates hielten, welche Verachtung sich in ihnen angestaut hatte.

Diese war kaum noch zu überbieten.

Auf der Erde macht sich kaum jemand einen Begriff davon, was sich hier wirklich zusammenbraut!, ging es Dana durch den Kopf.

Die Aktion der Kaperer wurde lauthals von der Menge bejubelt. Die Fähre schickte sich unterdessen an, auf dem Landefeld des Raumhafens niederzugehen.

Frost und ihre Männer hatten inzwischen den Waldrand erreicht.

Einer der Siedler trat ein paar Schritte vor, stoppte jedoch sofort, als sie ihm ein Gauss-Geschoss vor die Füße brannte.

Der Einschuss war enorm. Er riss ein Loch vom Durchmesser eines menschlichen Kopfes tief in den Boden. Wie weit dieser Einschuss hinabging, darüber konnte man nur spekulieren.

Die Siedler wurden etwas vorsichtiger.

Frost stellte über den Armbandkommunikator eine Verbindung zur STERNENFAUST her und erläuterte Tong die Situation mit knappen Worten.

»Ich schicke Ihnen jemanden, der Sie raufholt« versprach der Erste Offizier der STERNENFAUST. »Lassen Sie die Peilsender Ihrer Kommunikatoren eingeschaltet.«

***

Als die den Waldrand erreichten, wandte sich Frost an Olafsson und wies ihn an, den Gefangenen zurück zu seinen Leuten zu lassen.

»Vielleicht werden Sie das noch bereuen, Ma'am«, wandte Olafsson ein, löste aber sofort den Klammergriff, mit dem er Abdul Anderson festhielt, und stieß den Anführer der Freistaatler von sich.

»Auf der Flucht wäre er uns ohnehin nur hinderlich, Sergeant«, gab Frost zu bedenken. »Außerdem möchte ich nicht wissen, was hier los ist, sollte Anderson etwas zustoßen …«

»Diese Bande hat zwei meiner Männer auf dem Gewissen!«, knurrte Olafsson. »Sie brauchen nur den Befehl zu geben, und meine Männer räumen mit diesem Mörderpack auf!«

Aber genau das war es, was Frost vermeiden wollte. Die Mission auf Allister III war bereits jetzt ein katastrophaler Fehlschlag. Wenn die Marines jetzt ein Blutbad anrichteten, bestärkte das die Freistaatler nur in ihrer Ansicht, dass die Solaren Welten sie verraten und verkauft hatten und sie die Bauernopfer in einem großen Machtspiel zwischen dem Kridan-Imperium und dem Rat darstellten.

»Man wird die Schuldigen zur Rechenschaft ziehen, Sergeant«, versprach sie.

»Ihr Wort in Gottes Ohr, Captain.«

Frost warf Olafsson sein Gewehr zu. Der Marine fing es sicher auf.

»Und jetzt: Nichts wie weg!«, befahl der Captain.

Während Anderson seiner Freiheit noch nicht so recht traute und eher zögernd auf seine Leute zuging, hatten Frost und ihr Landeteam Gelegenheit, in den Wald zu flüchten und dort Deckung zu finden. Die ganze Zeit über, während Anderson sich noch mitten im Schussfeld befand, wagte es keiner seiner Anhänger zu feuern, was dem Landeteam der STERNENFAUST den entscheidenden Vorsprung gab.

Frost und die Männer des Landungsteams hetzten in den Dschungel hinein und folgten dabei zunächst den von den Siedlern gezogenen Schneisen. Sie mussten so schnell wie möglich Distanz zwischen sich und die Siedler bringen.

Die Marines waren gut trainiert und körperlich in einem Zustand, der das Prädikat topfit verdiente. Ihnen machte es nichts aus, in voller Montur durch den Dschungel von Allister III zu sprinten. Ähnliches galt für Lieutenant Santos und Captain Frost, die mit den Marines einigermaßen mithalten konnten.

Bei Bruder William sah das etwas anders aus. Seine Ausdauer war deutlich geringer. Darüber hinaus behinderte ihn sein zum Laufen ausgesprochen schlecht geeignetes Ordensgewand. Er stolperte über eine Schlingpflanze. Die beiden Marines, die die Nachhut bildeten, rissen ihn auf die Beine und zerrten ihn mit sich, ohne auch nur langsamer zu werden.

Schließlich hielten sie inne. William schnappte nach Luft und war unfähig, einen Ton herauszubringen.

Frost bedeutete den anderen mit einem Handzeichen zu schweigen und lauschte.

In der Ferne waren Stimmen zu hören.

»Sieht nicht gut aus«, meinte Santos, der ein tragbares Ortungsmodul bei sich trug. »Andersons Leute verfolgen uns auf breiter Front. Sie durchkämmen den Wald.«

»Uns trifft jetzt ihre ganze Wut über die ihrer Ansicht nach verfehlte Politik des Rates«, stellte Frost fest.

»Unsere Beiboote sind gut genug bewaffnet, um diese Bande zu vertreiben«, sagte Olafsson. »Ein gezielter Schuss in ihre Barackensiedlung und der Fall ist erledigt.«

»Das wäre Wasser auf die Mühlen der Freistaatler«, erinnerte ihn Frost. »Nein, das geht nicht. Wir müssen irgendwo an Bord genommen werden, wo das ohne eine Kampfsituation möglich ist.«

Olafsson verzog das Gesicht. »So viel Nachsicht haben diese Leute nicht verdient.« Er zuckte die Achseln. »Aber Sie sind der Captain.«

Frost nickte zufrieden. Der Sergeant meinte, was er sagte, und würde sich an ihre Befehle halten.

»Was ist mit dem Beiboot?«, fragte Santos. »Wollen Sie es denen überlassen? Immerhin verfügt es über ein Geschütz, dessen Wirkungskraft …«

»Ich weiß, was Sie sagen wollen, Lieutenant Santos«, unterbrach Frost den Ortungs- und Kommunikationsoffizier der STERNENFAUST. »Aber der Schaden, der entsteht, wenn wir den Freistaatlern das Beiboot vorerst überlassen, ist geringer als der, den wir dadurch verursachen, wenn wir ihnen die Fähre mit Gewalt wieder abnehmen.«

Santos' Blick war starr auf das Display des Ortungsmoduls gerichtet, bevor er mitten in den Dschungel deutete. »Ein paar Meilen in diese Richtung liegt eine relativ sichere Lichtung. Dorthin sollten wir das Rettungsteam von der STERNENFAUST beordern.«

»Okay, nichts wie los«, befahl Frost. »Funken Sie die STERNENFAUST an und instruieren Sie das Landungsteam entsprechend.«

»Aye, Captain.«

***

Die Gruppe kämpfte sich vorwärts. Immer dichter wurde die großblättrige Vegetation. Eine Unzahl von Stimmen erfüllte die Luft.

»Wussten Sie, dass es hier Pflanzen gibt, die Tierstimmen imitieren, Captain?«, fragte Bruder William, der inzwischen wieder zu Atem gekommen war. Der hohe Sauerstoffanteil der Allister-III-Atmosphäre trug natürlich erheblich zu seiner relativ schnellen Regeneration bei.

»Warum sollten Pflanzen so etwas tun?«, erwiderte Frost.

»Um eiweißhaltige Beute anzulocken«, erläuterte William. »In dem Jahr, das ich in unserer Siedlung auf Planet V verbrachte, starb einer unserer Mitbrüder bei seiner Forschungsexpedition in diesen Urwäldern. Er war hierher gekommen, um die in der erforschten Galaxis einzigartige Vielfalt an Fleisch fressenden Pflanzen zu studieren und fiel gewissermaßen seinen Forschungsobjekten zum Opfer.«

»Wahrscheinlich haben das diese Freistaatler behauptet, nachdem sie den Mann ermordet hatten«, meinte Olafsson grimmig.

»Ich wollte Sie alle nur zur Vorsicht mahnen«, erklärte Bruder William, der schon die ganze Zeit sehr aufmerksam den Blick schweifen ließ.

Schlingpflanzen wandten sich um die Stämme von bis zu zehn Meter dicken Bäumen, die dadurch trotz ihrer imposanten Größe von über fünfzig Metern wie riesige verzerrte Bonsais aussahen. Die groben Rinden beherbergten jede Menge Parasiten. Moosplatten siedelten dort, die sich plötzlich zusammenzuziehen vermochten, um sich ein paar der zahllosen Insekten einzuverleiben.

Plötzlich war in den Wipfeln eine Bewegung zu sehen. Ein markerschütternder, fast menschlich klingender Schrei durchdrang den Chor der Dschungelstimmen. Frost blickte auf und entdeckte ein affenähnliches Wesen, das von einer Schlingpflanze gepackt und erwürgt wurde.

»Ganz so paradiesisch ist diese Welt wohl doch nicht«, meinte Santos.

»Aber die Bedingungen für Landwirtschaft sind hervorragend«, stellte Bruder William fest. »Ich bin mir sicher, dass sich die Siedler inzwischen hervorragend mit der hier heimischen Tier- und Pflanzenwelt arrangiert haben.«

Endlich erreichten sie die Lichtung.

Ein Funkspruch erreichte Frosts Kommunikator, auf dem Display erschien das Gesicht von Michael Tong. »Das Landeteam müsste in etwa fünfzehn Minuten an der angegebenen Position sein. Ich habe den Piloten angewiesen, in einiger Entfernung runterzugehen und die Ortungsanlagen, über die Allister City möglicherweise verfügt, zu unterfliegen. Ich kann mir nicht vorstellen, dass die Freistaatler militärtaugliche Sensoren haben.«

»Danke, I.O.«, sagte der Captain.

»Fragt sich nur, ob wir lange genug durchhalten können«, überlegte Lieutenant Santos laut, der sich inzwischen wieder auf die Anzeigen seines Ortungsmoduls konzentriert hatte.

Olafsson hob wie automatisch die Waffe.

»Ich hätte nicht gedacht, dass uns Andersons Leute so schnell auf den Fersen sind!«, bekannte der Marines-Sergeant.

»Es sind keine Menschen, die sich uns nähern, obwohl das Körpervolumen in etwa hinkommt …«

»Aber …«

»Die Körpertemperatur stimmt nicht.«

Frost hörte ihm schon gar nicht mehr zu. Sie hatte eine Bewegung im Unterholz bemerkt.

Ein vielbeiniges Wesen schnellte durch das hohe Gras der Lichtung. Der eigentliche Körper maß etwa zwei Meter. Ein mit Chitinplatten besetzter Schwanz war hoch aufgerichtet und endete in einem Stachel.

»Allister-Skorpione!«, rief Bruder William.

Olafsson fackelte nicht lange, sondern ließ ein Dutzend Schuss aus seinem Gewehr herauszischen. Die Projektile hatten eine so hohe Geschwindigkeit, dass der Luftwiderstand sie zum Glühen brachte. Sie fuhren durch den Allister-Skorpion hindurch und durchlöcherten ihn wie einen Schweizer Käse.

»Sind noch mehr von denen unterwegs?«, rief der Sergeant.

»Etwa drei Dutzend«, erklärte Santos. »Sie beginnen damit, uns zu umkreisen.«

»Nehmen Sie sich vor denen in Acht«, sagte Bruder William. »Ihre Intelligenz entspricht der von fünfjährigen Kindern und sie sind ausgesprochen hungrig nach Fleisch. Und aus ihren Stacheln spritzt Säure.«

Erneut waren Geräusche vom Waldrand zu hören. Diesmal von mehreren Seiten.

Der Angriff erfolgte blitzschnell. Mehr als ein Dutzend Allister-Skorpione wagten eine koordinierte Attacke. Mit ihren sechs Beinen waren sie überaus schnell.

Die aufgerichteten Stachelschwänze ragten deutlich hervor.

»Feuer!«, befahl Frost.

Aber das wäre wohl unnötig gewesen.

Keiner der Marines hätte länger gewartet, und auch sie selbst griff nach dem Nadler und feuerte in Richtung der Angreifer.

Keine der Kreaturen kam zu ihnen durch, doch einige waren bedenklich nahe, bevor sie starben.

Massiever Frontalangriff, dachte Frost. *Das ist die Strategie dieser Biester, sofern dieser Begriff in diesem Zusammenhang passend ist.*

Die Marines schalteten ihre Gewehre auf Dauerfeuer.

Eine weitere Angriffswelle folgte sofort. Einer der Allister-Skorpione kam bis auf zwanzig Meter heran. Sein Säurestrahl schoss aus dem Stachel heraus und traf einen der Marines.

Der schrie auf, ließ das Gewehr fallen. Die Panzerung blieb unversehrt, doch die leichten Kampfanzüge schotteten ihren Träger nicht völlig von der Umgebung ab. Es gab genug Stellen, an denen die Säure den Marine erreichte.

Der Mann schrie nur noch, taumelte zu Boden, rollte herum und war wie von Sinnen.

Olafsson wollte ihm zu Hilfe eilen.

Aber Bruder William fasste ihn am Arm. »Berühren Sie ihn nicht. Die Säure würde sie zerfressen! Er muss durchhalten, bis die Fähre kommt und wir …«

Das Schreien verstummte.

Der Marine war tot, während die Allister-Skorpione erneut angriffen. Ein Säurestrahl zischte dicht an Frosts Ohr vorbei. Sie zuckte regelrecht zusammen. Ein bestialisch scharfer Geruch stieg ihr in die Nase. Sie hob den Nadler, schaltete auf Dauerfeuer.

Der Strom unzähliger, winzig kleiner Nadelprojektile prallte an dem sehr widerstandsfähigen Panzer aus einem chitinartigen Material ab. Erst als Dana die Augenpartie des Allister-Skorpions traf, zeigte der Beschuss Wirkung. Die Nadeln drangen ins Gehirn und machten den Angreifer sofort kampfunfähig.

Plötzlich tauchten die beiden verbliebenen Landefähren der STERNENFAUST knapp über den Baumwipfeln auf und glitten sofort auf ihren Antigrav-Feldern zu Boden.

Die Allister-Skorpione stoben augenblicklich davon. Sie stießen dabei aufgeregte Schnalzlaute aus. Offenbar war für sie das Auftauchen der Landefähren derart beängstigend, dass sie in blinder Panik Reißaus nahmen.

Die Fähren schwebten knapp über dem Boden, die Außenschotts öffneten sich, und Marines in schweren Kampfpanzern sprangen heraus und gingen in Stellung.

»Ich kann gar nicht sagen, wie froh ich bin, euch zu sehen, Jungs«, rief Sergeant Olafsson.

In diesem Punkt war Dana voll und ganz seiner Meinung …

***

Die Lagebesprechung an Bord der STERNENFAUST war ernüchternd.

Die Spannungen zwischen radikalen Siedlern und der offiziellen Politik des Hohen Rates hatten sich verschärft, Kompromissbereitschaft war nicht einmal im Ansatz erkennbar. Außerdem besaßen die Freistaatler jetzt sogar noch die L-1 der STERNENFAUST.

»Bleibt nur zu hoffen, dass sie die Bordbewaffnung mangels Ausbildung nicht effektiv einzusetzen wissen«, meldete sich Jassan Brendup zu Wort. »Im Übrigen ist die Radikalisierung der Siedler nicht ganz überraschend.«

»Um so etwas zu wissen, bevor ein Captain des Space Corps in einem Wespennest wie Allister City landet, hat man eigentlich einen Geheimdienst!«, konnte sich Frost eine bissige Bemerkung nicht verkneifen.

Natürlich war ihr bewusst, dass es Unrecht war, die Angelegenheit Brendup persönlich um die Ohren zu hauen. Schließlich war er nur ein einzelner Agent und konnte nicht ohne Weiteres für die Fehler seiner Behörde zur Verantwortung gezogen werden. Andererseits hatte sich Frost durch Brendups arrogante, besserwisserische Art derart herausgefordert gefühlt, dass es ihr unmöglich gewesen war, sich zurückzuhalten.

»Touché, Captain«, erwiderte Brendup mit einem gefrorenen Lächeln. »Wir machen alle Fehler.«

»Nur dass dieser Fehler Menschenleben gekostet hat«, murmelte Frost. »Wofür ich im Übrigen die Verantwortung trage.«

»Wir sollten diese Siedler-Extremisten tatsächlich nicht unterschätzen«, erklärte David Stein im Ton sachlicher Erklärung. Ein wohltuender Kontrast zum bisherigen, eher gereizten Verlauf der Lagebesprechung, wie Frost es empfand. Stein fuhr fort: »Ich habe den Funkverkehr der Freistaatler unter die Lupe genommen. Sie scheinen Kontakte und Verbindungsleute in Asimovtown auf Allister IV und bei den Merillium-Minen auf Planet VI zu haben. Ein Großteil des Funkverkehrs ist natürlich codiert. Mister Brendup hat mich im Übrigen beim Filtern der Nachrichten tatkräftig unterstützt.«

»Wir werden versuchen, einige von ihnen zu knacken«, mischte sich Brendup ein.

»Ich wünsche Ihnen viel Erfolg dabei«, erwiderte Dana.

»Wir erhielten während Ihrer Abwesenheit auch eine Nachricht von der JEFFERSON«, berichtete Tong. »Sie wird etwas früher eintreffen, als ursprünglich erwartet.«

»Was bedeutet, dass wir weniger Zeit für unseren Job haben«, schloss Dana.

»Mit den Kridan ist im Übrigen Asimovtown auf Planet IV als Treffpunkt ausgemacht worden«, fuhr Tong fort.

Dana runzelte die Stirn. »Warum das?«

»Botschafter Paljanov sagte, dass die Kridan ursprünglich eine stillgelegte Mine auf Allister VI vorgeschlagen hatten. Schließlich laufen die Heiligen Händler den Planeten seit einiger Zeit an und haben ihn offensichtlich als unbedenklich eingestuft. Aber für die radikalen Siedler sind die Merillium-Händler so etwas wie Verräter, weil sie mit den Kridan Handel treiben und deswegen ist die Wahrscheinlichkeit von Anschlägen sehr hoch. Die Erkenntnisse über den Funkverkehr, die Mister Brendup und Lieutenant Stein gesammelt haben, erhärten diesen Verdacht.«

»Ich verstehe.«

Ein Signal ertönte und bedeutete, dass jemand eine Interkom-Verbindung mit dem Captain wünschte.

»Abt Montgommery, der Leiter der Christophorer-Siedlung auf Allister V wünscht eine Unterredung mit Ihnen, Captain«, sagte der Fähnrich, der Lieutenant Stein zur Zeit vertrat.

»Gut, stellen Sie ihn durch«, sagte Frost. An die anderen gewandt erklärte sie: »Es ist alles besprochen. I.O., wir nehmen Kurs auf Planet IV. Ich hoffe, dass man in Asimovtown kooperativer ist, als in diesem ominösen Freistaat.«

»Aye, aye, Captain.«

»Bruder William, Sie hätte ich gerne bei der Unterredung mit Abt Montgommery dabei«, sagte Frost.

Normalerweise war Bruder William kein Teilnehmer der Lagebesprechung unter den Offizieren. Dana hatte ihn diesmal jedoch hinzugebeten, weil sie seine außerordentliche Sachkenntnis zu anstehenden Problemen schätzte. Allerdings hatte sich der junge Ordensbruder während der Besprechung sehr zurückgehalten und sich so gut wie überhaupt nicht geäußert.

Das gewalttätige Erlebnis im Allister-Freistaat sitzt ihm noch in den Knochen!, glaubte Frost. *Aber er wird darüber am besten hinwegkommen, wenn er sich keine grüblerischen Pausen gönnt.*

Sie wusste das aus eigener Erfahrung. Aber das war ein Punkt, über den sie jetzt nicht weiter nachdenken wollte.

Das Gesicht von Abt Montgommery erschien auf dem Bildschirm, während sich die Schiebetür hinter dem letzten Offizier schloss.

»Seien Sie willkommen im Allister-System!«, sagte der Abt. »Sie müssen Captain Frost sein und wie ich sehe, sitzt neben Ihnen ein alter Bekannter. Wie geht es Ihnen, Bruder William?«

»Den Umständen entsprechend«, wich William aus.

Dana lächelte matt.

»Die Lage scheint hier einem Pulverfass zu gleichen«, meinte sie.

»Ja, sie hat sich in letzter Zeit verschärft. Vor allem auch die Gegensätze zwischen den Freistaatlern und all denen, die sie Kridan-Freunde oder Geierkopf-Sklaven nennen. Darunter fallen unsere Ordensbrüder genauso wie die Merillium-Händler auf Nummer VI.«

»Ich wünschte, es gäbe etwas, was wir tun könnten«, sagte Dana.

»Es gäbe etwas«, erwiderte der Abt. »Sie brauchten den Freistaatlern nur Brief und Siegel darauf geben, dass das Allister-System bis in alle Ewigkeit Teil der Solaren Welten bleibt und in keinem Fall Tauschobjekt für einen Frieden mit den Kridan wird.« Der anfangs eher heitere Grundton des Abtes hatte sich nun gänzlich verloren. Er wirkte sehr ernst. »Aber das können Sie nicht, Captain Frost. Das wissen wir beide. Auch wenn die Siedler Botschafter Paljanov Unrecht tun, indem sie glauben, dass es diesmal bereits zu einem derartigen Handel kommen könnte, so bin ich davon überzeugt, dass Julio Ling seine auf Eis gelegten Pläne schon bald wieder hervorkramen wird. Vorausgesetzt, wir haben nicht schon vorher einen zweiten Kridan-Krieg.«

Captain Frost sah Abt Montgommery etwas erstaunt an.

Er sagt das, als ob daran nichts mehr zu ändern wäre!, ging es Dana durch den Kopf. »Haben Sie denn irgendwelche Anhaltspunkte, dass Ihre Hypothese zutrifft?«

Der Abt hob die Augenbrauen. »In erster Linie den, dass wir einfach nicht wissen, warum der Krieg damals überhaupt geendet hatte. Bei den Kridan ringen Geistliche und das Militär um die Herrschaft. Wir vermuten, dass der Krieg aus religiösen Gründen beendet wurde – nicht wegen der Verluste, denen das Space Corps ihnen bei Trident zugefügt hat. Es ist nur eine Frage der Zeit, bis die Militärs wieder an die Macht gelangen. Und die Priester scheinen Probleme zu haben.«

»Wie kommen Sie darauf?«

»Sie sollten sich mal mit den Merillium-Preisen beschäftigen, Captain. Merillium wird bei den Kridan nur bei religiösen Zeremonien in großen Mengen benötigt. Abgesehen davon ist es wertlos. Seit einiger Zeit zahlen die Heiligen Händler der Kridan, die unser System anlaufen, fast *jeden* Preis. Der Gewinn pro Kilogramm unbehandeltem Roh-Merillium steigt exponentiell, Captain. Das ist unserer Ansicht nach ein sicheres Zeichen. Entweder bereiten sich die Priester auf ein Ritual vor, wie es seit über 15 Jahren nicht geschehen ist – oder sie sind verzweifelt …« Der Abt zuckte die Achseln. »Was halten Sie für wahrscheinlicher?«

»Ist es möglich, dass Sie Ihre wenigen Quellen falsch deuten?«

Abt Montgommery schnaubte. »Angesichts unserer bruchstückhaften Informationen über das Heilige Imperium der Kridan wäre das nicht weiter verwunderlich. Aber es ist die beste Theorie, die Ihnen der Orden der Christophorer bieten kann.«

»Ich verstehe«, murmelte Frost. »Danke für Ihre Informationen.«

»Meine Brüder und ich stehen Ihnen jederzeit zur Verfügung, falls Sie Unterstützung benötigen, Captain.«

Die Verbindung wurde unterbrochen.

Sollte die Vermutung des Abtes der Wahrheit entsprechen, kann es sich bei dem bevorstehenden Treffen eigentlich nur um eine Falle handeln!, durchzuckte es Dana wie ein greller Blitz.

***

Captain Frost betrat die Brücke der STERNENFAUST. Die diensthabenden Offiziere waren an ihren Konsolen. Lieutenant Tong führte das Kommando und sorgte für einen reibungslosen Ablauf.

Die STERNENFAUST kreiste inzwischen in einem stabilen Orbit um die Wasserwelt Allister IV, deren Hauptstadt Asimovtown ursprünglich auch das administrative Zentrum des gesamten Systems gewesen war.

Hier waren unter anderem die wenigen bewaffneten Raumboote stationiert, die für eine Verteidigung gegen Angriffe von Außen zur Verfügung standen.

Seit der Abspaltung der Freistaatler hatte Asimovtown seinen Rang jedoch mehr oder weniger eingebüßt.

Als blauweiße Kugel schimmerte Planet IV auf dem großen Panoramaschirm. Gut erkennbar schwebte auch ein Schiff der Heiligen Händler im Orbit. Wie Frost inzwischen erfahren hatte, flogen die meisten Händler-

Schiffe der Kridan zunächst Allister IV an, bevor es sie zu den Merillium-Minen auf Planet VI zog. Der Grund war einfach. Sie konnten mithilfe ihrer Landefähren in Asimovtown Ware aufnehmen, die in den Merillium-Minen dringend gebraucht wurde. Technisches Gerät vor allem, aber auch Luxusgüter für die Minenmannschaften. So war ein schwunghafter Dreieckshandel entstanden und Asimovtown profitierte direkt vom derzeitigen Merillium-Boom auf dem sechsten Planeten.

Auch das war wahrscheinlich ein Grund dafür, dass die Kridan Asimovtown auf Allister IV als Treffpunkt vorgeschlagen hatten. Es handelte sich um einen Ort, der ihnen durch Berichte der Heiligen Händler gewiss bekannt war.

»Sie haben die Brücke, Captain«, übergab Tong das Kommando, als er sie bemerkte.

»Danke, I.O.« Frost setzte sich in ihren Sessel. »Lieutenant Stein, stellen Sie mir bitte eine Verbindung zum Solaren Administrator in Asimovtown her.«

»Sofort, Captain.«

Wenig später schaute ihr Connor McGrady vom Bildschirm entgegen. Er war als ziviler Administrator von Asimovtown eigentlich für das gesamte Allister-System zuständig. Aber die Freistaatler erkannten seine Entscheidungen nicht mehr an. Sie betrachteten McGrady als jemanden, der zu der Bande von Verrätern gehörte, die letztlich nur den Ausverkauf des Systems an die Vogelartigen zum Ziel hatten. Zumindest wenn man der Interpretation der Freistaatler glaubte.

In den letzten 24 Stunden hatte Frost immer wieder Kontakt zu McGrady gehabt – insbesondere seitdem bekannt war, dass die Kridan offenbar Allister IV als Treffpunkt bevorzugten.

»Guten Tag, Captain«, grüßte McGrady.

Frost nickte ihm zu und kam sofort zur Sache. »Haben Sie sich inzwischen Gedanken darüber gemacht, wo genau das Treffen zwischen Botschafter Paljanov und den Kridan-Unterhändlern durchgeführt werden könnte?«

Genau um diesen Punkt hatte sich McGrady in ihren letzten Gesprächen immer zu drücken versucht. Am liebsten hätte er wahrscheinlich gehabt, wenn das Treffen möglichst weit von seiner Stadt und seinem Planeten entfernt anberaumt worden wäre.

Aber als treuer Verwalter im Dienst der Solaren Welten und des Rates konnte er noch nicht einmal seinen Protest anmelden.

»Ich habe Ihnen ja auseinandergesetzt, dass unsere Stadt von Freistaatlern – oder Subjekten, die mit ihnen sympathisieren – nur so durchsetzt ist«, begann er. »Wir verfügen nicht über die Möglichkeiten, das unter Kontrolle zu halten. Aber etwa zehn Meilen von der Stadt entfernt gibt es eine stillgelegte Plattform mit der Bezeichnung WHALE ONE. Sie gehörte ursprünglich zu einem Komplex von hydroponischen Anlagen. Die Plattform reicht aus, damit dort eine ganze Staffel von Landefähren aufsetzen kann. Für potentielle Attentäter ist sie dagegen schwer erreichbar. Sie könnten mit ihren Marines dort rechtzeitig vor dem Treffen landen und hätten alles unter Kontrolle.«

»Das klingt gut.«

»Ich kann Ihnen nichts Besseres anbieten, Captain.«

»Ich werde Ihren Vorschlag an Botschafter Paljanov weiterleiten«, sagte Frost. »Er wird die Einzelheiten mit seinen Verhandlungspartnern besprechen müssen.«

»Das versteht sich von selbst.«

Die Verbindung wurde unterbrochen.

Frost nahm sich vor, mit Sergeant Olafsson über die sicherheitsrelevanten Details eines Treffens auf WHALE ONE zu sprechen, wandte sich jedoch zunächst an Brendup. »Was halten Sie davon?«

»Ich werde mir die Daten dieser Plattform genau ansehen, dann kann ich mir eine Meinung dazu bilden.«

»In Ordnung, Mister Brendup. Ich nehme an, Administrator McGrady wird Ihnen dabei sicher behilflich sein.«

In diesem Moment meldete sich Stein zu Wort.

»Ich orte insgesamt fünf Kriegsschiffe der Kridan mit Kurs auf die Inneren Planeten des Allister-Systems, Captain.«

Frost wechselte mit Tong einen verblüfften Blick.

»Eine ziemlich große Flottille, um nur Verhandlungen zu führen«, meinte der Erste Offizier und brachte damit auch Danas Gedanken auf den Punkt.

»Senden Sie eine Grußbotschaft, Lieutenant Stein«, verlangte Captain Frost.

»Schon geschehen«, meldete der Kommunikationsoffizier einen Lidschlag später.

Augenblicke des Schweigens vergingen auf der Brücke der STERNENFAUST. Aber die Grußbotschaft blieb unbeantwortet.

In Danas Kopf arbeitete es fieberhaft.

Irgendetwas stimmte hier nicht. Sie hatte das Gefühl, in einem unsichtbaren Netz gefangen zu sein.

»Wann werden die Kridan hier eintreffen, Lieutenant Stein?«, fragte Dana.

»Wenn sie entsprechend abbremsen, um in einen Parkorbit um Allister IV zu gelangen, in etwas mehr als drei Stunden.«

»Also noch vor der JEFFERSON.«

»Exakt«, stimmte Stein zu.

»Stellen Sie mir einen Kontakt zu Botschafter Paljanov her.«

»Sofort.«

***

Gastan-Zor saß in sich versunken im Kommandosessel der SARAGHSHAN, dem Flaggschiff der kleinen Begleit-Flottille, die sich System 5147 näherte. Nur das Raumschiff von Moktron-Dor, dem priesterlichen Verhandlungsführer, unterstand nicht seiner Befehlsgewalt. Es war im Gegensatz zu den anderen im Anflug auf den Verhandlungsort befindlichen Kridan-Schiffen auch nicht mit Tanjaj bemannt, sondern mit gewöhnlichen Tempelwächtern.

Moktron-Dor schien den Gotteskriegern seines Volkes nicht zu trauen.

Gastan-Zor erinnerte sich an die Worte seines großen Mentors, des Mar-Tanjaj, der ihm gesagt hatte: »Du hast vollkommen freie Hand. Was immer du für die Erhaltung und Fortführung des Imperiums für richtig erachtest, das tue! Aber tue es schnell und entschlossen. Vor Zauderern habe ich keine Achtung.«

Die Worte klangen immer wieder im Bewusstsein des jungen Tanjaj-Kommandanten wider.

Ich werde mich würdig erweisen!, so hatte er es sich vorgenommen.

Und das bedeutete paradoxerweise diesmal weniger einen genauen Blick auf den Feind als auf Moktron-Dor, den Ersten Verhandlungsführer der Priesterschaft.

Der Ortungsoffizier meldete sich. »Das Menschenschiff namens STERNENFAUST befindet sich bereits im Orbit um den Planeten, den wir mit dem Verhandlungsführer der Ungläubigen als Treffpunkt vereinbart haben … Sie senden Grußbotschaften.«

»Ignorieren!«, befahl Gastan-Zor. »Wir wissen, dass unter den Ungläubigen ungehobelte Sitten herrschen, aber dass sie uns verhöhnen, indem wir durch einen Lakaien gegrüßt werden, hätte ich nicht für möglich gehalten.«

»Nach allem, was wir wissen, ist das keineswegs als Verhöhnung gemeint«, erklärte der Erste Offizier, der als Experte für Menschen galt.

Gastan-Zor hob die Schulter und rieb die Schnabelhälften hörbar gegeneinander.

»Es gibt gewisse Gesten, die sind universell verständlich«, war er überzeugt.

»Das hat mit einer verschiedenartigen Kultur nichts zu tun.«

»Wir empfangen gerade eine getarnte Nachricht, ehrenwerter Kommandant«, meldete der Funker. »Offenbar ist das, was wir in Empfang nehmen wollen, tatsächlich an Bord der STERNENFAUST.«

»Gut«, sagte Gastan-Zor nachdenklich. Ein triumphierendes Schnabelschaben konnte er sich nicht verkneifen.

Es gilt einen Schatz von unschätzbarem Wert entgegenzunehmen!, ging es Gastan-Zor durch den falkenartigen Kopf, dessen große, hervortretenden Augen einen Rundumblick erlaubten. *Danach mag der Krieg weitergehen … je schneller desto besser für das Reich und die Tanjaj…*

Vielleicht konnte er ja einen Beitrag dazu leisten.

Hatte ihn der Mar-Tanjaj nicht geradezu ermutigt?

Krieg, dachte Gastan-Zor, *ist die Grundlage unserer Existenz als Diener Gottes. Das sollten wir niemals vergessen …*

***

»Wir sind uns in allen Details über den äußeren Ablauf der Verhandlungen einig«, erklärte Botschafter Paljanov. »Die Kridan haben WHALE ONE vor der Küste von Asimovtown als Treffpunkt sofort akzeptiert.«

»Das freut mich zu hören«, erwiderte Dana, während sie auf den Bildschirmausschnitt schaute, auf dem Kopf und Oberkörper des Botschafters zu sehen waren.

»Ich nehme doch an, dass Sie an der Verhandlung teilnehmen, Captain Frost.«

»Es wäre mir eine Ehre. Aber ich schlage vor, dass sich mein Erster Offizier bereits jetzt mit einem Landeteam hinunterbegibt, um alle Sicherheitsfragen zu checken.«

»Dasselbe Recht müssen wir der anderen Seite auch zugestehen«, gab Botschafter Paljanov zu bedenken.

Frost atmete tief durch. »Gut, wie Sie meinen!«

»Instruieren Sie Ihren I.O., aber lassen Sie ihn erst starten, wenn ich mit den Kridan gesprochen habe und ich Ihnen das Okay gebe«, verlangte der Botschafter. »Eventuell wünschen unsere Verhandlungspartner eine zahlenmäßige Einschränkung der anwesenden Sicherheitskräfte.«

»Auch damit wäre ich einverstanden.«

»Schön, dass wir uns einig sind, Captain Frost. Wir werden in circa zwei Stunden bei Ihnen sein. Paljanov Ende.«

Das Bild des Botschafters verschwand.

Frost wandte sich an den Waffenoffizier, Lieutenant Robert Mutawesi. »Sorgen Sie bitte sicherheitshalber dafür, dass wir gefechtsbereit sind. Man kann nie wissen. Und im Ernstfall haben wir es mit einer Übermacht zu tun.«

»Aye, aye«, bestätigte Mutawesi.

Dana wandte sich an Tong. »Sie sollten sich vorbereiten, I.O.«

»Jawohl, Captain.«

»Sergeant Olafsson und ein paar seiner Männer werden Sie begleiten.«

Tong nickte. »Ich möchte außerdem Bruder William mitnehmen. Auf seinen Sachverstand will ich nicht verzichten.«

»Einverstanden.«

»Ich bestehe darauf, ebenfalls bei den Verhandlungen anwesend zu sein«, erklärte Brendup.

Frost drehte sich zu ihm herum. »Ich bin etwas überrascht, Mister Brendup.«

»Warum?«

»Nun, bisher zeigten Sie nicht gerade übermäßigen Eifer, wenn es darum ging, an einer Landemission teilzunehmen. Auf Allister III haben Sie sich zum Beispiel nicht gerade vorgedrängelt.«

»Jeder nach seinen Fähigkeiten, Captain.«

»Das ist wohl wahr«, seufzte Dana.

Sie mochte Brendup nicht, das war ihr klar, seit sie ihm zum ersten Mal begegnet war. Schon in dem Moment, als er die Brücke betreten hatte, war sie förmlich vor ihm geflohen.

Eine instinktive Entscheidung, ging es ihr durch den Kopf.

Aber es gab keine Handhabe, ihn daran zu hindern, den Trupp zu begleiten. Ganz im Gegenteil! Seine Qualifikationen und seine Position beim Geheimdienst der Solaren Welten sprachen eindeutig dafür, ihn mitzunehmen.

Schließlich nickte Captain Frost.

Ihr Erster Offizier fasste das als Befehl auf.

»Also kommen Sie, Mister Brendup«, sagte er.

Die beiden hatten noch nicht einmal die Brücke verlassen, da traf bereits das Okay von der JEFFERSON ein.

Es konnte losgehen …

***

Die L-2 landete auf der stillgelegten Plattform WHALE ONE.

Diese hatte eine quadratische Grundfläche, deren Kantenlänge ungefähr einen Kilometer betrug. Es gab mehrere kleinere Aufbauten – die ehemaligen Mannschaftsquartiere. Hangars für Transportgleiter und Ähnliches befanden sich im Inneren der Plattform, die fest mit korrosionsbeständigen Stahlseilen am Meeresboden verankert war.

Insgesamt bildete sie einen gewaltigen Stahlkubus, dessen größerer Teil unterhalb der Wasseroberfläche lag. Auch die hydroponischen Anlagen zur Aufbereitung von nährstoffhaltigen Algen hatten sich dort unten befunden. In ihrer aktiven Zeit hatte WHALE ONE den neunzig Prozent der Planetenoberfläche bedeckenden Ozean befahren und dabei Milliarden Kubikmeter Meerwasser verschlungen, wieder ausgespuckt und auf Plankton und Algen hin gefiltert. Ein Grundstoff, aus dem später die Steaks in den Restaurants von Asimovtown gemacht wurden.

Angeblich schmeckte man keinen Unterschied.

Allerdings waren die hydroponischen Anlagen in die Krise gekommen, seit die Landwirtschaft auf Allister III florierte, sich mehr Siedler dort niedergelassen hatten und vor allem die Transportkapazität an Unterlicht-Schiffen stark zugenommen hatte, die innerhalb des Systems operierten.

Vielleicht holte man die alten Plattformen wieder aus der Versenkung hervor, wenn die Krise mit dem neuen Allister Freistaat auf dem Nachbarplaneten anhielt.

Tong trat durch das Außenschott der L-2 ins Freie. Ein wolkenloser Himmel herrschte über dieser Region von Allister IV. Zwei auch am Tag als unregelmäßig geformte weißgraue Flecken am Himmel sichtbare Monde machten einem allerdings sofort klar, dass dies nicht die irdische Karibik war. In einiger Entfernung waren auf dem Festland die Häuser von Asimovtown zu sehen.

Abgesehen von Jassan Brendup und Bruder William waren die anderen Mitglieder des Landeteams allesamt Marines.

Sergeant Ralff Olafsson bellte ein paar Befehle.

»Nehmen Sie das mobile Ortungsmodul, Takashi!«, wies er einen der Männer an. »Wir müssen uns sicher sein, dass mit diesem Haufen Alteisen alles in Ordnung ist.«

»Ja, Sir!«

Die Marines schwärmten aus und sahen sich um.

»Ich hoffe nicht, dass diese radikalen Freistaatler-Terroristen uns hier in die Suppe spucken«, brummte Olafsson.

Tongs Armbandkommunikator summte – Lieutenant Stein.

»Die Kridan haben mehrere Beiboote ausgeschleust«, berichtete dieser. »Erwartete Ankunftszeit bei Ihnen in circa 20 Minuten.«

»Was ist mit der JEFFERSON?«, fragte der Erste Offizier der STERNENFAUST.

»Ist im Anflug. Aber es wird noch etwas dauern, bis Botschafter Paljanov bei Ihnen ist.«

»Danke, Lieutenant!« Tong unterbrach die Verbindung.

»Es sind die Kridan, die sich nicht an die Absprache halten und zu früh eintreffen«, erinnerte ihn Bruder William, der Tongs Gespräch mit angehört hatte.

»Was schließen Sie daraus?«

»Kann ich noch nicht sagen«, wehrte William ab.

»Ich wusste gar nicht, dass die alienfreundlichen Christophorer so misstrauisch sein können«, mischte sich Brendup ein.

»Der Mensch täuscht sich, solange er lebt«, sagte Bruder William. »Sich selbst am meisten, Gott aber nie.«

Brendup verzog das Gesicht zu einer Grimasse. »Tiefsinnige Sprüche haben Sie also auch drauf!«

»Ist nicht von mir, sondern ein Zitat unseres Ordensgründers Abt Mboto Narewo. Sie sollten seine Schriften lesen, dann wäre Ihr Inneres deutlich ausgeglichener.«

Brendup machte eine wegwerfende Geste, wandte sich abrupt um und schlenderte über die Plattform.

»Ein widerlicher Kerl«, sagte Tong spontan und froh, dass nur Bruder William diese emotionale Entgleisung mitbekam und nicht ein reguläres Mitglied ihrer Crew.

Der Christophorer tat das einzig Richtige und ignorierte diesen Ausrutscher schlicht und ergreifend.

Tong bemerkte, wie Brendup eine seltsam ruckartige Bewegung vollführte. Er griff sich in den Nacken, so als würde er unter plötzlich einsetzendem Schmerz leiden.

Im nächsten Augenblick schien es vorbei zu sein.

Tong maß dieser Beobachtung zunächst keinerlei besondere Bedeutung zu …

***

Gastan-Zor stakste auf seinen Vogelbeinen in der Zentrale seines Flaggschiffs auf und ab.

Moktron-Dor, der priesterliche Verhandlungsführer, hatte darauf bestanden, dass kein Tanjaj an den Verhandlungen mit den Menschen teilnahm.

Er muss sich sehr mächtig wähnen, wenn er diesen Affront gegen mich, den Vertrauten des Mar-Tanjaj, wagt!, überlegte der Kommmandant.

Die Abmachung hatte eigentlich anders gelautet und mochte der Priester ihm auch formal in der Hierarchie des Imperiums übergeordnet sein, so war diese Vorgehensweise doch sehr ungewöhnlich.

Aber Gastan-Zor dachte nicht im Traum daran, auf deren Einhaltung zu bestehen und etwa mit einer eigenen Landefähre auf der Plattform zu landen, die als Treffpunkt dienen sollte. Vielleicht war es auch ganz gut, wenn Moktron-Dor sich mit dem Menschenbotschafter unbeobachtet glaubte.

Gastan-Zor hatte jedoch vorgesorgt. Unter den Tempelkriegern, die Moktron-Dor begleiteten, befand sich ein Agent, der Gastan-Zor treu ergeben war.

Mein Auge und mein Ohr am Ort der Schande!, durchfuhr es ihn.

»Ehrenwerter Kommandant«, durchbrach der Funker in diesem Moment seine Grübeleien, »ich erhalte soeben die erwarteten Peilsignale von der Planetenoberfläche. Das, was wir an Bord nehmen wollten, befindet sich inzwischen dort …«

»Gut«, murmelte Gastan-Zor und schnalzte dabei mit dem Schnabel.

***

Die Landefähren der Kridan setzten sanft auf der Plattform auf. Bewaffnete stürzten in staksigem Gang heraus und gingen mit ihren Waffen in Stellung. Sie misstrauten der Menschengruppe augenscheinlich.

»Wäre nicht schlecht, wenn wir jetzt auch einen Verhandlungsführer hier vor Ort hätten«, raunte Bruder William.

»Geduld«, forderte Tong, obgleich auch seine Nerven bereits zum Zerreißen gespannt waren.

Die Kridan-Krieger waren gegenüber den Marines in einer vielfachen Übermacht.

Das *entspricht nicht den Abmachungen!,* dachte Tong.

Aber das war natürlich kein Grund, die Verhandlungen abzubrechen, noch bevor sie eigentlich begonnen hatten.

Olafsson trat neben ihn und sagte: »Takashi hat da etwas auf dem Schirm des Ortungsmoduls, was mir gar nicht gefällt.«

»Was ist es?«

»Eine sehr schwache Energiesignatur. Ich halte es für eine Bombe. Irgendein Ei, das uns die Freistaatler hier gelegt haben.« Tong stellte keine Fragen. Wenn die Marines sagten, dass sie etwas gefunden hätten, hatten sie etwas gefunden.

Olafsson und er wechselten einen kurzen Blick. *Auch das noch!,* schienen beide zu denken.

Der Marine hob die Schultern. »Tut mir leid, Sir, aber wir hatten keine Zeit, die Überprüfung abzuschließen, bevor diese Vogelschädel hier auftauchten!«

»Es macht Ihnen niemand einen Vorwurf, Sergeant. Kennt sich einer Ihrer Männer mit so etwas aus?«

»Ich werde persönlich hinuntergehen und den Dreck beseitigen, den uns da jemand hinterlassen hat. So einen Befehl würde ich keinem meiner Leute gerne geben …«

»Ich werde Sie begleiten«, mischte sich Brendup ein, der sich unbemerkt von hinten genähert und alles mitbekommen hatte. Dafür schien er eine Art siebten Sinn zu haben.

»Ich weiß nicht«, knurrt Olafsson. Dem Marine-Sergeant war anzusehen, dass ihm dieser Gedanke nicht gefiel.

Brendup setzte sein verzerrtes Lächeln auf.

»Ich habe in einer Sprengstoffspezialeinheit angefangen«, verriet er. »Außerdem habe ich eine Ausbildung als Spezialist für Sender- und Empfangstechnik in mikrotechnischen Systemen.«

»Klingt ja beeindruckend«, sagte Olafsson unbeeindruckt.

Tong bemerkte die Ironie in den Worten des Marine sofort, Brendup schien dazu unfähig zu sein.

Olafsson nickte schließlich. »Soll er mitkommen. Mehr als dass uns hier alles um die Ohren fliegt, kann ja nicht passieren!«

Doch, dachte Tong. *Die erste Verhandlungsrunde, die es überhaupt zwischen Menschen und Kridan je gegeben hat, droht zu platzen, wenn ich der anderen Seite sagen muss, dass sie in Lebensgefahr ist und schleunigst verschwinden soll!*

»Jetzt hilft wohl nur noch beten«, meinte Bruder William.

»Dafür, dass Olafsson die Bombe entschärft?«, fragte Tong und fügte dann hinzu: »Das setze ich voraus!«

»Nein. Dafür, dass die Kridan weniger gute Ortungsmodule besitzen als unsere Marines und das Ding möglichst lange übersehen …«

***

Olafsson und Brendup stiegen in die Tiefe des Stahlkubus. An der Mündung von Olafssons Gauss-Gewehr befand sich eine leistungsstarke Lampe. Brendup hatte einen Microlenser bei sich, mit dem man sich ebenfalls hervorragend in der Dunkelheit orientieren konnte.

Brendup hatte das Ortungsmodul in der Linken und ging voran.

»Ich hoffe, das, was Sie gerade über Ihre Zeit bei den Sprengstoffspezialisten gesagt haben, war nicht nur Angabe«, knurrte er.

Es gefiel ihm nicht, bei diesem Einsatz zur zweiten Geige degradiert zu werden. Andererseits war Olafsson natürlich Profi genug, um in einer derartigen Situation jede Hilfe anzunehmen.

In fast fünfzig Meter Tiefe fanden sie schließlich mithilfe des Ortungsmoduls, was sie gesucht hatten: Einen quaderförmigen Gegenstand, der die gesuchte Energiesignatur aufwies.

»Also, an die Arbeit«, sagte Brendup. »Oder soll ich Ihnen den Vortritt lassen, Sergeant?«

***

Die JEFFERSON traf ein.

Majestätisch schwebte das Schlachtschiff der Dreadnought-Klasse in einer Entfernung von nur zehn Kilometern an der STERNENFAUST vorbei. Eine Landefähre wurde ausgeschleust.

»Eine codierte Nachricht vom I.O., Ma'am«, meldete Stein an Frost gerichtet. »Offenbar gibt es ein Sicherheitsproblem. Im Inneren der Plattform existiert eine Bombe, die aber entschärft werden kann …«

»Stellen Sie Kontakt zur JEFFERSON her!«, verlangte Frost.

»Verbindung steht.«

Auf dem Panoramabildschirm erschien jetzt das Gesicht von Captain Damien D. Waters, dem Kommandanten der JEFFERSON.

Frost fasste knapp zusammen, wie die Lage war.

»Botschafter Paljanov ist bereits von Ihrem Ersten Offizier über den Sachverhalt informiert worden«, erklärte Waters. »Er denkt nicht daran, die Verhandlungsmission abzubrechen und geht das Restrisiko ein. Die Chance auf Frieden ist es wert, sagt er.«

Ist da ein Vorbehalt gegenüber Paljanovs Ansichten?, ging es Frost durch den Kopf.

Aber die Argumente des Botschafters waren nicht von der Hand zu weisen. Wenn die Kridan Wind von den Attentatsvorbereitungen bekamen, fand das Treffen nicht statt.

Und wer wusste schon, wann sich die nächste Gelegenheit ergab …

Der nach dem neuen Verschlüsselungssystem codierte Kanal zur JEFFERSON wurde geschlossen.

»Hier ist etwas, was Sie sich ansehen sollten, Ma'am«, sagte Stein plötzlich.

Frost hatte schon die ganze Zeit über bemerkt, dass der Lieutenant an seiner Konsole stark beschäftigt war. Viel stärker, als es die Position eines Ortungs- und Kommunikationsoffiziers in der derzeitigen Situation eigentlich erforderte.

Sie trat an Steins Konsole und blickte auf die Displays.

»Ich konnte es einfach nicht lassen, und habe weiter an der Aufklärung von Captain Leslies Tod gearbeitet.« Der Lieutenant deutete auf eines der Displays.

Frost begriff sofort. »Es ist Ihnen gelungen, einige der kurz vor der Explosion gelöschten Daten zu rekonstruieren!«

»Exakt. Das Material ist bruchstückhaft und enthält noch viel Datenschrott. Aber es handelt sich um Privataufzeichnungen von Captain Leslie. Er beschreibt hier seinen Eindruck von Jassan Brendup, dem Geheimdienstoffizier, der ihm für die bevorstehende Mission im Allister-System zugeteilt wurde. Besonders gut kommt der Kerl nicht weg …«

»Überrascht Sie das, Lieutenant?«

»Nein, Ma'am, nicht im Mindesten. Wir alle wissen ja, dass er nicht gerade ein sympathischer Typ ist.«

»Sie sagen es.«

»Aber das hier geht über Sympathie und Antipathie weit hinaus«, berichtete Stein. »Wie gesagt, der Text hat Bruchstücke, aber es lässt sich das Wesentliche zusammenfassen. Captain Leslie überwachte die Reparaturen an Bord der STERNENFAUST. Brendup kam an Bord, um sich das erste Mal mit

Leslie zu treffen, weil Leslie keine Lust hatte, deswegen zur Erde zu fliegen. Was Brendup nicht wusste: Es lief gerade ein Test-Scan der Ortungssysteme. Sie zeichneten eine sehr schwache, abgedämpfte Energiesignatur auf, die Leslie sofort bekannt vorkam. Sie ähnelte den Energiemustern, die wir aus der Kridan-Technik kennen. Er ging der Sache nach und fand das hier!«

Stein drückte auf einen Knopf. Auf einem der Displays erschien eine Abbildung, die einem antiken Röntgenbild ähnelte.

»Der M-Scan!«, entfuhr es Frost.

Jeder, der ein Kriegsschiff wie die STERNENFAUST betrat, wurde in der Schleuse durch ein so genanntes M-Strahlungsfeld durchleuchtet, um Sabotage zu verhindern. Das war auch mit Brendup geschehen, als er zum ersten Mal die Schleuse passiert hatte.

Stein zoomte den Kopf heran. Im Nackenbereich befand sich etwas Metallisches von der Größe eines Fingernagels.

»Ein implantierter Chip, würde ich sagen«, sagte Frost.

»Exakt«, bestätigte Stein.

»Aber das ist noch nichts Besonderes. Milliarden von Menschen haben Chips, die Medikamente oder ultraleichte Stromstöße abgeben und meistens medizinischen Zwecken dienen.«

»Dieser nicht. Er arbeitet wie eine Kamera, ist mit dem Auge verbunden und speichert alles, was der Betreffende sieht. Captain Leslie fand das allerdings allein heraus. Er nahm Kontakt mit einem Spezialisten an der University of New L.A. auf und der bestätigte anhand des Scans, dass es sich wahrscheinlich nicht um menschliche Technik handelt.«

Lieutenant Stein blickte seinen Captain jetzt direkt an. »Ich denke, Brendup bekam Wind von Leslies Aktivitäten. Vermutlich überwachte er Leslies Datenverkehr. Er kehrte noch einmal zurück zur STERNENFAUST und den Rest wissen wir. Er tötete Leslie, bevor dieser seine Erkenntnisse weitergeben konnte, brachte ihn dorthin, wo die Explosion stattfand und konnte sich sicher sein, dass keine Spuren bleiben.«

Frost nickte. »Das macht erschreckend viel Sinn.«

»Nicht wahr? Captain Leslie hat übrigens einige aufschlussreiche Dinge über Brendup herausgefunden. Er war für mehrere Wochen auf einem Planeten verschollen, den die Kridan überrannt hatten. Irgendwie schaffte er es dann aber doch zu entkommen … Und wenn er ihnen eigentlich gar nicht entkommen ist …? Die Kridan müssen über sehr wirksame Konditionierungsmethoden verfügen.«

»Vielleicht dient auch dazu der Chip«, vermutete Frost.

Brendup hatte Karriere gemacht und Zugang zu Geheimwissen erhalten.

Und jetzt soll er sein gesammeltes Wissen abliefern!, ging es Frost schaudernd durch den Kopf. *Darum das Treffen!*

»Ich brauche eine Verbindung zum I.O.«, befahl sie. »Und zwar sofort!«

***

Mit überraschender Leichtigkeit hatte Brendup die Bombe entschärft. Olafsson stand nur staunend daneben.

»Die Gefahr ist vorüber«, sagte der Geheimdienstoffizier und gab über seinen Armbandkommunikator eine entsprechende Meldung an Frost weiter.

Er richtete sich auf – zog plötzlich einen Nadler hervor und richtete die Waffe auf Olafsson. Ohne zu zögern feuerte er auf das Gesicht des Marine.

Durch die ruckartige Bewegung des Geheimagenten alarmiert, übernahmen Olafssons antrainierte Reflexe die Kontrolle. Das Visier seines Helms glitt hinab. Gleichzeitig wich der Marine mit – für einen Mann seiner Größe – erstaunlicher Geschwindigkeit zur Seite.

Der Nadelstrom zischte dicht am Kopf des Sergeants vorbei. Ein paar der Projektile trafen Helm und Visier.

Olafssons Fuß schnellte hoch, kickte Brendup den Nadler aus der Hand, obwohl dieser bei versiegelter Panzerung kaum eine Gefahr darstellte. Er verzichtete auch bewusst auf den Einsatz des Gauss-Gewehrs. Es schien ihm nicht ratsam, Löcher in einen schwimmenden Hohlkörper zu stanzen.

Sein Gegner hatte auch so keine Chance. Ein weiterer Tritt traf Brendup vor den Solarplexus, bevor Olaffsson ihm mit einem Faustschlag den Rest gab.

In diesem Moment summte sein Armbandkommunikator.

»Seien Sie vorsichtig«, erklang Tongs Stimme. »Brendup ist ein Agent der Kridan. Nehmen Sie ihn fest!«

»Schon geschehen, Sir.«

***

Als Olafsson auf die Plattform zurückkehrte, starteten die Kridan-Beiboote eines nach dem anderen. Er trug den sehr viel kleineren Brendup über der Schulter und runzelte die Stirn.

Botschafter Paljanov wirkte etwas orientierungslos und war in ein hitziges Gespräch mit einigen der ihn begleitenden Diplomaten verwickelt.

»Was ist denn hier los?«, rief Olafsson.

»Der Teufel, das sehen Sie doch, Sergeant!«, knurrte Tong. »Brendup war so freundlich, die Entschärfung der Bombe auf einem ungeschützten Kanal zu senden, sodass die Kridan alles mitbekamen! Kein Wunder, dass sie jetzt davonfliegen.«

Paljanov trat auf den Ersten Offizier zu. »Wenn das alles hier vorbei ist, werden Sie mir einiges zu erklären haben – und ob ich Sie danach noch *Lieutenant Commander* Tong nennen muss, ist sehr fraglich!«

Der Angesprochene blieb ruhig. »Ich halte Ihnen zu Gute, dass Sie die Fakten nicht kennen, Sir!«

Da drang plötzlich die Stimme seines Captains aus seinem Armbandkommunikator. »Die Kridan greifen an!«

***

Gastan-Zor stieß ein martialisches Krächzen aus. Die Verhandlungen zwischen den Menschen und Moktron-Dor, dem Abgesandten der Priesterschaft, waren abgebrochen worden. Sein menschliches Werkzeug Brendup hatte Erfolg gehabt.

Bei der letzten Kontaktaufnahme über ein codiertes Funksignal, das direkt seinen Chip erreichte, war er instruiert worden, die Verhandlungen zum Scheitern zu bringen. Später sollte er von einem als Heiliger Händler getarnten Kridan-Schiff an Bord genommen werden.

Gastan-Zor hatte es kaum erwarten können, das gesammelte Spionagewissen in Brendups Implantat endlich nutzen zu können. Ein Wissen, das den kommenden Krieg siegreich enden lassen würde.

Aber jetzt war sein Spion in die Hände des Feindes geraten. Er war enttarnt und gefangen. Die Menschen wussten zumindest ansatzweise von seinen Aktivitäten. Anders war das nicht erklärlich.

Dieser Augenblick war wie geschaffen, um einen Zwischenfall zu provozieren, der die Solaren Welten zu einem Angriff zwang. Dann hatte er sein Ziel erreicht, seinen Auftrag erfüllt, denn in dem Fall hatten die Tanjaj das Recht und die Pflicht, sie zu vernichten.

Der Mar-Tanjaj wird stolz auf mich sein!, dachte er. *Ich werde als treibende Kraft für den heiligen Krieg in die Geschichte eingehen. Und wenn die*

Priester nicht sehr schnell einen neuen Raisa präsentieren, wird ihr Einfluss zusammenschrumpfen wie die Grsom-Früchte auf Kridania in der Dürrezeit.

Der Krieg war sicher.

Ohne Raisa …

Und mit Raisa …

»Befehl an das Geschwader«, rief Gastan-Zor. »Konzentriert das Feuer auf das größere der beiden Schiffe!«

***

Die JEFFERSON bekam das volle und konzentrierte Graser-Feuer der Kridan-Flottille zu spüren.

Der Angriff kam so plötzlich, dass Captain Damien D. Waters Crew nicht einmal den Plasma-Schirm aktivieren konnte. Das Graser-Feuer brannte sich unaufhaltsam durch die gepanzerte Außenhülle der JEFFERSON, fraß sich in lebenswichtige Sektionen.

Es war auffällig, dass eines der Schiffe sich nicht an dem Angriff beteiligte. Dieses war das Ziel der beiden Beiboote der Kridan. Eins davon wurde durch das eigene Graser-Feuer zerstört, doch das andere erreichte das Mutterschiff, das daraufhin beschleunigte, so als wollte es das System verlassen.

Doch für Captain Frost war es nur ein Feind weniger, den man abwehren musste und sie verbannte diese Information aus ihrem Denken.

In diesem Augenblick explodierten die Bergstrom-Aggregate der JEFFERSON. Der Dreadnought platzte in der Mitte förmlich auseinander. Zwei gewaltige Trümmerteile trieben auf die Stratosphäre von Allister IV zu.

Die Kridan hatten in nur wenigen Sekunden einen Dreadnought vernichtet, die größte Schiffsklasse des Space Corps. Nun stand ihnen nur noch ein Leichter Kreuzer gegenüber – der zweitkleinste Typ.

Aber im Gegensatz zur JEFFERSON hatte die STERNENFAUST Zeit, den Plasma-Schirm zu aktivieren, bevor sie unter Feuer genommen wurde.

Jetzt war es so weit.

Immer wieder jagten Graser-Strahlen auf den Leichten Kreuzer zu, trafen – und wurden vom Plasma-Schirm verschluckt.

Doch irgendwann würde dieser weggebrannt sein, das war Frost nur allzu bewusst.

Der STERNENFAUST blieb nicht viel Zeit, um gegen diese Übermacht zu bestehen. Wenn es ihr nicht gelang, den Gegner in die Flucht zu jagen oder selbst zu entkommen – Letzteres stand für den Captain nicht zur Debatte –, bevor der Plasma-Schirm zusammenbrach, erging es ihr genauso wie der JEFFERSON.

Waffenoffizier Robert Mutawesi tat sein Bestes und tippte immer neue Beschießungspläne in den Computer. Mit halber Lichtgeschwindigkeit jagten die Projektile der Gauss-Geschütze durchs All. Selbst die geringe Materiedichte im Fast-Vakuum reichte bei dieser Geschwindigkeit aus, um so viel Reibung zu erzeugen, dass sie glühten. Traf ein solches Geschoss, durchschlug es jede Panzerung wie Papier.

Nichts konnte den zweitausend Projektilen pro Minute und Breitseite widerstehen – wenn man traf!

Denn das war das Problem. Durch technische Einschränkungen war es notwendig, mit dem ganzen Schiff zu zielen und den Feind mit den Seiten anzuvisieren.

Der Waffenoffizier konnte nur kleine Korrekturen an der Feuerrichtung vornehmen. Doch auf den großen Entfernungen beim Kampf im All wirkten sich auch diese aus. Außerdem war er dafür verantwortlich, dass der Geschossstrom unterbrochen wurde, wenn Verbündete gefährdet wurden.

Die punktgenau feuernden Graser der Kridan waren deutlich treffsicherer. Allerdings war ihre Feuerrate wesentlich geringer.

»Kurskorrektur!«, rief Frost, markierte auf ihrem Display die gewünschte Route und leitete die Daten weiter.

»Ist eingeleitet, Ma'am!«, bestätigte Lieutenant John Santos, der Rudergänger.

Der glühende Vernichtungssturm der STERNENFAUST schwenkte bei der Kurskorrektur mit durchs All und richtete sich auf die Kridan-Raumer. Lieutenant Mutawesi gab eine leichte Korrektur in den Computer – und einer der Angreifer wurde von Hunderten von Treffern durchsiebt.

Keines der Geschosse der STERNENFAUST explodierte beim Aufprall. Stattdessen rissen sie einen zehn Zentimeter durchmessenden Tunnel durch das komplette Ziel.

Gefrierender Sauerstoff und Stickstoff sowie Kühl- und Treibstoffgase schossen ebenso wie die Wasservorräte in schockgefrierenden Fontänen ins All. Keinen Lidschlag später wurde das Kridan-Schiff von einer Explosion zerrissen. Trümmerteile flogen durch das All.

»Kurskorrektur abgeschlossen!«, meldete Lieutenant Santos. »Volle Beschleunigung liegt an.«

Der Weg führte sie jetzt zwischen die feindlichen Kriegsschiffe.

Auf diesen Augenblick hatte Frost gewartet. »Bringen Sie das Schiff in Rotation, Lieutenant Mutawesi!«

»Aye, Ma'am!«

Die STERNENFAUST begann, sich um ihre eigene Achse zu drehen und dabei das Dauerfeuer beizubehalten. Bei vier Breitseiten – oben, unten, links, rechts; wenn man so sagen wollte – schleuderten die Gauss-Geschütze jetzt achttausend Geschosse pro Minute ins All.

Das war eine Methode, mit der Star-Corps-Schiffe gegen zahlenmäßig überlegene Gegner kämpften, um jede Breitseite einsetzen und so die Feuerkraft optimieren zu können.

Der Plasma-Schirm der STERNENFAUST war bereits bedenklich dünn durch das Graser-Feuer der Kridan. Wenn diese weiterfeuerten, würden sie gar nicht erst in den Vernichtungssturm der Gauss-Projektile geraten.

Aber das können die Geierköpfe ja nicht ahnen, hoffte Captain Frost.

Es war nicht mehr als ein Bluff – der aufging!

Die Kridan-Schiffe änderten den Kurs und beschleunigten Richtung Systemgrenze. Schnell befand sich die STERNENFAUST außerhalb der Reichweite ihrer Graser.

Das Gefecht war entschieden, wenn auch zu einem hohen Preis – dem Verlust der JEFFERSON.

Dana löste die verkrampfte Hand von ihrem Talisman.

Bedenke, dass du sterblich bist, dachte sie. *Und tu dennoch das Richtige …*

***

»Ich gratuliere Ihnen zu Ihrem Erfolg, Ma'am«, sagte Lieutenant Commander Tong einige Erd-Standardtage später. Er und sein Captain saßen allein im Konferenzraum der STERNENFAUST. »Ich muss sagen, Ihre Taktik war … wagemutig.«

»Sie war tollkühn und verzweifelt«, berichtigte Frost.

»Aber sie hat funktioniert …«

Dana musterte Tongs Gesicht, und in diesem Moment fiel ihr etwas auf, dass sie zuvor noch nie an ihm bemerkt hatte: Verunsicherung.

Er fragt sich, ob er selbst ebenfalls Erfolg gehabt hätte, wurde Frost klar. *Ob er auch alles riskiert hätte …*

Einige Augenblicke verlegenen Schweigens folgten.

»Abt Montgommery hat uns berichtet, dass die Kridan einen neuen Raisa ernannt haben«, erzählte Frost, nur um irgendetwas zu sagen. »Es scheint sich um ihren höchsten Herrscher zu handeln.«

»Vielleicht können wir ja mit dem einen Frieden aushandeln«, sagte Tong hoffnungsvoll.

»Das glaube ich kaum.«

Der Erste Offizier der STERNENFAUST nickte traurig. »Es ist deprimierend.«

Niemand rechnete mehr mit Frieden.

Botschafter Paljanov schien diese niederschmetternde Erkenntnis nur schwer verarbeiten zu können. Seit Tagen hatte er die Kabine, die man ihm auf der STERNENFAUST überlassen hatte, nicht verlassen.

Längst war Verstärkung ins Allister-System unterwegs. Den Freistaatlern war der Wind aus den Segeln genommen worden, und ›Präsident‹ Anderson hatte bekannt gegeben, dass sie ihre Abspaltungsbestrebungen beenden würden. Frost hoffte nur, dass man die Mörder ihrer beiden Marines ermitteln konnte.

»Aber wenigstens gehen wir nicht mit gekürztem Etat in die kommenden Schlachten!«, fuhr Tong fort.

Dana nickte.

Die Ereignisse im Allister-System hatten auf die Etat-Verhandlungen des Hohen Rates natürlich einen durchschlagenden Einfluss gehabt.

Danas Kommunikator summte. Es war die Schiffsärztin Dr. Simone Gardikov. Sie hatte Jassan Brendup in ein künstliches Koma versetzt und versuchte seit Tagen, behutsam an das Implantat heranzukommen, über das er gesteuert worden war.

»Doktor?«, sagte der Captain. »Gibt es Neuigkeiten?«

»Leider keine guten. Ich dachte, ich hätte einen Weg gefunden, ihn von diesem Ding zu befreien. Aber plötzlich kam es zu einem rapiden Anstieg des Energieniveaus. Es ist zerschmolzen und hat Brendup dabei getötet.«

»Ein Selbstzerstörungsmechanismus!«, schloss Frost.

»Vermutlich.«

»Ich bin gleich bei Ihnen.«

Dana unterbrach die Verbindung, erhob sich und schritt zur Tür.

»Captain!« Die Stimme ihres Ersten Offiziers ließ sie noch einmal anhalten und sich halb herumdrehen.

»Was ist noch, I.O.?«

»Es kommt vielleicht etwas verspätet, aber: Auf gute Zusammenarbeit, Commander Frost …«

Sie nickte lächelnd. »Vielen Dank, I.O.«

BASTEI

STERNEN FAUST

Angriff der Kridan

Band 2 • Deutschland 1,50 €
Österreich 1,80 € • Schweiz 3,00 CHF
Belgien 1,80 € / Luxemburg 1,80 € / Niederlande 1,80 € / Frankreich 1,80 €
Italien 1,80 € / Spanien 2,10 € / Griechenland 2,10 € / Portugal cont. 2,10 €

00002
4 196718 901503

Angriff der Kridan

von Christian Montillon

Der Krieg mit den Kridan scheint unausweichlich, aber noch ist es nicht so weit – denken die Menschen des Jahres 2250.
Da werden Captain Dana Frost und die Crew der STERNENFAUST Zeuge, wie die vogelähnlichen Fremdwesen den Leichten Kreuzer NEW ORLEANS vernichten.

»Wir haben neue Befehle.« Commander Dana Frost sah ihren ersten Offizier, Lieutenant Commander Michael Tong, durchdringend an. »Die STERNENFAUST wird sich umgehend ins Kapelis-System begeben. Es sieht so aus, als würde sich dort etwas zusammenbrauen.«

»Die Kridan?«, fragte Tong.

Die jüngsten Vorkommnisse legten nahe, dass diese kriegerische vogelähnliche Alienrasse nach elf Jahren des unsicheren Friedens wieder die Auseinandersetzung mit den Menschen suchte. Dana nickte. »Eigentlich sollten wir routinemäßig dort stationiert werden, aber es ist etwas vorgefallen, das uns an unserem Ziel wohl keine Ruhe gönnen wird.«

***

Michael Tong nickte dem Captain der STERNENFAUST zu. »Fahren Sie bitte fort, Ma'am.«

Etwas an seinem Tonfall gefiel Dana Frost nicht. *Er hat doch noch nicht verwunden, dass ich ihm vor die Nase gesetzt worden bin,* dachte sie enttäuscht. *Trotz seiner schönen Worte gestern. »Auf gute Zusammenarbeit, Commander Frost«, hat er gesagt …*

»Sie wissen, dass das Kapelis-System am Rand unseres Siedlungsgebietes liegt?«, vergewisserte sie sich.

»Ich bin mit den Verhältnissen durchaus vertraut«, antwortete Tong. »Ein unbedeutendes, unbewohntes System im Grenzbereich zwischen uns und den Kridan.«

»Im Zuge der allgemeinen …«, *Aufrüstung,* dachte sie, »Absicherung wird die STERNENFAUST neben drei weiteren Leichten Kreuzern im Kapelis-System stationiert, um dort generelle Präsenz zu zeigen.«

»Das klingt doch vernünftig«, meinte Tong. »Wenn die Kridan sehen, dass wir auf sie vorbereitet sind, überlegen sie es sich vielleicht noch mal. Ein Krieg hilft niemandem.«

»Da haben Sie natürlich recht«, stimmte sie zu. »Aber ich fürchte, da denken Sie zu menschlich. Die Kridan halten sich nicht an unsere Logik.«

»Sie denken, die Geierköpfe werden angreifen?« Es war mehr eine Feststellung als eine Frage.

Sie lachte kurz auf. »Zumindest werden sie sich durch ein paar leichte Kreuzer nicht davon abhalten lassen. Sie wollen den Krieg.«

Ihr Erster Offizier war anderer Meinung, schwieg aber.

Captain Frost registrierte seine Vorbehalte und nickte. »Möglicherweise geben Ihnen die jüngsten Ereignisse recht, wenn ich es auch bezweifle.«

»Was ist passiert?«

»Gleich«, vertröstete sie ihn mit einem Grinsen. »Ich hole mir einen Kaffee.« Sie erhob sich. »Soll ich Ihnen etwas mitbringen, I.O.?«

»Aber bitte keinen Kaffee«, sagte er und verzog das Gesicht.

Dana zuckte innerlich mit den Schultern. Kaffee war eben nicht mehr in, sondern seit vielen Jahrzehnten völlig aus der Mode gekommen. Sie konnte selbst nicht sagen wieso, aber sie mochte den herben, bitteren Geschmack.

»Schon klar«, sagte sie und verließ den Besprechungsraum.

Nach kurzer Zeit kehrte sie mit einer Tasse und einem Becher zurück, die sie aus dem Getränkeautomaten gezogen hatte.

»Ein Energy-Drink für Sie«, kommentierte sie, als sie den Becher vor Michael Tong abstellte.

»Kommen wir also zur Sache«, sagte Dana, nachdem sie an ihrer Tasse genippt hatte. »Der Leichte Kreuzer NEW ORLEANS hat bereits vor rund einer Woche Befehl erhalten, das Kapelis-System aufzusuchen, und als die Mannschaft vor wenigen Stunden dort ankam, machte sie eine sehr unangenehme Entdeckung.«

Da sie eine kurze Redepause einlegte, fühlte sich ihr Erster Offizier gedrängt nachzuhaken. »Was ist geschehen? Wurden sie angegriffen? Sie sagten doch eben, dass es Hinweise darauf gibt, dass sich die Kridan möglicherweise doch zurückhalten.«

»Zum Glück wurde die NEW ORLEANS nicht attackiert! Dennoch vermuten

Sie richtig, dass Kridan im Spiel sind. Als Captain Lorraine und seine Crew das System erreichten, orteten sie zwei ihrer Schiffe.«

Tong schloss kurz die Augen. »Das lässt auf nichts Gutes schließen!«

»Warten Sie ab. Sehr zum Erstaunen des Captains zogen sich die Kridan sofort zurück, als sie ihrerseits die NEW ORLEANS orteten.«

»Sie zogen sich zurück? Ich gebe zu, dass ich das nicht erwartet hätte.«

»Sie sagen es, I.O. Dennoch hat es sich genauso abgespielt. Ob wir die Hintergründe jemals erfahren werden, ist fraglich.«

»Was, wenn die Kridan Verstärkung holen? Die NEW ORLEANS wäre verloren.«

»Daran glaube ich nicht. Auch ohne Verstärkung hätten die Kridan eine Auseinandersetzung mit ziemlicher Sicherheit gewonnen. Zwei ihrer Schiffe gegen einen einzigen Leichten Kreuzer … Nein, es muss etwas anderes dahinter stecken. Vielleicht haben Sie ja recht, und ich irre mich. Möglicherweise legen es die Kridan nicht auf Teufel komm raus auf einen Krieg an.« Dana winkte ab und trank einen Schluck des mittlerweile ein wenig abgekühlten Kaffees. »Doch Fakt ist, dass wir in sechs Tagen das Kapelis-System erreichen werden, und etwa einen Tag nach uns wird ein Kriegsschiff der Dreadnaught-Klasse eintreffen – die STARFIRE.«

»Die Botschaft an die Kridan ist also unmissverständlich: Wir zeigen Präsenz! Und es scheint ja auch zu funktionieren.« Tong erhob sich. »Noch etwas, Ma'am?«

Er verbringt nicht mehr Zeit in meiner Gegenwart als unbedingt nötig, konstatierte Dana. *Er hat es trotz allem noch nicht überwunden, dass ich und nicht er das Kommando über die STERNENFAUST erhalten habe.* »Nichts mehr, I.O. Sie dürfen gehen.«

»Danke, Captain. Es gibt noch einiges zu erledigen.« Er verließ den Raum.

Dana registrierte, dass er seinen Energy-Drink nicht angerührt hatte …

***

»In knapp zwei Stunden verlassen wir den Bergstrom-Raum«, meldete Lieutenant John Santos, der Ruderoffizier der STERNENFAUST. »Die Rechner sind bereits entsprechend programmiert. Anschließend folgen noch etwa fünf Stunden Bremszeit, um relativ zur NEW ORLEANS zum Stillstand zu kommen.«

Frost nickte. »Gut. Ich ziehe mich noch einmal in meinen Raum zurück.«

Santos bestätigte und schaute dem Captain hinterher. Als sich die Tür zu ihrem Raum hinter ihr schloss, wandte sich Santos an Lieutenant David Stein, den Kommunikations- und Ortungsoffizier. »Irgendetwas bedrückt sie, finden Sie nicht auch?«

»Die unerwartete Flucht der beiden Kridan-Schiffe vor einigen Tagen gibt ihr zu denken«, vermutete Stein. »Sie glaubt im Gegensatz zum I.O. nicht, dass die Kridan nicht bereit sind, einen Krieg zu riskieren. Und das ganz zu Recht: Da ist etwas faul!«

»Spüren Sie das in Ihrem arthritischen Knie?«, fragte Lieutenant Commander Tong in diesem Moment.

Stein und Santos nahmen augenblicklich Haltung an. »Sir«, begann Stein, doch der Erste Offizier unterbrach ihn.

»So lobenswert es in Ihren Augen vielleicht erscheinen mag, sich um den Captain Sorgen zu machen, so wenig ist ein Gespräch über Ihre Privatangelegenheiten ein Thema, das Sie hier auf der Brücke besprechen sollten. Ist das klar?«

»Völlig klar, Sir«, antwortete Stein kleinlaut.

»Dann ist ja alles in bester Ordnung.« Tong wandte sich wieder anderen Aufgaben zu.

Stein lag eine bissige Frage über die schlechte Laune des Ersten Offiziers auf den Lippen, doch er verkniff sie sich. Auch nachdem Tong sie nicht mehr gehört hätte.

Kurz darauf kehrte sein Vorgesetzter noch einmal zurück. »Nehmen Sie noch einmal Funkkontakt zur New Orleans auf und informieren Sie Captain Lorraine darüber, dass wir in Kürze eintreffen werden.«

»Aye, Sir.« Stein sah, dass Lieutenant Commander Tong leicht grinste.

»Mein Rüffel von vorhin bedeutet nicht, dass ab sofort nur noch militärische Kurzmeldungen ausgesprochen werden dürfen, Lieutenant«, stellte der Erste Offizier klar. »Sie dürfen natürlich anderer Ansicht sein als ich. Ich habe das nicht als Kritik aufgefasst. Ich habe dem Captain meine Meinung mitgeteilt, und sie hat dem nicht zugestimmt. Damit ist die Sache erledigt. Der Captain eines Schiffes trifft die Entscheidungen. Seine Offiziere dürfen ihn natürlich beraten, haben sich dem Willen des Captains aber zu beugen.«

»Jawohl, Sir«, antwortete Stein zackig. »Ähm … ich verstehe.«

»Dann an die Arbeit, Lieutenant!« Es dauerte nur Sekunden, bis Stein Antwort erhielt.

»Wir freuen uns, Sie bald begrüßen zu können«, lautete die lapidare Nachricht von Steins Kollegen auf der NEW ORLEANS. »Hier ist nach wie vor nichts los. Sie werden sich auf ein paar ruhige Tage einstellen können …«

***

Lieutenant Commander Michael Tong lag auf dem Bett in seinem Quartier. Als Erster Offizier musste er seine Kabine mit niemandem teilen – doch das bedeutete nicht, dass ihm besonderer Luxus zustand. Die Quartiere waren für alle genormt: 16 Quadratmeter, und keinen Zoll mehr. Der Unterschied lag lediglich darin, wie viel Menschen in diesen Raum gezwängt wurden … je nach Mannschaftsgrad wurden die Kabinen zu zweit oder gar zu viert benutzt.

Schließlich war die STERNENFAUST ein Kriegsschiff und kein Tourismusshuttle, wie Tong zu sagen pflegte. Der Platz auf Leichten Kreuzern war nun einmal beschränkt, und 107 Mann Besatzung neben 20 Marine-Infanteristen und allem nötigen Equipment auf einem 110 Meter langen Schiff unterzubringen, bedeutete nun einmal zwangsläufig, in der Bequemlichkeit Abstriche zu machen. Für jeden an Bord, sogar für den Captain, Dana Frost, das *Eisbiest* …

Tong schluckte hart, als er an sie dachte. Seit dem Aufbruch an ihr jetziges Ziel hatte er kein längeres Gespräch mehr mit ihr geführt. Dienstliche Treffen waren nicht nötig gewesen – der Flug war ruhig und ohne Zwischenfälle verlaufen. Und privat war er ihr aus dem Weg gegangen, was nicht weiter schwer gewesen war, denn der Captain schien ebenso zu handeln.

Tong ärgerte sich über sich selbst. Nach den Konflikten im Allister-System hatte er Frost die Hand gereicht und war entschlossen gewesen, sie als seine Vorgesetzte zu akzeptieren. Seinen Ärger darüber, nicht selbst zum Captain der STERNENFAUST ernannt worden zu sein, hatte er hinuntergeschluckt …

Doch von dort hatten die unterdrückten Emotionen offenbar problemlos wieder einen Weg zurück in seinen Kopf gefunden.

Tong wusste, dass er einen Weg finden musste, nicht nur neben Dana Frost her zu arbeiten und zu leben, sondern in wirkliche Zusammenarbeit mit ihr zu treten. Das Verhältnis eines Captains mit seinem Ersten Offizier musste von Vertrauen geprägt sein und nicht von kindlichem Konkurrenzdenken.

Doch es war hart, zum ersten Mal auf der Karriereleiter eine Pause einlegen zu müssen – zumal sie in Tongs Fall *sehr* steil gewesen war.

»Hart, aber verdammt noch mal akzeptabel!«, flüsterte Tong vor sich hin.

Da wurde er aus seinen Gedanken gerissen. Er wurde über den Armbandkommunikator gerufen.

Auf dem winzigen Bildschirm erschien das Gesicht des Captains. Frost wirkte auf den ersten Blick ruhig, doch in den Augen funkelte es gehetzt.

»Kommen Sie sofort auf die Brücke«, befahl sie ihm.

Er bestätigte und schwang die Beine auf den Boden. Rasch schlüpfte er in seine Uniform und zog sie erst zurecht, während er schon über die Gänge eilte. Nur zwei Minuten später betrat er die Brücke.

Der Captain stand neben David Stein, dem Kommunikationsoffizier.

»Gut, dass Sie hier sind«, empfing sie Tong. »Es gibt Nachrichten von der NEW ORLEANS. Schlechte Nachrichten.« Sie deutete auf Stein.

Dieser nickte und ergriff das Wort. »Ein Kridan-Schiff ist vor wenigen Minuten im Kapelis-System aufgetaucht. Es hat sich angeschlichen und plötzlich das Feuer eröffnet.«

Tong zerbiss einen Fluch. Ein Schiff, das nur von der Masseträgheit durch den Raum getrieben wurde, war kaum aufzuspüren. »Wann werden wir dort sein, um eingreifen zu können?«

»Wir benötigen noch etwa fünfzehn Minuten, Sir«, warf Ruderoffizier Santos ein.

»Wie ist die Lage der NEW ORLEANS? Werden sie bis zu unserem Eintreffen Stand halten können?«

»Wir hoffen es, Sir«, sagte Stein und widmete sich wieder seinen Instrumenten. »Das Kridan-Schiff ist in der Größe und der Bewaffnung mit unseren Leichten Kreuzern vergleichbar. Aber es sieht nicht gut aus. Die Angreifer haben die NEW ORLEANS mit deaktiviertem Plasma-Schild erwischt.«

Tong nickte. Volltreffer aus kridanischen Graserkanonen überstand keine Panzerung eines Leichten Kreuzers auf Dauer. Deswegen hatten die Wissenschaftler des Far-Horizon-Konzerns ja auch eine Methode entwickelt, um unzählige reflektierende Teilchen um ein Schiff herum zu bündeln und so die Energie der feindlichen Waffen zu zerstreuen.

»Bislang ist der Funk abgebrochen«, fuhr Stein fort. »Auf unsere Nachfragen antworten sie nicht. Wir wissen nicht, ob die Mannschaft der NEW ORLEANS sich voll auf die Verteidigung konzentrieren muss, oder ob die Sendeanlage zerstört wurde.«

»Können wir nicht schneller fliegen?«, fragte Tong, obwohl er genau wusste, wie unsinnig diese Frage war. Aber er fühlte sich so hilflos.

»Das könnten wir, Sir, aber nicht, wenn wir in den Kampf eingreifen wollen«, antwortete der Ruderoffizier.

»Das weiß ich, Lieutenant. Meine Frage war eher … ach, vergessen Sie es!«

Wenn sie jetzt beschleunigten, würden sie nicht nur viel zu schnell am Kridan-Raumer vorbeiziehen, um mehr als einmal auf ihn zu feuern. Sie würden außerdem eine halbe Ewigkeit benötigen, um umzukehren. Die Trägheit der STERNENFAUST würde sie weit über ihr Ziel hinausschießen lassen.

»Eingehende Nachricht!«, rief Stein in diesem Moment.

Alle hörten sie die Botschaft, und alle spürten sie die unterdrückte Angst, die aus den Worten sprach. »Wir sind manövrierunfähig! STERNENFAUST, hören Sie? Die Kridan haben uns getroffen! Wir benötigen dringend Hilfe!«

Lieutenant John Santos, der Pilot der STERNENFAUST, rief von seinem Platz aus: »Acht Minuten bis zur Gefechtsreichweite!«

»Lieutenant Mutawesi«, wandte sich Frost an den Waffenoffizier.

»Die Gauss-Beschleuniger sind heiß, Plasma-Schirm bereit zum Ausstoß«, antwortete dieser auf die unausgesprochene Frage seines Captains. »Aber wenn wir jetzt schon feuern, riskieren wir, die Falschen zu treffen.«

Und damit hatte er recht. Die Gauss-Geschütze der Star-Corps-Schiffe waren zwar unübertroffen, was die Zerstörungskraft anging – aber sie waren auch schrecklich unpräzise.

»Verbindung wieder abgerissen«, meldete der Kommunikations-Offizier in diesem Moment.

Tong warf einen Blick auf sein Display. Noch sieben Minuten …

***

»Ma'am«, sagte Lieutenant Mutawesi wenig später. »Ich kann jetzt feuern, ohne die NEW ORLEANS zu gefährden. Einen Treffer kann ich Ihnen allerdings auf diese Entfernung nicht versprechen.«

»Sofort feuern!«, befahl Frost. »Vielleicht können wir sie verscheuchen. Lieutenant Stein, haben Sie endlich eine neue Verbindung aufbauen können?«

»Ich fürchte, nein, Ma'am«, war die Antwort.

Das Jagdgeschütz am Bug der STERNENFAUST spuckte seine Projektile aus. Zweihundert der würfelförmigen, fünf Zentimeter durchmessenden Geschosse rasten pro Minute mit halber Lichtgeschwindigkeit auf das Kridan-Schiff zu.

Noch war die STERNENFAUST zu weit entfernt, als dass den Computern eine genaue Zielerfassung gelingen könnte. Doch was Frost eigentlich beabsichtigte, gelang.

»Sie nehmen Geschwindigkeit auf!«, meldete Lieutenant Stein. »Sie fliehen!«

»Ruder, programmieren Sie einen Abfangkurs!«, befahl Frost. »Lieutenant Stein, haben Sie Kontakt mit der Crew der NEW ORLEANS?«

»Ja, Ma'am. Es war offenbar Rettung in letzter Sekunde, Ma'am. Sie melden, dass …«, begann der Ortungs- und Kommunikations-Offizier seinen Bericht.

Doch die weiteren Worte sprach er nie aus. Der Bildschirm, auf dem das Geschehen im Weltraum zu sehen war, zeigte überdeutlich, dass sie eben nicht in letzter Sekunde gekommen waren.

Sie waren eine Sekunde zu spät gekommen.

Die Kridan jagten im Vorbeifliegen einige Graserschüsse auf die NEW ORLEANS, und das Schiff explodierte …

***

Für einige Sekunden herrschte betretenes Schweigen auf der Brücke. Alle waren wie gelähmt, sogar Frost. Doch sie überwand die Lähmung als Erste.

»Angriff!«, befahl sie. »Lieutenant Mutawesi, ich will, dass Sie dieses Schiff stoppen.«

»Aye, Ma'am.«

Die Technik der Menschen machte es erforderlich, mit dem ganzen Schiff zu zielen. Das war hervorragend, wenn der Verfolgte sich auf einer Linie mit dem Verfolger befand. Doch wenn sich die Beute in einem Winkel von dem Jäger entfernte, war ein Treffer auf große Entfernung beinahe Glückssache – oder Beharrlichkeit.

Wieder ging das Jagdgeschütz der STERNENFAUST auf Dauerfeuer. Die tödlichen Projektile rasten durchs All auf das Kridan-Schiff zu. Bei der extremen Geschwindigkeit reichte sogar der winzige Widerstand, den die Moleküle des Weltraums den Geschossen entgegenbrachten, um sie zum Glühen zu bringen.

Unzählige der Geschosse verschwanden in den Weiten des Alls. Der beständige Strom der Projektile wanderte auf das feindliche Schiff zu – und verfehlte es.

Mutawesi fluchte und gab neue Befehle in sein Display ein. Es handelte sich nur um eine winzige Korrektur.

Doch sie reichte.

Alle konnten sehen, dass die Gauss-Geschosse in einen Teil des gegnerischen Schiffes einschlugen. Sie durchstanzten dessen Hülle, ohne dass diese ihnen nennenswerten Widerstand entgegensetzen konnte.

Doch der ausbrechende Enthusiasmus war verfrüht. Der Schuss einer Graserkanone der Kridan fraß sich durch den Plasma-Schirm und zerschmolz die Panzerung. Rote Warnlichter leuchteten auf Frosts und Tongs Displays auf. Mehr als ein leichtes Rucken war von dem Treffer auf der Brücke jedoch nicht zu spüren.

Aus den Augenwinkeln registrierte der Captain die Meldung – leichter Hüllenbruch, die entsprechenden Sektionen wurden sofort versiegelt.

»Die Kridan treten definitiv die Flucht an!«, meldete Stein. »Aber die Beschleunigung ist gesunken. Sie können uns nicht mehr entkommen.«

»Lieutenant Santos, neuer Kurs.« Die Stimme des Captains war kalt wie Eis. »Ich möchte hinter ihre Triebwerke, wo wir vor ihren Geschützen relativ sicher sind. Und dann werden sie für die Vernichtung der NEW ORLEANS bezahlen.«

»Aye, Ma'am«, bestätigte der Pilot. »Kurs liegt an.«

Frost nickte zufrieden. Es würde so zwar etwas länger dauern, aber es war auch sicherer.

»Lieutenant Stein«, fuhr der Captain fort, »fordern Sie die Kridan zur Aufgabe auf.« Sie atmete tief durch. »Und anschließend fragen Sie in der Krankenstation nach, ob es Verletzte gibt …«

***

Als Duk-Tamal stürzte, stieß er mit dem Kopf hart gegen die Wand, und seine Schnabelhälften prallten wuchtig zusammen. Rasender Schmerz zuckte durch sein vogelähnliches Gesicht. Doch der Kridan-Kommandant ließ nicht zu, dass er auch nur eine Sekunde abgelenkt wurde.

Nicht jetzt!

»Status!«, schrie er über den krachenden Lärm hinweg, der in diesen Sekunden endlich endete.

Die Treffer, die die verfluchten Menschen gelandet hatten, hatten die grundlegende Statik des Schiffes in Mitleidenschaft gezogen – ganz abgesehen von den zahlreichen Hüllenbrüchen. Überall um ihn herum ächzte und schrie das Metall … Es war zu befürchten, dass die strukturelle Integrität des kompletten Schiffes versagte. Und das war hier, im freien Weltraum, gleichbedeutend mit dem unausweichlichen Tod und dem Scheitern der Mission.

»Wir müssen landen!«, drang die Stimme eines seiner Offiziere zu ihm durch. »Das Schiff wird auseinanderbrechen!«

»Kurs an der Sonne vorbei!«, befahl Duk-Tamal. »Wir müssen Kapelis II erreichen!«

Der zweite Planet dieses unbewohnten Systems war die Einzige der acht Kapelis-Welten, die Bedingungen bot, die ein Überleben ohne weitreichende technische Hilfsmittel ermöglichten. Bei Weitem keine *angenehmen* Bedingungen – aber momentan musste Duk-Tamal für jede Überlebenschance dankbar sein.

Es blieb ihm nichts anderes übrig, als sich darauf zu verlassen, dass seine Befehle ausgeführt wurden. Der Pilot des Schiffes war verletzt und hatte seinen Platz schon vor Minuten verlassen. Er wimmerte in einer Ecke vor sich hin und hielt den Kopf gesenkt, sodass der Schnabel nahe am Körper lag. Er suchte Trost in dieser an ein Neugeschlüpftes erinnernden Haltung. Duk-Tamal hinderte ihn nicht daran, denn er bemerkte die große Wunde, die quer über seinen Brustkorb verlief.

»Kurs eingegeben«, bestätigte der Ersatz-Pilot knapp.

Nach dieser beruhigenden Mitteilung gestattete sich Duk-Tamal, den Ansatz seines Schnabels zu betasten. Es beruhigte ihn, als er nichts als eine leichte Schwellung fühlte. Er würde keinen dauerhaften Schaden davontragen.

Wenn ich überhaupt jemals hier rauskomme, dachte er.

Alles war wunderbar gelaufen, das Menschenschiff hatte kurz vor der Vernichtung gestanden, als das zweite Raumschiff – die STERNENFAUST, wie die Menschen sie nannten – aufgetaucht war. Dennoch war die Zerstörung des ersten Schiffes gelungen!

Aber kurz darauf waren Tod und Vernichtung über die Kridan hereingebrochen … Nahe der rechten Triebwerkssektion war die Schiffshülle förmlich perforiert worden, und nur ein rasches vollständiges Abschotten des kompletten Segmentes – beinahe 35 Prozent seines Schiffes – hatte eine völlige Zerstörung verhindert. Duk-Tamal wusste nicht, wie viele seiner Offiziere und Mannschaften er damit dem Dekompressions-Tod ausgeliefert hatte.

Es war ihm auch egal. Sie hatten ihr Leben gegeben, weil der Krieg es verlangte. Der Krieg, der noch nicht einmal offiziell wieder ausgebrochen war. Doch Duk-Tamal spürte es:

Er stand kurz bevor …

Es hieß, der Raisa sei schon gefunden; also stand der heiligen Expansion nichts mehr im Wege. Denn nur, wenn der Thron dessen, der direkt mit den

Göttern sprach, besetzt war, durfte neues Territorium für die *Auserwählten* erobert werden.

Zorn durchraste Duk-Tamal. Denn nichts und niemand hatte das Recht, sich der auserwählten Rasse – den Kridan – entgegenzustellen! Schon gar nicht diese Menschen! *Möge der Zorn Gottes sie treffen!*

Nur wenige Schritte von dem Kommandanten entfernt brach unvermittelt ein Feuer aus, und augenblicklich zischte Schaum aus der Schutzdüse an der Decke der Zentrale. Auch Duk-Tamals Falkenschädel wurde davon getroffen.

Mit einer beiläufigen Bewegung wischte der Kridan den Schaum weg und sah erleichtert, dass die Flammen erstickt worden waren. Wenigstens das Löschsystem funktionierte noch ordnungsgemäß – wenn auch sonst kaum noch etwas …

Die Langstreckenortung war ausgefallen, ebenso wie die Kommunikationssysteme. Sie könnten nicht einmal Unterstützung anfordern.

»Wir haben die Sonne passiert und befinden uns auf dem Anflug auf Kapelis-II«, wurde ihm gemeldet. »Ob das Schiff den Eintritt in die Atmosphäre überstehen wird, kann ich nicht sagen, Duk-Tamal!«

»Dann sorgen Sie dafür, dass die Landung sanft vonstatten geht!«, rief der Kommandant ärgerlich. »Oder sind Sie unfähig, Ihre Arbeit zu tun?«

Sekunden später wurde das Schiff bis in die Grundfesten erschüttert. Ein hohes Kreischen übertönte alles andere, und Duk-Tamal sah bereits sein Ende gekommen. Doch schließlich taumelte das Schiff in ruhigem Sinkflug dem Planeten entgegen.

»Wir haben die zerstörte Sektion völlig verloren«, meldete der Ersatzpilot. »Sie wurde vom Schiff abgerissen!«

Das hieß nichts anderes, als dass sie aus eigener Kraft nie mehr von dem Planeten wegfliegen konnten. Entweder würden sie von anderen Kridan hier wie jämmerliche Primak abgeholt werden, oder sie würden dort unten umkommen.

Fast wünschte sich Duk-Tamal, sie würden die Landung erst gar nicht überstehen. Doch ein Gefühl widersprach in ihm diesem Fatalismus. Der Hass auf die Menschen, die es wagten, die heilige Expansion der *Auserwählten* zu behindern.

Dieser allgemeine Hass bündelte sich in einem sehr konkreten Zielobjekt: der Besatzung der STERNENFAUST, und vor allem deren Captain.

Duk-Tamal schwor ihm in diesen verzweifelten Sekunden den Tod!

***

»Sie treten in die Atmosphäre des Planeten ein, Ma'am«, meldete Lieutenant Stein.

Dana Frost überlegte fieberhaft. Die Kridan hatten auf ihre Kapitulationsforderung nicht reagiert. Allerdings vermutete der Lieutenant, dass ihre Treffer die Kommunikationsanlage der Falkenköpfe beschädigt hatte.

Mit der STERNENFAUST ebenfalls zu landen, kam nicht in Frage. Das war zwar technisch möglich, aber taktisch höchst unklug. Im Zweifelsfall konnte sie den Kridan-Raumer mit Raketen aus dem All vernichten – dafür taugten die Gauss-Geschosse nicht.

Aber in ihr widersetzte sich alles dagegen, ein notgelandetes Raumschiff aus dem All zu beschießen. Außerdem konnte es nicht schaden, Gefangene zu machen. Das Star Corps musste endlich wissen, was die Kridan antrieb.

»Ruder, gehen Sie in einen stabilen Orbit. Ortung, sie verfolgen den Kurs des Kridan-Schiffes. Ich will auf den Zentimeter genau wissen, wo es niedergeht.«

»Aye, Captain«, bestätigten Santos und Stein wie aus einem Mund.

»I.O., lassen Sie die drei Landefähren von den Marines bemannen, schwere Panzeranzüge! Das Kridan-Schiff ist schwer angeschlagen. Möglicherweise werden wir *leichtes Spiel* haben.« Doch daran glaubte sie selbst nicht. Nichts, das mit den Kridan zusammenhing, war je ein leichtes Spiel gewesen. »Ich bin in meinem Raum«, fügte sie noch hinzu, als sie bemerkte, dass ihr Erster Offizier etwas auf dem Herzen hatte.

Lieutenant Commander Tong folgte ihr unaufgefordert. Die Tür schloss sich hinter ihm.

»Ich halte es für meine Pflicht als Ihr Berater«, begann er sofort, »Sie darauf hinzuweisen, dass ein Kampf möglicherweise nicht gerechtfertigt ist. Jenseits aller Emotionen müssen wir die Angelegenheit auch nüchtern betrachten, Ma'am. Wenn ich einmal hart spreche und es ein wenig überspitzt darstelle: Wir setzen unsere Männer einer Gefahr aus, um ein paar Gefangene zu machen. Dabei könnten wir sie ohne Verluste vernichten.«

»Ich habe Ihren Einwand zur Kenntnis genommen, I.O. Aber ich halte das Risiko für gerechtfertigt. Informationen sind im Krieg von entscheidender Bedeutung.«

»Natürlich, Captain«, erwiderte der Erste Offizier.

»Es gilt, ein Rätsel zu lösen, das möglicherweise einen entscheidenden

Aufschluss über die Taktiken und die Psychologie der Kridan geben kann. Als die NEW ORLEANS vor einer Woche hier im Kapelis-System eintraf, befanden sich zwei Kridan-Schiffe hier, die sofort flohen – oder neutral ausgedrückt: sich zurückzogen. Nun, eine Woche später, kommt ein einziges Kridan-Schiff zurück und vernichtet die NEW ORLEANS.«

»Was wir nicht verhindern konnten, weil wir um Sekunden zu spät eintrafen«, sagte Tong bitter.

»Wir wissen einfach zu wenig«, stellte Frost fest. »Also müssen wir einen der Kridan zur Rede stellen, und darum werden wir ihnen auf den Planeten folgen.« Frosts Tonfall ließ keinen Zweifel daran, dass sie selbst beabsichtigte, in einer der Landefähren an der Mission teilzunehmen.

Tong atmete tief ein. »Da ich Sie wohl kaum davon abhalten kann, persönlich den Planeten aufzusuchen …«

»Da haben Sie mehr als nur recht, I.O.! Wie schön, dass wir uns in diesem Punkt einig sind. Falls der Captain der Kridan einen gleichwertigen Verhandlungspartner fordert, komme nur ich in Frage.«

»Sie haben das Recht der Entscheidung«, stimmte Michael Tong zu. »Obwohl das eigentlich meine Aufgabe ist … Daher bitte ich Sie um etwas.« Er machte eine Pause und fuhr erst fort, als Frost ihn auffordernd ansah. »Ich möchte Sie begleiten, Captain.«

Dana überlegte einige Sekunden.

»In Ordnung«, fällte sie schließlich ihre Entscheidung. »Lieutenant Stein wird das Kommando über die STERNENFAUST übernehmen. Wir werden uns auf den Weg machen, sobald wir wissen, an welcher Stelle das Kridan-Schiff gelandet ist.« Sie wandte sich wieder der Tür zur Brücke zu. »Gibt es noch etwas, I.O.?«

»Ich werde dafür sorgen, dass die Marines die Beiboote bemannen. Für Sie selbst und für mich werde ich auf der L-1 einen Platz freihalten.« Er grinste sie an. »Diesmal auf *wirklich* gute Zusammenarbeit, Captain.«

Dana nickte ihm zu. *Wir werden sehen …*

Als sie wieder die Brücke betrat, empfing sie eine Vielzahl von Meldungen.

Lieutenant Stein, der Ortungsoffizier, brachte eine ernüchternde Botschaft. »Auf dem Planeten herrschen sehr unwirtliche Bedingungen, Ma'am. Im letzten Moment, als wir das Kridan-Schiff noch orten konnten, brach das halbe Heck ab. Ob das Schiff allerdings völlig zerstört wurde, entzieht sich unserer Kenntnis. Da sie dem Boden schon sehr nahe waren, ist ihnen möglicherweise trotzdem eine Landung gelungen.«

»Sie wissen also nicht, wo sich das Schiff befindet?«, fragte Dana nach.

»Elektromagnetische Stürme in der Atmosphäre verhindern jede weitergehende Ortung. Wenn Sie den Planeten aufsuchen, wird dort unten wohl auch keinerlei Funkkontakt möglich sein.«

»Können Sie das Gebiet, in dem wir suchen müssen, wenigstens eingrenzen?«

»Es bleibt ein Radius von etwa fünfzig Kilometern. Möglicherweise kann das beschädigte Kridan-Schiff während des Landeanflugs von einem der Beiboote entdeckt werden – wenn es nicht völlig zerstört wurde.« Stein hob die Schultern. »Mehr kann ich nicht sagen, Captain.«

Dana nickte. Es war sehr ungünstig, dass keinerlei Funkkontakt möglich sein würde. Sollten sie sich in mehrere Gruppen aufteilen müssen, wären diese jeweils auf sich selbst gestellt. Und andererseits hieß es auch, dass kein Kontakt zwischen den Einsatzteams am Boden und der STERNENFAUST hergestellt werden konnte.

Beinahe hätte sie ihre Entscheidung, selbst das Schiff zu verlassen, umgestoßen. Doch schließlich blieb sie dabei.

»Lieutenant Stein?«, sagte sie.

»Ma'am.«

»Sie haben das Kommando.«

Steins Augen leuchteten auf. »Jawohl, Ma'am.«

Einen Moment sonnte sich Dana Frost in seinem Lächeln.

Er ist ein guter Offizier, dachte sie. *Er hat das Kommando verdient. Ich gebe es ihm nicht, weil ich ihn gern habe.*

Sie glaubte das sogar.

Frost nickte ihm noch einmal zu – sehr distanziert – und rief Lieutenant Commander Tong über ihren Armbandkommunikator.

Der Erste Offizier meldete sich umgehend.

»Wir werden nur zwei Landefähren auf den Planeten schicken, I.O., da wir keine Funkverbindung zur STERNENFAUST werden halten können. Deshalb bleibt die L-3 als Einsatzreserve in Wartestellung zurück. Wenn wir binnen acht Stunden nicht zurück sind, soll die L-3 eine Rettungsmission starten.«

»Ich werde Sergeant Olafsson entsprechend instruieren«, bestätigte Tong.

***

Lieutenant Simone Gardikov, Schiffsärztin der STERNENFAUST, kam zum ersten Mal seit Stunden zur Ruhe. Sie war seit dem Treffer, den die Kridan gelandet hatten, ununterbrochen gefordert gewesen.

Es erstaunte sie, dass seitdem erst so wenig Zeit vergangen war. Die Ärztin hatte hochkonzentriert gearbeitet. Zwei Besatzungsmitglieder waren lebensgefährlich verletzt und von ihr nur mit Mühe stabilisiert worden. Gardikovs Assistentin und mehrere Crewmen, die eine medizinische Grundausbildung absolviert hatten und für den Notfall bereitstanden, hatten sich um die leicht Verletzten gekümmert.

Gerade hatte Gardikov dem Captain eine Statusmeldung gegeben, als ihre Assistentin an sie herantrat und ihr eine Tasse reichte. »Das wird Ihnen guttun, Lieutenant.«

Die Schiffsärztin nickte dankbar und nahm einen großen Schluck. Sofort spürte sie die belebende Wirkung des Syntho-Getränks. Eigentlich lehnte sie die aufputschenden Stoffe darin ab, doch in Situationen wie diesen sprang Gardikov gerne über ihren eigenen Schatten. Sie war bekannt dafür, trotz ihrer Sturheit im Notfall auch über ihre eigene Meinung hinwegsehen zu können. So verabreichte sie hin und wieder auch Aufputschmittel, statt absolute Ruhe zu verordnen, wenn die Situation es erforderte … und warum sollte sie sich selbst gegenüber anders handeln als ihren Patienten gegenüber?

Lieutenant Simone Gardikov ließ sich erschöpft in einen Stuhl sinken. Die 37 Jahre alte rotblonde Frau sah an sich herab. Ihr Kittel war an mehreren Stellen mit Blut verschmiert, doch auch ihrer Assistentin erging es diesbezüglich nicht besser.

»Wie geht es Singa?«, fragte ihre Assistentin matt nach dem Zustand des schwer verletzten asiatischen Crewmitglieds.

»Sie wird wohl überleben, ich habe sie in ein künstliches Koma versetzt. Die Operation war erfolgreich, und ich erwarte, dass das künstliche Arterienstück von ihrem Körper angenommen wird.«

Die Vierzigjährige Maschinistin war von einem glühenden Metallstück in den Brustkorb getroffen worden und hatte eine große Menge an Blut verloren. Sie hatte sich direkt neben der aufbrechenden Panzerung befunden. Gardikov hatte eine riskante Operation an ihr vorgenommen.

»Mehr Sorgen bereitet mir Kaplan. Seine Lebenszeichen sind nach wie vor nur sehr schwach.« Gardikov erhob sich. »Das erinnert mich daran, nach ihm zu sehen.«

»Sie sollten sich noch einen Moment ausruhen«, wagte ihre Assistentin einen Widerspruch.

»Und Kaplan sterben lassen? Nein, ich muss mich über seinen Zustand informieren.«

»Ich werde nach ihm sehen und Ihnen Bericht erstatten.« Nach einem beinahe unmerklichen Zögern, das Gardikov allerdings nicht entging, fügte die Assistenzärztin hinzu: »Wenn Sie gestatten, Ma'am.«

»Ich gestatte nicht.« Simone Gardikov legte energisch die wenigen Schritte zu dem Notoperationstisch zurück, auf dem Kaplan nach wie vor lag, und zog den schützenden Vorhang langsam zur Seite. »Meine Kraft ist noch nicht am Ende, ist das klar?« Sie verspürte keinen Ärger, aber der ihr altbekannte Trotz stieg in ihr hoch.

Ich werde so lange funktionieren, wie ich funktionieren muss!

Bevor die STERNENFAUST unter dem neuen Captain das Dock verlassen hatte, war Gardikov noch von einem Freund gewarnt worden. *Unterdrücke deine Sturheit, Simone! Dein neuer Captain ist möglicherweise nicht so tolerant wie dein bisheriger Vorgesetzter.*

Die Antwort darauf war ihr leicht gefallen: *Als Medizinischer Offizier bin ich die Einzige, die Captain Frost notfalls Vorschriften machen kann. Eine gewisse Sturheit kann da unter Umständen recht nützlich sein.*

Ihr Freund hatte nur den Kopf geschüttelt. Was hätte er dazu auch sagen können? Er kannte sie gut genug, um zu wissen, wann jedes weitere Wort unnötig war. Also hatte er seinen Atem lieber gespart und einen Whisky hinuntergestürzt.

Die Schiffsärztin überprüfte die Lebenszeichen ihres Patienten auf den Überwachungsmaschinen. Nach wie vor waren sie zwar stabil, aber am untersten Rand jeder Toleranz … Gardikov wusste aus jahrelanger Erfahrung, dass Kaplan noch lange nicht über den Berg war. Auch ihn hatte die Ärztin in ein künstliches Koma versetzt, um seinem Körper größtmögliche Ruhe zu verschaffen.

Ein Signalton meldete, dass jemand Einlass in die Krankenstation begehrte.

»Bitte kümmern Sie sich darum«, bat Gardikov ihre Assistentin. Doch als sie registrierte, wer eintrat, wusste sie sofort, dass sie sich persönlich darum kümmern musste. »Captain«, begrüßte sie die Besucherin und lief ihr die wenigen Schritte entgegen.

»Lieutenant«, begrüßte Dana Frost die Ärztin. »Ich habe noch fünf Minuten Zeit, ehe ich das Schiff auf einer der Landefähren verlasse. Ich wollte mich persönlich über den Zustand Fähnrich Kaplans informieren.«

Simone Gardikov trat einige Schritte zurück, sodass der Schwerverletzte ihre Worte unmöglich hören konnte. Obwohl es nach wie vor keine verlässlichen Untersuchungen darüber gab, ob Komapatienten akustische Reize aus ihrer Umgebung wahrnehmen konnten, war Gardikov davon überzeugt. »Seine Chancen stehen bei maximal fünfundzwanzig Prozent, Ma'am.«

Dana nickte. »Ich weiß ihn bei Ihnen in besten Händen, Lieutenant.«

»Er zog sich seine Verletzung zu, als er einer seiner Kolleginnen zu Hilfe eilte. Crewwoman Singa wurde von einem glühenden Metallstück einer explodierenden Konsole in den Brustkorb getroffen und stürzte so unglücklich, dass es auf ihr liegen blieb und sich weiter in ihren Körper fraß. Kaplan leistete ihr Erste Hilfe. Er …« Gardikov stockte kurz, als sie sich unwillkürlich die Szene vorstellte. »Er riss das glühende Teil mit bloßen Händen von ihrem Körper. Die Verletzungen an seinen Fingern sind beträchtlich, doch bis auf einige Narben wäre nichts zurückgeblieben. Doch dann wurde er selbst von einigen Trümmern getroffen, als eine zweite Explosion die Konsole endgültig zerriss.«

»Wie geht es Miss Singa?«

»Sie wird dank Kaplans Einsatz überleben.«

»Und dank Ihnen, Lieutenant.«

Gardikov lächelte kurz. »Deswegen bin ich hier, Captain.«

Dana Frost warf einen letzten Blick auf Fähnrich Kaplan, der in einer Notsituation Größe bewiesen hatte. »Ich will Sie nicht länger von Ihrer Arbeit abhalten, Lieutenant. Ich weiß, dass Sie alles Nötige und Mögliche tun werden.«

Die Ärztin nickte, dann verließ der Captain den Raum.

Nur wenige Sekunden später begann eine Kontrolleinheit hektisch zu piepsen, als Kaplans Pulsfrequenz rapide sank …

***

Dana Frost und ihr Erster Offizier saßen eingezwängt zwischen den Marines an Bord der Landefähre. Im Gegensatz zu diesen trugen sie jedoch nur leichte Kampfanzüge.

Für die Marines war es Alltag, die schweren Panzeranzüge zu tragen. Damit konnte man sich ohne die richtige Ausbildung – die der Marines – kaum bewegen.

»Wird ein holpriger Flug, Ma'am«, kommentierte Sergeant Ralff Olafsson, der Chef des Marines-Kontingents an Bord der STERNENFAUST.

»Da wird es mir wohl genau wie Ihnen gehen, Sergeant«, sagte Dana unbeeindruckt. »Wir beide dürften schon Holprigeres erlebt haben.«

»In der Tat.« Olafsson grinste und wollte offenbar noch etwas hinzufügen.

Doch ein Alarmsignal verhinderte die Antwort. Die Landefähre Eins schlingerte beträchtlicher als zuvor, und die gehetzte Stimme des Piloten ertönte aus den Lautsprechern des kleinen Passagierraumes. »Turbulenzen in der Atmosphäre nehmen weiter zu. Wir …«

Ein gewaltiger Stoß durchlief die Fähre, und Dana wurde heftig in die Gurte geschleudert.

»Kein Grund zur Sorge«, nahm der Pilot nach Sekunden den Faden wieder auf. »Wir haben das Schlimmste hinter uns. In wenigen Sekunden werden wir landen. Es ist mir eine Ortung gelungen. Das Kridan-Schiff befindet sich etwa einen Kilometer von unserem Landeplatz entfernt. Wir sind durch einige Felsformationen voneinander getrennt. Nichts, das nicht durch eine kleine Kletterpartie überwunden werden könnte.«

»Diese gute Nachricht bedeutet gleichzeitig, dass die Kridan über unser Kommen ebenso informiert sein werden«, rief Sergeant Olafsson seinen Männern zu. »Wenn wir sie orten können, werden sie auch uns geortet haben! Also machen wir uns darauf gefasst, dass wir keinen Spaziergang vor uns haben!«

»Ja, Sir!«, schallte es von den Marines zurück.

Dana konnte sich kaum vorstellen, dass die Kridan sie trotz ihrer schweren Beschädigungen noch orten konnten. Doch ihr war es lieber, ihre Marines waren übervorsichtig anstatt tot.

Sie würden herausfinden, was hier vor sich ging. Barg das Kapelis-System, so unscheinbar es auf den ersten Blick schien, ein Geheimnis?

***

Lieutenant Simone Gardikov fluchte. Es sah nicht gut aus.

Gar nicht gut …

Ihre Assistentin war sofort herbeigeeilt, als die Überwachungsanlage des am Rande zum Tod schwebenden Fähnrichs Kaplan Alarm gab, und injizierte ihm ein kreislaufstärkendes Mittel.

»Sauerstoff!«, befahl Gardikov knapp.

Sie wusste, dass sie sich auf ihre Assistentin blind verlassen konnte.

Herzstillstand!, erkannte sie und begann mit einer vorsichtigen Herzmassage.

Zum Glück hatte der Brustkorb des Patienten keine nennenswerten Verletzungen davongetragen, sodass sie hier nicht befürchten musste, Operationswunden wieder aufzureißen. Ganz anders sah es im Bauchraum aus. Einer der Metallsplitter hatte die Bauchdecke durchschlagen und nahezu sämtliche inneren Organe mehr oder weniger stark in Mitleidenschaft gezogen. Der Dickdarm war an einer Stelle mehrfach durchtrennt worden, und die künstlichen Verbindungen würden noch Tage und Wochen zum Verheilen benötigen. Doch noch weitaus schlimmer waren die Verletzungen der Leber und der Milz. Auf Dauer würde Kaplan einen künstlichen Ersatz benötigen – wenn er die nächsten Minuten überlebte.

Und danach sah es im Moment nicht aus.

Zufrieden bemerkte die Ärztin, dass Kaplan mittlerweile eine Sauerstoffmaske trug. Doch alle Maßnahmen fruchteten nicht.

»Wir müssen elektrisch stimulieren!«, beschloss sie.

Ihre Assistentin reichte ihr unverzüglich die notwendigen kleinen Sonden, die Gardikov an Kaplans Brustkorb in Höhe des Herzens und am Hinterkopf des Patienten anbrachte.

»Los!«

Der komatöse Körper zuckte, als ihn die elektrische Ladung durchströmte. Die Stimulation am Hinterkopf war minimal, doch der zielgerichtete Strom hatte schon oft zu einem erneuten Ausschütten der Botenstoffe in den Synapsen geführt und damit die Körperfunktionen wieder in Gang gebracht.

Doch jetzt gab es kein sichtbares Ergebnis.

»Noch einmal!«, befahl Gardikov.

Wieder zuckte der Körper, und in einer gespenstisch anmutenden Reaktion öffneten und schlossen sich die Hände des Patienten. Eine rein mechanische Bewegung, verursacht durch die Reizung irgendwelcher Regionen des Gehirns. Eine Stabilisierung der Lebenszeichen trat allerdings nicht ein.

»Weiter! Erhöhen Sie die Stärke!«

»Doktor«, wagte die Assistentin einen Einwand. »Wenn wir das tun, riskieren wir …«

»Erhöhen Sie die Stärke!«

Ein erneuter Krampf durchlief den Körper des Fähnrichs.

»Erhöhen!«

»Doktor! Ich …«

»Erhöhen! Oder ich tue es selbst!«

Kaplans Körper bäumte sich auf – und der Alarm endete, der Puls und die Gehirnwellenmuster stabilisierten sich.

»Verdammt«, zischte Gardikov erleichtert und wandte sich an ihre Assistentin. »Wenn Sie noch einmal meine Anweisungen in einem Notfall anzweifeln und damit Sekunden verlieren, werden Sie die Konsequenzen zu tragen haben!«

»Ich habe getan, was der Vorschrift entspricht, Doktor, und …« Sie sprach nicht weiter, als der Alarm wieder erklang.

Gardikov wirbelte herum.

Die dünne Decke, die Kaplan bis über den Bauchnabel bedeckte, war von Blut durchtränkt. »Die Operationswunde!« Gardikov schlug die Decke zurück und sah auf den ersten Blick, dass es zu spät war.

Die sich über den gesamten Bauchraum ziehende Wunde war wieder aufgerissen. Der erhöhte Stimulanz-Strom war für den labilen Zustand der inneren Organe zu viel gewesen. Die inneren Blutungen erreichten das lebensgefährliche Maß.

Vier Minuten später erklärte Lieutenant Simone Gardikov Fähnrich Kaplan für tot …

***

Duk-Tamal, der Kommandant des notgelandeten Kridan-Schiffes, betastete erneut die Schwellung unterhalb seines Schnabelansatzes. Es war eine rein instinktive Reaktion, nicht anders als das Schützen der nach hinten knickenden Knie – eines sehr empfindlichen Körperteils, der bei vielen Kridan als Schwachstelle galt.

Die Schäden an seinem Raumschiff waren verheerend. Auch nach der Landung wäre es beinahe zur Explosion gekommen, als sich eines der Triebwerke nicht deaktivieren ließ. Die Energieleistung hatte ständig zugenommen. Erst als Duk-Tamal einen Ingenieur in der Triebwerkssektion in den sicheren Strahlentod geschickt hatte, hatte dieser den Schaden beheben können.

Sein Opfer hatte die komplette Schiffsbesatzung – zumindest die bisher Überlebenden – gerettet. Der ewige Gott würde ihn mit offenen Armen in seinem Reich willkommen heißen. Ein heldenhaftes Ende in dem endlich wieder aufbrechenden Heiligen Krieg war der schönste Tod, den man sich vorstellen konnte. Nicht jeder untergeordnete Ingenieur kam in einen solchen Genuss.

»Die beiden Beiboote des Menschenschiffes landen soeben.«

Duk-Tamal nahm die Meldung zur Kenntnis. »Zwei Gruppen sollen ihnen entgegengehen.« Die Menschen würden bezahlen für das, was sie getan hatten. Vor allem einer der elenden Menschen des Raumschiffes STERNENFAUST!

Dem unbekannten Captain standen böse Überraschungen bevor …

***

Genau wie David Stein es vorausgesagt hatte, kam auf Kapelis II keinerlei Funkverbindung zustande.

Es waren weder Kontakt mit der STERNENFAUST im Orbit noch ein Austauschen der Gelandeten untereinander möglich. Dennoch entschied Sergeant Olafsson, seine Marines in zwei Angriffsgruppen aufzuteilen. Zusätzlich blieb pro Landefähre neben dem jeweiligen Piloten ein weiterer Marine zurück, um die Beiboote notfalls zu verteidigen.

Dana Frost stimmte ihm zu, denn es war nicht auszuschließen, dass eine der Gruppen in einen Hinterhalt der Kridan geriet. In einem solchen Fall standen dann die anderen als Eingreifreserve bereit. Captain Frost selbst schloss sich mit ihrem Ersten Offizier der zweiten Gruppe an.

»Wir werden uns dem gelandeten Kridan-Schiff von zwei Seiten her nähern«, bestimmte Olafsson. »Und wir müssen rasch vorgehen, denn unsere Gegner werden womöglich bereits Gegenmaßnahmen ergreifen oder ihrerseits Truppen ausschicken. Unsere Landung wird nicht unbemerkt geblieben sein.«

»Primäres Ziel ist die Gefangennahme eines der höheren Kridan-Offiziere«, stellte Dana noch einmal klar. »Alles andere hat untergeordnete Bedeutung. Außer unserem Überleben«, fügte sie hinzu.

Dann eilten sie los, eine merkliche Steigung hinauf. Nirgends zeigte sich hier ein Zeichen von pflanzlichem oder gar tierischem Leben. Um sie herum herrschte ödes Felsenland. Zerklüftete Gebirge zogen sich von einem Ende des Horizonts zum anderen.

Die Luft war atembar, doch es haftete ihr ein eigenartiger und unangenehmer Geruch an. Hin und wieder plagte Dana ein Hustenreiz. Sie trug eine Sauerstoffmaske mit einem kleinen Tank im Gepäck, doch diese wollte sie sich für einen wirklichen Notfall aufsparen; allerdings hoffte sie nach wie vor, dass dieser nicht eintreten würde. Die Marines in ihren Panzerungen waren von der Umwelt abgeschottet wie in einem Raumanzug.

Als Dana wieder husten musste, wandte sich Tong an sie. »Neben dem ganzen Staub ist es das Argon. Es kommt in einer für Menschen ungewohnt hohen Konzentration in der Atmosphäre dieses«, er machte eine umfassende Bewegung, »dieses gastlichen Planeten vor.«

»Vom Guten zu viel, muss man in diesem Fall wohl sagen.« Dana grinste ihren Ersten Offizier an. »Soweit wir wissen, wird es auch den Kridan nicht gerade angenehm sein.«

»Die Beschädigung ihres Schiffes war wohl so groß, dass sie jede nur irgendwie erreichbare Landemöglichkeit ausnutzen mussten. Gäbe es Kapelis II nicht, wären sie sicherlich noch im Weltraum mitsamt ihres Schiffes explodiert.«

»Dann sollten wir wohl für diesen garstigen Brocken dankbar sein, denn ohne ihn gäbe es keine Möglichkeit, einen der führenden Kridan gefangen zu nehmen.« Der Captain der STERNENFAUST blieb stehen, als sie den Gipfel des kleinen Berges erreichten, den sie eben erklommen hatten. »Es hängt tatsächlich eine Menge Staub in der Luft«, sagte sie, als ihr klar wurde, wie eingeschränkt die Blickweite war.

Unter günstigen Bedingungen hätte sie von hier aus das feindliche Schiff bereits gut erkennen müssen.

»Außerdem engen die elektrischmagnetischen Kräfte dieser verdammten Stürme die Sicht ein«, fügte Tong hinzu.

Hin und wieder gab es ein blau aufzuckendes, blitzartiges Flackern in der dunstig-schmutzigen Atmosphäre. Die Staubmassen wurden dann wirbelnd zur Seite getrieben. Hier tobten sich ungewöhnliche Kräfte aus.

Dana konnte nur hoffen, dass sie nicht in die Nähe eines dieser magnetischen Gewitter gerieten.

»Also weiter. Sehen wir zu, dass wir das Kridan-Schiff erreichen.«

In dieser Sekunde krachte neben ihr ein Gauss-Gewehr, als sein Projektil die Schallmauer durchbrach.

Im nächsten Augenblick brach die Hölle aus …

***

Auf dem Gipfel des kleinen Berges standen sie wie auf dem Präsentierteller.

Sergeant Ralff Olafsson musste in dieser Situation weder seinen Marines noch den Flottenoffizieren irgendeinen Befehl geben, denn alle wussten, worauf es ankam.

Und das war zunächst einmal, einfach nur zu überleben.

Während um sie herum die Graserblitze der Kridan tobten, eilten sie nach rechts, denn dort gab es eine natürliche Deckung, und außerdem erfolgte der Angriff von links.

Einer der Marines schrie, als er getroffen wurde. Sein schweres Gauss-Gewehr wurde ihm aus der Hand geschleudert und prallte einige Meter von ihm entfernt auf den Boden. Diese Waffe schoss Projektile, deren Geschwindigkeit bis zu zweihundertfacher Schallgeschwindigkeit stufenlos regelbar war.

Der Infanterist blieb hinter den anderen zurück, riss noch während seines Sturzes einen Nadler aus dem Holster und richtete ihn auf einen heranstürmenden Kridan. Er schoss.

Der Vogelartige trug nur eine leichte Panzerung ohne Helm. Der tödliche Strom nadelförmiger Kleinstprojektile riss ihm beinahe den Kopf ab.

In der Zwischenzeit eilten zwei der anderen Marines zurück, um ihren verletzten Kollegen in Sicherheit zu bringen. Sie erreichten ihn, als er gerade wieder auf die Beine gekommen war. Der Panzeranzug blockierte das rechte Knie, und der Marine humpelte, von seinen Rettern gestützt, rasch voran.

Sie alle gelangten ohne einen weiteren Zwischenfall zu der Felsformation, hinter der sie Deckung suchten.

Auch Dana und Tong wollten ihre Gauss-Gewehre in Richtung der Angreifer richten, doch ein Marine drückte sie zurück in Deckung.

»Bleiben Sie bitte unten«, sagte er, und es war eigentlich keine Bitte, sondern ein Befehl. »Sie sind nicht ausreichend gepanzert.«

Die Kridan zeigten sich allerdings nicht mehr. Nur der tote Vogelköpfige lag einsam auf dem Gipfel, auf dem der kurze Kampf getobt hatte.

»Seine Verletzung ist nicht schwer«, rief einer der Marines, die den Verwundeten geholt hatten. »Der Anzug hat allerdings was abbekommen. Ich kann das Gelenk ohne Bordmittel nicht reparieren.«

Noch ehe der Verwundete etwas erwidern konnte, jagte ein Graserblitz heran. Der Felsen explodierte nur wenige Meter über ihnen, und eine Lawine aus faustgroßen Steinbrocken und winzigen Splittern raste auf die Menschen zu.

Der Marine, der sich auch vorhin bereits um sie gekümmert hatte, deckte Frost und Tong mit seinem gepanzerten Körper und scheuchte sie vor sich her einigen Marines nach, während ihnen der andere Teil seiner Kameraden Feuerschutz gab.

Sie rannten davon, die Gewehre im Anschlag, und sahen sich unvermittelt einem Angriffstrupp Kridan im Nahkampf gegenüber. Als das Getöse der Steinlawine endlich endete, war die Umgebung in dichte Staubwolken gehüllt.

Orientierungslos taumelte Dana einige Schritte zur Seite. Sie war der Steinlawine näher gewesen als die meisten der anderen. Wo befanden sie sich? Wo war der Marine?

Dana konnte nichts von ihnen hören …

Plötzlich stand einer der Vogelartigen vor ihr und starrte sie aus seinen seitlich am Kopf sitzenden Augen an. Die Kridan verfügten über einen hervorragenden Rundum-Blick, und so bemerkte ihr Angreifer auch, dass sich in seinem Rücken Lieutenant Commander Tong näherte.

Der Erste Offizier der STERNENFAUST feuerte mit dem Nadler auf den Kridan, doch dieser warf sich zur Seite und blieb unverletzt.

Da musste sich Tong auch schon selbst seiner Haut erwehren, als ein zweiter Kridan auf ihn zustürmte.

Der erste Angreifer sprang auf Dana zu, die ihm den Kolben des Gauss-Gewehres gegen die Brust rammen wollte. Einen Schuss aus der Waffe konnte sie nicht mehr abgeben. Doch ein Tritt erwischte sie am rechten Handgelenk und schmetterte ihr das Gewehr aus der Hand.

Dana riss das Knie hoch und traf den Angreifer in die Magengrube. Mit einem erneuten Faustschlag erwischte sie diesmal den Schnabel des Kridan und war dankbar für die gepanzerten Handschuhe.

Der Vogelköpfige gab einen schmerzerfüllten Laut von sich und krümmte sich zusammen. Ein Schlag in den Nacken ließ ihn ohnmächtig zusammensinken.

Wieder war ihr Erster Offizier heran. »Wir müssen hier sofort raus!«

Sie bemerkte, dass er auf dem rechten Bein humpelte. Nun, da sich die Staubwolke legte, konnte Dana Frost ihre Umgebung erkennen.

Sie war in einen Einschnitt der Felsen abgedrängt worden, der sie halbkreisförmig wie ein Kessel umgab. Hinten und seitlich gab es kein Entkommen, nur nach vorne … und dort hasteten in diesem Moment fünf Kridan heran.

Von den Marines war nichts mehr zu sehen, das Kampfgeschehen hatte sich wohl zur Seite verlagert. Nur Frost und Tong befanden sich in dem Kessel.

Wahrscheinlich, weil er meine Lage erkannt hat und mich nicht zurücklassen wollte, durchzuckte es Dana.

»Deckung!«, zischte sie ihrem Ersten Offizier zu. Dann hob sie den Nadler und wartete geduldig den richtigen Moment ab. Feindliche Projektile hackten vor ihr in den Boden, sie bemerkte es nur am Rande ihres Bewusstseins.

Dann schoss sie. Nur einmal, und genau gezielt.

Sie traf ihr Ziel mit dem winzigen Nadelprojektil, und die Wirkung war frappierend. Der Schuss brachte ihr vorhin zu Boden gefallenes Gauss-Gewehr zur Explosion, als sich gerade vier der heranstürmenden Kridan in seiner Nähe befanden. Drei von ihnen wurden dadurch augenblicklich außer Gefecht gesetzt.

Einige Splitter wurden bis zu Frost und Tong herangetrieben. Dana spürte einen scharfen Schmerz an ihrer Hüfte, doch sie achtete nicht darauf. Noch gab es zwei Gegner, die ihr und Tong gefährlich werden konnten.

Auch Tong schoss in diesem Augenblick. Einer der Kridan fiel.

Im nächsten Augenblick war der andere heran. Er trug keine Waffe mehr, doch er hielt einen Stein in den Händen und schleuderte ihn auf Dana.

Sie konnte nicht mehr ausweichen, riss noch die Hände hoch – doch die Reaktion erfolgte viel zu spät.

An der Schläfe getroffen sackte sie mit einem Stöhnen zusammen und verlor die Besinnung …

***

Als Dana wieder zu sich kam, zuckte ein stechender Schmerz durch ihren Kopf. Es kostete sie schier übermenschliche Kraft, dem Drängen ihres Körpers nicht nachzugeben und dennoch die Augen zu öffnen.

Der optische Eindruck bestätigte den akustischen: Sie befand sich nicht mehr inmitten eines Kampfgetümmels. Hinter ihr ragte eine Felswand hoch auf, doch keine nennenswerten Staubmengen lagen in der Luft. Sie befand sich offensichtlich an einem anderen Ort.

War sie eine Gefangene der Kridan?

Würden die Kridan in einer solchen Situation Gefangene machen?, fragte sie sich. Sie wusste es nicht. Vorsichtig bewegte sie Hände und Füße. Sie war nicht gefesselt.

Als sie den Kopf leicht drehte, sah sie Lieutenant Commander Tong. Und er sah nicht so aus, als wäre er in der Gewalt der Kridan. Er saß gegen die Felswand gelehnt, und Danas Blick entging der Nadler im Holster am Gürtel seines Kampfanzuges nicht.

Stöhnend richtete sich Dana auf.

»Captain!« Tong erhob sich und half ihr auf die Beine. »Sie sollten vorsichtig sein. Ihr Kopf hat einiges aushalten müssen. Ich habe Sie nur notdürftig verarztet.«

Jetzt erst bemerkte Dana das Drücken des Verbandes an ihrem linken Ohr. Sie tastete nach, und tatsächlich fühlte sie den Verband, der ihren Kopf umschlang. »Danke.«

»Wir sind etwa zweihundert Meter von dem Kampfplatz entfernt«, informierte Tong sie. »Ich habe keine Ahnung, wo sich die Marines befinden.«

»Sie werden uns zuerst am Ort der Auseinandersetzung suchen«, presste Dana hervor.

»Natürlich, aber dort treiben sich immer noch Kridan herum. Es ist nicht sicher.«

Frost nickte. »Die Frage, wie ich hierher gekommen bin, erübrigt sich wohl.«

Tong grinste und streckte beide Arme mit nach oben gerichteten Handflächen aus. »Es war mir eine Ehre, Sie höchstpersönlich in Sicherheit bringen zu dürfen.«

»Ich werde mich dafür revanchieren.«

»Ich habe mehrfach versucht, Funkverbindung zu den Marines herzustellen; aber es ist zwecklos. Lieutenant Stein hatte nur allzu recht: Die Funkgeräte hätten wir ebenso in der STERNENFAUST lassen können.«

»Wissen Sie, wie wir zurück zu den Landefähren kommen?«

»Es dürfte kein allzu großes Problem sein, sie ausfindig zu machen. Vermutlich werden sich die Marines ebenfalls dorthin zurückziehen, sodass wir dort auf sie treffen werden.«

»Das wissen wir nicht. Wenn sie nicht allzu sehr geschwächt wurden, werden sie ihrer Mission nachgehen und das zweite Team beim Angriff auf das gestrandete Kridan-Schiff unterstützen.«

»Dennoch sollten wir uns zu den Landefähren zurückziehen. Zu zweit sind wir eine zu leichte Beute für die Kridan.«

»In diesem Punkt sind wir uns einig, I.O.« Dana zog ihren Nadler, den Tong offenbar wieder in ihrem Holster verstaut hatte, nachdem sie die Besinnung verloren hatte. »Sie geben das Tempo vor, Ma'am.«

Frost nickte und schluckte eine Aufputschtablette, die sie die nächsten Stunden auf den Beinen halten sollte. Das Medikament wirkte sofort.

»Ich fühle mich wunderbar«, sagte sie hart. »Also stehen wir hier nicht mehr herum. Wer weiß, was uns noch erwartet.«

Michael Tong lief ohne einen weiteren Kommentar los.

Doch er kam nicht weit.

Schon nach wenigen Schritten blieb er wie angewurzelt stehen und deutete nach vorne.

Auch Dana hatte es schon bemerkt, und sie traute ihren Augen nicht. Das konnte hier, auf dieser kargen unbewohnten Welt, auf der es nicht einmal eine rudimentäre Flora zu geben schien, einfach nicht sein.

Und doch musste eine solche existieren, denn es war eine alte Weisheit, dass sich ohne grundlegende Flora keinesfalls eine Fauna entwickeln konnte.

Und ein sehr unfreundlich wirkender Vertreter der planetaren Fauna befand sich nur wenige Meter vor ihnen. Er hatte Ähnlichkeit mit einer irdischen Spinne, nur war er wesentlich größer. Das Wesen überragte die Menschen um etwa einen halben Meter.

Frost und Tong blieben regungslos stehen. Sie hofften darauf, nicht wahrgenommen zu werden.

Knackende Laute drangen zu ihnen herüber, die das Spinnenmonstrum offenbar aus gutem Grund von sich gab. Denn nach wenigen Sekunden huschten zwei seiner Artgenossen auf langen Stelzenbeinen heran …

***

Die beiden Beiboote der STERNENFAUST waren direkt nebeneinander gelandet. Kurz waren die Piloten zusammen mit den Marines ausgestiegen und hatten sich miteinander abgesprochen.

Seit einigen Stunden befanden sie sich jedoch wieder im Inneren der Landefähren. Zwei Marines waren zurückgeblieben, um die Beiboote notfalls gegen einen Angriff der Kridan zu verteidigen. Zur Landung war ein geschützter Platz gewählt worden, nahe einer steil aufragenden Felswand. So konnten eventuelle Angreifer nur aus einer Richtung kommen.

Der Pilot der L-1, Crewman Titus Wredan, saß auf seinem Sitz in der kleinen Steuerzentrale. Er konnte eine leichte Nervosität nicht unterdrücken. Es kam ihm so vor, als sei der Schutz durch die beiden Marines mehr als nur notdürftig. Er konnte nur darauf hoffen, dass kein Angriff erfolgte und dass die Einsatzteams bald erfolgreich zurückkehrten.

Das untätige Warten zehrte an seinen Nerven … Er war hier zum Nichtstun verdammt, allein mit seinen Gedanken, die sich immer wieder im Kreis drehten. Die Kridan hatten für ihn etwas Unheimliches. Den Anblick von Außerirdischen war er aus den Medien durchaus gewöhnt, aber seinem Empfinden nach nahmen die Kridan eine Sonderstellung ein.

Es erschien ihm nicht *richtig,* dass eine intelligente Spezies über einen falkenähnlichen Schädel mit einem Schnabel verfügte. Er hielt sich eigentlich für offen und vorurteilslos, konnte leicht mit intelligenten Echsenartigen wie den Starr oder gar den insektoiden Mantiden leben – aber falkenköpfige Aliens?

Schon der Gedanke daran ließ einen Schauer über seinen Rücken rieseln.

Freunde hielten ihn für verrückt, sagten ihm, dass riesige Insekten doch zu einer wesentlich stärkeren instinktiven inneren Abscheu führen mussten. Und selbst diese müsse man doch in der heutigen Zeit unterdrücken können.

Wredan hasste Moralpredigten wie diese. Was wussten andere schon über seine instinktive Ablehnung gegenüber den Kridan?

Er konnte es sich ja selbst nicht wirklich erklären. Manchmal, nachts, da war es ihm, als dringe eine verschüttete Kindheitserinnerung an die Oberfläche seines Bewusstseins … ein mit aufgerissenem Schnabel heranfliegender Adler oder Falke … der krächzende Laut, den er dabei ausstößt … die immer größer und größer werdenden Flügel … die tückischen Augen, blitzend im Licht einer Taschenlampe … der Schnabel saust heran … näher und näher, größer und größer – der *Schmerz …*

Er hatte seine diesbezüglichen Probleme bei den psychologischen Eignungstests des Star Corps verheimlicht. Warum hätte er sie auch angeben sollen? Er war ein guter Pilot, und welche Rolle spielte da schon irgendein Kindheitstrauma?

Er bemerkte, dass er mit den Fingern auf der Bedienungskonsole trommelte. Das Geräusch der auftreffenden Fingernägel klackte hohl und rhythmisch durch die kleine Zentrale.

Verdammt! Er hielt es hier nicht mehr aus! Ein kleines Gespräch mit den wachhabenden Marines würde ihm guttun. Er verließ den Steuerraum und kurz darauf die L-1.

Die Infanteristen empfingen ihn mit misstrauischen Blicken.

»Was wollen Sie hier draußen?«, fragte der eine.

Sein Name war Takashi, wie der Pilot wusste.

»Gibt es irgendetwas Neues?«, fragte Wredan ablenkend. »Nachrichten von den Einsatzteams?«

»Sie wissen so gut wie wir, dass wir auf diesem Planeten keine Funksignale senden können. Also muss Ihnen klar sein, dass wir auch keine Nachrichten empfangen haben können.«

»Ich werde meinen Kollegen in der L-2 aufsuchen.« Er lief einen Schritt auf die benachbarte Landefähre zu.

Ein Ruf stoppte ihn. »Sie haben Ihre Befehle. Möglicherweise wird ein rascher Start notwendig sein. Warten Sie bitte auf Ihrem Posten!«

So einfach war das also. *Warten Sie bitte auf Ihrem Posten.* Diese Kerle interessierte doch keinen Deut, was er durchmachte.

»Ich …«, begann er.

»Lenken Sie uns nicht länger von unserer Arbeit ab!«, verlangte Takashi schroff.

Doch das hatte Wredan offenbar schon viel zu lange getan …

In diesem Moment blitzte es auf, und der Staub direkt vor ihren Füßen verschmolz zu Glas. Einer der Marines packte den Piloten und riss ihn in Deckung, während der andere bereits zielte und feuerte.

Nun war es also so weit, überlegte Wredan. Zum ersten Mal in seinem Leben stand er seinem Albtraum gegenüber.

Für einen Moment hatte der Pilot einen Falkenköpfigen gesehen, und der Hass in den Augen des Aliens war für ihn bis hierher deutlich spürbar gewesen …

***

Captain Dana Frost zielte mit einer ruhigen Bewegung, und ihr Erster Offizier tat es ihr gleich.

»In der Sekunde des Angriffs werden wir sofort feuern«, sagte sie leise zu ihm. Sie war kühl und beherrscht.

»Gehen wir langsam zurück«, erwiderte Tong.

»Ganz langsam«, stimmte Dana zu.

Sie setzten bedächtig einen Fuß hinter den anderen. Jede rasche Bewegung ihrerseits konnte von den Spinnenmonstren als Fluchtsignal gewertet werden und einen Angriff auslösen. Zumindest, wenn man Analogien zu irdischen Raubtieren ziehen und man diese spinnenartigen Kreaturen als Raubtiere bezeichnen konnte. Vielleicht waren sie ja sogar intelligent …

Es war eine grundlegende theoretische Lektion, auf fremden Welten nicht zu leicht Vergleiche mit irdischen Gegebenheiten zu ziehen – doch in der Praxis hatten sich manche Verhaltensmuster als offenbar universell gezeigt.

Und diese Kreaturen sahen nun einmal wie hungrige Raubtiere in Spinnengestalt aus …

Wieder ertönte das Klackern und es hallte von den Felswänden wider. Alle drei Spinnen gaben es von sich.

»Kein gutes Zeichen«, zischte Dana Tong zu, und sie behielt Recht. Weitere der Wesen tauchten wie aus dem Nichts auf. Bisher näherten sie sich den beiden Offizieren der STERNENFAUST nicht, doch Dana spürte, dass es nur noch eine Frage der Zeit sein konnte.

Als sie auf einen Stein trat und strauchelte, befürchtete sie, dass sie damit den Angriff auslösen könnte.

Doch noch geschah nichts. Die Spinnenartigen hatten sich nun zu einer großen Schar versammelt. Dana zählte acht Kreaturen.

Acht über zwei Meter große Monstren, die jede Sekunde mit ihrem Angriff beginnen konnten …

»Sehen Sie die Facettenaugen seitlich am Kopf?«, fragte Tong.

Dana hörte in seiner Stimme, dass er ebenso beherrscht war wie sie selbst. Natürlich – er war nicht weniger Profi als sie. Jede Panikreaktion oder Angst wäre in dieser Situation mit Sicherheit tödlich gewesen.

Sie wusste, worauf Tong hinaus wollte. »Wenn wir sie dort mit den Nadlern erwischen, haben sie keine Chance.«

»Wir müssen schnell genug sein. Es sind acht – nein, jetzt sind es neun.«

»Jeder von uns muss also vier erledigen, und anschließend schauen wir, wer die Nummer Fünf für sich beanspruchen darf«, sagte Dana sarkastisch.

Jede Erwiderung blieb ihrem Ersten Offizier im Hals stecken. Die Spinnen gingen zum Angriff über.

Dana und Tong schossen in derselben Sekunde, kaum dass die Tiere sich in Bewegung gesetzt hatten, und zwei der Angreifer wurden im vollen Lauf getroffen und brachen sich überschlagend zusammen. Die beiden Offiziere schwenkten die Nadler im Dauerfeuermodus, ohne den Projektilstrom zu stoppen. Sie erwischten zwei weitere der in irrwitzigem Tempo heranrasenden Spinnen, dann waren die Überlebenden heran.

Dana warf sich zur Seite und prallte hart auf dem Boden auf. Sofort war eine der Bestien über ihr. Überall um sich herum sah Frost Beine, stämmige, mehrfach abgeknickte, trippelnde Beine. Ein monströser Kopf senkte sich auf sie herab.

Sie schoss dem Biest von unten in den Bauch, es krampfte seine Beine zusammen und knickte sie an den aufgeblähten Leib.

Tatsächlich eine Reaktion wie bei irdischen Spinnen, durchfuhr es Dana, während sie sich zur Seite rollte.

Der Leib des Tieres – daran zweifelte sie inzwischen nicht mehr – prallte dicht neben ihr auf den Boden. Sie wollte schon aufatmen, da erwischte sie ein Schlag und schleuderte sie zur Seite. Eines der wirbelnden Beine hatte sie getroffen.

Frost keuchte vor Schmerz auf, gönnte sich jedoch keine Sekunde zum Luftschnappen. Sie hörte die Schüsse, die Tong abgab, und war wieder auf den Beinen.

Drei der Tiere lebten noch. Eines davon brach in diesem Moment zusammen, tödlich getroffen durch Tongs Waffe, der soeben unter den wirbelnden Beinen eines der Spinnentiere zu Boden ging und bewegungslos liegen blieb.

Dana war durch den Leib des Tieres die Sicht auf Tongs Körper verwehrt, doch sie sah, dass sich seine Beine nicht mehr bewegten.

Dana schoss. Sie wusste, dass nun alles an ihr allein hing. Ein weiteres der Monstren ging unter dem Projektilstrom zu Boden und verendete, kurz bevor es sie erreichte.

Jetzt ist noch eine einzige der Bestien übrig, dachte Dana.

Da sah sie etwas auf ihr Gesicht zurasen und wurde von einem gelben Flüssigkeitsstrom voll erwischt.

Es brannte, als sei Säure über ihr ausgegossen worden. Sie hatte instinktiv die Augen geschlossen. Den Nadler ließ sie fallen. Sie wischte sich mit beiden Händen die brennende Flüssigkeit aus dem Gesicht und säuberte vor allem die Region um ihre Augen.

Plötzlich schmeckte sie etwas Bitteres, Widerliches. Etwas von dem Sekret musste ihr in den Mund geraten sein. Sie spuckte aus, doch gleichzeitig spürte sie, wie die Welt um sie herum in Nebel versank.

Ein Gift! Das Biest hat Gift auf mich gespritzt …

Eine Sekunde hoffte sie, es lediglich mit einem betäubenden Gift zu tun zu haben und nicht mit einem tödlichen. Doch dann wurde ihr klar, dass das ohnehin keine Rolle mehr spielte.

Es war vorbei …

Frost sah, dass Tong nach wie vor bewegungslos dalag. Auch sie selbst spürte eine unendliche, bleierne Mattheit in den Gliedern.

Es muss ihn ebenso erwischt haben wie mich, dachte sie.

Die Beine versagten Dana den Gehorsam, und sie brach zusammen. Unsanft schlug sie auf dem Boden auf.

Das letzte überlebende Tier stand zwischen ihr und ihrem Ersten Offizier. Es hatte es nicht mehr eilig. Seine Instinkte sagten ihm, dass seine Beute nicht mehr entkommen konnte, nachdem es sie mit seinem Körpergift bespuckt hatte.

Voller Schrecken sah Dana, mittlerweile völlig gelähmt, wie das Biest zwei seiner Vorderbeine aneinanderrieb. Dann stakste es auf den reglos liegenden Tong zu und beugte seinen Kopf zu ihm herab.

Mit aller Willenskraft versuchte Dana, sich zu bewegen. *Ich muss! Ich muss dieses Monstrum daran hindern, ihn zu töten!*

Doch es war ihr nicht möglich, auch nur die geringste Bewegung auszuführen. Ihr Verstand war nicht beeinträchtigt, doch ihre Muskeln versagten ihr den Dienst.

So musste sie hilflos mitansehen, wie Lieutenant Commander Tong starb …

Dachte sie!

Doch er starb nicht.

In diesem Moment tauchte eine Gestalt hinter der Spinne auf. Sie hob eine Feuerwaffe, schoss, und das Tier brach tödlich getroffen zusammen.

Ein unspektakuläres Ende für das Biest, das beinahe die Führungsspitze der STERNENFAUST ausgelöscht hätte.

Doch diesen Ruhm hatte jemand anderes für sich reserviert: die Gestalt, die geschossen hatte und nun auf Lieutenant Tong zuging, die Waffe noch in der Hand.

Es war ein Kridan!

***

Direkt vor den beiden Landefähren war ein Feuergefecht ausgebrochen.

Die beiden Marines hatten sich als Deckung hinter die Fähren zurückziehen können. Mit dem Piloten der L-1 war eine erstaunliche Wandlung vorgegangen. Nachdem er sekundenlang unfähig gewesen war zu handeln, hatte er sich offenbar auf seine Ausbildung besonnen und aktiv in den Kampf eingegriffen.

Die ersten heranstürmenden Kridan waren besiegt. Drei der Aliens lagen tot oder verletzt auf dem Boden. Der erste ungestüme Angriff war damit abgewendet worden. Doch damit war es noch lange nicht zu Ende.

»Es müssen mindestens zwei weitere Kridan in der Nähe sein«, sagte Takashi.

»Drei«, antwortete Stevens, sein Kamerad, knapp. »Hier, hier – und hier.« Er zeigte jeweils in die betreffende Richtung. »Sie werden entweder dort sitzen müssen und können nichts erreichen, oder sie kommen aus ihrer Deckung heraus – dann sind sie fällig.« Seine Stimme klang hart und unbewegt.

Sekunden vergingen, ohne dass irgendetwas geschah, bevor Stevens wieder das Wort ergriff. »Ich werde sie herauslocken.«

Die Stille währte nur einen Moment, schien jedoch ewig zu dauern.

»Bereit«, stimmte Takashi zu.

»Jetzt!« Stevens sprang hinter der L-1 hervor und präsentierte sich seinen Gegnern.

Augenblicklich blitzten Schüsse, doch der Marine war zu schnell. Ein weiterer Sprung brachte ihn in die Deckung der L-2.

Noch während er dort wieder auf die Füße kam, feuerte Takashi bereits mehrfach. Er erwischte zwei der Kridan, bevor er sich ebenfalls wieder zurückzog.

»Böser Fehler der Jungs dort oben«, kommentierte er und lachte hart.

»Bleibt einer«, stimmte Stevens zu. »Er allein hat keine Chance.«

»Abwarten …«

***

Dana Frost meinte, innerlich zerreißen zu müssen. Sie sah alles, doch sie konnte nicht eingreifen. Das Gift des Spinnentieres lähmte jeden einzelnen Muskel.

Fast jeden, erkannte sie in einem sarkastischen Moment. Denn ihr Herz schlug, und sie konnte atmen. Außerdem funktionierte ihr Augenreflex – die Lider schlossen sich hin und wieder und verhinderten so das Austrocknen der Augäpfel. *So gesehen, habe ich es ja gut getroffen. Ein sehr menschenfreundliches Gift,* dachte sie bitter. *Es hält die Opfer frisch und saftig …*

Sie musste beobachten, wie der Kridan gegen den Tierleib trat, der keine Reaktion zeigte. Auch dieses Spinnenmonstrum hatte, wie alle seine toten Artgenossen, im Sterben die Beine an den Körper angezogen.

Der Kridan sah sich um, und als er keine Bewegung mehr in seinem Umfeld wahrnehmen konnte, blieb er vor Lieutenant Commander Tong stehen. Er beugte sich vor ihm nieder und sah ihm ins Gesicht, rüttelte ihn an der Schulter.

Was *tut er?,* dachte Dana. *Warum bringt er es nicht einfach zu Ende und erschießt uns?*

Der Falkenköpfige erhob sich und trat an Dana heran. Als er sah, dass sie die Augen geöffnet hatte, sprach er sie an. »Sie sind bei Bewusstsein.«

Er benutzt einen Translator, um sich verständlich zu machen, nahm Dana erstaunt zur Kenntnis.

Sie konnte nicht antworten, doch der Kridan sprach weiter. »Es war eine erstaunliche Leistung. Sie haben zu zweit sieben dieser Kreaturen ausgeschaltet. Beinahe wäre Ihnen auch noch die achte Trophäe gelungen. Doch das Tier war letztlich ein wenig schneller als Sie.«

Was soll das? Wollte er sie verspotten, ehe er sie hinrichtete? Oder stand ihnen Schlimmeres bevor? Würde er sie als Geisel zum Schiff der Kridan schleppen?

»Es ist gut, dass ich rechtzeitig gekommen bin.«

Erwartest du jetzt Dankbarkeit dafür, dass du uns das Biest vom Hals geschafft hast?

Der Kridan bückte sich zu ihr herunter. »Ich denke, das Gift wird bald seine Wirkung verlieren.«

Das klang nicht wie eine Drohung.

Dana spürte tatsächlich, dass es ihr gelang, ihren Fuß ein wenig zu bewegen. *Warte nur! Rede noch ein wenig weiter, verplempere deine Zeit, und ich werde dir eine böse Überraschung bereiten! Du solltest dich lieber beeilen, wenn du am Ende derjenige sein willst, der triumphiert.*

»Leider kenne ich mich mit der hiesigen Tierwelt nicht aus, sodass ich keine Prognose stellen kann.« Der Kridan warf wieder einen raschen Rund-um-Blick, um sich abzusichern. Doch es nahte offenbar keine Gefahr mehr.

Du wirst an deinem eigenen Hochmut ersticken! Danas Bein zuckte, als die Wirkung des Giftes nachließ. Sie hoffte, dass ihr Feind das nicht bemerkte, doch sie konnte die Reaktion nicht unterdrücken.

»Aber ich bin zuversichtlich, dass Sie überleben werden. Ich kenne mich mit Ihrem Stoffwechsel leider nicht gut genug aus, um Ihnen zu helfen. Aber ich bin froh, dass ich noch rechtzeitig eingetroffen bin. Ich bringe Sie zu Ihrem Schiff. So wird es mir wohl leichter fallen, das Gehör Ihres Captains zu erlangen.«

Was redete dieser Kridan da? Wandte er etwa tatsächlich Ironie an? Was bezweckte er damit, das Gespräch des Captains zu suchen? Er konnte ja nicht ahnen, dass sie selbst die Gesuchte war …

»Ich befürchtete schon, keine Kontaktmöglichkeit zu bekommen. Ich habe wichtige Informationen für Ihren Captain, die helfen können, diesen Krieg zu beenden, bevor er wirklich ausbricht.« Er warf einen Blick an ihrem Körper herab. »Sie werden sich wohl wundern, aber Verrat an meinem eigenen Volk erscheint mir die einzige Möglichkeit, die mir noch bleibt …«

***

Fünf Minuten später kehrte Dana Frosts Beweglichkeit langsam zurück.

Ihre Gedanken überschlugen sich. Sie gab sich schwächer, als sie tatsächlich war. Es konnte nicht schaden, den Kridan gegebenenfalls überraschen zu können. Denn sie traute seinen Worten nicht.

Ein Verräter? Ein Kridan, der den Menschen geheime Informationen zuspielen wollte? Nie zuvor, seit die Menschheit vor vierzehn Jahren auf die Kridan getroffen war, hatte es etwas Vergleichbares gegeben, weder in den drei Jahren des ersten Krieges, noch in den letzten elf Jahren, in denen der wacklige Friede geherrscht hatte.

Nach den Ereignissen im Allister-System sah sie ohnehin alles, das die Kridan betraf, mit noch größerer Vorsicht an. Ihrer Ansicht nach herrschte bereits erneut Krieg, wenn auch nicht offiziell.

»Wieso verraten Sie … ihr Volk?«, fragte Frost.

»Der Krieg wird Millionen Kridan das Leben kosten.« Als sei damit alles gesagt, schwieg der Vogelartige.

Dana stand mühevoll auf, und die Belastung ihrer Beine machte ihr *wirklich* zu schaffen. Der Kridan hielt ihr den Arm hin, und sie stützte sich reflexartig daran ab.

Hätte ich es bloß nicht getan!

Ihr gefiel es nicht, Zeichen von Schwäche zu zeigen. Es hatte keinen Sinn, ihren Status als Captain der STERNENFAUST noch lange geheim zu halten – und einen schwachen Menschenführer würde sie dem Kridan nicht präsentieren. Ob er sich tatsächlich als Verräter erweisen würde oder nicht, spielte dabei keine Rolle.

»Glauben Sie, dass Ihr Captain mich erhören wird?«, fragte er.

»Jeder Captain des Star Corps ist offen und aufgeschlossen«, sagte Dana unverbindlich.

Für eine Sekunde überlegte sie, dem Kridan zu offenbaren, mit wem er es zu tun hatte, doch dann entschied sie anders. Es wäre taktisch in hohem Maß unklug gewesen. Möglicherweise suchte der Kridan nur einen Vorwand, um bis zu dem Captain vorzudringen und ihn dann durch ein Selbstmordattentat auszuschalten.

Dana würde sich frühestens in der relativen Sicherheit der STERNENFAUST offenbaren. Falls der Kridan bis dahin nicht eines falschen Spiels überführt worden war.

»Doch wird er auch einem Kridan gegenüber aufgeschlossen sein?«, fragte der Falkenköpfige skeptisch.

Seine Worte trafen Dana ins Herz, denn ihre ganze Haltung dem Kridan gegenüber bestand aus Misstrauen. Und das, obwohl er ihnen vor wenigen Minuten unzweifelhaft das Leben gerettet hatte.

»Er wird Sie anhören«, versicherte Dana und beendete damit dieses Thema. »Ich muss mich um meinen Kameraden kümmern.«

»Er lebt und wird wohl wie Sie in Kürze erwachen.«

Dana ging mit unsicheren Schritten zu ihrem Ersten Offizier. Sie rüttelte ihn vorsichtig an den Schultern, nachdem sie seine Atmung und seinen Pulsschlag überprüft hatte. Sein Zustand war stabil, und Dana hoffte, dass er tatsächlich bald wieder zu Bewusstsein kommen würde.

Sie mussten diesen Platz verlassen, ehe weitere dieser Spinnentiere hier auftauchten. Außerdem wollte Dana den Kridan in der Sicherheit eines gut bewachten Raumes an Bord ihres Schiffes sehen. Wo er entweder keinen Schaden anrichten konnte – oder wo er in Sicherheit war, damit er seine geheimen Informationen vorbringen konnte.

Erst jetzt wurde Dana das mögliche Ausmaß dieser Begegnung klar. Womöglich war es eben zu einer historischen Begegnung gekommen, die einen Wendepunkt in der interstellaren Geschichte der Menschheit bedeutete. Nicht zum ersten Mal hätte die Aussage eines Kollaborateurs die Wende in einer kriegerischen Auseinandersetzung bedeutet.

Lieutenant Commander Tong verzog schmerzhaft das Gesicht und öffnete die Augen. Ein leises Stöhnen entrang sich seiner Kehle.

»Sie sind in Sicherheit, Fähnrich«, sagte Dana bestimmt, ehe er ungewollt Ihren Status verraten konnte.

Nur für Sekunden zeigte sich Verwirrung auf dem Gesicht des Lieutenant Commanders. Im nächsten Moment schien er verstanden zu haben, was der Captain beabsichtigte. Dana war davon überzeugt, dass der Kridan es nicht bemerkt hatte. Sicher war er nicht sonderlich geübt darin, die Mimik der Menschen zu deuten. So wie sie selbst umgekehrt nicht im Gesicht des Kridan zu lesen vermochte.

Tong nickte und setzte sich vorsichtig auf. »Was ist mit ihm?«, fragte er. »Ist er Ihr Gefangener, Lieutenant?«

Dana lächelte kurz, als ihr Erster Offizier auf ihr kleines Spiel perfekt einging. »Nicht ganz, Fähnrich. Die Verhältnisse stellen sich ein wenig komplizierter dar.«

***

»So kann es nicht weitergehen!«, sagte Takashi. »Bevor unsere Angriffstrupps zurückkommen, muss die Situation bereinigt sein!« Der Marine sah seinen Partner an. »Das wäre ja sonst peinlich und nicht gut für unsere Dienstakte.«

»Wir haben keine Möglichkeit, etwas zu tun«, sagte Wredan.

»Doch, die haben wir. Ich gehe raus.«

»Er wird dich erwischen«, warf der Pilot ein. »Damit ist keinem geholfen.«

»Wir wissen, was wir tun.« Stevens Stimme war eisig, und der Pilot verstand die unausgesprochene Botschaft. Jeder, der nicht ihrem Corps angehörte, wurde von ihnen in einer solchen Krisensituation nicht als vollwertig angesehen. »Der Kerl mag in einer Deckung sein, die die Gauss-Gewehre nicht durchdringen können, aber das ist schlimmstenfalls ein Patt. Wenn es sein muss, starten wir eben, und erledigen ihn mit den Bordgeschützen. Aber wir müssen ja nicht gleich mit Kanonen auf Spatzen schießen. Zuerst versuchen wir es genau wie vorhin. Vielleicht macht der Kridan zweimal denselben Fehler.«

»Vergiss es!«, beschied ihm Takashi. »Lenk ihn ab. Ich muss hundert Meter überwinden, dann kann ich seitlich hinter dem Felsgrat aus dem Kessel raus, ohne dass er mich sehen kann. Ich werde den Kridan dann von der Seite her angreifen und ihn zur Hölle schicken.« Er wartete keine Bestätigung ab, sondern begann zu zählen. »Drei – zwei – eins.«

In der nächsten Sekunde hetzte er los, ohne sich noch einmal umzusehen. Die Servo-Verstärker seiner Rüstung beschleunigten seinen Lauf noch, wenn sie auch in erster Linie dazu dienten, das Gewicht der Panzerung auszugleichen.

Stevens gab ihm Feuerschutz. Projektil um Projektil jagte er in die Richtung des Kridan. Felsbrocken spritzten hoch, als die Geschosse mit 200-facher Schallgeschwindigkeit in den Stein fuhren. Damit würde er dem Kridan kaum schaden, aber ihn mit Sicherheit davon abhalten, in aller Ruhe zu zielen und das freie Schussfeld auszunutzen.

Der schwere Panzeranzug schützte Takashi vor allem, außer einem direkten Treffer. Und dem Kridan keine Gelegenheit dazu zu geben, war Stevens' Aufgabe.

Atemlos verfolgte der Pilot das Geschehen, klebte mit seinen Blicken an den Beinen des Marines, der hundert Meter über ungeschütztes Gelände zurücklegen musste. Eine unendliche Entfernung …

So schien es ihm, doch er hatte noch nie einen Marine in voller Panzerung rennen sehen. Takashi benötigte für die Strecke knapp zehn Sekunden.

Der Kridan feuerte mehr blind mit seinem Graser, als dass er zielte. Dennoch ...

Die ersten Energieblitze fuhren in den Staub vor den Füßen des Rennenden und schmolzen ihn zu Glas. Dann, als Takashi die Deckung schon fast erreicht hatte, schlugen mehrere Graserschüsse in sein Bein und seinen Körper ein.

Der Lauf des Marines geriet aus dem Rhythmus. Er stürzte und prallte hart auf. Staub wölkte auf und nahm Wredan die Sicht.

Der Pilot stöhnte auf. *Nur etwa fünf Meter von seinem Ziel entfernt ...*

Stevens feuerte stur weiter, als sei nichts geschehen.

Vielleicht bewältigt er die Situation auf diese Art, überlegte Wredan.

Die Sicht klärte sich – und Takashi war verschwunden!

»Er ist weg!«, entfuhr es dem Piloten. »Er ... er hat es geschafft!«

»Ist er stark verletzt?«, fragte Stevens, ohne seinen Beschuss zu unterbrechen.

»Ich weiß es nicht. Ich konnte ihn am Schluss nicht sehen. Aber er muss noch in Deckung gekrochen sein.«

»Das hat nichts zu sagen. Das hätte er in dieser Situation mit zwei durchschossenen Kniegelenken gekonnt.«

Obwohl er diese Aussage für übertrieben hielt, antwortete der Pilot darauf nicht. Es gab nichts, das er hätte sagen können.

Weder sie noch der Kridan konnten ab jetzt einen Blick auf Takashi werfen. Er war durch den Felsgrat allen Blicken entzogen.

Diese Deckung war sein Schutz – und vielleicht auch sein Grab. Denn möglicherweise brach er an seiner Position zusammen und verblutete. Andererseits aber, er war vielleicht dazu fähig, den Plan auszuführen und sich dem Belagerer von der Seite her zu nähern.

Stevens schien sich dessen sicher zu sein. Er brach das Dauerfeuer ab und feuerte nur noch gelegentlich einen Schuss ab, um den Kridan beschäftigt zu halten.

»Bald herrscht hier Ruhe«, kommentierte er grimmig.

Doch Wredan teilte seinen Optimismus nicht ...

***

»Wir werden die Landefähren der STERNENFAUST in Kürze erreichen.« Lieutenant Commander Tong blieb stehen. Auch er war rasch wieder zu Kräften gekommen und so hatten sie sich schnell auf den Rückweg gemacht.

Dana Frost hatte ihrem Ersten Offizier deutlich angesehen, dass auch er dem angeblichen Kridan-Verräter kein Vertrauen schenkte. Doch sie war gespannt, was dieser berichten würde, wenn sie sich ihm an Bord der STERNENFAUST zu erkennen gab. Wenn seine Geschichte glaubhaft war, hatte sich die Mission auf Kapelis II auf jeden Fall gelohnt.

Es nagte an Dana, dass sie nach wie vor nicht wusste, ob in der gewaltsamen Auseinandersetzung, während der sie von den Marines getrennt worden war, Opfer zu beklagen waren …

Möglicherweise würde sich bei den Landefähren Gewissheit einstellen. Ebenso wahrscheinlich war jedoch, dass die Angriffsgruppen noch unterwegs waren, um ihrem eigentlichen Auftrag nachzugehen – der Enterung des notgelandeten Schiffes und der Gefangennahme eines Kridan-Offiziers.

Dana hoffte, dass dem nicht so war, denn der Kridan, der freiwillig zu ihnen gekommen war, konnte unter Umständen deutlich wertvoller sein als jede Geisel und jeder Informationsträger der Vogelköpfe …

Ein Geräusch riss sie aus ihren Gedanken.

»Still!« Dana verharrte und bedeutete ihren Begleitern, es ihr gleich zu tun. »Das war der Lärm eines Schusses!«

»In der Tat«, stimmte der Kridan zu. »Nicht weit von hier entfernt.«

»In der Nähe der Fähren!« Dana spannte sich an. »Beeilen wir uns.« Hastig lief sie weiter.

Wieder erklang der charakteristische Knall eines Gauss-Gewehrs, gefolgt von berstendem Stein.

Nach wenigen Sekunden stoppte sie der Zuruf ihres Ersten Offiziers. »Ein Kridan!«

Etwa fünfzig Meter vor ihnen befand sich, halb verdeckt, einer der Aliens. Er hatte sie bislang nicht bemerkt.

Besorgt warf Dana einen Blick auf den angeblichen Verräter neben sich. Wie würde er reagieren, jetzt, da er auf einen Artgenossen traf?

»Er belagert Ihre Landefähren. Ich hörte, wie der Befehl dazu auch an Nicht-Bodenkampftruppen gegeben wurde. Wenn er noch hier ist, heißt das, dass er bislang keinen Erfolg hatte.« Der Vogelartige sprach ruhig und bestimmt. »Aller Wahrscheinlichkeit nach ist er Teil eines Dreierteams.«

Dana Frost nahm die Information stillschweigend zur Kenntnis. »Wo befinden sich die beiden anderen? Was sieht Ihre Taktik im Normalfall vor?«

»Sie sind tot«, entband Tong den Kridan von einer Antwort. Der Erste Offizier hatte einige Schritte zur Seite gemacht, um einen besseren Blickwinkel einnehmen zu können. »Ich habe ihre Leichen gesehen. Er hat die Wahrheit gesagt.«

»Zweifelten Sie etwa daran? Warum sollte ich Sie belügen? Wenn ich Ihnen Böses wollte, hätte ich das Raubtier seine Arbeit tun lassen, und Sie wären längst tot.« Der Kridan klapperte leise mit dem Schnabel.

Ein Zeichen des Ärgers? Oder ein Ausdruck von Nervosität?

Wenn ich ihn doch nur besser einschätzen könnte!, überlegte Dana. »Wir werden ihn außer Gefecht setzen. Fähnrich, das wird Ihre Aufgabe sein.«

Nach wie vor redeten sie sich mit den falschen Dienstgraden an, um den Kollaborateur noch im Unklaren über die wirklichen Verhältnisse zu lassen.

In diesem Moment sahen Sie die menschliche Gestalt, die sich dem Kridan von der Seite näherte. Dieser konnte sie noch nicht entdeckt haben.

»Das ist einer der Marines.« Dana tauschte einen raschen Blick mit Tong.

Offenbar hatten ihre Leute nicht auf der faulen Haut gelegen und auf Verstärkung gewartet. Allerdings war der Infanterist sehr vorsichtig und entsprechend langsam.

»Der Mensch ist dumm«, stellte der Kridan-Verräter fest.

»Er wird nicht scheitern«, sagte der Captain zuversichtlich. »Ihr Artgenosse wird tot sein, ehe er unseren Mann auch nur sieht.« Dana beobachtete den angeblichen Kollaborateur bei ihren bewusst hart gewählten Worten genau.

Der Schnabel des Vogelartigen öffnete sich leicht und schloss sich wieder. »Mein ›Artgenosse‹ ist in einer hervorragend geschützten Position. Und vergessen Sie nicht, dass wir über eine ausgezeichnete Rundumsicht verfügen. Es gibt keine Schussposition, die ihr Soldat einnehmen kann, ohne entdeckt zu werden.«

»Also werden wir eingreifen.« Tong zog demonstrativ seinen Nadler.

»Ganz ruhig«, hielt Frost ihn zurück. »Der Marine trägt einen schweren Panzeranzug. Er ist nicht halb so gefährdet wie wir.«

»Es ist nicht nötig, dass irgendjemand ein Risiko eingeht. Im Gegenteil.« Der Kridan hob den linken Arm. »Gestatten Sie mir, Ihnen zu helfen.«

»Was wollen Sie tun?«

Statt einer Antwort lief der Kridan los. Er drehte sich um und bedeutete Dana und Tong, sich in Deckung zu begeben, sodass sie nicht mehr entdeckt werden konnten.

Als er sich dem Belagerer näherte, rief der Kridan, der nach seinen eigenen Worten zum Verräter an seinem eigenen Volk geworden war, etwas in seiner eigenen Sprache – ein für menschliche Ohren disharmonisches Krächzen.

Der Belagerer zuckte zusammen, drehte sich um und antwortete. Frost interpretierte seine Haltung als erleichtert und zuversichtlich.

Der Verräter zuckte mit dem Kopf vor – eine Geste, der Dana keine Bedeutung zuordnen konnte –, zog eine Handfeuerwaffe und erschoss seinen Artgenossen!

***

Im Lauf der nächsten Stunde kehrten die Marines zurück. Eine von ihnen, Svenja Rodrigez, war bei dem Angriff gestorben, drei weitere waren leicht verletzt. Das zweite Team war ebenfalls in einen Kampf verwickelt worden, lange bevor sie das notgelandete Kridan-Schiff erreichten.

Beide Gruppen waren zu dem Entschluss gelangt, es sei besser, zunächst den Captain und den Ersten Offizier zu suchen. Schließlich hatten sie die toten Riesenspinnen entdeckt. Sie konnten sich zwar nicht erklären, warum eines der Tiere von einem Graser getötet worden war, nahmen jedoch an, dass es den beiden Flottenoffizieren gelungen war, einen Kridan gefangen zu nehmen. Schließlich führten drei Spuren von den Spinnenleichen weg, eine davon offenbar kein Mensch.

Captain Dana Frost wollte Kapelis II so rasch wie möglich verlassen. Wenn sie es tatsächlich mit einem Verräter zu tun hatten, mussten sie ihn schnellstens in Sicherheit bringen. Denn wenn die anderen Kridan von seiner Absicht wussten, würden sie nichts unversucht lassen, ihn daran zu hindern, Informationen weiterzugeben.

Dana zog sich mit dem Kollaborateur unauffällig etwas zur Seite zurück, während Lieutenant Commander Tong Sergeant Ralff Olafsson über die Entwicklung informierte, auch darüber, dass sein eigener Rang und die Identität des Captains für den Moment verheimlicht werden sollte.

Olafsson wiederum instruierte vor dem Abflug seine Männer mit knappen Worten. Niemand stellte unnötige Fragen, und so konnten die Landefähren bald starten.

Der Rückflug zur STERNENFAUST verlief problemlos. Weder die Kridan noch die magnetischen Stürme in der Atmosphäre verursachten irgendwelche Probleme.

Der Kridan saß eingequetscht zwischen zwei Marines – Takashi und Stevens, die von allen noch am ausgeruhtesten waren – die ihre Nadler auf ihn gerichtet hielten.

Er musste sich des allgemeinen Misstrauens bewusst sein, dennoch tat er so, als ginge ihn das alles nicht an.

»Ich muss Ihnen mitteilen, dass ich auf dem Planeten leicht verletzt wurde«, sagte er unvermittelt zu Tong, der ihm gegenüber saß.

»Sie waren bei dem Angriffstrupp auf unsere Männer dabei?«, fragte der Erste Offizier kalt, und der Ausdruck seiner Augen zeigte mehr als deutlich, dass er keinerlei Mitleid fühlte.

»Ich muss Sie enttäuschen.«

Die Kridan scheinen wirklich eine sarkastische Ader zu haben, dachte Dana. *Oder sein Translator hat eine Macke.*

»Ich wurde nicht im Kampf gegen einen Menschen verletzt«, fuhr er fort. »Es geschah, als ich widerrechtlich unser Schiff verließ. Man wollte mich nicht gehen lassen.«

Ohne weitere Worte schob der Kridan das Oberteil seiner Uniform nach oben. Erst jetzt bemerkte Dana, dass die Kleidung des Kridan beschädigt war.

Eine Wunde kam zum Vorschein, die in Danas Augen nicht wie eine *leichte* Verletzung aussah. Eine feuerrote Verbrennung zog sich handtellerbreit über die komplette Brust des Vogelartigen, und an ihrem unteren Kand klaffte ein etwa zwanzig Zentimeter langer Schnitt.

Ein Mensch mit einer derartigen Verletzung wäre wohl kaum in der Lage gewesen, sich für Stunden unauffällig zu benehmen und nicht entkräftet zusammenzusinken.

Allerdings wusste Dana nicht, ob die Kridan als solche über eine beträchtliche Fähigkeit der Schmerzunterdrückung verfügten, oder ob der Kollaborateur hier eine Ausnahme bildete. Sie vermutete das Letztere, denn derartige Berichte waren ihr nicht bekannt. Dennoch bildete diese Frage einen weiteren Punkt auf der langen Liste, die sie zu klären beabsichtigte.

»Wir werden dafür sorgen, dass Sie nach der Ankunft auf unserem Schiff sofort verarztet werden«, versprach Tong. »Man wird Ihnen dieselbe Priorität einräumen wie unseren eigenen Männern.«

Frost nickte zu diesen Worten. Sie mussten dem Kridan ein Entgegenkommen signalisieren. Es brachte sie nicht weiter, wenn sie ihn auf eine Mauer der Ablehnung stoßen ließen. Schließlich war es nicht fair, ihn für den Tod von Rodrigez verantwortlich zu machen – oder gar für die Vernichtung der NEW ORLEANS.

Er kann nichts dafür, dass er in dem Kridan-Schiff stationiert war, das die tödlichen Schüsse abfeuerte. Und hättest du nicht ebenso das Kridan-Schiff zerstören lassen, wenn sich nur die Möglichkeit ergeben hätte? Es ist Krieg, Dana. Zumindest bereiten sich alle darauf vor.

Weder der Kridan noch irgendjemand sonst antwortete auf Tongs Zusicherung.

Erst nach Sekunden des Schweigens ergriff der Falkenköpfige das Wort. »Ich halte es für angebracht, dass Ihre Ärzte zuerst Ihre eigenen Männer behandeln. Ich selbst wäre für einen Platz dankbar, an dem ich mich ausruhen kann, und wenn man mich bald mit Ihrem Captain sprechen lassen würde.«

»Wir werden sehen, was wir tun können. Möglicherweise können wir Ihnen ein … Quartier zuweisen.«

Der Kridan sah sie durchdringend an und legte den Kopf schief. »Ich weiß sehr wohl, dass ich Ihr Gefangener bin und unter Arrest stehe. Angesichts dieser Umstände«, er wies mit seinem Schnabel auf die beiden Marines, die ihn mit ihren Waffen bedrohten, »ist es kaum notwendig, darum herumzureden.«

Frost zuckte mit den Schultern, und als sie sich erinnerte, dass der Kridan mit dieser Geste wahrscheinlich nichts anfangen konnte, sagte sie: »Es ist eine Standardmaßnahme.«

»Sie verfahren also mit allen Kridan-Kollaborateuren so?«

Langsam glaube ich, es hier wirklich mit einem außergewöhnlichen Vertreter seiner Art zu tun zu haben, überlegte Dana. *Er ist in einem sehr hohen Maß sarkastisch. Ich muss unbedingt mit Bruder William darüber reden. Das erscheint mir so … ungewöhnlich für ein Volk von Kriegern. Warum sollte er also nicht zum Verräter geworden sein?*

***

Kaum hatten die Landefähren die Atmosphäre erreicht, war wieder Funkkontakt möglich.

Zu Frosts Erleichterung war nichts Ungewöhnliches geschehen. Sie war sich sicher, dass Lieutenant David Stein, dem Sie das Kommando übertragen hatte, einmal ein hervorragender Captain werden würde.

Aber vielleicht bin ich da auch nur voreingenommen, überlegte sie, *weil ich ihn … mag.*

Frost nahm sich vor, über ihre Beurteilung des Kommunikations- und

Ortungsoffiziers noch einmal *objektiv* nachzudenken. Sie konnte ihn schließlich nicht anders – besser! – behandeln, nur weil sie ihn attraktiv fand.

An Bord der STERNENFAUST geleiteten die beiden Marines ihren Gefangenen zu der winzigen Arrestzelle des Schiffs.

»Der Captain wird sich bei Ihnen melden«, sagten sie weisungsgemäß, ehe sie die Tür schlossen und mit schussbereitem Nadler Wache bezogen.

Der Einsatz von Gauss-Gewehren war – ebenso wie tödliche Laser – an Bord von Raumschiffen und -stationen glatter Selbstmord.

Lieutenant Gardikov, die Schiffsärztin, rief Dana und Tong sofort in die Krankenstation und duldete keinen Widerspruch.

»Ich werde eine Probe des Spinnengiftes nehmen«, sagte sie und fuhr mit einem eng anliegenden Medizinhandschuh in Danas Haare. »Dachte ich es mir doch. Hier sind jede Menge Rückstände geblieben. Eine mikrobiologische Untersuchung wird aufschlussreich sein und darüber hinaus zeigen, ob mögliche Folgeschäden zu erwarten sind.«

»Das hat Zeit«, wehrte der Captain ab. »Wir haben Verletzte und danach werfen Sie bitte einen Blick auf unseren Gefangenen. Vielleicht können Sie herausfinden, auf welche Art seine Wunde entstanden ist.« Dana setzte die Ärztin kurz ins Bild und wiederholte die Geschichte, die der Kollaborateur vorgebracht hatte.

»Nun, eine Verbrennung lässt zumindest nicht auf eine unserer Waffen schließen.« Simone Gardikov nickte, wie um sich selbst zu bestätigen. »Aber das kann ich Ihnen auch noch mit hundertprozentiger Sicherheit bestimmen. Um herauszufinden, ob es wirklich ein Graser war, was auf interne Kämpfe schließen ließe, werde ich einige Zeit benötigen. Aber die Reststrahlung sollte uns auch darüber Aufschluss geben.«

»Wie geht es den beiden Schwerverletzten?«, wechselte der Captain das Thema.

Gardikovs Blick verdüsterte sich, und sie schüttelte den Kopf. »Kaplan ist tot.«

»Und Crewwoman Singa?«, fragte Dana, während ihre Gedanken bei dem jungen Fähnrich waren, den sie nicht einmal kennengelernt hatte. Nicht mehr als zwei Worte hatte sie mit ihm gewechselt, ehe er unter ihrem Kommando gestorben war, weil er einer Kameradin das Leben rettete.

Er ist der wahre Held dieser ganzen Mission, wenn man es denn als eine solche bezeichnen will. Ein unbekannter Fähnrich namens Kaplan, der in keinem Geschichtsbuch auftauchen wird …

»Sie befindet sich nach wie vor im Koma. Ich werde Ihnen einen ausführlichen Bericht über die Umstände geben, unter denen Fähnrich Kaplan gestorben ist.«

»Später«, beschloss Dana. »Wenn das hier alles vorbei ist. Vor der Trauerzeremonie für ihn und Rodrigez.«

Sie durfte sich nicht ablenken lassen, denn die STERNENFAUST war durch die Ereignisse möglicherweise zu einem Brennpunkt in dem ganzen Kridan-Konflikt geworden – und sie selbst trug die Verantwortung, nun richtig zu handeln und die sich bietenden Chancen zu nutzen. Falls es überhaupt so etwas wie Chancen gab und sie sich nicht ein Kuckucksei ins Schiff geholt hatte.

Frost verließ den Raum, während Lieutenant Gardikov die Probe des Giftes in einem Medizinröhrchen verstaute, und nahm über ihren Armbandkommunikator Kontakt zu ihrem Ersten Offizier auf.

Kurz darauf saß sie ihm in ihrem Besprechungsraum gegenüber. Auch er hatte sich bislang nicht einmal Zeit genommen, sich von den Überresten des Giftes und dem Schmutz des Planeten zu befreien.

»Was halten Sie von dem angeblichen Verräter, I.O.?«, fragte sie ihn.

Tong legte die Handflächen aneinander. »Die Fakten sprechen für ihn. Er hat uns das Leben gerettet, und er hat einen seiner Artgenossen getötet.«

»Das weiß ich alles, aber *vertrauen* Sie ihm?«

»Ich verfüge nicht über genügend Erfahrung mit den Kridan, um eine Einschätzung vornehmen zu können.«

»Ja, mir geht es ähnlich«, stimmte ihm Frost zu. »Aber dafür haben wir ja glücklicherweise einen Spezialisten an Bord.«

Tong erkannte natürlich sofort, worauf sie hinauswollte. »Bruder William sollte uns ohnehin zu dem ersten Gespräch mit dem Kridan begleiten.«

Das 27-jährige Mitglied des Ordens der Christophorer befand sich als Berater an Bord der STERNENFAUST – wie einer seiner Brüder auf fast jedem Schiff des Star Corps. Sein Orden war vor knapp fünfzig Jahren durch den Abt Mboto Narewo gegründet worden, ein Jahr, nachdem die Menschheit erstmals auf fremdes intelligentes Leben im All getroffen war. Sie waren Reisende und Forscher, die sich um Verständigung und Toleranz bemühten. Keiner hatte einen so guten Einblick in die Psychologie von Nichtmenschen wie sie.

Wenn es einen Experten für Kridan-Psychologie an Bord gab, dann Bruder

William, der sämtliche bekannten Fakten über deren Kultur lange studiert hatte. Er selbst sprach zwar schüchtern von *bescheidenen Kenntnissen,* aber Dana traute ihm mehr zu als er sich selbst.

»Ich traue dem Kridan nicht«, sagte der Captain. »Ich kann mir einfach nicht vorstellen, dass jemand seine Rasse an völlig fremde Wesen verrät.«

»Dafür gibt es in der Geschichte aber jede Menge Beispiele. Und die Fakten sprechen für ihn! Er könnte von unschätzbarem Wert für das Star Corps und für die gesamte Menschheit sein. Der erste Kridan, der uns die Hände reicht.«

»Vielleicht bin ich wirklich nur misstrauisch, ohne einen realen Grund dafür zu haben«, meinte Dana nachdenklich.

»Oder ich hoffe zu sehr auf die Möglichkeit eines friedlichen Zusammenlebens«, antwortete Lieutenant Commander Michael Tong. »Wie dem auch sei: Ohne ihn hätten wir Kapelis II jedenfalls nie verlassen und wären Opfer der Spinnentiere geworden.«

***

Lieutenant Gardikov schreckte auf, als der Alarm ertönte.

Nicht schon wieder!, dachte sie im ersten Moment, doch dann gelang es ihr, das Geräusch zuzuordnen.

Die Überwachungsmaschine Crewwoman Singas wies nicht etwa auf einen kritischen Zustand der Patientin hin. Ganz im Gegenteil. Singa war aus dem Koma erwacht.

Die Ärztin eilte an das Krankenbett.

»Was …?«, kam es leise über die Lippen der Patientin, während sie die rehbraunen Augen öffnete.

»Sie sind auf der Krankenstation«, unterbrach Gardikov. »Versuchen Sie nicht zu sprechen. Ich werde Ihnen alles erklären, Crewwoman Singa.« *Wirklich alles?,* fragte sie sich. *Auch dass Kaplan starb, weil er ihr das Leben gerettet hat?* »Es ist ein gutes Zeichen, dass Sie aufgewacht sind. Sie sind außer Lebensgefahr.«

»Ich bin …« Singa sprach nicht weiter. Sie war bleich, und die wenigen Worte kosteten sie unendliche Kraft. Ihre zarten Züge waren angespannt und wirkten wie zerbrechliches Porzellan. Sie trug die glatten schwarzen Haare ein wenig länger, als es laut Vorschrift erlaubt war.

»Sie wurden schwer verletzt, aber die notwendige Operation war erfolgreich.«

Anders als bei Kaplan. Gardikov wusste, dass diese innere Stimme log, denn sie hatte keinen medizinischen Fehler begangen. Ohne die rigorosen Maßnahmen zur Lebensrettung wäre Kaplan ebenfalls unweigerlich gestorben – und dass er letztlich an den medizinischen Maßnahmen starb, war ein nicht zu umgehendes Risiko gewesen. Aber was geschehen war, ging an die Grenze des Erträglichen.

»Die Explosion«, hauchte Singa, und ihre Augen füllten sich mit Tränen bei der Erinnerung.

»Sie wurden von einem glühenden Metallstück getroffen, doch Fähnrich Kaplan brachte Sie in Sicherheit. Sie werden wieder völlig gesund. Und jetzt sollten Sie schlafen. Ihr Körper braucht Ruhe. Sind Ihre Schmerzen erträglich, oder soll ich die Medikation erhöhen?«

»Es … es geht auch so.«

»Schlafen Sie jetzt. Alles wird gut.«

»Sagen Sie mir, was mit mir geschehen ist, Lieutenant. Werde ich wieder gesund werden? Kann ich …«

»Sie werden, und Sie können. Was immer Sie sagen wollten. Sie benötigen noch ein paar Tage Ruhe, und dann werden Sie völlig wiederhergestellt sein. Es wird nichts zurückbleiben, außer vielleicht einer Narbe.«

Crewwoman Singa presste die Lippen zusammen, und in den Augenwinkeln sammelten sich Tränen. »Richten Sie dem Fähnrich meinen Dank aus.« Die letzten Worte waren kaum noch zu verstehen. Singa war vor Erschöpfung eingeschlafen, während über ihre linke Wange eine Träne rann.

»Er weiß, wie dankbar Sie ihm sind«, antwortete Lieutenant Simone Gardikov tonlos …

***

Captain Frost nickte den beiden Wachen zu, die vor der Tür postiert worden waren und beiseite traten, um die Ankommenden eintreten zu lassen. Sie trugen nur leichte Kampfanzüge. Die schweren Panzerungen waren an Bord unnötig und höchst unbequem.

»Haben Sie irgendetwas von unserem Gast gehört, seit er unter Arrest steht?«, fragte Dana.

»Nichts, Ma'am«, antwortete der Wachtposten knapp.

»Halten Sie die Ohren weiterhin offen, während wir im Raum sind«, fügte Lieutenant Commander Tong hinzu.

Bruder William, der Christophorer, schwieg.

Als sich das Schott öffnete, erhob sich der Kridan von der Pritsche, auf der er offenbar die komplette Zeit über geruht hatte. Er schien unter großen Schmerzen zu leiden, was vor allem an seiner leicht gekrümmten Körperhaltung sichtbar war. Seine Gesichtsmimik war in Danas Augen unbewegt.

»Ich danke Ihnen für die Zeit der Erholung, die Sie mir gewährt haben«, bestätigte der Kridan diese Vermutung. »Doch ich hoffte, mit dem Captain dieses Schiffes sprechen zu dürfen. Vermutlich will er mir einen mir bereits bekannten Gesprächspartner bieten, aber darauf bin ich nicht angewiesen. Ich würde es vorziehen …«

»Sie täuschen sich«, unterbrach Dana. »Sie sprechen mit dem Captain der STERNENFAUST«

Für Sekunden huschte der Blick des Kridan hin und her, fixierte nacheinander die drei Eingetretenen.

»Captain«, sagte er dann schlicht und reichte ihr die Hand. »Wenn ich richtig informiert bin, ist das doch die Begrüßungsgeste, die bei den Menschen üblich ist.«

Dana nickte und ergriff die Hand des Kridan. Es war ein eigenartiges Gefühl. Die Kridan verfügten nicht über fünf, sondern nur über vier Finger, die darüber hinaus krallenartig ausgebildet waren und in hornigen Spitzen endeten.

»Ich entschuldige mich für die Täuschung«, begann sie mit einer Erklärung, doch der Kridan unterbrach sie.

»Sie brauchen nicht weiterzureden, Captain. Ich verstehe Ihre Motivation. Sie wussten nicht, mit wem Sie es zu tun haben. Sich in dieser Situation zu erkennen zu geben, wäre unverantwortlicher Leichtsinn gewesen.«

»Genau genommen weiß ich immer noch nicht, wer Sie sind.«

»Deswegen sind Sie hier«, sagte der Kridan und warf einen fragenden Blick auf Tong und Bruder William.

»Dies ist mein Erster Offizier, Lieutenant Commander Tong. Außerdem begleitet uns Bruder William, der dem Orden der Christophorer angehört.«

»Ich hörte von dem Orden«, meinte der Kridan. »Einige Mitglieder wollten nach Kridania reisen, was jedoch abgelehnt wurde. Sie treten für Völkerverständigung und friedliches Koexistieren ein. Ich freue mich, dass Sie an unserem Gespräch teilnehmen.«

»Ich bin vor allem als Beobachter hier«, stellte William klar.

»Gewissermaßen als Experte für Fremdvölkerpsychologie«, vermutete der Kridan. »Sie sind mir willkommen, denn ich habe nichts zu verbergen.«

Nach einem kurzen Stocken fügte er hinzu: »Nun sollen Sie auch wissen, mit wem Sie es zu tun haben. Mein Name ist Gul-Kudat. Ich war der Waffenoffizier auf dem Raumschiff, das Sie beinahe zerstört haben.«

Dana war sich nicht sicher, ob in den Worten des Kridan eine Anklage mitschwang. Er schien sanftmütig und freundlich zu sein – ganz und gar nicht so, wie sie sich den typischen Vertreter der Kridan-Rasse vorstellte. »Wir haben uns verteidigt, und …«

»Sie missverstehen mich, Captain«, unterbrach Gul-Kudat. »Meine Worte dienten lediglich der Information. Sie haben nicht anders gehandelt, als unser Captain es an Ihrer Stelle getan hätte. Wir befinden uns in einem beginnenden Krieg, und genau das ist der Grund, warum ich das Gespräch mit Ihnen gesucht habe.«

»Wie lautet der Name Ihres Captains?«, fragte Tong.

»Duk-Tamal. Er hat die Notlandung unverletzt überstanden und sofort den Angriff auf Ihre Männer befohlen, als Ihre Landefähren geortet wurden.«

»Wird er den Planeten verlassen können?«

»Unser Schiff wird sich nie wieder aus eigener Kraft in den Weltraum begeben können. Die Beschädigung ist so stark, dass es nicht einmal eine Reparatur wiederherstellen können wird. In dieser Hinsicht brauchen Sie nichts zu befürchten, Captain. Sie werden dort unten warten müssen, bis sie von einem anderen unserer Schiffe abgeholt werden. Das ist in etwa die größte Schmach, die einem Kridan widerfahren kann.« Der Kollaborateur hob beide Arme und verzog gleich darauf schmerzhaft das Gesicht.

»Ihre Verletzung?«, fragte Bruder William knapp. »Benötigen Sie eine Behandlung?«

»Unser Gespräch ist wichtiger. Danach wäre ich für einen Besuch bei Ihrer Ärztin dankbar.«

»Lieutenant Gardikov wird sich zu Ihnen begeben«, stellte Tong klar.

»Ich verstehe.« Gul-Kudat klapperte mehrfach mit dem Schnabel. »Selbstverständlich werde ich für die Dauer meines Aufenthalts auf ihrem Schiff auf dieses Quartier beschränkt.«

»Ich fürchte, gewisse Sicherheitsmaßnahmen sind unumgänglich«, meinte Dana.

»Das akzeptiere ich, Captain. Und ich danke Ihnen, dass Sie so offen mit mir reden. Genau genommen bin ich froh, dass Sie überhaupt mit mir sprechen. Wenn ein Mensch zu unserem Kommandanten gekommen wäre, wäre er wohl nicht so … freundlich empfangen worden.«

Das kurze Stocken entging Dana nicht.

»Duk-Tamal hätte ihn entweder gefangen genommen und einem Verhör unterzogen, oder *er* hätte ihn ohne Umschweife töten lassen, je nachdem, ob er ihn für einen wertvollen Informationsträger gehalten hätte oder nicht.«

»Sie gebrauchen sehr offene Worte«, wunderte sich Tong.

Gul-Kudat lachte – zumindest vermutete Dana, dass das keckernde Geräusch ein Lachen darstellte. »Der Kommandant ist ebenso verblendet wie die religiöse Führung unseres Planeten. Für sie sind wir das auserwählte Volk der Götter, und niemand darf uns unseren Lebensraum streitig machen. Sie nennen es *heilige Expansion,* aber in Wirklichkeit ist es nichts als Machtgier.«

Die Hände des Kridan öffneten und schlossen sich in raschem Rhythmus. »Der Tod von Tausenden und Millionen Kridan spielt für sie keine Rolle! Sie hetzen das Volk auf und geben ihnen leere Versprechungen für das Leben nach dem Tode!«

»Sie sagten, Sie waren Waffenoffizier?«, stellte Tong eine Zwischenfrage, als der Redeschwall des Kridan erstmals stoppte.

»Im Laufe der Jahre habe ich Tausende von Intelligenzwesen in den Tod geschickt! Ja sogar in den Krieg gegen Ihre Spezies war ich vor mehr als zehn Jahren verwickelt und habe Elend und Vernichtung verursacht!«

Ein kurzes Schweigen entstand nach diesem harten Bekenntnis.

Dann ergriff Gul-Kudat noch einmal das Wort. »Doch damit ist es jetzt zu Ende!«

***

Kurz darauf wandte sich Frost in Richtung Ausgang. »Wir werden Sie nun kurz verlassen, Gul-Kudat. Wir kommen in Kürze zurück. In der Zwischenzeit wird sich Lieutenant Gardikov, unsere Ärztin, um Ihre Verletzung kümmern.«

»Ich verstehe«, antwortete Gul-Kudat, und Dana hatte den Eindruck, dass er tatsächlich verstand.

Sie zogen sich schließlich nur deswegen zurück, um eine Zwischenbesprechung mit Bruder William durchführen zu können. Sie mussten wissen, welchen Eindruck der Christophorer gewonnen hatte. Der Kridan schien das genau zu durchschauen.

Draußen nahm Dana über den Armbandkommunikator Kontakt mit der Ärztin auf. »Können Sie sofort zu dem Quartier des Kridan kommen?«

Gardikov versprach, sich unmittelbar auf den Weg zu machen.

»Ich gehe vor wie besprochen, Captain«, sagte sie. »Ich werde die Geschichte, die er über seine Verletzung erzählt hat, auf Herz und Nieren prüfen.«

»Ich habe noch einen weiteren Auftrag für Sie«, fuhr Frost fort und teilte der Ärztin dann einen Gedanken mit, der ihr spontan gekommen war. Dann beendete sie den Kontakt mit Lieutenant Gardikov.

Als sie wenig später den Besprechungsraum des Captains neben der Brücke erreichten, kam Dana sofort zur Sache. »Schildern Sie uns bitte Ihre Eindrücke, Bruder William.«

Der Christophorer fuhr sich durch die braunen Haare. »Ich bin mir nicht völlig sicher«, begann er. Wie meist, wenn er zum Reden aufgefordert wurde, schien er sich unbehaglich zu fühlen. »Seine Geschichte klingt in sich sehr stimmig.«

»Aber ist sie das auch für einen Kridan?«, fragte Lieutenant Commander Tong. »Können Sie sich vorstellen, dass er aus der religiösen Verankerung seines Volkes ausgebrochen ist und tatsächlich einen anderen Blickwinkel gewonnen hat?«

»Ja, das ist die Frage, nicht wahr? Wir haben immer angenommen, dass die militärische Kaste der Kridan diesen Krieg will, und dass die Priester ihn damals beendet haben. Seiner Aussage nach ist dies ein Religionskrieg, ein heiliger Feldzug, der zwar von den Priestern unterbrochen wurde, aber nur, weil ihr geistiges Oberhaupt gestorben ist. Sie selbst halten sich für die Auserwählten ihres Gottes, denen die Herrschaft über die Milchstraße zusteht. Das ist ein interessanter neuer Standpunkt, der auch zu einigen Unstimmigkeiten passt, die uns bislang zu schaffen machten. Ich werde das mit weiseren Männern und Frauen, als ich es bin, diskutieren müssen. Aber es erklärt zum Beispiel, dass *Kridan* übersetzt nichts anderes bedeutet als *die Auserwählten.*«

William sog hörbar die Luft ein. »Es ist natürlich möglich, dass Gul-Kudat durch bestimmte Erlebnisse ein neues Verständnis gewonnen hat. Es gibt genügend Präzedenzfälle auch in unserer eigenen Geschichte, in denen Individuen ihre … Konditionierung durchbrochen haben.«

»Die Einsicht in den Tod, den er massenhaft verursacht hat, könnte ihn also tatsächlich verwandelt haben?«, konkretisierte Dana. »Plötzliches Schuldbewusstsein könnte der Auslöser für seinen Verrat sein?«

Der Christophorer nickte. »Natürlich ist das möglich. Alles, was er bislang tat und sagte, spricht dafür. Haben Sie bemerkt, mit welcher Verachtung er von den religiösen Führern seines Volkes gesprochen hat?«

Das hatte Frost nicht, aber da hatte der Christophorer sicherlich mehr Erfahrung.

»Ich bin mir sicher, dass er auf die geistige Leitung der Kridan nicht gut zu sprechen ist«, endete William.

»Außerdem rettete er auf dem Planeten unser Leben und erschoss kurz darauf seinen Artgenossen«, warf Tong noch ein.

»Gerade das Letztere zeugt offenbar davon, dass er von dem Bewusstsein einer inneren Mission getrieben ist: Er sieht sich als denjenigen an, der den Krieg verhindern könnte. Deshalb ist er bereit, alles Notwendige zu tun, welche Konsequenzen es auch immer nach sich ziehen wird.« Bruder William blickte vor sich auf den Boden. Seine nächsten Worte waren sehr leise, als fürchte er, sich lächerlich zu machen. »Aber mein Bauch rät mir, ihm nicht zu trauen.«

»Wir sollten ein weiteres Gespräch mit ihm suchen und den Eindruck und die Untersuchungsergebnisse von Lieutenant Gardikov abwarten«, schlug der Erste Offizier vor. »Er antwortete bislang auf unsere Fragen ohne zu zögern. Wir sollten ihn um weitergehende Informationen bitten. Wir wissen über die Struktur und die Regierung seines Heimatplaneten Kridania nur bruchstückhaft Bescheid. Warten wir ab, was er uns mitteilen wird, und ob sich seine Aussagen mit unseren Kenntnissen decken.«

Bruder William nickte begeistert.

Er fühlt sich wahrscheinlich wie im Paradies, dachte Dana. *All das neue Wissen …* »So werden wir vorgehen.«

Sie nahm Kontakt mit Lieutenant Gardikov auf.

Die anderen schwiegen, während der Captain mit der Ärztin sprach.

»Ich werde meine Hilfsmaßnahmen in zehn Minuten beendet haben«, meldete Simone Gardikov.

»Können wir Sie danach direkt ablösen und mit Ihrem Patienten sprechen?«

»Es spricht nichts dagegen. Er fühlt sich stark genug.«

Dana schaltete den Armbandkommunikator wieder ab.

»Meine Herren«, wandte sie sich an Tong und Bruder William, »Sie stimmen wohl mit mir überein, wenn ich hoffe, dass unser Gast die Wahrheit spricht. Ob seine Informationen ausreichen werden, den Krieg tatsächlich im Keim zu ersticken, wird sich erweisen. Aber jede Information kann unendlich wertvoll sein. Bitte warten Sie auf der Brücke auf mich. Ich werde mit Commodore Jackson sprechen.«

Kim Ray Jackson war Danas direkter Vorgesetzter. Das Star Corps musste über die Entwicklungen informiert werden.

***

Lieutenant Simone Gardikov hatte im Quartier des Kridan gerade das kurze über den Armbandkommunikator geführte Gespräch mit Captain Frost beendet und wandte sich nun wieder ihrem Patienten zu.

»Erklären Sie mir bitte noch einmal genau, wie es zu der Verletzung gekommen ist«, sagte sie. »Es ist wichtig für die Art der Behandlung. Ich verfüge leider über keinerlei medizinische Erfahrung im Umgang mit Ihrem Volk, Gul-Kudat.«

»Vor allem ist es wohl wichtig, damit Sie meine Geschichte überprüfen können, nicht wahr, Lieutenant Gardi…?« Der Kridan krümmte sich keuchend, als die Ärztin die Verbrennung mit einer Desinfektionslösung behandelte.

»Ich muss die verbrannte Hautfläche säubern. Teilweise sind Fasern aus Ihrer Uniform in die oberen Hautschichten eingeschmolzen. Wünschen Sie eine lokale Betäubung?«

»Ganz abgesehen davon, dass wir beide nicht wissen, ob menschliche Betäubungsmittel bei mir Wirkung zeigen werden: nein! Tun Sie, was Sie für nötig halten, und tun Sie es rasch.«

»Nun, ich nehme an, dass Sie über medizinische Grundkenntnisse verfügen. Wir könnten deshalb sicher ganz leicht feststellen, ob das Mittel wirken würde, wenn ich Ihnen die Zusammensetzung mitteile.« Gardikov widmete sich dem Zentrum der Verbrennung.

»Es gibt Wichtigeres zu tun«, zischte der Kridan und stöhnte wieder leise auf.

Die Ärztin beschloss, ihm nicht ein zweites Mal Schmerzlinderung anzubieten. Er musste selbst wissen, was er wünschte und welche Behandlung er ablehnte. Sie würde die Verletzung säubern, und sie würde die Wahrheit herausfinden – so oder so.

Die zusätzlichen Anweisungen, die sie von Captain Frost erhalten hatte, würden das ihre dazu tun.

»Ich war dabei, das Schiff zu verlassen«, fuhr Gul-Kudat mit gepresster

Stimme fort. »Ich war schon beinahe draußen, als ein unterer Dienstgrad meinen Weg kreuzte. Ich schickte ihn weg, und er ordnete sich augenblicklich meiner Autorität unter, doch der Zwischenfall kostete mich einige Sekunden.«

Er stöhnte leise auf, als die Ärztin eine völlig verbrannte Hautschicht auf seinem Brustkorb entfernte. »Der Captain hatte mein Fehlen bemerkt und seinen Stellvertreter ausgeschickt, um mich zu suchen. Es gab nicht viele Orte, an denen ich mich aufhalten konnte.«

Gardikov hörte interessiert zu, während sie nun die verkrustete Wunde unterhalb des verbrannten Hautgewebes in Augenschein nahm.

»Welch eine Ironie! Duk-Tamal dachte, ich sei bei dem Angriff oder während der Notlandung verletzt worden. Er wollte mir Hilfe schicken …«

»Er hatte Zeit, sich darum zu kümmern?«, fragte die Schiffsärztin.

»Ich war der Waffenoffizier des Schiffes, und Duk-Tamal rechnete damit, dass Sie einen Angriff starten würden. Es gab Details der Verteidigung zu besprechen. Außerdem unterstanden die beiden Teams, die losgeschickt wurden, um Ihre Männer aufzuhalten, meinem Kommando.«

»Sie wurden also entdeckt?«, fragte Lieutenant Gardikov.

»Ich hatte gerade die äußere Schleuse geöffnet. Ein wirklich ungünstiger Zeitpunkt, um sich eine falsche Erklärung zurechtzulegen. Also zog ich meine Waffe und schoss auf den Offizier.«

»Doch er war offensichtlich schneller als Sie«, schlussfolgerte die Ärztin.

»Da täuschen Sie sich. Aber ich beging den Fehler, den Offizier, mit dem ich seit einigen Jahren zusammenarbeitete, nicht zu töten, sondern ihn nur zu verwunden.« Der Kridan deutete auf seine Verletzung. »Ein Fehler, der mir nie mehr unterlaufen wird. Der Verletzte hob seinen Graser und schoss, ehe ich außer Reichweite gelangen konnte. Das Ergebnis sehen Sie vor sich.«

Gardikov nickte. Die Erzählung deckte sich mit ihrem ersten Eindruck. Die Verbrennung und die Wunde stammten unzweifelhaft von einem Graser, wie die zurückgebliebene Strahlung bewies.

»Sie sind nicht voll getroffen worden«, stellte sie fest.

»Sonst wäre ich kaum hier, Lieutenant. Selbst ich könnte nicht darüber hinweggehen, wenn meine Gedärme gekocht und verdampft worden wären.«

»Ich kann nichts weiter für Sie tun. Versuchen Sie, sich zu schonen, damit vor allem die Wunde restlos verheilen kann.« Gardikov erhob sich und blickte auf ihren Chronometer. »Der Captain und die anderen haben ihre Rückkehr in etwa fünf Minuten angekündigt.«

»Ich danke Ihnen für Ihre Hilfe«, verabschiedete sich Gul-Kudat. Schon während dieses Satzes schloss er die Augen …

***

Die Funkverbindung war rasch zustande gekommen. Commodore Jackson befand sich glücklicherweise in seinem Büro.

»Was kann ich für Sie tun, Captain Frost?«, erkundigte er sich, nachdem sie sich begrüßt hatten.

Dana setzte ihn kurz über die Ereignisse in Kenntnis.

»Ein Kollaborateur …« Jackson klang nachdenklich. »Das ist eine sehr interessante Information, Captain.«

»Wir neigen dazu, ihm Glauben zu schenken.«

»Was sagt der Christophorer an Bord Ihres Schiffes?«

»Bruder William kann in der Geschichte, die der Kridan vorgebracht hat, keinen Fehler finden. Wenn sie sich auch nicht völlig mit unserem Wissen über diese Rasse deckt. Er räumt jedoch ein, dass auch unser bisheriges ›Wissen‹ falsch sein kann.« Frost überlegte, ob sie ihrem Vorgesetzten gegenüber das Bauchgefühl des Christophorers erwähnen sollte. Sie entschied sich zu einem Mittelweg. »Dennoch vertraut er ihm nicht völlig. Es ist beinahe zu schön, um wahr zu sein.«

»Gerade deshalb müssen Sie an der Möglichkeit festhalten, dass es tatsächlich wahr ist. Bringen Sie den Kridan auf schnellstem Weg hierher zur Erde. Wir werden uns im Hauptquartier des Star Corps auf Ihre Ankunft vorbereiten. Wenn es neue Entwicklungen gibt, informieren Sie mich bitte unverzüglich. Und lassen Sie alle nötige Vorsicht walten.«

»Natürlich, Sir«, antwortete Dana.

»Und Commander …«, sagte Commodore Jackson, bevor er die Verbindung unterbrach. »Gute Arbeit!«

»Danke, Sir.«

Nachdenklich blieb Dana noch einige Sekunden sitzen.

Bringen Sie den Kridan auf schnellstem Weg hierher zur Erde …

Was, wenn gerade das die Absicht des Vogelartigen war? Wenn er als scheinbarer Kollaborateur in das Machtzentrum der Menschheit eindringen wollte?

Doch im nächsten Moment schalt sie sich für ihre Überlegung. Misstrauen war angebracht, daran gab es keinen Zweifel, aber andererseits musste sie doch wenigstens die Möglichkeit in Betracht ziehen, dass Gul-Kudat die Wahrheit sprach.

In diesem Moment gab die Schiffsärztin Nachricht, dass sie Dana zu sprechen wünschte.

»Ich habe die Behandlung des Kridan abgeschlossen und dabei wie gewünscht intensiv die Art seiner Verletzungen untersucht«, berichtete Gardikov wenig später. »Seine Geschichte kann in jedem Detail der Wahrheit entsprechen.«

»Und was glauben Sie persönlich, Lieutenant?«

»Ich glaube den Fakten, Ma'am«, sagte die Ärztin, »und die sprechen für den Kridan. Er wurde mit einem Graser verletzt, also sind seine eigenen Leute dafür verantwortlich.«

»Ich danke Ihnen, Lieutenant Gardikov.«

»Wenn Sie meine Meinung hören wollen …?«

Dana nickte.

»Ergreifen Sie die Gelegenheit, die sich Ihnen bietet. Die STERNENFAUST ist unvermittelt in eine zentrale Begebenheit der Geschichte hineingeraten, und wir sollten uns durch unser Misstrauen den Kridan gegenüber nicht selbst Scheuklappen anlegen.«

»Danke, Lieutenant«, antwortete Dana. »Ich bin zu demselben Schluss gekommen. Wir werden von der Unschuld des Angeklagten ausgehen, bis seine Schuld bewiesen ist.«

»Eine passende Analogie, Ma'am«, stimmte die Ärztin zu. »Und wenn sich doch herausstellen sollte, dass der Angeklagte schuldig ist, werden wir gewappnet sein.«

Dana lächelte. »Es hat also funktioniert?«

»Ich habe dem Kridan den Miniatursender an die Uniform geheftet. Er wird ihn nicht bemerken, aber im Fall der Fälle werden wir stets über seinen Aufenthaltsort informiert sein …«

***

Sie waren wieder in der alten Konstellation versammelt – Dana Frost, Michael Tong, Bruder William und Gul-Kudat.

»Ich nehme an, Sie haben überprüft, was auch nur irgendwie zu überprüfen war, Captain«, sagte der Kridan zur Begrüßung. »Und wie ist Ihr Ergebnis? Was habe ich zu erwarten?«

Dana blickte dem Vogelartigen in das fremdartige Gesicht. Was erwartete er wohl in diesem Moment? Sein Todesurteil? »Ich habe mit meinem Vorgesetzten gesprochen, und er hat dieselben Schlussfolgerungen gezogen wie wir. Wir werden Sie zur Erde bringen.«

Sie beobachtete den Kridan bei ihren Worten genau, doch sie konnte keine Regung feststellen. Womöglich fiel Bruder William etwas auf.

»Eine vernünftige Entscheidung. Nichts anderes habe ich erwartet.« Gul-Kudat wies auf seine Verletzung. »Ich möchte mich auch für die Behandlung bedanken, die Sie mir zukommen ließen. Ihre Ärztin hat gute Arbeit geleistet. Vermutlich hätte sich meine Verletzung ohne sie entzündet. Wir Kridan sind in dieser Hinsicht recht … empfindlich.«

»Was meinen Sie damit?«

»Sie würden es wohl eher«, er stockte und suchte nach einem Wort, »abergläubisch nennen. Unser Volk legt großen Wert auf die Tatsache, dass unser Blut rein bleibt, und das hat sich auch in diversen Reinigungsriten niedergeschlagen. Eine Blutvergiftung oder Wundentzündung ist deshalb nicht nur ein medizinisches Problem, sondern auch ein ethisches.«

»Unreines Blut zeugt von unreinem Charakter«, sagte Bruder William. »Ich hörte davon.«

Der Kridan stieß einen krächzenden Laut aus, der voller Verbitterung war. »Selten wäre diese alte Weisheit so von Wahrheit durchdrungen gewesen wie in meinem Fall. Zumindest aus der Sicht meines Volkes.«

»Bei den Kridan werden Sie wahrscheinlich für immer ein Ausgestoßener sein«, meinte der Christophorer, »doch Sie haben nach Ihren Überzeugungen gehandelt, und Sie haben das Richtige getan.«

»Und was habe ich davon?«, spottete Gul-Kudat. »Werden mich die Menschen etwa mit offenen Armen empfangen?«

»Wenn Ihre Informationen helfen, diesen Krieg zu verhindern oder ihn rasch zu beenden, wie auch immer man das sehen will, dann werden durch Ihre Taten Millionen von Leben gerettet. Und ist das nicht genau das, was Sie beabsichtigten?« Lieutenant Commander Tong ergriff erstmals das Wort und wechselte, wie es vorher besprochen worden war, das Thema. »Wir haben noch einige Fragen an Sie.«

»Stellen Sie sie. Ich werde antworten, wenn ich kann.«

»Sie sprachen davon, dass die religiöse Führungsschicht Ihres Planeten verblendet sei.«

»Wenn ich mich recht erinnere, wählte ich das Wort *machtgierig,* aber ja, Sie haben recht. Das trifft meine Auffassung wohl ziemlich genau.«

Tong warf dem Kridan einen sezierenden Blick zu. »Erzählen Sie mir mehr darüber …«

***

Später besprachen sich Captain Frost, ihr Erster Offizier, der Christophorer und die Schiffsärztin erneut.

»Alle detaillierten Informationen, die er über Politik und wirtschaftliche Struktur seines Heimatplaneten Kridania gab, scheinen der Wahrheit zu entsprechen«, fasste Tong das Ergebnis der Befragung zusammen. »Es gibt an keiner Stelle Widersprüche in sich, wenn auch zu unserem rudimentären Wissen über die Gesellschaft der Kridan.«

»Was aber durchaus nicht völlig richtig sein muss«, fügte Bruder William hinzu.

»Richtig«, bestätigte Tong.

»Gab er Antwort auf alle Fragen, die ihm gestellt wurden?«, fragte Lieutenant Gardikov.

»Im Bereich militärische Operationen antwortete er zögerlicher. Doch es ist keineswegs so, dass er keine Informationen preis gab. Er versicherte, hier selbst nicht umfassend im Bild zu sein. Eine Aussage, die mehr als plausibel ist. Einer unserer Offiziere könnte auch keine weitreichenden Informationen auf diesem Gebiet weitergeben.«

»Was wird es uns also einbringen, dass wir ihn aufgenommen haben? Nichts als einen Einblick in kulturelle Hintergründe und unbedeutende militärische Aktionen?« Die Ärztin schüttelte den Kopf. »Auch wenn ich meinerseits vom medizinischen Standpunkt nach wie vor seine Geschichte bestätigen kann, so hätte ich mir doch mehr erhofft. Ganz zu schweigen davon, dass wir nach wie vor nicht wissen, was das eigenartige Verhalten der Kridan im Kapelis-System ausgelöst hat.«

»Es gibt etwas, das durchaus wichtig ist«, offenbarte Dana der Ärztin, die als Einzige nicht bei der Befragung anwesend gewesen war. »Unser Kollaborateur ist Waffenoffizier, und er war – nach eigener Aussage – an der Entwicklung einer Angriffswaffe beteiligt, die zur Zeit in großem Maß in alle Kridan-Schiffe eingebaut wird. Es wird die Kampfkraft der Kridan mehr als nur verdoppeln. Unsere Flotten werden in direkten Auseinandersetzungen chancenlos sein.«

Lieutenant Gardikov schwieg.

»Doch wir werden mit dem Wissen Gul-Kudats Gegenmaßnahmen ergreifen können. Außerdem hat er uns einen Zeitpunkt genannt.« Dana presste die Lippen zusammen. »Die Kridan planen einen Großangriff auf die Erde, sobald die Aufrüstung beendet sein wird.«

***

Der Kridan war alleine in seinem Quartier zurückgeblieben. Er hatte die Befragung geduldig über sich ergehen lassen.

Er fuhr sich mit der rechten Hand über den Schnabelansatz. Er schmerzte nach wie vor.

Während die Menschen ihre Fragen stellten, analysierte er ihr Verhalten, ihre Kommandostruktur und zog seine Rückschlüsse. Man beabsichtigte also, ihn zur Erde zu bringen. Ein elementarer Fehler.

Die kurze Zeit, die er durch das Schiff in sein Quartier geführt worden war, hatte ihm weitere Aufschlüsse gegeben über den aktuellen Stand der menschlichen Technik.

Auch die medizinische Behandlung offenbarte ihm weitere Details.

Wie schwach und leichtgläubig sie doch sind, die Menschen, dachte Duk-Tamal, der Kommandant des notgelandeten Kridan-Schiffes.

***

Duk-Tamal sah seine Mission als erfüllt an. Er hatte grundlegenden Überblick über die Struktur und den hierarchischen Aufbau der Besatzung eines Menschen-Schiffes gewonnen.

Ob dieses Ergebnis den ganzen Aufwand rechtfertigte, den die Militärführung betrieben hatte, bezweifelte er zwar, aber diese Zweifel auch zu artikulieren, stand ihm ohnehin nicht zu.

Sie hatten die Menschen neugierig gemacht, indem sie sich vor vielen Tagen rasch aus dem Kapelis-System zurückgezogen hatten, nachdem ein Schiff der Menschen dort angekommen war. Im Ortungsschatten der Sonne des Systems hatten sie dann gewartet, bis – ganz wie sie es vorhergesehen hatten – ein zweites Menschen-Schiff eingetroffen war. Das war die STERNENFAUST gewesen.

Anschließend hatte Duk-Tamal improvisieren müssen. Das Einzige, was der Plan der militärischen Führung vorgab, war das Ergebnis: Kontaktaufnahme mit dem Feind und Vorspiegelung falscher Tatsachen, um Einblick in die militärische Struktur der Menschen zu erlangen.

Nichts war danach noch nach Duk-Tamals Vorstellungen gelaufen, außer der Zerstörung des ersten Menschen-Schiffes. Danach hatte er eine Notlandung auf Kapelis II vortäuschen wollen – doch die Ereignisse hatten seinen Plan zunichte gemacht …

Aus der Simulation war bittere Realität geworden. Nur mit dem Segen Gottes war Duk-Tamals Schiff nicht völlig zerstört worden.

Die folgenden Auseinandersetzungen auf dem Planeten waren härter gewesen, als der Kridan es sich erhofft hatte. Es hatte noch weitere schwere Verluste unter seinen Männern gegeben.

Doch das Einzige, das wirklich zählte, war das Ergebnis. Und das war mehr als zufriedenstellend. Er war hier, auf dem Schiff der Menschen, und sie glaubten ihm. Er hatte sie getäuscht.

Besser getäuscht, als seine ausgefeilte Geschichte alleine es ihm ermöglicht hätte. Und seine Verletzung war für die Menschen ein Indiz, das ihn um Einiges vertrauenswürdiger machte.

Duk-Tamal dachte daran zurück, wie er sich selbst verwundet hatte, auf Kapelis II, kurz bevor er den Captain und ihren Ersten Offizier in der hilflosen Lage vorgefunden hatte …

Duk-Tamal beobachtet den Angriff seiner Männer auf die Menschen. Zufrieden registriert er, wie nach dem schweren Schuss auf die Felswand Chaos ausbricht.

Zwei seiner Männer treiben eine Menschenfrau von ihren Begleitern weg. Sie scheint unwichtig zu sein, denn sie ist schlechter ausgerüstet als die meisten anderen. Dennoch scheint sie ihm das ideale Opfer zu sein. Zu ihr wird er Kontakt aufnehmen. Sie ist sein Weg in das Raumschiff der Menschen.

Doch die Feinde setzen seinen Männern mehr Widerstand entgegen, als diese erwartet haben. Hätten sie ihren Angriff nicht abgebrochen, hätten sie die Kridan besiegt.

Auch die Isolation der Frau gelingt nicht so vollkommen, wie es zunächst ausgesehen hat. Einer der Menschen geht gegen den Widerstand der Kridan an und gelangt in ihre Nähe.

Deshalb werden sie beide zu Duk-Tamals Zielpersonen. Zufrieden bemerkt der Kridan-Kommandant, dass sich seine Männer weisungsgemäß von den beiden Menschen zurückziehen und die übrigen Feinde weglocken.

Duk-Tamal beobachtet sie von einem sicheren Versteck aus. Bald kann er Kontakt aufnehmen …

Die Menschen machen sich später auf den Weg zu ihren Landefähren. Duk-Tamal wartet auf eine günstige Gelegenheit, sich ihnen zu nähern. Es muss bald geschehen, denn es bleibt nicht mehr viel Zeit.

Er muss irgendeinen Weg finden, Kontakt mit ihnen aufzunehmen, ohne dass sie ihn für einen Feind halten und ihn töten, ohne dass er auch nur ein Wort sagen kann.

Voll Schrecken bemerkt Duk-Tamal, dass sich ein großes Tier den beiden Menschen nähert. Es sieht einer hungrigen, ins Riesenhafte vergrößerten Tiranis ähnlich.

Aber er erkennt auch die Chance darin. Er muss die Zielpersonen in dem Kampf gegen das Monster unterstützen – vielleicht bietet das die Gelegenheit, auf die er schon so lange gewartet hat. Wenn er ihnen auf diese Weise Hilfe leistet, werden sie ihm möglicherweise leichter Vertrauen entgegenbringen.

Dennoch sollte er weiter nach Plan vorgehen, um die Menschen zu täuschen. Er zieht seinen Graser und verändert die Einstellung so, dass der Strahl gefächert wird und so an Intensität verliert.

Es kostet ihn große Überwindung, die Waffe auf sich selbst zu richten. Er weiß, dass der Graser ihn so wahrscheinlich nicht töten wird, aber der Schmerz wird schrecklich sein.

Er drückt ab …

Duk-Tamal schüttelte die lästige Erinnerung von sich ab. Der Schmerz war mörderisch gewesen.

Er muss seine beiden Zielobjekte wiederfinden. Möglicherweise verliert er sonst die einzige sich bietende Chance, das groß angelegte Täuschungsmanöver bis zu seinem Ende durchzuführen.

Die beiden Menschen können nicht weit von hier entfernt sein. Die große Gefahr ist jedoch, dass das Raubtier inzwischen auf sie aufmerksam geworden ist. Wenn die Zielpersonen zufällige Opfer eines Tieres werden würden, war das bittere Ironie.

Er hört Schüsse. Ganz in der Nähe. Das kann nur eins bedeuten. Die Menschen erwehren sich des Raubtieres …

Duk-Tamal rennt los, die reißenden Schmerzen ignorierend, die der Gra-

serschuss aus seiner eigenen Waffe ihm verursacht. Sein Brustkorb steht in Flammen.

Bald entdeckt der Kridan-Kommandant ein Bild des Schreckens.

Nicht nur eines der offenbar auf Kapelis II heimischen Raubtiere greift die Menschen an, sondern ein ganzes Rudel von ihnen. Einige Kadaver liegen bereits auf dem Boden, im Abstand von wenigen Dutzend Metern voneinander.

Ein weiteres der Tiere fällt, nur noch eines von ihnen ist auf den acht Beinen. Doch auch eine der beiden Zielpersonen liegt ohnmächtig oder tot da.

Und die andere wird gerade in diesem Moment überwältigt. Ein Flüssigkeitsschwall schwappt auf sie zu, und sie ist gelähmt …

Danach hatte es dem Kridan keine Schwierigkeiten mehr bereitet, an Bord der STERNENFAUST zu gelangen. Durch die Rettung der beiden Menschen, aufgrund seiner eigenen Verletzung und wegen seines Mords an einem seiner Männer sind sie wenig misstrauisch.

Die ganze Zeit über hatte Duk-Tamal das Misstrauen gespürt, das ihm entgegengebracht wurde. Doch die Menschen waren schwach. Sie gaben ihren Instinkten nicht nach, sondern hörten sich begierig die Märchen an, die Duk-Tamal vorbrachte.

Es tat ihm im Inneren weh, dass er auch Wahres preisgeben musste, doch das war nötig, damit sie ihm vertrauten. Aber es ließ sich nicht vermeiden. Es musste sein …

Jetzt war Duk-Tamals Zeit auf dem Menschen-Schiff namens STERNENFAUST in Kürze vorbei. In weniger als einer Stunde würde seine Mission beendet sein.

Der Kridan-Kommandant schob seine Uniform in Brusthöhe beiseite. Mit einem einzigen Griff fand er den winzigen Sender, den die Ärztin dort während der medizinischen Versorgung angebracht hatte.

Diese Närrin! Als habe er nicht mit einem derartigen Vorgehen gerechnet. Sie hatte tatsächlich geglaubt, er werde es nicht bemerken …

Duk-Tamal schleuderte den Sender in eine Ecke des Quartiers und verschwendete keinen weiteren Gedanken an ihn.

Die STERNENFAUST hatte vor einiger Zeit Beschleunigung aufgenommen – mit einem Kurs in Richtung des Zentralplaneten der Menschheit, das wusste Duk-Tamal. Der Captain selbst hatte es ihm gesagt, diese törichte Frau.

Doch es gab keinen Zweifel, dass sich zwei Kridan-Schiffe auf einem

Parallelkurs befanden. Sie hatten das Geschehen aus dem Ortungsschutz der Sonne heraus beobachtet, und als die STERNENFAUST startete, waren sie sofort auf Verfolgungskurs gegangen.

Denn so war es geplant, und nichts würde die Kridan-Kommandanten davon abhalten können.

Der Angriff auf die STERNENFAUST sollte in vierzig Minuten beginnen. Dann würde das Menschen-Schiff geentert werden, und er, Duk-Tamal, konnte endlich zu seinem Volk zurückkehren.

Die wenigen Stunden im Exil hatten ihn gelehrt, wo sein Zuhause war: Bei den *Auserwählten,* den Kridan, die in Kürze die Menschheit aus dem All fegen würden wie lästigen Schmutz. Fast wünschte sich Duk-Tamal, dass die neue Waffentechnologie, von der er seinen Feinden erzählt hatte, tatsächlich existieren würde …

***

Captain Dana Frost sprach erneut mit Commodore Kim Ray Jackson, als der Alarm durch das Schiff gellte. Sie unterbrach hastig die Funkverbindung und eilte aus ihrem Besprechungsraum auf die Brücke.

»Wir werden angegriffen!«, empfing sie ihr Erster Offizier. »Zwei Kridan-Schiffe sind plötzlich aufgetaucht und sind auf Abfangkurs.«

»Werden wir ihnen entkommen können?«

»Sie fliegen mit nahezu derselben Geschwindigkeit wie wir und beschleunigen etwas stärker. Und sie sind beide etwa doppelt so groß wie wir.«

Also können wir einem Kampf nicht ausweichen, überlegte Frost. *Und wir haben keine Chance, ihn zu gewinnen. Außerdem handelt es sich kaum um einen Zufall.*

Denn die Kridan mussten in annähernd exakt demselben Moment mit der Beschleunigung begonnen haben wie die STERNENFAUST, und sie mussten von einem sehr nahe gelegenen Zielort gestartet sein.

»Wieso haben Sie die Schiffe nicht schon längst geortet?«, fragte Dana an Lieutenant Stein gerichtet. »Sie müssen sich schon die ganze Zeit über im Kapelis-System befunden haben!«

»Sie haben den Ortungsschatten der Sonne oder eines der Planeten ausgenutzt, um sich zu verbergen!«

Dana überlief es eiskalt. Sie waren während ihres kompletten Einsatzes beobachtet worden …

Die Schlussfolgerung, die sich daraus ergab, krampfte ihr den Magen zusammen.

»I.O.!«, bellte sie.

Doch Lieutenant Commander Tong sprach bereits hektisch in seinen Armbandkommunikator.

»Sergeant Olafsson ist unterwegs«, sagte er einen Moment später. »Er befindet sich zufällig gerade in der Nähe der Arrestzelle. Seine Leute sind ebenfalls unterrichtet.« Frost nickte und wandte sich an Lieutenant Stein. »Überprüfen Sie, wo sich der Kridan befindet!«

Jetzt machte sich die Vorsichtsmaßnahme bezahlt, die sie mit Lieutenant Gardikov abgesprochen hatte. Der Sender würde ihr zeigen, ob sich Gul-Kudat noch in der Arrestzelle befand, oder ob er bereits ausgebrochen war.

Das ›Gefängnis‹ diente eigentlich für Disziplinarstrafen. Einen entschlossenen und geschulten Feind würde die verschlossene Tür nicht aufhalten. Hoffentlich war den Wachen nichts passiert.

Denn dass Gul-Kudat ein Verräter am eigenen Volk war, daran glaubte Dana keine Sekunde mehr. Es gab keinen Zweifel: Er war als Spion auf die STERNENFAUST gekommen.

Die plötzlich aus dem Nichts aufgetauchten Kridan-Schiffe ließen keinen anderen Schluss zu. Sie waren hier, um ihren Geheimagenten zurückzuholen. Alles andere wäre ein gewaltiger Zufall gewesen, an den Dana nicht glauben wollte.

»Gul-Kudat hält sich in seinem Quartier auf«, meldete Lieutenant Stein nach wenigen Sekunden …

***

Noch während er mit Tong sprach, riss Sergeant Ralff Olafsson den Nadler aus dem Holster und setzte sich in Bewegung.

Er hatte dem Kridan nie getraut, aber wer war er schon, dem Captain zu widersprechen. Außerdem verstand er natürlich, was für Möglichkeiten sich auftaten, wenn es sich tatsächlich um einen Verräter gehandelt hätte.

Er bog in den Gang mit der Arrestzelle. Schon von Weitem sah er, dass er zu spät gekommen war, doch er wurde nicht einmal langsamer, bevor er sie erreicht hatte.

Die beiden Wachtposten lagen bewegungslos vor der Tür des Quartiers.

»Medizinisches Notfallteam zur Arrestzelle«, verlangte er über Funk. »Wo befindet sich Gul-Kudat? Er kann nicht mehr in seinem Quartier sein!«

Er bückte sich und fühlte erleichtert den Puls der beiden Wachtposten. Sie waren außer Gefecht gesetzt, aber nicht getötet worden. So viel Menschlichkeit hätte der Marine-Sergeant dem Fremdwesen gar nicht zugetraut.

»Das Signal ist eindeutig, Sergeant!«, antwortete Lieutenant Stein sofort.

Die Tür war geschlossen. Olafsson atmete tief durch, hob den Nadler und drückte den Kontakt, der die Tür öffnete.

Sie glitt zur Seite und – nichts geschah …

Vorsichtig spähte er in die Zelle.

Niemand hielt sich darin auf.

Genau wie er es sich gedacht hatte. Warum hätte der Kridan auch gegen seine Wachtposten kämpfen sollen, nur um danach wieder in sein Quartier zurückzukehren?

Er hat den Sender entdeckt und ihn zurückgelassen. Das bedeutet, dass der Kridan nun überall auf der STERNENFAUST sein kann.

Ralff Olafsson aktivierte den Kommunikator. *Das wird dem Captain nicht gefallen.*

***

Frost starrte auf ihr taktisches Display. Die Kridan-Schiffe näherten sich unaufhaltsam.

»Nehmen Sie Funkkontakt mit der STARFIRE auf!«, forderte sie von Lieutenant David Stein, dem Ortungs- und Kommunikationsoffizier.

Die STARFIRE war das dritte Schiff des Star Corps, das hierher ins Kapelis-System geschickt worden war. Eigentlich konnte es nicht mehr lange dauern, bis sie hier eintraf …

»Lieutenant Mutawesi, wie lange noch, bis wir in Reichweite ihrer Graser sind?«

»Laut unseren technischen Daten muss es jeden Moment so weit sein, Ma'am. Plasmaschild ist aktiviert.«

Frost nickte. Leider verfügten sie über keine rückwärtigen Waffensysteme. Und die Gauss-Geschütze waren einfach zu ungenau, um die Verfolger bei einem schnellen Kurswechsel um neunzig Grad zu treffen.

Eine Flucht in den Bergstrom-Raum war ebenfalls ausgeschlossen. Bis sie den Sprung durchführen konnten, würden noch Stunden vergehen.

Warum feuern die Kridan nicht? Sie sind zu zweit, wir hätten kaum eine Chance gegen sie.

Kaum hatte Dana Frost diese Frage für sich selbst formuliert, da wusste sie bereits, wie sie zu beantworten war.

Die Kridan wollten die STERNENFAUST nicht zerstören, sondern entern. Denn es befand sich jemand an Bord, den sie befreien wollten … der angebliche Verräter, der nichts anderes als ein Spion der Kridan war.

Diese Ahnung wurde durch Olafssons Meldung rasch bestätigt. Sie hatten also nicht nur zwei feindliche Schiffe direkt hinter sich, sondern auch einen zu allem entschlossenen Agenten an Bord.

»Kontakt mit der STARFIRE«, meldete Stein. »Sie werden in einer Stunde hier sein.«

Eine Stunde … eine halbe Ewigkeit in ihrer misslichen Lage.

Auf fatale Weise fühlte sich Frost daran erinnert, wie sie selbst hier im Kapelis-System angekommen waren. Die Situation glich auf beinahe groteske Weise ihrer misslungenen Rettung der NEW ORLEANS …

***

Sergeant Olafsson nahm Kontakt zu den übrigen Marines auf. »Der Kridan ist aus seinem Quartier ausgebrochen. Er muss sofort gefunden und gestoppt werden. Vorsicht, er ist mit den beiden Nadlern der Wachen bewaffnet.«

Noch während er sprach, entdeckte er die Blutstropfen auf dem Boden.

»Wir werden die STERNENFAUST komplett durchsuchen«, fuhr er fort. »Es gibt eine Spur. Folgt den Blutstropfen bei der Arrestzelle. Der Kridan ist offenbar im Kampf mit den Wachtposten verletzt worden!«

Er war bereits losgelaufen, den Nadler in der Hand.

Die Blutspur führte ihn zurück in die Richtung, aus der er gekommen war. Sein Herz setzte einen Schlag aus, als ihm bewusst wurde, dass er vorhin möglicherweise knapp an Gul-Kudat vorbeigekommen war, ohne es bemerkt zu haben. Wie leicht hätte er getötet werden können.

Den Kridan zu stellen, war also in höchstem Maß gefährlich.

Olafsson wünschte sich seinen schweren Panzeranzug herbei.

Er analysierte weiterhin die Situation, während er jede Abzweigung sehr vorsichtig nahm, jederzeit damit rechnend, den Flüchtling zu entdecken und kämpfen zu müssen.

Bislang war dem Marine niemand aus der Crew begegnet. Die Besatzung befand sich aufgrund des Notfalls auf ihren Posten, und Gul-Kudat hatte sich offenbar zielstrebig in den Bereich der Privatunterkünfte begeben.

Olafsson wusste, dass es an Bord der STERNENFAUST viele Orte gab, an denen sich ein Flüchtiger verstecken konnte – obwohl der Leichte Kreuzer kein großes Schiff war.

Aber zehn Decks von im Schnitt knapp hundert Metern Länge, verwinkelt und vollgestopft …

Die gerade mal zwanzig Marines mussten sich auf dem ganzen Schiff verteilen, denn es gab keinen Anhaltspunkt, wie lange Gul-Kudat schon ausgebrochen war. Er konnte tatsächlich überall sein.

Lieutenant Gardikov meldete sich über den Armbandkommunikator. »Einer der Wachtposten ist wieder zu Bewusstsein gekommen. Beide sind nicht lebensgefährlich verletzt. Der Angriff des Kridan erfolgte vor etwa zehn Minuten.«

Olafsson war vor mehr als fünf Minuten vor der Arrestzelle gewesen. Er hatte den Kridan also nur knapp verpasst … Er musste ganz in der Nähe sein.

»Er ist hier im Bereich der Wohnquartiere«, teilte der Marine seinen Leuten mit. »Das erklärt auch, warum ihn bisher niemand gesichtet ha…«

Die Tür neben ihm explodierte!

***

Die Kridan-Raumer feuerten auf die STERNENFAUST. Es handelte sich nicht um Punktbeschuss und diente offenbar auch nicht der Zerstörung des Leichten Kreuzers. Frost vermutete, dass es den Vogelartigen darum ging, den Plasmaschirm wegzubrennen, damit ihr Schiff schutzlos war.

»Feuern Sie zurück«, befahl sie Lieutenant Mutawesi. »Starten sie vier Raketen.«

»Ma'am, auf diese Entfernung können die Kridan mühelos ausweichen. Die Raketen werden einfach nicht schnell genug!«

»Das weiß ich, aber vielleicht lenkt es sie ab.«

Doch damit rechnete Captain Frost nicht. Und natürlich wusste sie, dass die Raketen nichts erreichen würden. Genauso wie sie wusste, dass sie gegen zwei Kridan-Schiffe gleichzeitig in ihrer Situation nicht angehen konnten. Ihre einzige Chance lag darin, dass ihnen die STARFIRE zur Hilfe eilte.

Frosts Überlegung, dass die Kridan ohnehin nicht auf die Zerstörung der STERNENFAUST abzielten, wurde Sekunden später zur Gewissheit.

»Eine Funkbotschaft, Ma'am«, meldete Lieutenant Stein. »Es ist einer der angreifenden Kridan-Kommandanten.«

»Auf den Bildschirm!«

Eine befehlsgewohnte Stimme ertönte, während ein Kridan auf dem Hauptdisplay erschien. »Sie halten ein Mitglied unserer Spezies gefangen. Wir fordern die unmittelbare Auslieferung. Wir werden keine Verzögerung dulden. Sie haben zwei Minuten, uns eine positive Nachricht zukommen zu lassen.«

Noch ehe Frost eine Antwort formulieren konnte, meldete der Kommunikationsoffizier: »Die Verbindung wurde unterbrochen.«

»Verdammt!«, fluchte Tong. Die Unverschämtheit des Kridan verschlug ihm beinahe die Sprache.

Auch Frost war überrascht von so viel Dreistigkeit. *Sie halten ein Mitglied unserer Spezies gefangen …*

Gul-Kudat war alles andere als ein *Gefangener.* Er hatte sich hier unter Vorspiegelung falscher Tatsachen eingeschlichen und stellte eine große Gefahr dar. Ihn als Opfer hinzustellen, war mehr als unverschämt.

»Die STARFIRE benötigt noch dreißig Minuten«, meldete Stein.

Dreißig Minuten … Sie mussten noch eine halbe Stunde überleben. Den Dreh- und Angelpunkt dieser vertrackten Situation bildete der angebliche Kridan-Verräter, den sie an Bord genommen hatten.

»Funkkontakt!«

Nach dieser knappen Meldung erschien wieder das Gesicht des Kridan-Kommandanten, der eben bereits das Ultimatum ausgesprochen hatte. »Ihre Frist ist abgelaufen. Deaktivieren Sie die Waffensysteme, stoppen Sie die Beschleunigung und halten Sie den Kurs. Sollten Sie die Waffen erneut hochfahren oder uns Ihre Breitseite zuwenden, werden wir Sie vernichten. Sobald wir unsere Geschwindigkeit angeglichen haben, werden Sie uns Ihren Gefangenen übergeben.«

»Er ist nicht unser Gefangener«, spielte Frost auf Zeit. »Er kam …«

»Lassen Sie die Spitzfindigkeiten! Ich hörte bereits, dass Ihre Spezies darin Meister ist. Stoppen Sie die Beschleunigung oder wir werden Sie zerstören.«

»Dann stirbt Ihr Mann ebenso.«

»Jeder Kridan ist sich bewusst, dass sein Leben dem großen Ziel untergeordnet ist.«

»Lieutenant Santos!«, sagte Frost jetzt deutlich. »Sie haben es gehört. Beenden Sie die Beschleunigungsphase und halten Sie den Kurs stabil!«

Bis die Kridan ihre Geschwindigkeit angepasst hatten, würde einige Zeit vergehen. Bis dahin konnte die STARFIRE sie erreichen. Dann war das Kräfteverhältnis zwar nicht ausgeglichen, aber deutlich besser. Bei ihr handelte es sich immerhin um einen Schlachtkreuzer.

Aber die Kridan müssen sie doch längst geortet haben?, überlegte Frost. *Das wird verdammt knapp.*

Es ging wohl kein Weg an einer kämpferischen Auseinandersetzung vorbei, schon weil sie Gul-Kudat keinesfalls ausliefern würde.

»Ich sehe, Sie sind vernünftig«, sagte der Kridan-Kommandant. »Bereiten Sie sich darauf vor, dass eines unserer Beiboote an ihrem Schiff andocken wird, um Ihren Gefangenen zu übernehmen. Sollten Sie Widerstand leisten, werden Sie zerstört.«

»Keine Verbindung mehr, Ma'am«, meldetc Stein.

***

Olafsson ließ sich zur Seite fallen und prallte gegen die Wand. Keines der Projektile, die durch die geschlossene Tür gefeuert worden waren, erwischte ihn.

Sekunden später sprang sein Gegner auf den Korridor, die Waffe auf den Marine gerichtet. Auch er zielte auf ihn.

»Wenn nun einer von uns abdrückt, Mensch«, sagte der Kridan, »sind wir beide tot.«

»Wer sind Sie wirklich?«, fragte Olafsson kalt. Seine Züge waren hart.

»Mein Name ist Duk-Tamal.«

»Sie sind der Captain des notgelandeten Schiffes.«

»Gut aufgepasst, Mensch.«

»Wie viel von Ihrer erlogenen Geschichte entsprach der Wahrheit?«

»Das werden Sie wohl niemals herausfinden.« Er gab ein keckerndes Geräusch von sich, das Olafsson als hämisches Lachen interpretierte.

»Ihre Situation ist aussichtslos«, sagte der Marine. »Sie werden hier nicht herauskommen. Lassen Sie die Waffe fallen.«

»Aber ich bitte Sie«, sagte Duk-Tamal süffisant. »Zwei meiner Schiffe sind da draußen und zwingen Ihren Captain aller Wahrscheinlichkeit nach gerade dazu, mich auszuliefern.«

»Darauf wird sie nicht eingehen. Eher lassen wir das ganze Schiff zerstören.« Olafsson sezierte den Kridan mit seinem Blick. »Wissen Sie, worin Ihr Fehler bestand, Duk-Tamal?«

»Ich bin mir keines Fehlers bewusst. Mein Plan ist in allen Einzelheiten aufgegangen. Ich habe, was ich wollte.«

»Ihr Fehler war, meine Leute anzugreifen. Ein tödlicher Fehler.« Der Sergeant hob die Waffe ein wenig an.

»Machen Sie sich nicht lächerlich. Sie sterben ebenso wie ich, wenn Sie abdrücken.« In der Stimme des Kridan lag nicht die geringste Spur von Unsicherheit.

»Seien Sie sich Ihrer Sache nicht zu sicher. Wer hat Ihnen die Verletzung zugefügt?«

»Immer diese Fragen. Ihr Captain war genauso …«

In diesem Moment näherten sich zwei Marines. Olafsson erkannte Corporal Matt Kaharti, seinen Stellvertreter.

»Gehen Sie«, forderte Olafsson. »Ich habe alles unter Kontrolle!«

»Sergeant«, antwortete Kaharti. »Ich …«

»Gehen Sie, Corporal, sofort! *Ich habe alles unter Kontrolle!«*

»Nichts haben Sie, Sergeant«, kommentierte Duk-Tamal. »Bleiben Sie ruhig, Menschensoldat, oder sterben Sie ebenfalls in dem Blutbad, das Sie sonst verschulden!«

»Ziehen Sie sich zurück, Corporal!«, verlangte Olafsson. »Das ist ein Befehl!«

Und Kaharti gehorchte.

»Nun sind wir wieder allein, Kridan«, spuckte der Marine-Sergeant aus. »Und ich informiere Sie hiermit darüber, dass Sie eben doch einen Fehler begangen haben. Sie hätten unsere Sicherheitsmaßnahmen nicht unterschätzen sollen. Ich habe persönlich darauf bestanden.«

Der Kridan-Kommandant klapperte mit dem Schnabel. »Sicherheitsmaßnahmen? Ich habe nichts davon bemerkt. Versuchen Sie einmal, an Bord eines der unseren Schiffe zu gelangen, Mensch, und …«

»Sparen Sie sich den Atem, Duk-Tamal. Sie werden ihn dringend benötigen. Ihre Zeit ist abgelaufen. Glauben Sie wirklich, unsere Ärztin hätte sie nur aus humanitären Gründen behandelt?«

»Der lächerliche Sender befindet sich in dem Quartier, wie Sie längst bemerkt haben dürften.«

»Wer redet von dem Sender, Kridan? Ich rede von dem Gift.«

***

Der Kridan-Kommandant hatte wieder eine Funkverbindung geöffnet. »Wir haben ein Beiboot mit zehn unserer Soldaten bemannt und werden sofort nach der Kurs- und Geschwindigkeitsangleichung starten. Es bleiben Ihnen also etwa fünfzehn Minuten, Ihren Gefangenen zu einer Schleuse zu bringen. Ich verlange, ihn sofort zu sprechen, um mich von seinem Gesundheitszustand zu überzeugen.«

»Wie Sie sehr wohl wissen werden, ist unser ehemaliger *Gast* zur Zeit nicht in unserer Gewalt«, beschied ihm Captain Frost. »Er ist aus seinem Quartier ausgebrochen und befindet sich irgendwo auf dem Schiff. Die Suche nach ihm läuft auf Hochtouren.«

»Dann sollten Sie sich beeilen. Geben Sie ihm die Nachricht, dass wir in Kürze andocken werden. Er wird sich dann stellen, um an uns ausgeliefert zu werden.«

Die Arroganz in seinen Worten widerte Frost an. Warum konnte er die Dinge nicht beim Namen nennen? Hinter seinen beschönigenden Worten verbarg sich nichts als eine knallharte Erpressung.

»Woher wissen wir, dass Sie uns nicht dennoch angreifen werden, nachdem wir Ihnen Ihren Mann ausgeliefert haben?«, fragte sie.

»Ich gebe Ihnen mein Wort, Mensch. Wir befinden uns nicht im Krieg … noch nicht. Also verhalten Sie sich vernünftig, denn jede Provokation von Ihrer Seite wird als Angriff gewertet werden.«

Dana registrierte aus den Augenwinkeln, wie Tong die Hände zu Fäusten ballte.

»*Wir* werden nicht diejenigen sein, die diesen Krieg auslösen!«, sagte sie ruhig.

»Dann gibt es keinen Grund, diesen kleinen … Zwischenfall eskalieren zu lassen. Sie geben uns unseren Mann zurück, und jeder geht danach seiner Wege …«

***

»Gift?«

Olafsson nahm befriedigt zur Kenntnis, dass zum ersten Mal Unsicherheit aus der Stimme des Kridan klang. »Lieutenant Gardikov injizierte Ihnen Gift, als sie Ihre Wunden behandelte.«

»Unsinn! Welchen Grund hätten Sie schon gehabt, mich zu töten?«

»Wir hatten nicht die Absicht, Sie zu töten, Duk-Tamal. Das Gift ist tödlich, aber die rechtzeitige Einnahme eines Gegengiftes hätte ihm jede Wirkung genommen. Es war nur eine kleine Sicherheitsmaßnahme, nichts

Ungewöhnliches. Extreme Situationen erfordern nun einmal extreme Mittel. Zu Recht, wie sich herausgestellt hat. Sie sollten den Captain – oder mich – niemals unterschätzen.«

»Geben Sie mir das Gegengift!«, verlangte der Kridan nach einem Moment des Schweigens.

»Sie sind tot, Duk-Tamal, nur Ihr Körper hat es noch nicht registriert.« Olafsson zog den rechten Mundwinkel nach oben. »Oder Sie legen Ihre Waffe weg und geben Ihren Schiffen die Nachricht, sich augenblicklich zurückzuziehen. Sie haben die Wahl.«

Duk-Tamals Selbstsicherheit war zerstört. Sein Blick huschte unruhig herum. »Ich töte Sie, wenn …«

Den Satz sprach er nie zu Ende.

Olafsson nutzte seine Unachtsamkeit aus, drückte ab und warf sich zur Seite.

Nur aus Reflex gelang es dem Kridan noch, den Nadler ebenfalls abzufeuern.

Die winzigen Projektile jagten sengend über den Rücken des Marine, zerfetzten Uniform und Haut – doch mehr geschah Olafsson nicht.

Der Kridan hatte nicht so viel Glück. Die Projektile des Marines schlugen in seinen Körper ein, und in einem Regen aus Blut stürzte er zu Boden.

Olafsson rollte sich über die Schulter ab, kam sofort wieder auf die Füße und sah durch die Tür, dass der Kridan reglos auf dem Boden lag. Er hatte keinen Laut von sich gegeben.

Duk-Tamal lebte noch, doch die Anzahl und die Schwere seiner Verletzungen zeigte eindeutig, dass er bald sterben würde.

»Sie sind ein Idiot, Duk-Tamal«, sagte Olafsson, während er die Waffe des Kridan zur Seite kickte.

»Was … soll das … heißen?«

»Es hat nie ein Gift gegeben. Wir wissen zu wenig über die Kridan-Physiologie, als dass wir riskiert hätten, es einzusetzen.«

Diese Worte waren das Letzte, das der doppelte Verräter hörte.

Olafsson aktivierte seinen Kommunikator …

***

Dana beendete das kurze Gespräch mit dem Marine-Sergeant.

»Lieutenant Santos«, sagte sie, »volle Beschleunigung.«

»Aye, Ma'am.«

Kaum war der Befehl ausgeführt, meldete sich der bereits bekannte Kridan-Kommandant.

»Was hat das zu bedeuten?«, fragte er mit schneidender Stimme.

»Ihr Plan ist gescheitert«, antwortete Dana. »Duk-Tamal ist tot. Wir werden Ihnen gerne seinen Leichnam übergeben.«

Die Antwort ließ sekundenlang auf sich warten. »Tun Sie das!«

»In zehn Minuten werden wir einen Container mit einer Funkboje ausschleusen.« Dana gab Signal, die Funkverbindung zu beenden …

EPILOG

Stunden später saßen sich der Captain und ihr Erster Offizier an einem Tisch in der Kantine gegenüber.

»Ich habe Ihnen noch nicht gedankt, dass Sie mich auf Kapelis-II nicht allein ließen, als ich bei dem Angriff der Kridan von Ihnen getrennt wurde«, sagte Dana.

Tong lächelte. »Ist es nicht die Aufgabe des Ersten Offiziers, auf seinen Captain Acht zu geben?«

Dana schmunzelte. »Ganz so steht es wohl nicht in den Lehrbüchern, aber vielleicht – nur vielleicht! – ist etwas Wahres daran.«

»Außerdem haben Sie sich revanchiert. Sie hielten bei dem Angriff der Spinnen länger durch als ich.«

»Es bereitet mir Magenschmerzen, dass wir gestorben wären, wenn Duk-Tamal uns nicht gerettet hätte.« Dana trank einen Schluck Kaffee.

»Er ging wirklich mit radikalen Mitteln vor«, meinte Tong nachdenklich. »Er rettete seinen Feinden das Leben, und er tötete einen seiner eigenen Männer.«

»Ich frage mich die ganze Zeit, ob er so weit ging, sich seine Verletzung selbst zuzufügen, um seine Geschichte glaubhafter zu machen.«

Ein Moment des Schweigens folgte. »Ich traue es ihm zu. Es gibt wohl kaum eine andere Erklärung.«

»Und noch etwas anderes beschäftigt mich«, sagte Dana. »Gibt es die neuartige Waffe, die er erwähnt hat, tatsächlich? Steht der Angriff auf die Erde unmittelbar bevor?«

BASTEI
STERNEN FAUST
Die Welt der Mantiden
Band 3 • Deutschland 1,50 €
Österreich 1,80 € • Schweiz 3,00 CHF
Belgien 1,80 € / Luxemburg 1,80 € / Niederlande 1,80 € / Frankreich 1,80 €
Italien 1,80 € / Spanien 2,10 € / Griechenland 2,10 € / Portugal cont. 2,10 €
00003
4 196718 901503

Die Welt der Mantiden

von Luc Bahl

Botschafter Hutter, der Gesandte der Menschen auf Mantis VI, fordert die Präsenz des Star Corps, um ihn zu unterstützen. Doch da man die Mantiden auch nicht mit der Entsendung eines kampfstarken Dreadnoughts vor den Kopf stoßen will, schickt die Admiralität einen Leichten Kreuzer – die Sternenfaust.
Die Welt der Mantiden.
Sie hatten keine Chance.

Das rasch lauter werdende, schrille Klacken kündigte das Eintreffen von Krankengleitern an. Doch da war die kleine Gruppe längst von einer Übermacht der GP umzingelt, der Geheimpolizei. Sie schienen es nur noch nicht zu wissen. Denn außer ihnen war niemand zu sehen. Bei den meisten Demonstranten begannen jetzt die Fühler nervös zu zucken. Es war ein genehmigter, friedlicher Protest, weit weg vom Palast und dem Botschaftsviertel. So weit weg sogar, dass ihr Aufmarsch im Grunde völlig sinnlos war. Wer würde hier etwas von ihrem Protest mitbekommen? In dieser heruntergekommenen Gegend. Viele Gebäude machten einen unbewohnten und verwahrlosten Eindruck.

In diesem Augenblick schossen wie aus dem Nichts die Gleiter der GP heran. Mit mächtigen Sätzen sprangen die uniformierten, schwer bewaffneten Polizisten herunter und begannen ohne Warnung zu feuern. Einer Sturmflut gleich rasten die Schockwellen über die kleine Gruppe hinweg – und durch sie hindurch …

Prolog

Wer Augen hat zu sehen …

Der Wortführer der Demonstranten hob noch beide Armpaare in die Luft und wollte etwas sagen, aber er kam nicht mehr dazu. Unkontrolliert zuckten die vier unterschiedlich großen Arme und die sechs Beine hin und her. Auch die übrigen Demonstranten schlugen wie wild um sich. Gewaltige Körper krachten gegeneinander, ohne ihre Bewegungen abbremsen oder sich vor den Schlägen der anderen schützen zu können. Chitinplatten knirschten, Feinarme brachen, panisches Klicken gellte durch die engen Straßen, Angstschreie ertönten. Dickflüssiges, silbernes Blut strömte aus den aufgerissenen Wunden – Verletzungen, die sich die Demonstranten zusammengedrängt und hilflos den Attacken der Schockwellen ausgesetzt, gegenseitig beigebracht hatten.

D'koh hatte mehr als genug gesehen. Erschrocken wich er vom Fenster zurück und eilte wieder nach oben in seine Werkstatt.

Es dauerte nur wenige Minuten. Der Sensor tickte noch seine Botschaft, dass sich drei Besucher der Werkstatt näherten, da füllten sie bereits den Raum, der auf einmal viel zu klein war, um ihnen allen ausreichend Platz zu gewähren.

Während zwei Augenpaare die Geräte, das Werkzeug und die Ersatzteile musterten, zwei Fühlerpaare sichernd durch die Luft vibrierten und zwei schussbereite Schockblaster auf D'koh gerichtet waren, zwängte sich der dritte mit starrem Blick zwischen den Arbeitstischen auf D'koh zu.

Das Piepsen eines Scanners ertönte.

»Alles sauber, Chef«, sagte einer der beiden und schob, während seine beiden Kampfarme nach wie vor den Blaster umklammert hielten, mit den beiden Kleinhänden das Gerät zurück in die Uniformtasche.

»Name?«, fragte der eben Angesprochene und fixierte D'koh mit kalten Augen.

»Steht auf dem Schild neben der Tür«, sagte D'koh und zuckte zusammen. Einerseits weil ihm diese Bemerkung, ohne dass er es wollte, herausgerutscht war, andererseits weil er unwillkürlich einen Schlag von dem brutal wirkenden Chef der kleinen Truppe erwartete.

Der hielt einen Kampfarm zwar erhoben, schlug dann aber nicht zu, sondern lachte nur kurz.

»Komiker!«, knurrte er. »Fändest du es auch lustig, wenn ich dich jetzt durch den Raum vor die Tür schleife, damit du mir vorliest, was dort steht?«

»Ich heiße D'koh«, antwortete er schnell.

»Und was tust du hier, D'koh?«

»Ich repariere Bildballons. Die Genehmigung hängt dort an der Wand.«

»Genehmigung. Du weißt, was so eine Genehmigung wert ist, wenn ich meinen Männern befehle, das Sigel zu löschen.«

Es war eine Feststellung, keine Frage.

D'koh spürte, wie die Kälte aus den Augen seines Gegenübers in sein Inneres kroch und sich dort ausbreitete.

»Wie kann man mit so einem Geschäft überleben, D'koh?«, fuhr der Chef der GP-Einheit fort. »Wenn bei mir zu Hause ein Bildballon abraucht, dann werfe ich ihn weg und kaufe mir einen neuen.«

Die beiden anderen GPs lachten. D'koh schwieg.

»Was sind das nur für Leute in dieser Gegend, die einen abgerauchten Bildballon jemandem wie dir zum Reparieren bringen?«

Das Gelächter wurde lauter.

»Die Leute in dieser Gegend sind nicht so wohlhabend, wie ihr es seid«, murmelte D'koh und verfluchte sich gleichzeitig, dass er wieder einmal seinen Mund nicht hatte halten können.

»Wie bitte? Habe ich richtig verstanden?«, donnerte der Chef der Polizeieinheit, als hätte er auf irgendetwas in dieser Art gewartet, was er als Provokation werten konnte. Er schrie und übertönte das Gelächter seiner Kollegen, die augenblicklich verstummten.

»Ich … ich …«, stammelte D'koh.

»Ja? Ich höre?« – Eine Faust donnerte auf den Tisch. Einzelne, kleine Leichtmetallteile, die sich vor D'koh auf dem Tisch befanden, begannen zu klirren.

Eine fremde Stimme drang von der Tür durch den Raum. »Ist hier auch noch was aufzunehmen?«

Es zischte leise, so schnell peitschten die Fühler der Polizisten in seine Richtung. Der Kopf des Nachrichtenmanns verschwand beinahe unter den Aufbauten, die zwischen seinen Fühlern und den Augen angebracht waren. Auf seinem breiten Rücken befand sich das eigentliche Aufzeichnungsgerät, eine schmale, wie eine Satteldecke darüber gelegte, flexible Speicher- und Sendeeinheit, mit welcher der mobile Nachrichtenagent mit seiner Zentrale verbunden war. Ein Breitbandkabel verband diese deckenähnliche Einheit mit den Geräten auf seinem Kopf. Die wiederum empfingen nicht nur permanent Ton und Bild, sondern waren auch mittels eines Interface mit dem Gehirn des Nachrichtenagenten verbunden. So konnte er sämtliche Geräte mental steuern und einen spontanen Rohschnitt seiner Aufzeichnungen anfertigen, bevor er ihn in die Zentrale sendete.

Unmittelbar hinter ihm drängten sich zwei weitere, auffallend junge Nachrichtenfrauen, offensichtlich Assistentinnen des Agenten.

»Stammen die Waffen von hier?«, fragte der Nachrichtenmann, dessen Stimme D'koh bekannt vorkam. »Nein«, fuhr der Nachrichtenagent fort, ohne eine Antwort abzuwarten, »das sieht wohl nicht so aus, eher wie eine Bildballonwerkstatt. Oder?«

Jetzt fiel es D'koh ein.

»Sie sind Gla'Thal«, rief er, »ich bin ein großer Fan von Ihnen.«

Das Letztere stimmte zwar nicht, aber D'koh wollte nicht unhöflich sein.

Der Nachrichtenagent verbeugte sich leicht in seine Richtung.

D'koh hatte ihn noch nie von Angesicht zu Angesicht gesehen. Vor allem der komplizierte technische Aufbau auf Gla'Thals Kopf machte ihn nahezu unkenntlich. Während seiner Beiträge im regierungsnahen Informationsprogramm war er nur ohne diese Geräte zu sehen. Selbst bei Vorortberichten. Anscheinend schnitt er von sich selbst immer irgendwelche Archivaufnahmen hinein, denn jetzt – da er direkt mit ihm konfrontiert war – erkannte D'koh an den Chitinverfärbungen, dass Gla'Thal wesentlich älter war, als in den aktuellen Bildballonprogrammen.

»Nein, hier gibt es nichts aufzunehmen«, antwortete der Chef der GP-Einheit, »Sie können wieder in ihr Studio zurück. Die Aktion ist abgeschlossen.«

Die Stiege zu seiner Dachwerkstatt war zu eng. Deshalb kletterten die jungen Assistentinnen und der Nachrichtenagent rückwärts wieder hinunter.

»Wir haben hier nichts mehr zu tun, gehen wir«, schnarrte der Chef die Männer seiner Truppe an.

Auch die beiden bewaffneten GPs verschwanden nun durch die Werkstatttür. Bevor der Chef ihnen folgte, drehte er sich noch einmal halb um und schwenkte seine Fühler in Richtung D'koh.

»Irgendetwas gesehen von dem, was da unten vorgefallen ist?«, knurrte er.

Mit einer verneinenden Geste schob D'koh die Feinarme gegeneinander.

»Was ist passiert?«, fragte er und wies mit dem rechten Kampfarm nach oben zu dem großen runden Dachfenster über ihm in der Decke. »Von hier aus sehe ich nur den Himmel.«

Wortlos drehte sich der Chef der GP-Einheit um und verschwand in der engen Stiege, die in die tieferen Stockwerke und nach unten führte.

D'koh blieb grübelnd sitzen. Er wusste, was er vorhin gesehen hatte. Und er ahnte, was er in Gla'Thals Nachrichten sehen würde. Der Nachrichtenmann hatte etwas von Waffen erwähnt. Waffen, die er, D'koh, zuvor bei den Demonstranten nicht gesehen hatte. Auf einmal spürte er, wie sich die Kälte weiter in ihm ausbreitete, obwohl die GPs mit ihrem undurchdringlichen Chef das Haus längst wieder verlassen hatten. Das war ein deutliches Zeichen für ein ziemlich schlechtes Gefühl, das sich in seinem Bauch zu einem ätzenden, trägen Klumpen verdichtete.

Als D'koh Stunden später seine Werkstatt verließ, ohne auch nur noch einen Schlag gearbeitet zu haben, war der Platz vor dem Gebäude so gähnend leer wie meistens. In dieser Gegend verkrochen sich die Leute lieber rasch in ihre engen Häuser, als sich draußen aufzuhalten. Ein perfekter Ort für eine Demonstration, die niemand sehen sollte. Abgesehen von den offiziellen Bildern, die von den Nachrichten gebraucht und gebracht würden.

Auf einmal begriff D'koh, woraus sich diese höchst unangenehme Mischung aus schlechten Gefühlen in ihm zusammensetzte. Er hatte Angst vor den schwer bewaffneten GPs gehabt, doch das war längst nicht alles. Hinzu kam eine unbestimmte Sorge. Wohin hatte man die Demonstranten gebracht, nachdem man sie mit den Schockwellen außer Gefecht gesetzt hatte? Was hatte man mit ihnen vor, was würde mit ihnen geschehen?

Und da war noch etwas. *Selbstvorwürfe!*, meldete sich sein schlechtes Gewissen. Es war ihm klar, hier war etwas geschehen, von dem die Demonstranten nichts wussten und er nur durch Zufall eine wage Ahnung erhalten hatte. Sie – die man in diesen abgelegenen Winkel der Stadt geschickt hatte, um vor leeren Gebäuden ihren Protest zum Ausdruck zu bringen – waren nur kleine, aber höchst willkommene Spielsteine in einem undurchsichtigen Spiel gewesen, dessen Regeln sie nicht kannten und D'koh auch nicht.

Was hätte er tun können?

Hätte er etwas tun können?

Müde, erschöpft und niedergeschlagen schlich er an den Hauswänden entlang, ohne zu wissen, wohin ihn sein Weg führen würde …

***

Grell schrillte die Alarmsirene durch alle Decks der STERNENFAUST. Ein Geräusch, das Tote wecken konnte.

Mit einem Ruck war Commander Dana Frost, Captain der STERNENFAUST, wach. Rings um sie herum herrschte ein gelbliches Dämmerlicht, die so genannte Nachtbeleuchtung, die in den Kabinen eingeschaltet wurde, wenn man schlafen wollte. Ganz dunkel war es hier nie und nirgendwo. Höchstens da draußen, eine Armlänge entfernt und auch dort nur im Schatten einer Dunkelwolke, die den Blick auf die Sonnen und Galaxien verschluckte.

Schweiß tropfte ihr von der Stirn. Sie war jetzt wach, hellwach sogar.

Aber von einem Alarm war nichts mehr zu hören. Nur das sanfte, kaum hörbare Brummen der Generatoren, die den Leichten Kreuzer mit Energie versorgten, schlich sich in ihr Bewusstsein.

Hatte sie geträumt?

Ein rascher Schwung beförderte sie aus dem Bett. Dann brauchte sie sich nur noch über den kleinen Kabinenschreibtisch beugen. Mit einem wuchtigen Hieb schlug sie auf die rote Taste des Bordinterkoms. Das ging schneller, als in der Dämmerung nach ihrem mobilen Interkom zu suchen, das sie ohnehin abgeschaltet hatte, als sie schlafen gegangen war. Augenblicklich sprang auch der Bildschirm an.

»Was ist los bei Euch?«, bellte sie.

Das Bild auf dem Schirm flackerte. Statt einer Antwort kam nur ein leises Rauschen.

»Verdammt!«, knurrte sie und griff nach der Uniform, die ordentlich über dem Bügel hing.

»Entschuldigen Sie, Captain, aber …«, die Stimme aus dem Interkom klang heiser und verzerrt.

»Was ist passiert, reden Sie!«

»Der Mandelbaum-Receiver ist ausgefallen, Captain und der Absturz der Treibersoftware hat zu irgendeiner fatalen Rückkopplung im gesamten System geführt.«

»Wie konnte das geschehen? Wir haben zwei Mandelbaum-Receiver?«

Das Abbild desjenigen, der mit ihr über das offensichtlich gestörte Interkom sprach, begann sich in hektisches Geflacker aufzulösen. Schon vorher hatte sie nicht erkennen können, mit welchem Techniker sie es zu tun hatte. Aus dem Lautsprecher drang jetzt nur noch ein laut krachendes, verzerrtes Rauschen, das im Einklang mit den eben noch zu erkennenden Lippenbewegungen des Technikers an- und abschwoll. Es war so, als ob der Mann sich Hunderte von Lichtjahren entfernt aufhielt und nicht nur einige Dutzend Schritte.

»Keine Chance!«, rief sie ins Mikrophon. »Umschalten auf mobil. Ich komme.« Während der letzten beiden Worte hatte sie das Gerät bereits abgeschaltet.

Kleine Ursache, große Wirkung, dachte Dana Frost, als sie in Rekordtempo in die Uniform schlüpfte.

Der Mandelbaum-Receiver war eigentlich ein Gerät, an das man wenig Gedanken verschwendete. Captain Frost hatte bisher nur von einem einzigen Fall gehört, wo diese kleine technische Einheit, die zur internen Steuerung des Bergstrom-Antriebs notwendig war, den Geist aufgegeben hatte. Damals aber mit fatalen Wirkungen. Es war rund fünfunddreißig Jahre her, dass das spurlose Verschwinden des Siedlerschiffs WILSON'S SMILE für Schlagzeilen gesorgt hatte. Ein verstümmelter Funkspruch war das Letzte gewesen, das man von der WILSON'S SMILE gehört hatte. Der Ausfall des Mandelbaum-Receivers wurde gemeldet und dass man zuversichtlich sei, den Schaden schnell beheben zu können.

Doch irgendetwas musste die Reparatur verhindert haben, jedenfalls galt das Schiff seitdem als verschollen und mit ihm fast fünfhundert Siedler, fünfundneunzig Mann Besatzung und zahllose Haus- und Nutztiere. Computersimulationen hatten ergeben, dass in rund 0,01 Prozent aller ohnehin ausgesprochen seltenen Fälle, in denen ein Mandelbaum-Receiver ausfiel, ein Überschlag der abgestürzten Software auf die Steuerung anderer Geräte möglich wäre. Dadurch könnte eine fatale Kettenreaktion ausgelöst werden.

Auf diese Weise verringerte sich die rechnerische Wahrscheinlichkeit zwar noch weiter, aber bei modernen Schiffen war seitdem der Einbau eines zweiten Mandelbaum-Receivers Vorschrift. Viele Raumschiffe älteren Datums durchquerten aber nach wie vor ohne zweiten Receiver die Weiten des Alls, mit anderen Worten, die Gefahr wurde für mehr als vernachlässigenswert erachtet.

Vor ihr lief Lieutenant Catherine Black über den Gang. Es war der molligen Leitenden Ingenieurin anzusehen, dass auch sie geschlafen hatte. Ihre Haare standen wild in alle Richtungen und die Uniformjacke hatte sie sich erst über einen Ärmel gezogen.

In diesem Augenblick flackerte das Licht auf dem Gang.

»Notstrom! Verdammter Mist!«, stieß sie leise hervor. Auch die an Bord der STERNENFAUST herrschende künstliche Schwerkraft hatte für den Bruchteil einer Sekunde ausgesetzt.

»Was sagen Sie dazu, L.I.?«, erkundigte sich der Captain.

»Im Moment noch gar nichts, dazu muss ich das Problem näher untersuchen«, antwortete Black mechanisch.

»In Ordnung, aber beeilen Sie sich, und fordern Sie alle Hilfe an, die Sie brauchen!«

Sie standen inzwischen in einem kleinen Nebenraum, von wo ein kurzer, enger Schacht zur Rückseite des kleinen Geräts führte, das ausgefallen war. Die Vorderseite des Mandelbaum-Receivers ragte direkt in das Bergstrom-Aggregat hinein. Ein Ausbau würde sehr aufwendig sein. Vielleicht ließ sich der Fehler ja erkennen, ohne am Aggregat selbst arbeiten zu müssen. Der Name des Geräts stammte von den für diesen Receiver typischen Kurven, die seine Anzeigen auf die Bildschirme an Bord projezierten. Für die komplexe Technologie an Bord spielte er nur eine eher untergeordnete Rolle, aber selbst ein kleines Korn im Getriebe konnte den ganzen Motor zerstören.

Immer mehr Leute versuchten, sich in den Raum zu drängeln.

»Jeder, der hier nichts verloren hat, geht zurück an seinen Platz«, rief Captain Frost mit befehlsgewohnter Stimme gerade so laut, dass alle sie verstehen konnten. Dann wandte sie sich an den Techniker, mit dem sie vergeblich versucht hatte, übers Interkom zu sprechen. »Gehen Sie Lieutenant Black zur Hand.«

Anschließend hielt sie ihr mobiles Interkom an die Lippen. Sie hatte schon vorhin festgestellt, dass die netzunabhängigen Geräte noch einwandfrei funktionierten und alle Offiziere bis auf Catherine Black auf die Brücke befohlen.

»Schadensmeldung aus allen Stationen und Abteilungen in spätestens fünf Minuten. Wenn Sie per Interkom nicht zu mir durchkommen, erwarte ich Ihren persönlichen Bericht.«

***

Noch bevor Dana Frost in ihrem Kommandosessel Platz nehmen konnte, erreichten sie die ersten Schadensmeldungen. Die Gauss-Geschütze konnten nur noch über externe Rechner, die aber vorhanden waren, angesteuert werden. Die normalen Computer waren wie fast überall an Bord heruntergefahren und bedurften eines möglicherweise länger dauernden Neustarts. Selbst die Kantine meldete den Ausfall einiger Kühlgeräte, die mit einer Recheneinheit untereinander verbunden waren, um die Vorratshaltung der Nahrungsmittel an Bord aufeinander abzustimmen.

Wieder ertönte ihr mobiles Interkom.

»Frost«, meldete sie sich.

Auf dem winzigen Bildschirm erschien Catherine Blacks Gesicht. »Der Bergstrom-Antrieb selbst funktioniert einwandfrei. Die Energieübertragung der Generatoren für die bordinterne Energieversorgung hat sich systembedingt selbst abgeschaltet. Ich habe bereits einen Techniker beauftragt, eine Überbrückung herzustellen, solange die beiden Mandelbaums außer Betrieb sind. An den ersten Receiver mache ich mich jetzt.«

»In Ordnung, L.I.«, erwiderte Frost.

Es klang schlimmer, als es war. Trotzdem hatte eine tiefe Unruhe den Captain erfüllt, eine Unruhe, die sie sich aber keinesfalls anmerken lassen durfte. In diesem Augenblick flammten die großen Bildschirme wieder auf, die bis eben dunkel und tot in der Kommandozentrale hingen. Erleichtert blickten alle Anwesenden hoch.

Es war das Gefühl des Blindflugs, das sie alle, Frost eingeschlossen, so nervös gemacht hatte. Nun, da Frost, ihr Erster Offizier Lieutenant Commander Tong, Ortungs- und Kommunikationsoffizier Lieutenant David Stein und der junge Ruder Lieutenant John Santos fast im Gleichklang einen leichten Seufzer der Erleichterung ausstießen, wurde ihr klar, dass es ihnen allen so gegangen war.

»Grinsen Sie nicht so unverschämt, Lieutenant Stein«, knurrte Frost, als sie sah, dass der Ortungsoffizier wegen der hörbar abgebauten Anspannung ein provozierendes Lächeln aufgesetzt hatte.

»Entschuldigen Sie, Captain, aber …«, den Rest dessen, was er sagen wollte, schluckte er runter, jedoch ohne damit aufzuhören, breit zu grinsen.

Dana Frost beschloss, es dabei zu belassen. Innerlich schimpfte sie sich jedoch eine Närrin, immer wieder oder besser immer mehr auf das schöne Gesicht ihres Untergebenen reinzufallen. Sie hielt ihre Gefühle für Stein zwar sorgfältig unter Kontrolle und hoffte, dass niemand sie ihr jemals ansehen würde, aber sich selbst gegenüber musste sie ehrlich sein. Sie mochte diesen Kerl und sie konnte sich durchaus vorstellen, dass sie und er …

Mit einer fahrigen Geste, mit der sie über ihre kurzen, schwarzen Haare strich, verscheuchte sie jeden weiteren Gedanken an etwas, das unmöglich war. Völlig unmöglich. Ein Techtelmechtel unter Angehörigen des Star Corps, die in der gleichen Kommandokette dienten, war – aus Gründen, die sie rein rational sehr gut verstand – schlicht und ergreifend verboten. Die Konsequenzen bei einem Verstoß konnten bis zur Suspendierung reichen.

Und das ist selbst ein so gut aussehender Mann wie Lieutenant David Stein einfach nicht wert, wiederholte Danas Verstand ein ums andere Mal. Aber empfand sie auch so?

»Sie haben sich noch nicht gemeldet«, rief sie stattdessen, wie um diese

Gedanken endgültig aus ihrem Kopf zu verbannen, in ihr mobiles Kom. Die wieder Funktionsbereitschaft anzeigenden, an allen Arbeitsplätzen fest installierten Interkoms ignorierte sie.

»Die fünf Minuten sind erst in drei Sekunden vorbei«, antwortete ihr augenblicklich eine angenehme Sopranstimme leicht verhallt aus dem Lautsprecher, ohne jedoch, dass der Bildschirm das zu dieser Stimme gehörende Gesicht zeigte.

»Sie irren sich, Doktor. Aber sei's drum, wie sieht's aus?«

»Ich konnte noch nicht alle Geräte überprüfen, aber das, was ich gecheckt habe, ließ sich entweder ohne Probleme oder nach einem kurzen Setup wieder problemlos starten.«

»In Ordnung, machen Sie weiter«, sagte Frost. Nach einer kurzen Pause fügte sie noch hinzu: »Wo kriechen Sie gerade rum, Doktor?«

»Unterm OP-Tisch, einige Geräte und Lampen werden mit Fußschaltern bedient, deren Leitungen hier unten zusammenlaufen.«

»Danke, Lieutenant«, beendete Captain Frost das Gespräch, denn sie sah, dass sich auf ihrem stationären Interkom die Leitende Ingenieurin wieder meldete. »Was gibt's, Lieutenant Black?«

»Ich vermute, wir haben den Fehler gefunden, muss aber zur Sicherheit noch ein paar Tests durchführen«, antworte Catherine Black. »Die Mandelbaum-Receiver scheinen völlig in Ordnung zu sein, der Fehler liegt vermutlich in einer Master-Slave-Interferenz.«

Frost hatte nur eine wage Ahnung, was der Lieutenant damit meinte – und genauer wollte sie es auch gar nicht wissen. »Okay, beheben sie das!«

Der Reihe nach fragte Lieutenant Stein alle anderen Abteilungen ab, um den Captain auf dem aktuellsten Stand zu halten, was die massive Störung der Schiffselektronik anging. Tatsächlich erhielt sie keine allzu Besorgnis erregenden Meldungen mehr.

Dennoch schmeckte ihr der Vorfall überhaupt nicht. Sie würde einen Bericht schreiben müssen, und sie hoffte, dass sich die hoch bezahlten Spezialisten alsbald des Problems annehmen würden. Denn ein solcher Ausfall konnte auf jedem Schiff passieren und je nach Situation katastrophale Folgen haben. Die Besatzung und ihr Schiff hatten schlicht und ergreifend Glück gehabt. Großes Glück.

Dana Frost mochte es sich nicht ausmalen, was hätte geschehen können, wenn die selbst induzierte Veränderung der Software während eines Bergstrom-Raumfluges oder in einer Gefechtssituation aufgetreten wäre.

Bedenke, dass du sterblich bist, schoss es ihr durch den Sinn.

Der denkwürdige Ausfall der Bordelektronik schien zwar eine absolute Ausnahmeerscheinung zu sein, trotzdem würde sie in ihrem Bericht höchste Priorität zur Beseitigung empfehlen.

Wo kommen wir denn hin, wenn die Galeerensklaven auf einmal nicht mehr rudern, sondern die Bodenplanken des Schiffs anbohren?, dachte sie.

An Schlaf war jetzt sowieso nicht mehr zu denken, also konnte sie sich auch wieder ihrer eigentlichen Aufgabe widmen.

»L.I.«, rief sie wieder ins Interkom.

»Hier Black. Captain, ich höre.«

»Sobald wieder alles normal läuft, habe ich zwei Aufgaben für Sie, Lieutenant. Erstens: Sie nutzen jede freie Minute, um eine Lösung zu entwickeln, damit das aufgetretene Problem uns nicht wieder überrascht.«

»Ja, Captain, aber …«, setzte die Ingenieurin zu einem Einwand an.

»Keine Widerrede, Lieutenant, ich weiß, was Sie mir sagen wollen, also sparen Sie es sich.«

»Captain, ich bin …«

»Sie sind Leitender Ingenieur dieses Schiffes und für das reibungslose Funktionieren verantwortlich«, sagte Frost, die Black für einen kompetenten, aber trägen Offizier hielt, der hin und wieder angetrieben werden musste. »Soll ich noch deutlicher werden?«

»Nein Captain.«

»Dann bin ich ja beruhigt. Hier der zweite Teil meiner Anweisung. Ich erwarte von Ihnen – umgehend, sobald die Störung beseitigt ist – einen detaillierten Bericht, wie viele Satelliten wir bereits ausgesetzt haben und wie wir mit unserer Arbeit im Zeitplan liegen!«

»Verstanden, Captain.« Blacks Stimme klang selbst durch den kleinen Lautsprecher des Interkoms ausgesprochen gequält.

»Dann frisch ans Werk, L.I.«

Mit einem Stirnrunzeln schaltete Dana Frost das Interkom ab.

Der seit langem schwelende Konflikt mit den Kridan, der die STERNENFAUST in diesen abgelegenen Teil der Galaxis geführt hatte, war seit kurzem deutlich eskaliert. Auf Befehl von Commodore Kim Ray Jackson schlich sich die STERNENFAUST in einem Sektor der Galaxis herum, der eindeutig nicht mehr zu den Solaren Welten gehörte, aber auch nicht zum Imperium der Kridan. Es war ein knapp vier Lichtjahre langer und dreißig bis vierzig Lichtminuten im Durchmesser großer Streifen ›Niemandsland‹. Ein Gebiet, das hauptsächlich von gewaltigen Schwaden staubförmiger Dunkelwolken durchzogen wurde, die einen gewissen taktischen Vorteil boten.

Die Konsistenz der Dunkelwolke sorgte für Ortungsschatten, in deren Schutz kleinere Schiffe wie die STERNENFAUST die Chance hatten, unbemerkt operieren zu können. Das war aber auch schon alles, was diese galaktische Region zu bieten hatte. Es befanden sich keine Sterne und keine Planeten in dieser Region. Die Materieansammlung hatte hier wohl nicht ausgereicht, um Sterne entstehen zu lassen.

Mit anderen Worten: Dieser Sektor war für alle raumfahrenden Völker so anziehend und reizvoll wie ein ausgespuckter Drops.

Nur eine Sache machte ihn seit kurzem für die Admiralität des Star Corps interessant. In unmittelbarer Nachbarschaft verlief eine der Grenzen des kridanischen Sternenreichs. Hier im Schatten der Dunkelwolken Spionagesatelliten auszusetzen, die per Hyperfunk Flottenbewegungen der Kridan beobachten und ins Solsystem übermitteln konnten, war eine taktische Option, auf die man nicht verzichten wollte. Und deshalb bestand die Aufgabe der STERNENFAUST darin, diese Satelliten hier auszusetzen.

Captain Dana Frost drehte ihren Sessel zu Michael Tong.

»I.O., Sie haben die Brücke.«

»Aye, Captain, ich übernehme die Brücke.«

Beide grinsten leicht, während Frost das Kommando auf die formvollendete, altmodische Art an ihren Ersten Offizier abgab.

Anfangs hatte sich Tong schwer getan, Dana Frosts Kommando über die STERNENFAUST zu akzeptieren. Doch nach zwei erfolgreich beendeten Einsätzen war sein Respekt gegenüber Frosts Fähigkeiten stetig gewachsen.

Dana Frost betrat die Kantine.

»Hoffentlich funktioniert wenigstens der Kaffeeautomat …«, murmelte sie zu sich.

»Gut, dass sie da sind, Captain. Dann können sie ihn direkt ausprobieren.«

Wenn sie innerlich leicht zusammenzuckte, weil sie angenommen hatte, allein in der Bordkantine zu sein, dann ließ sie es sich nicht anmerken. Hinter der ihr abgewandten Seite des Automaten kam eine Gestalt auf den Knien rutschend zum Vorschein, die diese demütige Haltung zwar berufsbedingt gelegentlich einnahm, aber nicht unbedingt hinter einem Getränkeautomaten.

»Bruder William, was machen Sie denn hier?«, fragte Frost erstaunt.

»Sie haben mich neugierig auf den Geschmack gemacht, Captain«, antwortete der Christophorer, der zwar kein reguläres Mitglied der Besatzung der STERNENFAUST war, aber dennoch genauso stark mit dem Schiff und seinen Aufgaben verbunden war, wie alle anderen an Bord. »Ich wollte mir eben einen Kaffee ziehen«, fuhr er noch immer kniend fort, »aber dieses Wunderwerk menschlichen Erfindungsreichtums offerierte mir eine heiße, bittere Brühe. Und zwar so heiß, dass ich mir die Zunge verbrannt habe. Hört man das übrigens?«

»Deutlich, Bruder William. Alles, was Sie sagen, klingt, als würden Sie kochen«, sagte Dana Frost grinsend.

Seit Mbuto Narewo den Orden der Christophorer im Jahr 2204 gründete, hatte sich diese Gemeinschaft rasch über das gesamte Gebiet der Solaren Welten ausgedehnt. Es gab heute kaum noch eine zivile oder militärische Einrichtung, die auf die Begleitung ihrer Schiffe durch Christophorer verzichten wollte. Der Erfolg dieser Gemeinschaft beruhte hauptsächlich darauf, dass seelsorgerische Angebote nur einen kleinen Teil dessen ausmachten, wofür Christophorer eine jahrelange, ordensinterne Ausbildung genossen. Dem entsprechend vielfältig waren die oft überraschenden Fähigkeiten, mit denen ein Christophorer dienen konnte. Einige Brüder hatten es im diplomatischen Reisedienst des Hohen Rats der Solaren Welten weit gebracht, obwohl sie es ablehnten, Botschafterposten anzunehmen. Sie agierten lieber und wirksamer aus dem Hintergrund und warben von dort aus für Verständnis und Toleranz.

William, ein noch ausgesprochen jugendlich wirkender Ordensbruder, überraschte gerade mit technischem Mut. Dana Frost hätte nicht gewagt, in den Eingeweiden des Getränkeautomaten herumzubasteln.

»Versuchen Sie es mal, Captain. Ich hoffe, ich konnte dieses Ding reparieren.« Mit diesen Worten drückte Bruder William wieder die Verkleidung auf den Automaten und erhob sich schwungvoll.

Dana Frost drückte auf das Sensorfeld, eine Tasse erschien im Ausgabeschacht und wurde gefüllt. Als sie die Tasse herauszog, quoll dichter Dampf hervor. Sie blies ihn fort und setzte den Becher vorsichtig an die Lippen.

»Brr!« Sie schüttelte sich. »Das ist alles, nur kein Kaffee. Probieren Sie, Bruder William.«

»Das ist … hm …«, überlegte der Christophorer, nachdem er einen kleinen Schluck probiert hatte. »Ich hab's! Das ist weganischer Kräutertee. Ein wenig erfolgreicher Exportartikel unserer Wega-Kolonie.«

»Aha«, machte Frost. »Ich probiere es noch mal. Wir werden sehen, was das Ding ausspuckt, wenn man weganischen Kräutertee eingibt.«

Erneut erwachte das renitente Gerät zum Leben. Frost entnahm die Tasse.

»Nein!«, rief sie halb empört, halb belustigt aus. »Hier, was ist das, Bruder William?«

»Es ist gegen jede Logik wieder weganischer Kräutertee.« Er reichte ihr die Tasse zurück.

»Ist schon gut, behalten sie ihn«, wehrte Frost ab.

»Nein, danke, Captain. Ich muss jetzt gehen.« William stellte die Tasse mit dem unerwünschten Tee ab und verließ im Laufschritt die Kantine.

»Ich sage L.I. Black Bescheid, damit sich einer ihrer Leute darum kümmert«, rief sie ihm hinterher, aber sie wusste nicht, ob er sie noch verstehen konnte.

Nach einem dritten Versuch spuckte der Apparat endlich ein genießbares Getränk aus. Es war tatsächlich der gewünschte Kaffee, nachdem sie ›Heiße Schokolade‹ eingegeben hatte. Bruder William musste einige Kabel vertauscht haben.

Kaum hatte sie an einem der Tische Platz genommen, meldete sich ihr Interkom. »Captain? Lieutnant Stein. Wir bekommen Besuch.«

»Von wem und wann, Lieutenant?«

»Dem Frequenzmuster nach ist es eindeutig ein Verband der kridanischen Flotte. Der bisherige Kurs zielt auf Sektor Z-delta, Dunkelwolke. Sie lassen sich Zeit, aber in knapp vier Stunden sind sie auf Gefechtsreichweite, wenn sie den Kurs nicht ändern.«

Captain Frost sprang auf und rannte zurück in die Kommandozentrale. Sektor Z-delta am Rand der Dunkelwolke war die Position, in der zur Zeit die STERNENFAUST antriebslos im All trieb …

***

Die Selen-Station war wie immer völlig überfüllt.

Die gewaltigen Tanks, an die sich die Station anlehnte, bestanden in Augenhöhe aus durchsichtigem Material, durch das die silbrigschimmernde Flüssigkeit hindurchschien. Spektakulärer waren die Leitungen, durch die das Volk der Dürstenden innerhalb der Station ebenfalls hindurchsehen konnte. Es konnte, je nach Versorgungslage, geschehen, dass ein vielstimmiges, meist sehnsüchtiges Klicken ertönte, wenn ein Schwall des lebensnotwendigen Elements durch eine der Leitungen gepumpt wurde. Manchmal mischten sich auch zornige, unzufriedene Geräusche darunter.

D'koh hatte seine Zuteilung ohne Probleme erhalten, aber trotzdem fühlte er sich nach wie vor elend. Er spürte zwar, wie der frisch einsetzende, elektrokinetische Prozess durch die Selenzuführung seine Speicherzellen wieder auflud, aber seine niedergedrückte Stimmung vermochte dies nicht zu heben. Einen Kleinzyklus lang würde die Ration vorhalten.

Gut, es bestand für sie alle keine unmittelbare Gefahr, an Selenmangel zu ersticken. Dafür war dieses Element einfach zu weit verbreitet. Aber wer nahm bitteschön noch Selen in seiner ursprünglichen Form zu sich, wenn er nicht durch die Umstände dazu gezwungen wurde? Längst hatten sich alle an die immer wieder neu entworfenen Verfeinerungen und die hoch konzentrierten Zusätze gewöhnt, als dass noch irgendjemand darauf verzichten wollte.

D'koh war im Gedrängel der Station geblieben, weil er nicht alleine sein wollte. Eine der nahe gelegenen Manfald-Fabriken musste vor kurzem Schichtwechsel gehabt haben. Denn trotz der Enge zwängten sich immer mehr Arbeiter hinein. Nachdem er schon vor einiger Zeit seine Ration bekommen hatte, würde er sich nicht mehr lange hier aufhalten können, ohne den Zorn der draußen Wartenden zu erregen.

Doch die fatale Lähmung durch die Ereignisse der letzten Stunden hatte ihn noch unerbittlich fest im Griff.

Von außen war ihm nichts anzusehen, die herabhängenden Fühler und das hell verfärbte Chitin seines Gesichts signalisierten höchstens so etwas wie gepflegte Langeweile. Mit genau diesem Ausdruck ließ er sich weiter an den Rand drängen. Er sah durch das Fenster hinaus auf die Menge der Wartenden, die immer unruhiger zu werden schienen, da die Abfertigung heute besonders langsam vor sich ging.

Er schaute hinaus – und sah doch nicht richtig hin.

Denn erst das Klopfen eines Feinarms von außen gegen die Scheibe direkt in Höhe seiner großen, gewölbten Augen ließ ihn aufschrecken.

»Qua'la«, klickte er fast lautlos, denn sie konnte ihn dort draußen ohnehin nicht verstehen.

Automatisch stellten sich seine Fühler wieder auf und freudige Schlieren zuckten über sein Gesicht. Er deutete mit einem Arm zur Tür und machte sich auf den Weg nach draußen.

Es dauerte eine Weile bis er sich durch die eng-an-eng gepressten, massigen Leiber der Dürstenden ins Freie gekämpft hatte.

»Qua'la«, rief er laut und voller Freude, als er draußen angekommen war.

Mit einer fast zu vertrauten Geste strichen seine Feinarme sacht über ihre Fühler. Aber mit einem raschen Blick zur Seite machte sie D'koh deutlich, dass sie in aller Öffentlichkeit ein distanzierteres Verhalten erwartete.

»Was machst du hier in dieser Gegend, Qua'la?«, fragte er, ohne näher auf ihre Geste einzugehen. »Du hast doch den Besuch in solchen Stationen wirklich nicht nötig.«

»Lass uns ein Stück gehen«, erwiderte sie, ohne ihm zu antworten und schob D'koh energisch vorwärts.

»Was ist los?«, fragte D'koh, als sie nach einigen Schritten den Auflauf vor der Station hinter sich gelassen hatten.

»Natürlich gehe ich nicht in solche … solche …«, sie war sich unsicher, wie sie es ausdrücken sollte.

»Sag, was du denkst«, ermunterte D'koh sie, »zwielichtige Orte. War es das, was du sagen wolltest?«

Qua'la machte eine unbestimmte Geste der Zustimmung.

»Ich stamme nicht aus einer so edlen Familie, wie du«, sagte D'koh mit fester Stimme, »und die anderen hier in dieser Gegend auch nicht. Das weißt du, und du weißt auch, dass Leuten wie uns gar nichts anderes übrig bleibt, als solche Orte aufzusuchen.«

»Es war nicht so gemeint, D'koh. Es ist nur …«

»So ordinär, so gewöhnlich. Ich weiß, in deinen Kreisen zieht man sich vornehm zurück, wenn man seine Selenration braucht. Es gehört sich einfach nicht, diese Gier danach in aller Öffentlichkeit zu zeigen. Zu zeigen, dass man es genauso dringend braucht wie jeder andere. Es ist ja sooo peinlich, dass man die gleichen Bedürfnisse hat wie die Masse des einfachen Volkes.«

»Fertig?«, fragte Qua'la mit einem schnippischen Unterton.

»Entschuldige. Ich wollte nicht predigen. Trotzdem, genauso empfinde ich das. Es tut mir leid, die wenige kostbare Zeit, die ich mit dir verbringen kann, mit Propaganda zu vertun.«

»Es ist keine Propaganda, sondern die Wahrheit. Ich weiß doch, dass du recht hast, aber ich kann einfach nicht aus meinem Panzer.«

»Ich bin überrascht, dich hier zu sehen. Was machst du hier?«, wechselte D'koh das Thema.

»Ich habe mir Sorgen gemacht«, antwortete Qua'la.

Obwohl er eine Ahnung hatte, wovon sie sprach, fragte er: »Warum?«

»Hast du denn nichts mitbekommen? Selbst in der Botschaft werden die Ereignisse auf allen Ebenen diskutiert. Selbst hier macht man sich Sorgen.

Zuerst hat Gla'Thal in seiner Sendung darüber berichtet, jetzt kommt es auf jedem Kanal.«

D'koh tat, als verstünde er nicht.

»Die Geheimpolizei hat einen bewaffneten Aufstand niedergeschlagen. Direkt vor deiner Haustür.«

»Es war kein Aufstand und erst recht kein bewaffneter Aufstand …«, erwiderte D'koh.

»Hast du etwa …? Warst du etwa …?« Den Rest des Satzes ließ Qua'la unausgesprochen.

»Nein, wie kommst du darauf? Du weißt doch, dass ich zwar viele der Proteste gut verstehen kann, mir aber andererseits diese Oppositionsgruppen in ihren Forderungen und so wie sie organisiert sind, viel zu starr sind. Gib ihnen die Macht und sie missbrauchen sie genauso wie die jetzige Administration.«

»Schon wieder Vorträge«, unterbrach sie ihn und die entzückenden Flimmerhärchen unter ihren großen Augen deuteten ein leicht spöttisches Lächeln an. »Wie kommst du darauf, dass es kein bewaffneter Aufstand war? Die Geheimpolizei …«

»Ich weiß«, sagte D'koh, »sie waren auch in meiner Werkstatt.«

»Bei der geflügelten Himmelsreiterin!«, rief Qua'la ehrlich entsetzt. »Haben sie dir etwas angetan?«

»Nein, sie wollten nur wissen, ob ich etwas mitbekommen habe. Im Grunde hat mich das Auftauchen von Gla'Thal gerettet.«

»Gla'Thal war auch in deiner Werkstatt?«

D'koh bejahte.

Dann erzählte er ihr alles, was er gesehen hatte und was ihn seitdem nicht mehr zur Ruhe kommen ließ. Dass die GP die Demonstranten mit Schockwellen außer Gefecht gesetzt hatten. Er erzählte ihr von den Verletzten und dass die Waffen, die in den Sendungen erwähnt und gezeigt wurden, den Demonstranten von der GP untergeschoben worden waren.

»Das ist unglaublich«, sagte Qua'la und konnte ihre Erschütterung nicht verbergen. »Nein, ich kann nicht glauben, dass Polizisten ihrer Majestät so etwas tun. Ich verstehe auch nicht, warum!«

»Unsere Gesellschaft ist im Umbruch und selbst so eine Niedertracht ist nur ein Anzeichen dafür, dass sich die Dinge schneller ändern, als manchen lieb ist«, erwiderte D'koh.

Das, was ihn selbst am meisten an der Angelegenheit beunruhigte, wagte er ihr gegenüber nicht auszusprechen – nämlich, dass er genauso ratlos war wie sie.

Er verstand weder, dass dieses abgekartete Spiel überhaupt möglich gewesen, noch warum es auf Kosten der Demonstranten inszeniert worden war.

Schweigend gingen sie nebeneinander durch die leeren Straßen und näherten sich wie zufällig dem Platz, wo alles begonnen hatte; dem Platz, an dem das Haus stand, in dem sich seine kleine Werkstatt befand und in dem er wohnte. D'koh spürte, dass irgendein unsichtbarer Keil zwischen ihnen war, der ihn ebenso ratlos machte wie die Ereignisse, die er nicht verstand. Er überlegte, ob er Qua'la, die er noch nie in seine Unterkunft eingeladen hatte, mit nach oben bitten sollte, als plötzlich zwei Gestalten vor ihnen auftauchten.

»Kukk'tar, was soll das?«, rief Qua'la aus. »Du hast mich erschreckt! Was machst du hier?«

»Das wollte ich eigentlich dich fragen, Schwesterherz«, erwiderte eine der beiden Gestalten.

D'koh war wegen des überraschenden Auftauchens ebenso erschrocken wie Qua'la.

Die Tatsache, dass es sich bei einem der beiden um ihren Bruder zu handeln schien, konnte ihn nicht wirklich beruhigen. Erst recht nicht, als er hinter sich ein leises Geräusch hörte und sich umblickend feststellen musste, dass sich in ihrem Rücken zwei weitere Fremde postiert hatten. Alle trugen die typischen Farben konservativer adeliger Familien unter ihren Augen und jeder von ihnen war mit dem klassischen Arsenal archaischer Waffen ausgerüstet. Beidseitig trugen sie zwei leichte, unterschiedlich lange Degen für den Nahkampf mit den Feinarmen und einen langen, panzerbrechenden Bihänder für die Kampfarme, der griffbereit auf den Rücken geschnallt wurde.

So durften sich nur Mitglieder des beratenden Adels in der Öffentlichkeit sehen lassen. Tatsächlich lief aber auch aus dieser privilegierten Gruppe heute kaum noch jemand so herum. Qua'las Bruder und seine Begleiter mussten zu den extremen Traditionalisten gehören, über die seit einiger Zeit immer wieder geredet wurde.

Selten Positives …

Ihr Motto war die unbedingte Rückkehr zu alten, viele würden sagen längst veralteten Normen. Sie predigten unter anderem die überlieferten Werte einer starren Hierarchie.

D'koh wusste augenblicklich, diese Begegnung konnte nichts Gutes bedeuten.

»Weiß meine kleine Schwester denn nicht, dass diese Gegend sehr gefährlich ist? Gerade nachts.«

Qua'la musterte ihren Bruder abschätzig. Er und seine Kameraden mussten ihr heimlich gefolgt sein, seit sie ihren Arbeitsplatz in der Botschaft der Solaren Welten verlassen hatte. Anders konnte sie sich dieses überraschende Zusammentreffen hier an diesem Ort nicht erklären.

»Weißt du denn nicht, was heute hier an diesem Ort passiert ist?«, die Ironie in Kukk'tars Stimme war unüberhörbar.

Bisher hatte keiner der vier irgendwelche Anstalten gemacht, die Anwesenheit D'kohs überhaupt zur Kenntnis zu nehmen. Ihre Blicke glitten durch ihn hindurch, als sei er nicht vorhanden. Doch das sollte sich ändern.

»Das Pack, das in diesem Stadtteil vegetiert, ist bekannt dafür, junge attraktive Frauen von Adel zu belästigen. Ich glaube, wir sind gerade rechtzeitig gekommen. Nicht wahr, Schwester?«

»Hat dich der schmutzige Kerl belästigt?«, fragte jetzt einer der beiden, die hinter ihnen standen.

»Ich glaube, darauf kommt es gar nicht an«, ergänzte Kukk'tar. »Ich sehe ihm deutlich an, wenn er es noch nicht getan hat, dann wollte er es tun. Gib zu, dass das stimmt, du Abschaum!«

Die letzten Worte brüllte er D'koh entgegen. Dabei näherte sich Kukk'tars Kopf D'kohs Ohröffnung auf weniger als Fühlerlänge.

»Halt!«, schrie jetzt Qua'la. »Ich bin freiwillig hier, und ich befinde mich freiwillig in D'kohs Begleitung. Seid ihr denn mittlerweile völlig durchgedreht?«

»Aha, D'koh heißt der junge Mann aus dem Volke. Man trägt jetzt auch bei seinesgleichen Namen mit Apostroph.«

»Anmaßung. Das ist eine ungeheuerliche Anmaßung!«, schrie wieder der andere hinter ihrem Rücken.

»Genau. Was bildet sich dieser Pöbel eigentlich ein«, sagte Kukk'tar.

»Ich warne dich, Bruder«, sagte Qua'la mit ungewohnt fester Stimme. »Die Ansichten von dir und deinen Freunden sind von vorgestern, aber das habe ich dir schon früher gesagt. Wenn du also mit derlei Schwachsinn dein Gehirn eintrüben willst, bitte. Das ist deine Angelegenheit. Wenn du aber meinen Freund D'koh bedrohst, dann wird es zu meiner Angelegenheit.«

»Komm zum Punkt, Schwesterherz«, zischte Kukk'tar wütend.

»Nun gut, ganz klipp und klar, damit es von den Synapsen in deinem armseligen Gehirn verarbeitet werden kann: Wenn du oder einer deiner Freunde

D'koh auch nur ein Chitinplättchen vom Panzer kratzt, dann …« Qua'la stockte, als ob sie der Mut verlassen hätte.

»Ja, was dann?«, fragte Kukk'tar hämisch.

»Dann erfährt nicht nur Mutter von deinen dämlichen Machenschaften, sondern auch Tri'kah.«

D'koh hob den Kopf, um zu sehen, welchen Eindruck Qua'las Worte machten. Ungläubiges Staunen breitete sich in farbigen Schlieren auf den Gesichtern aus. Er wusste nicht, ob dieses Muster auch bei ihm zu sehen war. Denn er fragte sich unwillkürlich, wie Qua'la die wichtigste Beraterin der Königin wohl kennengelernt hatte. Solche Kreise, das war ihm, dem kleinen Bildballonhandwerker, augenblicklich klar, waren auch für Angehörige ihrer Adelsschicht nicht ohne Weiteres erreichbar.

Bluffte sie etwa?

Andererseits konnte es sein. Ihre Arbeit in der Botschaft mochte sie durchaus mit so wichtigen Persönlichkeiten zusammenführen. Wie auch immer es sich verhielt, es war Kukk'tar und seinen Freunden deutlich anzusehen, dass sie sich ähnliche Gedanken machten.

»Gut, gut«, sagte Kukk'tar schließlich beschwichtigend. »Wer redet hier denn von Gewalt? Das ist doch nur etwas für den Pöbel.«

»Lass die dummen Sprüche, du weißt genau, was ich meine«, erwiderte Qua'la zornig.

»Ich verspreche es dir hiermit feierlich und vor Zeugen, ich werde unserem Freund D'koh«, dabei deutete er eine spöttische Verbeugung in dessen Richtung an, »jetzt keine Prügel verabreichen oder ihn sonst irgendwie körperlich züchtigen.«

»Nicht nur jetzt, sondern auch in Zukunft.«

»Nur unter einer Bedingung, Schwester.«

»Und das wäre?«

»Du kommst jetzt mit uns. Wir werden nach Hause gehen, dorthin, wo du hingehörst. Denn ich habe Sorge, dass dich dein einfacher Freund nicht angemessen beschützen kann. Erst recht nicht in dieser finsteren, heruntergekommenen Gegend.«

»In Ordnung. Aber dafür lässt du D'koh nicht nur jetzt, sondern auch zukünftig in Ruhe.«

»Ich habe es versprochen, Schwester. Und du weißt doch, was ein Mann von Adel verspricht, das hält er. Doch nun genug des Geplänkels. Los, kommt, wir gehen. Du auch, Qua'la!«

Fast ebenso schnell, wie sie aufgetaucht waren, verschwanden Kukk'tar und seine Gefährten wieder. In ihrer Mitte Qua'la, die D'koh noch mit einem Ausdruck von Resignation und Traurigkeit zum Abschied zunickte.

Wenige Augenblicke später stand D'koh allein auf der Straße vor seinem Haus und schüttelte verständnislos den Kopf. Dann öffnete er das Tor und zog sich die steile Schräge der Stiege zu seiner Wohnung nach oben.

Er beschloss, schlafen zu gehen, und dachte, dass in Qua'las Familie jeder über ein bequemes Antigravbett verfügte und dort niemand in einer so einfachen Schlafstätte ruhen musste wie er.

Er hatte kaum die Tür hinter sich zugezogen und sich in sein Ruhegestell geworfen, als er ein leises Geräusch hörte. Sorgfältig zog er seine Beine wieder aus den Schlaufen heraus und ging zum Fenster. Direkt unter ihm machte sich ein dunkler Schatten am Verschluss des Tores zu schaffen. D'koh sah gerade noch, wie das Tor mit einem leisen Klacken nach innen aufschwang und die Gestalt im Inneren des Hauses verschwand.

Alarmiert sah er sich in seiner spärlich eingerichteten Wohnung um. Auf die Schnelle sah er nichts, was sich als Waffe verwenden ließ. Aber vielleicht war ja auch jemand Neues in das Haus eingezogen. Jemand, den er noch nicht kennengelernt hatte und der sich mit dem Verschlussmechanismus des Tores noch nicht auskannte.

Doch wenn nicht, was sollte er tun? Er hetzte mit großen Sätzen in die Küche – zum Kochstab, mit dem sich Fertiggerichte in Sekundenschnelle erhitzen ließen.

Dieser war nicht besonders groß, aber heiß genug, um sich durch eine Chitinschicht hindurchbrennen zu können. Er war sicher noch wirksamer, wenn man ihn direkt ins Auge stieß.

D'koh spürte, wie Wellen der Aufregung in ihm pulsierten, als er sich direkt neben seine Wohnungstür stellte.

Tatsächlich, das seltsame Geräusch von vorhin wiederholte sich.

Plötzlich schwang die Tür auf.

»Holla!«, ertönte es und die Gestalt wich angesichts des glühend heißen Stabs zurück, den D'koh entschlossen vor ihr Gesicht hielt. »Ich wusste nicht, dass jemand zu Hause ist. Entschuldigung!«

»Wer bist du, und was willst du?«, fragte D'koh, ohne seine improvisierte Waffe zu senken.

»Nochmals Entschuldigung, ich dachte, die Wohnung wäre leer. Bitte, ich will dir nichts tun. Darf ich reinkommen?«

Der Fremde vor der Tür streckte alle Hände offen vor sich, um zu zeigen, dass er unbewaffnet war. D'koh hatte ihn noch nie gesehen.

»Ich nahm an, dass du weiter oben wohnst«, fuhr der Fremde fort, »und ich wollte nur einmal von hier aus die Lage sondieren.«

»Wieso?«, knurrte D'koh misstrauisch.

»Ich erklär dir gerne alles, aber könntest du bitte ...« Der Fremde zeigte auf den glühenden Stab, mit dem D'koh vor seinem Gesicht herumfuchtelte.

»Niemals«, schnarrte D'koh. »Ich lass dich nicht rein, und ich stoße dir dieses Ding lieber ins Gesicht, als es runterzunehmen.«

»Bitte«, wiederholte der Fremde.

»Damit du mir dann mit einem Blaster die Eingeweide grillst, den du irgendwo an dir versteckt hast.«

»Ich trage keine Waffen bei mir, nur das«, sagte der Fremde mit einer Art Seufzen.

»Halt. Langsam, was ist das?« D'koh beäugte misstrauisch den kleinen Gegenstand, den ihm die rechte Feinhand des Fremden entgegenhielt.

»Ein Aufzeichnungsgerät«, sagte der Fremde, »sehr handlich, natürlich längst nicht so gut wie das Equipment von Kollegen wie Gla'Thal, aber es reicht. Ich bin Kkiku'h von QXKG. Vielleicht hast du meine Nachrichtensendung ›Hör meine Botschaft ...‹ schon mal gesehen?« Er wartete nicht auf eine Antwort. »Ich dachte, diese Wohnung wäre von der GP angemietet worden, und wollte mich nach den Ereignissen des heutigen Tages hier einfach mal umsehen.«

Langsam ließ D'koh den Stab sinken.

»Aber ich sehe schon, du hast nichts mit der GP zu tun.«

»Woher willst du das wissen?«, fragte D'koh und hob den Stab wieder auf Augenhöhe.

»Ein Agent der GP würde mich niemals mit einem Kochstab bedrohen. Er hätte mich längst überwältigt und seine Kollegen gerufen.«

»Du machst eine gefährliche Arbeit«, erwiderte D'koh und nahm den Stab endgültig herunter. »QXKG, ist das dieser verbotene Rebellensender?«

»QXKG ist weder verboten, noch ein Rebellensender«, sagte Kkiku'h, als er D'kohs Wohnung betrat. »Eins von den vielen Vorurteilen, die über uns kursieren, nur weil wir noch keine Sendefrequenz für die Hauptstadt bekommen haben.«

D'koh winkte ungeduldig ab. »Also, was willst du von mir?«

»Nur die Wahrheit, nichts anderes. Hast du heute etwas von der Demonstration vor deiner Haustür mitbekommen?«

»Nein«, sagte D'koh, »ich bin eben erst nach Hause gekommen.«

»Ich sehe, du misstraust mir. Na ja, kann ich dir eigentlich nicht verdenken, nach dem, was geschehen ist.«

»Was sollte schon groß passiert sein?«

»Eine ganze Menge, D'koh. Du bist doch der D'koh, dessen Name unten an der Haustür steht, oder?«

D'koh bejahte und fühlte sich zunehmend unbehaglicher zumute.

»Dann noch was«, fuhr Kkiku'h fort, »ich bin gerade rechtzeitig heute Nachmittag hier angekommen, um von dort drüben«, er wies mit einer unbestimmten Geste aus dem Fenster, »zu sehen, wie sie die Demonstranten in Gleiter verfrachtet und weggeflogen haben.«

»Hast du Waffen bei ihnen gesehen?«, fragte D'koh.

»Ich habe Waffen gesehen. In Gla'Thals Sendung. Und hier auf dem Platz, als die GP sie in einen zweiten Gleiter geladen haben. Gla'Thals Dreh war wohl gerade im Kasten. Vor allem habe ich dann noch mitbekommen, wie drei GPs in dieses Haus gestürmt sind. Etwas später folgte ihnen Gla'Thal und seine Leute. Noch später kamen alle wieder heraus.«

»Wenn du es sagst, muss es wohl so gewesen sein. Ich weiß nicht, worauf du hinauswillst?«, sagte D'koh.

»Das ist doch wirklich ganz einfach. Ich habe noch ein wenig gewartet. Dort drüben im Schatten des alten leer stehenden Hauses, wo keiner von mir Notiz genommen hat. Und ich habe nachgedacht, was das alles zu bedeuten hat, denn noch hatte ich Gla'Thals Sendung ja nicht gesehen. Doch dann war ich sehr erstaunt, dass ich, nachdem alles wieder ruhig war, doch noch jemanden aus dem Haus habe kommen sehen – dich. Was sagst du dazu?«

D'koh wich dem Blick Kkiku'hs aus und schwieg. Als unsichtbare Wand stand dieses Schweigen zwischen ihnen. Doch dann wurde es jäh unterbrochen. Jemand klopfte von außen gegen die Tür. Wie elektrisiert zuckte D'koh zusammen.

»Erwartest du noch jemanden um diese Zeit mitten in der Nacht?«, fragte Kkiku'h leise.

Wieder donnerte jemand gegen die Tür. D'koh nahm sich den zur Waffe umfunktionierten Kochstab und öffnete. Kaum hatte er den kleinen Hebel berührt, der den magnetischen Verschlusskontakt unterbrach, flog die Tür mit einem Krachen auf und einer der Begleiter von Qua'las Bruder Kukk'tar schob sich in den Raum.

»Ah, du bist nicht allein. Macht nichts«, donnerte der Eindringling los.

Es war derjenige, der vorhin hinter Qua'las und seinem Rücken gehetzt hatte.

»Was …? Was willst du?«, fragte D'koh. »Habt ihr nicht versprochen …?«

»Ich habe gar nichts versprochen. Wenn einer etwas versprochen hat, dann Kukk'tar. Bei uns spricht jeder mit seiner eigenen Stimme und nur für sich allein. Das unterscheidet unsereins von Pöbel wie dir.«

»Hey, hey! Das ist nicht besonders höflich, darf ich dich bitten, deine Ausdrucksweise zu mäßigen …«, ließ sich Kkiku'h mit lauter Stimme vernehmen.

»Wer hat dich aufgefordert, etwas zu sagen? Was ich mit diesem Abschaum zu besprechen habe, geht nur ihn und mich etwas an. Und wenn du dich ungefragt einmischst, betrachte ich das als Beleidigung, für die es nur eine Antwort gibt.«

Mit diesen Worten zog der lautstarke Adelige mit einem seiner Kampfarme den Bihänder aus der Scheide. Der Schwung des Schwerts wurde von seiner zweiten Hand abgefangen, die jetzt ebenfalls den Knauf der Waffe umfasste. Er zog die Arme mit dem Schwert so weit zurück, dass er die Spitze mit aller Wucht gegen Kkiku'h stoßen konnte.

Doch ein leises Geräusch ließ ihn innehalten.

»Was ist das?«, stieß er zischend hervor.

»Ein Aufzeichnungsgerät«, sagte Kkiku'h. »Die neueste Generation. Es nimmt nicht nur alles auf, was du gerade tust, sondern sendet es gleichzeitig an unsere Nachrichtenzentrale. Es liegt bei dir, ob du in ein paar Minuten live in allen Nachrichten auftauchen willst. Wenn du zustößt, kannst du davon ausgehen, dass sich nicht nur unser Sender für diese Bilder interessiert. Ich höre schon den Kommentar: Adeliger Traditionalist ermordet unbewaffnete Bürger.«

Langsam sank die Klinge nach unten. Im nächsten Augenblick verschwand sie mit einer wirbelnden Bewegung wieder genauso schnell in der Scheide, wie sie hervorgezogen worden war. Doch gleichzeitig trat der Bewaffnete mit einem raschen Schritt zu Kkiku'h und umschloss das winzige Aufzeichnungsgerät mit der Faust des linken Kampfarms.

Es knirschte leise.

Ein böses Lächeln zuckte über das Gesicht des Adeligen. »Du hast völlig recht. Eigentlich lohnt es sich nicht, sich mit Abschaum wie euch anzulegen. Dummerweise habe ich einen Eid geschworen, den ich einhalten muss. Er betrifft deinen Freund hier, der seine schmutzigen Hände nicht von einer vornehmen Dame lassen kann, die unendlich weit über ihm steht. Und das ist nur für ihn bestimmt und nicht für die Öffentlichkeit. Du gestattest.«

Er ließ das winzige Gerät auf den Boden fallen und trat darauf. Erneut knirschte es vernehmlich.

»Nun zu dir.« Er wandte sich wieder an D'koh. »Du hast gehört, was ich gegen dich vorzubringen habe. Und ich werde diese unglaubliche Beleidigung nicht noch einmal wiederholen. Nur so viel, sie muss gesühnt werden. Aber nachdem sich die junge Dame ja so leidenschaftlich für dich eingesetzt hat, ist eine einfache Bestrafung nicht mehr möglich.« Er blickte triumphierend um sich. »Dir wird – obwohl es dir eigentlich nicht zusteht – die Ehre eines Duells zuteil. Nein, nicht mit Kukk'tar. Der hält seine Versprechen. Du wirst die Ehre haben, mit mir kämpfen zu dürfen. Denn deine Beleidigung zielt auf den gesamten Adel, nicht nur auf Qua'la, ihren Bruder oder ihre Familie. Morgen früh bei Sonnenaufgang, nicht weit von hier auf der Brache hinter der stillgelegten Ttorrg-Werft. Du weißt, wo das ist?«

D'koh bejahte stumm, während er noch gar nicht realisierte, was ihm gerade angetragen worden war.

»Da mir bewusst ist, dass du so etwas nicht besitzt, werde ich für ausreichend Waffen sorgen, aus denen du dann wählen darfst. Es wird mir ein Vergnügen sein, D'koh.«

Mit einer angedeuteten Verbeugung wandte er sich zum Gehen.

Doch er drehte sich noch einmal um und sagte: »Ach, übrigens, es wäre sehr schlecht, wenn du diesen Termin verpasst, D'koh. Du weißt, was mit Feiglingen geschieht?« Mit diesen Worten öffnete er die Wohnungstür.

»Ah, Moment noch«, sagte Kkiku'h in das eisige Schweigen hinein.

»Mit dir habe ich nicht geredet«, beschied ihm der Unbekannte.

»Ich wollte doch nur höflichst anfragen, mit wem D'koh überhaupt die Ehre hatte.«

»Ha, ihr kennt mich noch nicht einmal? Mein Name ist Kroll'kar.«

Mit einem verächtlichen Zischen warf er hinter sich die Tür wieder zu und verschwand.

»Böse, böse«, sagte Kkiku'h, »ich fürchte, du hast ein Problem.«

***

»Noch was, Captain …«, sagte Lieutenant Stein.

»Ich höre, Ortung.«

»Aus Richtung T/Alpha nähert sich ein einzelnes Schiff, das gerade den Bergstrom-Raum verlassen hat.«

»Jemand von uns?«, vergewisserte sich Frost.

»Sieht so aus, Ma'am.«

Nur mühsam unterdrückte Dana Frost einen deftigen Fluch. Während die STERNENFAUST – trotz der Annäherung der Kridan-Flotte – noch einigermaßen in Sicherheit war, konnte jeder an Bord davon ausgehen, dass die Kridan zeitgleich mit ihnen die Annäherung des anderen Schiffes geortet hatten. Es gab kaum einen besseren Schutz vor feindlicher Ortung, als mit ausgeschalteten Maschinen durchs All zu schweben. Noch dazu in einer Dunkelwolke, deren Ortungsschatten einen aber auch dann eingeschränkt abschirmte, wenn ein Schiff Antriebsenergien der Bergstromaggregate oder der konventionellen Fusionsreaktoren abstrahlte.

Die Situation sah also für die STERNENFAUST alleine gar nicht schlecht aus. Mit ein bisschen Glück würde der Kridan-Verband in ausreichender Entfernung vorbeifliegen, ohne die Anwesenheit der STERNENFAUST überhaupt mitzubekommen. Die äußerst strahlungsarmen, gerade fußballgroßen, mit Hightech vollgestopften Spionagesatelliten, die sie in diesem Sektor ausgesetzt hatten, würden nur dann entdeckt werden, wenn irgendjemand ihre schwachenergetische Hyperfunkfrequenz den Kridan auf dem Silbertablett servieren würde.

Verfügen sie über Spione in der Admiralität?, überlegte Dana Frost, *irgendwann, wenn sich dieser Konflikt weiter verschärft und ausweitet, dann muss man auch damit rechnen …* So lange aber würden ihre Satelliten hoffentlich hervorragende Arbeit leisten. Teuer genug waren sie jedenfalls.

Sie formieren sich in Angriffsposition, stellte Frost mit einem Blick auf den Hauptbildschirm fest.

Sie hatte sich längst die leicht abstrahierende Abbildung des die STERNENFAUST umgebenden Raumsektors auf den großen Schirm geholt, der die beste dreidimensionale Wiedergabe bot. Und sie sah deutlich, dass der solare Kreuzer wie eingemeißelt seinen eingeschlagenen Kurs fortsetzte.

Wieder musste sie innerlich fluchen, diesmal über die Dummheit des anderen Captains.

Wäre sie in die gleiche Situation geraten, sie hätte die völlig ausreichende Restgeschwindigkeit beim Eintritt in den Einstein-Raum genützt, um sofort wieder zu beschleunigen. Möglicherweise, um mit einem erneuten Sprung durch den Bergstrom-Raum den Gegner sofort wieder abzuschütteln. Bis die feindliche Flotte selbst auf Überlichtgeschwindigkeit gehen könnte, wäre sie längst entkommen.

Zumindest aber hätte sie in jedem Fall augenblicklich den Kurs geändert. Der Abstand zu den Verfolgern war anfänglich groß genug gewesen, um ihnen auch mit einigen geschickten Manövern im Einstein-Raum entwischen zu können. Niemals aber hätte sie getan, was dieses Schiff gerade vor ihren Augen tat. Nämlich stur den Kurs beizubehalten und geradewegs auf den Gegner zuzusteuern.

Das war Selbstmord!

Schließlich handelte es sich um kein größeres Schiff als das ihre. Sie hatte schon bald die eindeutige Bestätigung des Bordrechners erhalten, dass es sich um einen Leichten Kreuzer des Star Corps handelte. Die Kennung verriet ihr, dass es die GALAXY unter dem Befehl Commander Schaffers sein musste.

Was tut er da?, fragte sie sich besorgt.

Das ganze Manöver schien darauf angelegt, die gute Tarnung der STERNENFAUST auffliegen zu lassen, denn die GALAXY hielt mit großer Geschwindigkeit ziemlich genau auf ihre Position zu. Hatte sie sich noch vorhin langsam wieder beruhigt und den vorübergehenden Ausfall der bordeigenen Software als ärgerlich, aber nicht übermäßig Besorgnis erregend betrachtet, so bewegte sich ihr Adrenalinspiegel jetzt wieder auf höchstem Niveau.

»L.I.!«, fauchte sie ins Interkom.

»Ja, Captain«, kam die prompte Antwort.

»Wann können wir wieder alle Maschinen in Betrieb nehmen?«

»Also, wenn es nicht unbedingt sein muss, würde ich gerne …«, antwortete Lieutenant Catherine Black gedehnt.

»Und wenn es unbedingt sein muss?«, unterbrach sie Frost.

»Dann sofort, Captain.«

»Danke, nur das wollte ich hören!«

Frost unterbrach die Verbindung. Die ganze Zeit hatte sie die linke Hand auf ihrer Uniformbluse liegen. Deutlich spürte sie, wie sich die deformierte Kugel, die sie an einer Kette um den Hals trug, durch den Stoff drückte, so als wollte das Geschoss, das ihr vor vielen Jahren auf einer primitiven Welt beinahe das Leben gekostet hatte, sich in ihre Hand bohren. Damals hatte sie gelernt, niemals einen Gegner zu unterschätzen.

Entschlossen drehte sie ihren Sessel zu Lieutenant Commander Tong.

»Geben Sie Alarm, I.O. Ich will sofort alle Posten besetzt und den Rest der Mannschaft in Bereitschaft haben.«

Tong nickte und rasselte in rasender Eile die notwendigen Befehle ins Interkom.

»Maschinenraum, alle Aggregate in Bereitschaft.«

»Hier Maschinenraum, Aye, Ma'am.«

»Captain, die GALAXY zieht hoch!«, rief Lieutenant Stein.

»Gesehen, Ortung. Eine bessere Gelegenheit bekommen wir nicht mehr. Lieutenant Santos«, wandte sie sich an den Ruderoffizier, »bringen Sie uns hier weg!«

Mit der plötzlich entfesselten Macht der konventionellen Triebwerke, die von Null auf maximale Leistung hochgefahren wurden, brach die STERNENFAUST aus ihrem Versteck im Ortungsschatten der Dunkelwolke hervor.

Es war so etwas wie ein Akt der Verzweiflung.

Denn Captain Frost konnte alles, nur nicht tatenlos zusehen, wie ein anderes Schiff des Star Corps von einem übermächtigen Gegner zerstört wurde.

Quasi in letzter Sekunde, bevor die GALAXY in die Reichweite der kridanischen Waffen gekommen wäre, hatte sie ein Ausweichmanöver eingeleitet. Doch um der kridanischen Einheit jetzt noch zu entkommen, war es fast zu spät.

Die GALAXY wie auch die Schiffe der Kridan flogen zwar knapp unter 0,4 LG, konnten also in relativ kurzer Zeit auf Überlichtgeschwindigkeit beschleunigen und in den Bergstrom-Raum springen. Aber wenn die Kridan einigermaßen gut ausgebildete Taktiker an Bord hatten, dann hatten sie sämtliche möglichen Ausweichbewegungen längst vorausberechnet und ihren Schiffen entsprechende Anweisungen gegeben.

Die Zeit, die die GALAXY noch benötigte, um in den Bergstrom-Raum zu entkommen, sollte für die kampfbereiten Schiffe der Kridan mehr als ausreichend sein, um auf Gefechtsreichweite heranzukommen und mit ihren Grasern die Todesschläge auszuteilen.

Zwar bewegten sich alle beteiligten Schiffe für eine längere Gefechtssituation viel zu schnell – sie würden rasend schnell aneinander vorbeiziehen –, aber die GALAXY würde zerstört werden, bevor sie die Kridan vor die Breitseite bekam. In Flugrichtung waren die Schiffe des Star Corps jedoch kaum bewaffnet. Erst beim Passierflug konnten sie ihre gigantische Vernichtungskraft einsetzen, und darauf würden die Kridan kaum warten.

Es war Dana Frost völlig klar, dass die GALAXY allein kaum noch eine Chance hatte. Außer es würde Dana gelingen, mit der STERNENFAUST ein Überraschungsmoment in den Reihen der Kridan auszulösen und sie für wertvolle Sekunden von ihrem ursprünglichen Ziel abzulenken.

»Bleiben Sie auf jeden Fall außerhalb ihrer Reichweite, Lieutenant Santos«, sagte Frost.

Wie erwartet, war ihr plötzliches Auftauchen von den Kridan wie auch von der GALAXY bemerkt worden. Von Letzterer trafen einige knappe Funksprüche ein, während sich die Einheiten der Kridan aufteilten – wie es Dana Frost erhofft hatte.

»Lieutenant Stein«, wies sie den Kommunikationsoffizier an, »geben Sie der GALAXY die folgende Kurzorder in einfacher Verschlüsselung durch.«

Mit diesen Worten schickte sie ihm die Botschaft mit einem Knopfdruck auf seinen Bildschirm.

Nur wenig später erreichte sie die Antwort der GALAXY. Und zwar in Form des Gesichts von Captain Schaffer, das auf dem der externen Kommunikation vorbehaltenen Schirm der Kommandozentrale auftauchte. In drohenden Gefechtssituationen war keine Zeit für die Einhaltung formaler Regeln, etwa die langwierige Anmeldung von Gesprächen.

»Genauso machen wir es, Commander Frost«, meldete Scharfer knapp. »Bis gleich.« Das markante Gesicht mit dem kalten Lächeln und dem stechenden Blick verschwand vom Bildschirm.

»Idiot«, flüsterte Frost und hoffte einen Moment später inständig, so leise gesprochen zu haben, dass niemand die Beschimpfung verstanden hatte. Ein rascher Blick zur Seite überzeugte sie davon, dass Lieutenant Commander Tong in seine Arbeit vertieft war – oder sich nichts anmerken ließ.

Er hatte auch allen Grund, beschäftigt zu sein, denn über die Bildschirme seines Arbeitsplatzes lief ein unaufhörlicher Strom von Daten, der ständig den Status Quo sämtlicher Abteilungen, Waffen und Maschinen der STERNENFAUST anzeigte.

Mittlerweile verstand sie sich mit Michael Tong auf eine professionelle Weise so gut, dass ausführliche und detaillierte Anweisungen oft nicht mehr nötig waren.

So sollte es sein …

Der Kurs der STERNENFAUST war genau berechnet, wobei sich Frost darauf verließ, dass sich die Beschleunigungswerte der Vogelköpfigen seit ihrem letzten Zusammentreffen nicht verbessert hatten. Zwar benötigte die STERNENFAUST fast acht Stunden, bis sie die nötige Geschwindigkeit hatte, um in den Bergstrom-Raum zu wechseln.

Da sich die Kridan aber nicht genau in Richtung bewegten, benötigten sie Zeit, um den Kurs zu ändern. Bei fast vierzig Prozent der Lichtgeschwindigkeit dauerte das eine Weile. Es würde ein langes Rennen werden, doch sie hatten keine Chance, die STERNENFAUST zu erwischen – wenn auch knapp.

»Captain«, meldete sich da Lieutnant Stein, »einige von denen sind etwas schneller als erwartet. Die Berechnungen laufen, aber es sieht nicht gut aus.«

In genau diesem Moment verschwand die GALAXY übergangslos vor den Augen der Feinde und gleichzeitig auch vom Schirm der STERNENFAUST.

»Sie haben's geschafft!« Tongs Stimme klang erleichtert. Kein Mitglied des Star Corps hätte der Vernichtung eines Schiffes der eigenen Flotte ungerührt beiwohnen können.

»Ma'am«, meldete sich der Ortungsoffizier erneut. Seine Stimme klang betont ruhig. »Sie kriegen uns.«

»Ruder, sofortige Kursänderung«, befahl Frost mit eisiger Stimme. Sie skizzierte ihre neue Flugbahn auf ihrem Display und sandte die Daten zu Lieutenant Santos.

»Das führt uns direkt in die Dunkelwolke hinein«, sagte Tong tonlos.

»Richtig, Lieutenant Commander. Die Ortung der Kridan wird in der Dunkelwolke die gleichen Probleme haben wie unsere Geräte.«

»Das Innere dieser Wolke ist bisher völlig unerforscht. Kein Mensch weiß, ob sich irgendwelche größeren Materieklumpen darin befinden«, setzte Michael Tong seine Bedenken fort. »Aber …«

»Aber es ist sehr wahrscheinlich, ich weiß. Wir dürfen nur nicht damit kollidieren.«

Lieutenant Stein wandte sich kurz zu ihr um. Er sagte jedoch kein Wort, sondern starrte im nächsten Moment wieder konzentriert auf seine Anzeigen.

Der Ruderoffizier Lieutenant Santos grinste angespannt. Er war ein hervorragender Pilot, wenn auch noch ziemlich jung. Möglicherweise betrachtete er den Flug durch die Dunkelwolke lediglich als Herausforderung.

Sie erreichten gerade den Randbereich der Wolke, als …

»Sie drehen ab«, sagte Stein trocken.

»Wir bleiben auf unserem Kurs«, beschloss Dana, »bis sie uns sicher nicht mehr erwischen können. Das könnte eine Finte sein.«

Glaube ich aber nicht. Schließlich haben die Kridan irgendeinen Auftrag, den sie erfüllen sollen und dazu gehört höchstwahrscheinlich nicht die Jagd auf einen einzelnen Leichten Kreuzer der Solaren Welten, setzte sie noch in Gedanken hinzu, behielt diese Überlegung jedoch für sich.

Die konventionellen Ionentriebwerke beschleunigten die STERNENFAUST immer mehr. Trotzdem würden noch Stunden vergehen, bis sie endlich die

Geschwindigkeit erreicht hätte, die ausreichte, um die Bergstrom-Aggregate einzuschalten und in den Bergstrom-Raum überzuwechseln. In dieser Zeit bestand ihre einzige Chance darin, sich möglichst ungesehen vom Acker zu machen und immer schneller zu werden.

Noch immer wühlte der Zorn über das verantwortungslose Verhalten der GALAXY, namentlich ihres Captain Schaffer, in Dana Frost.

Dieser Kerl wird mir etwas erklären müssen!, dachte sie wütend, während die STERNENFAUST ihr ursprüngliches Einsatzgebiet immer weiter hinter sich ließ.

***

Als die STERNENFAUST mehr als elf Stunden später wieder aus dem Bergstrom-Raum in den Normalraum zurückfiel, wartete die GALAXY bereits an dem vereinbarten Treffpunkt, der nur knapp ein Lichtjahr von der Dunkelwolke entfernt lag.

Das Eintauchen in den Bergstrom-Raum und das anschließende Wiederauftauchen war diesmal nicht mehr als ein kurzes Antippen der Strukturen des n-dimensionalen Raums gewesen.

Ein kurzes Sand-in-die-Augen-des-Gegners-streuen, von dem der Kommandant der STERNENFAUST sich erhoffte, dass der Gegner annehmen würde, sie hätten sich weit, weit weg davongemacht.

»Holen Sie mir Commander Schaffer auf den Schirm«, sagte Dana Frost zu dem Dienst habenden Offizier der GALAXY, der ihren Funkspruch entgegennahm.

»Äh, hat das noch ein wenig Zeit, Commander …?«, entgegnete der Offizier, der so nah an die Übertragungskamera herangerückt war, dass Dana die Haare in seinen Nasenlöchern sehen konnte.

Unwillkürlich lehnte sich Dana Frost in ihrem Kommandosessel zurück. »Nein, Lieutenant. Das hat keine Zeit.«

»Äh, ich fürchte, jetzt ist es völlig unmöglich, Ma'am«, flüsterte der Offizier.

»Was heißt hier unmöglich?«, donnerte Frost. »Ist Commander Schaffer krank oder tot?«

Das auf dem großen Display riesig vergrößerte Gesicht des Lieutenants zuckte erschrocken zurück.

»Nein, weder noch, Ma'am«, stammelte er schließlich. Dann rückte er wieder näher. »Der Captain schläft, und wir haben Befehl, ihn nur im äußersten Notfall zu wecken. In fünf, sechs Stunden steht er ihnen sicherlich zur Verfügung.«

Dana wusste nicht, ob sie losschreien oder lachen sollte. Am liebsten hätte sie den Dienst habenden Offizier der GALAXY durch den Bildschirm hindurch am Kragen gepackt und wie wild geschüttelt. Doch äußerlich ließ sie sich nichts anmerken. Stattdessen rückte sie ihrerseits jetzt so nahe an die Kamera des Funkgeräts heran, dass ihr Gegenüber in der GALAXY wahrscheinlich nur noch ihre eiskalten Augen auf sich gerichtet sah.

»Wenn Sie mir nicht innerhalb von einer Minute Commander Schaffer vor den Bildschirm zerren, setze ich einen Hyperfunkspruch an die Flotten-Einsatzzentrale ab. Spätestens dann bekommen Sie das, was Sie einen äußersten Notfall nennen, Lieutenant. Und nun etwas hurtig, wenn ich bitten darf.«

Die Lautstärke ihrer Stimme war auf ein leises Flüstern herabgesunken, doch jedes ihrer Worte hatte die Schärfe einer Rasierklinge.

Dana Frost lehnte sich grimmig zurück und beobachtete, wie sich der Bildschirm vor ihr leerte. Sie schaute auf die Uhr.

Es dauerte nur 45 Sekunden. Dann tauchte das ihr bereits bekannte Gesicht Captain Schaffers mit verklebten Augen auf dem Schirm auf.

Er gähnte herzhaft. »Entschuldigung, Commander Frost. Ich habe geschlafen.«

»Das hörte ich bereits, und das sieht man, Commander Schaffer.«

»Aber gut, dass sie mich haben wecken lassen.«

»Ach ja? Warum bläuen Sie dann Ihren Offizieren ein, Sie nur im äußersten Notfall aufzuwecken? Aber sparen Sie sich die Antwort. Wir haben Wichtigeres zu bereden.«

»In der Tat, Commander Frost.«

»Wie kamen Sie dazu, ein derart unverantwortliches Manöver angesichts der Begegnung mit der Kridan-Einheit zu fliegen, Commander? Wären wir nicht da gewesen und hätten den Feind von der anderen Seite abgelenkt, es hätte Sie Ihr Schiff, das Leben Ihrer Leute und Ihr eigenes Leben kosten können.«

»Ich wusste doch, dass Sie da sind, Commander Frost.«

»Wie bitte, woher?«, erwiderte sie verblüfft. Mit dieser Antwort hatte Dana nicht gerechnet.

»Ich habe Order, die STERNENFAUST abzulösen …«

Dana schluckte, hatte sie richtig verstanden?

»Ablösen? Warum?«, fragte sie, ohne verhindern zu können, dass ihr verschlafenes Gegenüber ihr Erstaunen mitbekam.

»Das weiß ich nicht, Commander Frost. Ich habe nur den Befehl, dass die GALAXY die Arbeit der STERNENFAUST im Bereich der Dunkelwolke fortsetzen soll. Und ich soll Ihnen ausrichten, dass Sie sich wegen neuer Befehle per Hyperfunk mit Commodore Jackson in Verbindung setzen sollen.«

»Gut, ich werde mir Ihre Order bestätigen lassen und unsere neuen Befehle entgegennehmen.«

Warum hat Commodore Jackson uns nicht vorher angefunkt und die STERNENFAUST über die Lageveränderung informiert, überlegte Dana angestrengt, *vor allem hätte er uns vor diesem Schaffer warnen können.*

Sie versuchte in den ausdruckslosen Augen ihres Gegenübers zu erkennen, ob da Funken von Wahnsinn hervorblitzten. Doch Schaffer gab sein Inneres nicht preis.

»Das wird mir auch die Gelegenheit geben, Ihr, milde ausgedrückt, aberwitziges Verhalten an die Admiralität weiter zu empfehlen ...« Sie versuchte, ihrer Stimme einen sarkastischen Unterton zu verleihen.

»Sie haben recht, Commander Frost. Das Manöver vorhin hätte schiefgehen können, aber ...«

»Aber was?«

»Ich habe zu der Zeit geschlafen und der wachhabende Offizier hat die Situation falsch eingeschätzt. Die Mannschaft ist noch sehr unerfahren.«

»Sie schlafen eindeutig zu viel, Commander!«, fand sie.

Doch den Rest dessen, was sie ihm noch an den Kopf werfen wollte, unterdrückte sie. Schließlich war sie nicht seine Vorgesetzte. Aber das war etwas, was sie noch niemals hatte leiden können: Fehler, die man als Captain eines Schiffes zu verantworten hat, auf Untergebene abzuwälzen. Grußlos und ohne irgendeine Höflichkeitsfloskel unterbrach sie die Funkverbindung.

»Lieutenant Stein«, rief sie quer über die Brücke, »stellen Sie eine Hyperfunk-Verbindung zu Commodore Jackson her.«

Wenig später tauchte erneut ein eindeutig verschlafenes Gesicht auf dem Display auf. Ihr viele Lichtjahre entfernter Vorgesetzter.

Heute wecke ich offensichtlich die ganze Welt auf, dachte sie.

»Commander, ich hatte schon vor Stunden damit gerechnet, dass Sie sich melden. Hat Ihnen Commander Schaffer denn nichts ausgerichtet?«, eröffnete Jackson das Gespräch.

»Vor fünf Minuten, Sir«, erwiderte Dana Frost.

Jackson runzelte die Stirn, ging aber nicht weiter darauf ein. Doch die skeptische Miene, die er zog, war beredt genug. Nicht zuletzt deshalb, weil sich die Falten bis hoch auf den kahlen Schädel zogen. Obwohl Commodore Kim Ray Jackson nach einer Strahlenverseuchung sämtliche Kopfhaare ausgefallen waren – auch die Wimpern und Augenbrauen, was zu einem auf den ersten Blick befremdlichen Eindruck führte – konnte er mit seiner Mimik mehr ausdrücken, als mit tausend Worten.

Und obwohl er die Hintergründe der Verzögerung nicht kannte, sah es nach einem stillschweigenden Einverständnis zwischen Frost und ihrem unmittelbaren Vorgesetzten aus, was die Person und die Qualitäten Commander Schaffers anbelangte.

»Hören Sie, Commander«, sagte Jackson nach einem Moment des Schweigens. »Die GALAXY setzt Ihre Aufgabe bei der Dunkelwolke fort. Ihre Fähigkeiten und die STERNENFAUST werden umgehend woanders benötigt.«

Frost wartete auf den neuen Einsatzbefehl, doch er kam nicht.

»Entschuldigen Sie, Sir«, sagte sie schließlich. »Wo werden wir gebraucht?«

»Schalten Sie Crypto 12.5 ein. Ich tue jetzt das Gleiche. Bis dann.«

Dana Frost aktivierte wie angewiesen das Verschlüsselungssystem und wartete die Zeit ab, die der bordeigene Rechner und die Computer in der terranischen Zentrale benötigten, um die zufallsprogrammgesteuerten Codes auszutauschen und zu kalibrieren. Währenddessen unterbrach die Ton und Bildübermittlung. Weißer Schnee flimmerte über den Bildschirm, obwohl die Bilddarstellung längst durch ionisiertes Plasma erzeugt wurde, das auf hauchdünne durchsichtige Folien gesprüht wurde. Das Rauschen, das aus den Lautsprechern klang, und der rieselnde Schnee waren kleinen Arbeitsprogrammen zu danken, die einige Spaßvögel unter den Militärtechnikern in die moderne Verschlüsselungs-Software implementiert hatten. Sie hatten sich wohl gedacht, während dieser nur wenige Sekunden dauernden Pausen, die Gesprächsteilnehmer auf den Flair alter Spionagezeiten einschwören zu müssen.

Dann tauchten Bild und Ton wieder auf.

»Sagen Sie mir nichts über Schaffer«, sagte Jackson, als er sich sicher war, dass niemand außer ihnen beiden den Inhalt des Gesprächs mitbekam.

Dana schwieg wie befohlen und verkniff sich folgerichtig auch die Frage, warum sich der Commodore nicht schon früher mit der STERNENFAUST in Verbindung gesetzt hatte.

»Sie sind in der Nähe von Mantis VI«, fuhr Jackson fort, »und ich brauche Sie zur Unterstützung der dort ansässigen Botschaft der Solaren Welten.«

Jetzt war es an Dana Frost, die Stirn zu runzeln, wenngleich diese Mimik bei ihr kaum so spektakulär aussah wie beim Commodore.

»Wir haben doch schon genug Probleme mit den Kridan«, erwiderte sie. »Was ist vorgefallen, dass die Botschaft der Solaren Welten auf Mantis VI militärische Hilfe benötigt?«

»So dürfen Sie es nicht sehen, Commander. Die Mantiden sind unsere Freunde, vielleicht brauchen wir sie im Konflikt mit den Kridan irgendwann früher oder später auch als Verbündete. Es geht darum, dass dieser Status Quo so bleibt, wie er ist.«

»Verzeihen Sie, Commodore, aber das sieht mir eher nach einer diplomatischen Aufgabe aus als nach einer militärischen.«

»Sie haben in gewisser Weise recht«, stimmte Jackson ihr zu. »Aber auch nur in gewisser Weise. Die Botschaft hat uns einige beunruhigende Informationen zukommen lassen, die bestimmte Entwicklungen innerhalb der mantidischen Gesellschaft betreffen. Wir müssen genauer wissen, wie diese Entwicklungen aussehen und ob sie eine Gefahr für die Beziehungen zwischen dem Imperium der Mantiden und uns darstellen. Ganz nebenbei ist unsere Botschaft personell völlig unterbesetzt, da die von den Mantiden bevorzugten Lebensräume nicht unbedingt als Traumwelten für Menschen gelten. Aber das wissen Sie besser als ich, schließlich haben Sie schon einmal mit ihnen zusammengearbeitet.«

Dana schluckte, der Commodore musste auf eine Episode während ihrer Ausbildung anspielen. Im Verlauf eines gemeinsamen Manövers zwischen dem Star Corps und der Flotte der Mantiden diente sie als Fähnrich unter Admiral Müller. Im taktischen Spiel des Manövers sollte sie zusammen mit einer kleinen Landeeinheit vom ›Feind‹ gefangen genommen werden. Um es so realistisch wie möglich zu gestalten, widersetzte sie sich der Gefangennahme auf Mantis VI nach Kräften. Dabei schoss sie jedoch leicht übers Ziel hinaus. Sie band mehr ›feindliche‹ Kräfte, als ursprünglich vorgesehen war und hätte fast das sorgfältig ausgetüftelte Szenario durcheinander gebracht. Sehr zur Verärgerung des ›gegnerischen‹ Admirals, eines adeligen Mantiden, der sich beim grinsenden Müller schließlich beschwerte. Damals war sie erstmals auf der Heimatwelt dieser bizarren galaktischen Spezies gewesen und hatte einige dieser höchst beeindruckenden Wesen kennengelernt.

»Ich verstehe trotzdem nicht, warum Sie mich mit dieser Aufgabe betrauen, anstatt diplomatische Corps diese Nuss knacken zu lassen, Sir?«, fragte Dana.

»Tatsächlich würden wir auch lieber einen Offizier mit mehr Erfahrung und einem Dreadnought-Geschwader dorthin schicken. Botschafter Hutter hat uns allerdings mitgeteilt, dass die Mantiden das nicht akzeptieren würden. Ein Leichter Kreuzer kann aber noch als der Botschaft zugehörig gerechnet werden. Doch sie werden es besser verstehen, wenn Sie die Informationen lesen, die ich Ihnen gerade überspielt habe. Nur so viel vorab: Diese Aufgabe bewegt sich an der Schnittstelle zwischen Diplomatie, geheimdienstlicher Tätigkeit und einem möglicherweise militärischen Einsatz. Wollen wir hoffen und zu allen Göttern der Galaxis beten, dass es zu Letzterem nicht kommt. Wenn aber, dann muss das eine Person leiten, die mit dem entsprechenden diplomatischen Fingerspitzengefühl ausgestattet ist.«

»Entschuldigung, Sir, diplomatisches Fingerspitzengefühl – ich? Das meinen Sie nicht ernst, dass Sie mich damit meinen – oder?«

»Commander!« Jacksons Stimme nahm um eine Nuance an Schärfe zu. »Spreche ich hier noch mit einer dritten Person?«

»Nein, natürlich nicht, Sir. Ich bin stolz, in Ihrem Auftrag für das Star Corps diese Aufgabe übernehmen zu dürfen.«

»Etwas anderes habe ich nicht erwartet. Machen Sie sich sofort auf den Weg. Alle Einzelheiten finden Sie in Ihrem Marschbefehl.«

»Aye, Sir.«

***

In weiten Teilen der von intelligenten Völkern besiedelten Galaxis galten Duelle als unzivilisiert und barbarisch. Fast überall waren sie verboten und wurden mit harten Strafen verfolgt. Und fast überall fanden sie statt. Natürlich auch auf Mantis VI, wie die Hauptwelt der Mantiden bei den Menschen hieß.

D'koh musste sich der Herausforderung stellen. Es blieb ihm nichts anderes übrig. Versuchte er, Kro'kar an die Polizei zu verraten, hätte er sein Leben verspielt. Und nicht nur sein Leben, auch seine Ehre. Vor allem aber wäre Qua'la auf immer beschmutzt.

Es war ohne Zweifel schon schlimm genug in den Augen ihrer Familie, insbesondere ihres älteren Bruders, dass sie sich mit ihm abgegeben hatte. Würde er sich nun nicht nur als nicht standesgemäß, sondern auch als feige erweisen …

Diese Schmach würde für immer auf seinem Namen lasten und diese

Schmach würde auch ihren Ruf empfindlich beschädigen. Außerdem wäre die Gefahr sehr groß gewesen, dass Kroll'kar schneller von der Anzeige erfahren hätte, als sie zu Protokoll genommen worden wäre. Die höheren Ränge in der Polizei waren fast ausschließlich von Adeligen besetzt. Adelige, die sich leicht taten, andere Adelige von Ermittlungen gegen sie in Kenntnis zu setzen und ungleich schwerer etwas *gegen* sie zu unternehmen.

D'koh wusste genau, wohin er gehörte. Hierhin in die armen Viertel der Stadt. Hierhin zu seinesgleichen, zu den einfachen Leuten, zu den Arbeitern, die bis auf wenige Ausnahmen niemals den Ort verlassen würden, an dem sie geschlüpft waren. Was hatte ihn nur dazu getrieben vor fast einem Jahr, die Nähe Qua'las zu suchen und um sie zu werben?

Sie stammte aus einer der ältesten und besten Familien von Qrrk'kk, der ursprünglichen Heimatwelt der Mantiden. Eine Familie mit viel Einfluss, eine Familie, die auf fast jeder Welt des mantidischen Imperiums Schlüsselstellungen innehatte, eine Familie, die mit der Herrschersippe weitläufig verwandt war. Eine Familie, die das Privileg genoss, die Königin als Großtante bezeichnen zu können, auch wenn nur die wenigsten Mitglieder dieser Familie ihr jemals persönlich begegnet waren.

Wahrscheinlich war es genau diese Nähe zu einer sonst völlig unerreichbaren Macht gewesen, die D'koh an Qua'la fasziniert hatte. Wenigstens einmal in seinem Leben wollte er etwas von dem Flair und der Weitläufigkeit spüren, die für die Mitglieder adeliger Häuser selbstverständlich waren. Die Möglichkeit … nein, eigentlich nur die Illusion der Möglichkeit, die engen Grenzen dieser Welt zu verlassen, das war es wohl, was Qua'la für ihn bedeutet hatte.

Es war schauerlich, was für Gedanken durch seinen Kopf gingen. Erbärmlich. Als ob das alles gewesen wäre, was ihn an Qua'la fasziniert hatte und immer noch faszinierte.

D'koh tat sich sehr schwer darin, sich selber gegenüber die Gefühle, die Zuneigung, die Liebe einzugestehen, die er seit dem Augenblick empfand, als er ihr das erste Mal begegnet war.

Sie hatte gerade begonnen, in der Botschaft der Solaren Welten zu arbeiten. Und *er* hatte einen Bildballon, den er wieder instand gesetzt hatte, einem Wachmann zurückgebracht, der dauerhaft auf dem weiträumigen Botschaftsgelände lebte. Qua'la war gerade im Begriff gewesen, nach Hause zu fahren. Er sah sie und rannte ohne nachzudenken quer über den Vorplatz, um sie zu erreichen, bevor sie ihren Gleiter betrat. Sie drehte sich eher erstaunt als erschrocken um, als sie ihn heranstürmen sah. Dann sagte er etwas, das er sich vorher nicht überlegt hatte und von dem er auch heute noch nicht erklären konnte, wieso es gerade in diesem Augenblick aus ihm hervorbrach.

»Entschuldigen Sie«, bat er und blieb stehen. »Ich will Sie nicht belästigen. Ich will Sie nur …« Dann stockte er.

»Was wollen Sie?«, fragte sie, deren Namen er zu diesem Zeitpunkt noch nicht kannte.

»Ich will Sie nur aus der Nähe sehen«, antwortete er.

Sie bewegte bedächtig Fühler, Kopf und Feinarme, sagte aber nichts. Nach einer Weile drehte sie sich um, stieg in den Gleiter und fuhr ohne irgendetwas zu sagen davon.

D'koh sah ihr hinterher.

Hatte er sie gerade tödlich beleidigt?

Als der Gleiter schon ein ganzes Stück entfernt war, konnte er auf einmal erkennen, dass sie einen Arm aus dem Seitenfenster hielt und winkte.

Am nächsten Abend stand er wieder vor der Botschaft …

Erst nach etlichen Treffen erfuhr er ihren Namen, den sie ihm anfangs standhaft verschwiegen hatte. Da sie keine Farben trug – weder damals noch heute –, hatte er bis zu diesem Zeitpunkt nicht wissen können, aus welcher Familie sie stammte und dass seine Beziehung zu ihr ein Ding der Unmöglichkeit war. In den Augen vieler ein Skandal, eine Schmach, die es zu beseitigen galt. Doch all dies wollten sie beide für lange Zeit nicht wahrhaben.

Für D'koh war Kkiku'hs Vorschlag, nachdem der Herausforderer gegangen war, völlig inakzeptabel gewesen, weshalb ihn der Journalist kurz nach Kroll'kar beleidigt verlassen hatte.

D'koh war sich sicher, dass er kämpfen *musste*. Es gab keine andere Wahl. Auch wenn es sein Schicksal war, dabei zu sterben …

***

Die menschlichen Sprachorgane unterschieden sich grundlegend von denen der Mantiden, sodass es den Menschen nahezu unmöglich war, die Laute der Mantiden so nachzuahmen, dass eine Verständigung zustande kommen konnte.

Umgekehrt ging es den Mantiden genauso. Die Organe, mit denen sie Laute erzeugten, waren nicht darauf ausgerichtet, Modulationen zu erzeugen, die für ein menschliches Ohr wie eine Sprache klang. Unterhalb ihres Halses hatten sich zwei Glieder, die in der Evolution der Mantiden einmal die gleiche Funktion hatten wie der Rest ihrer Beine, zurückgebildet und waren nach Innen gewachsen. Dort versahen sie jetzt einc Hilfsfunktion beim Zerkleinern und beim Weitertransport der Nahrung in den Verdauungstrakt.

Im Laufe ihrer Entwicklung hatten die Mantiden die Fähigkeit erworben, diese mit harten Borsten versehenen Glieder willkürlich zu bewegen. Beim Aneinanderreihen der Borsten ertönten Geräusche, die unter anderem durch Veränderung des Kehlvolumens variiert werden konnten. Rhythmus, Schnelligkeit und Tonhöhe erlaubten für die einfachen Klack- und Schnarrlaute die Möglichkeit schier unendlicher Abstufungen und Veränderungen.

Es klingt, als unterhalten sie sich in einer Art Morsealphabet, dachte Dana Frost, in deren militärischer Ausbildung sie auch einiges über die Geschichte archaischer Kommunikationstechniken der Menschheit gelernt hatte.

Trotz dieses Problems war es zu einer Verständigung zwischen den beiden Völkern gekommen. Vielleicht bemühten sich beide Seiten sogar *wegen* der großen Fremdartigkeit, die Menschen wie Mantiden füreinander empfinden mussten, redlich um Verständnis.

Mit Erfolg.

Ein erstes Freundschaftsabkommen wurde schon zwei Jahre später geschlossen und seitdem herrschte zwischen diesen beiden Kulturen, die unterschiedlicher kaum sein konnten, ein reger Austausch.

Captain Dana Frost hatte die Brücke ihrem Ersten Offizier überlassen. Obwohl sie wusste, dass der Bergstrom-Raumflug nach Mantis VI im System Beta Pictoris eine der gewaltigsten galaktischen Sehenswürdigkeiten bot, die von der raumfahrenden Menschheit entdeckt worden war, schloss sie sich in ihrer Kabine ein und studierte die umfangreichen Unterlagen ihres Marschbefehls. Allerdings hatte sie der Besatzung der STERNENFAUST erlaubt, die Annäherung an das System beobachten zu dürfen.

Es war ein großartiges Schauspiel.

Wenige Lichtjahre vor Beta Pictoris vollzog sich ein hyperphysikalisches optisches Phänomen, das auch aus dem Einstein-Raum wahrgenommen werden konnte. Viel spektakulärer aber waren die Auswirkungen durch die Verzerrung des n-dimensionalen Raums. Kaum eine kosmische Kreuzfahrt verzichtete auf einen Besuch in dieser Region der Milchstraße. Wenn man nun mit der STERNENFAUST hierher beordert wurde, dann wollte sich dieses Schauspiel natürlich auch niemand entgehen lassen. Nur Frost verzichtete schweren Herzens. Aber sie gehörte zu den wenigen, die dieses Schauspiel früher schon einmal bewundert hatten.

Durch besondere Gravitationsschlaufen – Astrophysiker vermuteten, dass es sich um Fragmente aus der Zeit unmittelbar nach dem Urknall handelte – hatten sich Dimensionsfragmente in einer Weise miteinander verschmolzen, die wie eine optische Linse einen Blick über gewaltige Entfernungen und Zeiten erlaubten.

Sternennebel von einer Größe, Form, Farbigkeit und Pracht rückten in die scheinbare Nähe der STERNENFAUST, dass man aus dem Staunen kaum noch herauskam. Lichtwirbel formten sich zu gewaltigen Gebilden, die aussahen wie Fabelwesen und doch aus Milliarden von Sternen und Galaxien bestanden. In allen Farbschattierungen pulsierten strahlende Lichtfächer vorbei und beleuchteten eine Unzahl von Sternenkonstellationen und Variationen, die das Universum formen konnte, ausprobierte und wieder verwarf.

Im kontrastreichen Funkeln aus vielfarbigen Sternennebeln und einer Schwärze, die in ihrer Tiefe zu atmen schien, entstanden und vergingen in alles überstrahlenden Supernovas so etwas wie die dunklen, fiebrigen Albträume kranker Götter, die mit der Schöpfung herumspielten. Um der vergänglichen Schönheit der für kurze Augenblicke entstehenden und sofort wieder vergehenden Welten willen.

Je nach Intensität der galaktischen Gravitationsstürme veränderte sich das schwer begreifliche Schauspiel, das sich der staunenden Besatzung der STERNENFAUST darbot.

Währenddessen berechneten die Bordcomputer die komplizierten Formeln für den Rücksturz in den Einstein-Raum, und Captain Dana Frost brütete über einem Auftrag, der ihr nach dem Studium aller Einzelheiten noch unklarer erschien als zuvor.

»Man erwartet uns auf Qrrk'kk«, murmelte sie halblaut vor sich hin und versuchte, den mantidischen Namen des Planeten auszusprechen. *Wenn ich das zu häufig mache, benötige ich einen neuen Kehlkopf!*

»Wir fliegen Mantis VI an«, fuhr sie in ihrem Selbstgespräch fort. *Besser …* »Und ich verlasse mit einer handverlesenen Mannschaft das Schiff mit den Landefähren. Die STERNENFAUST entfernt sich wieder aus dem Orbit und nimmt eine Parkposition innerhalb des Systems ein. Wir beziehen Stellung in der Botschaft und … ja, was dann? Abwarten?«

Bei Qrrk'kk, beziehungsweise Mantis VI handelte es sich um einen etwa marsgroßen Planeten. Nahezu völlig trocken, kaum Vegetation und vor allem mit einer für Menschen nur bedingt atembaren Atmosphäre. Es war, als befände man sich auf der Erde in etwa fünftausend Metern Höhe. Zudem kam ein relativ hoher Heliumanteil, der ihre Stimmen verändern würde. Doch nicht nur das, manche Menschen reagierten auf Spurenelemente in der Atmosphäre dieser Welt regelrecht allergisch. Ohne Hilfe konnte ein solcher allergischer Schock zu einem qualvollen Tod führen. Es wurde medizinisch dringend angeraten, sich spätestens nach 48 Stunden unter ein Sauerstoffzelt zu legen.

Für die Mantiden bedeutete all dies überhaupt kein Problem. Ihnen war es nahezu egal, aus welchen Gasen die atmosphärischen Schichten ihrer Welten zusammengesetzt waren. Sie waren nicht darauf angewiesen, Luft zu holen. Denn ihr Metabolismus wies keine Lungen auf. Sie atmeten nicht. Dafür besaßen ihre Körper ein seltsames Organ, das mit ihrem ebenso seltsamen Kreislauf verbunden war. Dieses Organ verarbeitete Selen.

Exobiologen vermuteten, dass es gewissermaßen entwicklungsgeschichtlich die Lungen der Mantiden ersetzt hatte. Vielleicht als ihre Welt im Verlauf einer kosmischen Katastrophe einen Teil der Atmosphäre einbüßte.

Frost seufzte, wenn sie an die Zeit zurückdachte, als sie das erste Mal auf Mantis VI gewesen war. Sie musste dringend Doktor Gardikov sprechen, um die Gesundheitsakten der Besatzung durchzugehen. Sie wusste nicht, welchem Risiko sie ausgesetzt sein würden. Da musste die ausgewählte Mannschaft auf jeden Fall aus absolut gesunden Leuten bestehen. Sie tippte in ihr Memoboard die Notiz, dass auch ein paar Allergie-Tests nicht schaden konnten.

Dann blätterte sie auf ihrem Display weiter durch die umfangreichen Unterlagen. Sie enthielten neben den spezifischen Anweisungen auch vielfältige Informationen zu den Mantiden und ihrer Gesellschaft.

Wenn man sie überhaupt mit irgendeiner irdischen Lebensform vergleichen konnte, dann nur mit riesigen Insekten, die wie eine bizarre Mischung aus Gottesanbeterin und Centauren aussahen.

Ihr gewaltiger Leib ruhte auf sechs kräftigen, zweimal gegliederten Beinen, die in scharfkantigen Krallen endeten, mit denen sich diese Wesen nahezu überall festklammern konnten. Vorne knickte der chitingepanzerte Körper in einem rechten Winkel nach oben ab. Hier saßen zwei weitere Gliederpaare: zwei außerordentlich kräftige, so genannte Kampfarme und zwei wesentlich kleinere Arme, die für filigrane Arbeiten verwendet wurden.

Unmittelbar über den Armen erhob sich ein schmaler Hals, auf dem ein länglicher Kopf saß, der eine natürliche Eleganz ausstrahlte. Den Schädel der Mantiden krönte ein Fühlerpaar, das nicht nur in der Lage war, feinste Schwingungen wahrzunehmen, sondern auch mit Duftrezeptoren ausgestattet war.

Die großen Augen konnten ein räumliches Bild sehen, ermöglichten aber auch die getrennte Wahrnehmung des jeweils linken und rechten Gesichtsfeldes. Allerdings gab es unmittelbar hinter ihrem Körper einen blinden Fleck, weshalb Mantiden dazu neigten, ständig den Kopf hin und herzubewegen, um diese Einschränkung der Sicht auszugleichen.

Ausgewachsene Mantiden konnten leicht eine Körperlänge von zwei Metern erreichen, während sie in der Regel gut 2 Meter 30 in der Höhe maßen.

Sie vermehrten sich zweigeschlechtlich und zwar in der Regel monogam. Zur Eiablage und Befruchtung derselben kam es erst, wenn ein Mantidenpaar in den Kreis einer Familie aufgenommen wurde. Dabei war es gleichgültig, ob der Mann in die Familie der Frau oder die Frau in die Familie des Mannes aufgenommen wurde. Die große Bedeutung der Familie lag unter anderem darin begründet, dass ein einzelnes Paar die Brutpflege des Nachwuchses alleine kaum bewältigen konnte.

Frisch geschlüpfte Kinder wuchsen zwar sehr schnell heran, doch da sich ihr überlebensnotwendiges Exoskelett, der Chitinpanzer, erst dann herausbildete, wenn sie ausgewachsen waren, bedeutete dies eine lange Phase großer Schutzlosigkeit.

Die Lebenserwartung der Mantiden war im Vergleich zum Menschen sehr niedrig und betrug umgerechnet etwa fünfzehn terranische Jahre oder sieben Umläufe von Mantis VI um Beta Pictoris.

Durch die rasche Generationenfolge konnte sich die mantidische Gesellschaft jedoch stark spezialisieren und entdeckte schon früh in ihrer Geschichte Hypnolernverfahren – lange bevor sie die Technologie zur Eroberung des Weltalls entwickelte –, mit denen sich die Lerngeschwindigkeit vervielfachen konnte und auch die Lernqualität auf beeindruckende Weise gesteigert wurde.

Je höher die gesellschaftliche Schicht angesiedelt war, umso strenger wurden die Regeln des Familienverbandes ausgelegt, was in der Geschichte der mantidischen Zivilisation zur Herausbildung einer mächtigen Adelsschicht mit strikter Hierarchie zur Folge hatte.

Regiert wurde das mantidische Imperium von einem einzelnen Herrscher, derzeit einer Königin mit Namen Ggu'kha'tha, die sich in ihrer Arbeit auf eine Gruppe von Beratern und Ministern stützte.

Captain Frost schaltete müde die Aufzeichnungen ab. Sie konnte das Gefühl nicht loswerden, immer noch nicht richtig Bescheid zu wissen, worin ihr Auftrag eigentlich bestand …

***

Fasrige, tief liegende Wolken tauchten den Kampfplatz in ein trübes, dämmriges Licht, obwohl der Tag bereits angebrochen war.

»Ich hätte niemals gedacht, dass jemand deines Standes die Ehre und vor allem den Mut aufgebracht hätte, sich einem Duell mit mir zu stellen«, sagte Kroll'kar. Doch seine Stimme klang keineswegs bewundernd, sondern troff regelrecht vor Verachtung.

Vielleicht war es keine Ehre und kein Mut, sondern nur Dummheit, dachte D'koh bitter.

»Gut, bringen wir es hinter uns. Wir kämpfen auf traditionelle Weise mit zwei Schwertern. Das längere davon ist eine panzerbrechende Waffe, deshalb ist die Klinge dreieckig geformt. Ein normales Rapier durchdringt keinen Panzer. Man verwendet es zur Abwehr und letztlich dazu, den abschließenden Todesstoß zu setzen, wenn der Panzer des Gegners erst einmal geknackt wurde. Außerdem erhält jeder von uns noch eine Kampfkette, die in vielfacher Weise eingesetzt werden kann.«

Kroll'kar fixierte D'koh mit kaltem Blick.

»Schließlich sollst du genau Bescheid wissen, was gleich mit dir passiert«, fügte er nach einer kleinen Pause hinzu.

Der düstere Platz war bis auf die beiden Kämpfer und einen Arzt völlig leer. Die nächstgelegenen Gebäude der stillgelegten Ttorrg-Werft, in der vor langer Zeit einmal Raumschiffe gebaut worden waren, konnte man durch den Staubnebel kaum ausmachen. Es hatten sich keine Zuschauer eingefunden.

D'koh wusste nicht, ob Qua'las Bruder Kukk'tar über den Kampf überhaupt informiert war, nahm es aber an. Dass Qua'la ihrerseits von ihrem Bruder davon erfahren hatte, konnte sich D'koh jedoch kaum vorstellen.

Die Hauptaufgabe des anwesenden Arztes bestand nicht darin, Verletzungen zu behandeln. Er sollte nur den Tod eines der Kontrahenten feststellen. Pro forma sollte er noch während des Kampfes darauf achten, dass nur mit den ausgewählten Waffen gefochten wurde.

In dieser Funktion prüfte er die insgesamt vier Schwerter und die beiden Ketten. Es schien alles in Ordnung zu sein, denn schon kurz darauf stieß er die Schwerter in den Boden und ließ die Ketten davor fallen. Nun stellte er sich in die Mitte zwischen die beiden Kontrahenten und streckte in einer rituellen Handlung das unsichtbare, heilige Schwert des mythischen Kriegshelden Ok'tukkar in alle vier Himmelsrichtungen sowie gegen die Erde und die Wolken.

Der Arzt verließ den Kampfplatz und gab das Zeichen zum Beginn.

Kroll'kar riss blitzschnell die beiden Schwerter aus dem Boden und spannte die Kette zwischen seinen Feinarmen.

Doch wie um seine Überlegenheit zu demonstrieren, griff er nicht an. Er wartete mit einem hämischen Blitzen in den Augen ab, bis auch D'koh Schwerter und Kette in den Händen hielt.

»Ich hätte dich schon jetzt umbringen können, so langsam wie du bist, aber das würde mich um das Vergnügen eines Kampfes bringen!«, höhnte er.

Dann sprang er vorwärts und versuchte mit einem gewaltigen Hieb, das panzerbrechende lange Schwert in D'kohs Brust zu stoßen. Doch D'koh gelang es, die Kette, die er nur in einer seiner Feinhände hielt, herumzuwirbeln, sodass sie sich um das Schwert wickelte.

Kroll'kars Stoß ging ins Leere. Er hatte die Waffe mit solcher Wucht geführt, dass er hart gegen D'koh prallte, der unwillkürlich rückwärts taumelte.

So kam wieder etwas Abstand zwischen die Kämpfer, den Kroll'kar nutzte, um das Rapier gegen D'koh zu führen. Doch es prallte wirkungslos von dessen Brustpanzer ab.

Im gleichen Augenblick erwies sich diese Attacke als reines Ablenkungsmanöver. Die von Kroll'kar beidhändig geführte Kette zischte schmerzhaft über D'kohs Fühler hinweg und verfing sich in seinem Nacken. Mit Macht zog Kroll'kar seinen unerfahrenen Gegner wieder an sich heran.

»Hervorragende Taktik!«, ertönte es auf einmal vom Rand des Kampfplatzes.

Die beiden Kämpfer erstarrten in ihren Bewegungen.

Sie blickten beide gleichermaßen fassungslos in das imponierende Aufzeichnungsgerät, das Gla'Thal auf seinem Kopf befestigt hatte.

»Du … du Abschaum!«, knurrte Kroll'kar wütend in D'kohs Ohr. »Du hast es gewagt, einen Nachrichtenmann von unserem Handel zu informieren. Na warte, das kostet dich einen besonders schmerzhaften Tod. Egal, was für Konsequenzen das für mich haben wird!« Mit diesen Worten setzte er die Klinge des Rapiers direkt unter D'kohs linkes Auge.

»Nein, nein. Ich bitte Sie, werter Herr. Ihr nicht gerade standesgemäßer Gegner hätte es kaum gewagt, mich über dieses Ereignis hier zu unterrichten. Meine Informationen stammen von einem engagierten Kollegen, der selbst keine Zeit hatte, herzukommen.«

Kkiku'h, schoss es D'koh durch den Kopf. *Es kann nur Kkiku'h gewesen sein, aber seit wann arbeitet er mit einem so konservativen Nachrichtenmann wie Gla'Thal zusammen?*

»Nun, meine Herren, bitte lassen Sie sich von mir nicht stören«, bat Gla'Thal. »Ich will Sie nicht davon abhalten, sich gegenseitig umzubringen. Ich bin nur wegen der Bilder hier. Obwohl es schade ist um Sie, D'koh. Ich hätte Ihnen gerne noch ein paar Fragen gestellt. Wegen gestern ...«

»Was war gestern?«, fragte Kroll'kar verblüfft darüber, dass D'koh Gla'Thal bereits kannte. »Sie haben gelogen! Es war doch dieser schmutzige Abschaum hier, der Sie informiert hat. Nicht wahr?«

»Nein, nein«, wehrte Gla'Thal ab. »Es stimmt, was ich sagte. Die Angelegenheit von gestern hat mit dieser hier überhaupt nichts zu tun.«

D'koh hatte während dieser merkwürdigen Auseinandersetzung vorsichtig und unbemerkt die Spitze des Rapiers ein Stück zur Seite geschoben, mit dem ihm Kroll'kar das Auge ausstechen wollte. Noch immer standen sich beide eng aneinander gepresst gegenüber. Gleichzeitig balancierte er auf der Gla'Thal abgewandten Seite vorsichtig das spitze, panzerbrechende Schwert nach oben.

Und stieß mit einem kurzen Ruck zu!

Getroffen schrie Kroll'kar auf und warf mit einer schmerzerfüllten Geste sein Rapier in die Luft. Auch die Kette, mit der er D'koh umklammerte, ließ in ihrem Zug nach, sodass sich dieser unter seinem Gegner wegbücken konnte. Blitzschnell hatte er sich wieder in sichere Entfernung gebracht.

Kroll'kar drehte sich schmerzwinselnd im Kreis, und so konnte nun auch Gla'Thal das lange Schwert mit der panzerbrechenden Klinge sehen, das aus seinem Auge ragte. Es schwang mit jeder Bewegung hin und her, löste sich aber nicht aus der Wunde.

»Was du wolltest, kann ich schon lange«, murmelte D'koh.

Doch das Geschrei des Verletzten übertönte seine Worte.

Kroll'kar hatte inzwischen seine eigenen Waffen fortgeschleudert und fingerte mit allen Händen seiner Kampf- und Feinarme an dem verletzten Auge herum. Ein silberner Strom floss heraus und spritzte mit jeder Bewegung durch die Gegend. Kroll'kar war fast besinnungslos vor Schmerz, schrie und tanzte regelrecht herum und ließ vor allem nicht den Arzt an die Wunde heran, der auf den Kampfplatz geeilt war.

Dieser wandte sich jetzt wieder ab und ging zu D'koh. »Töten Sie ihn!« Er reichte D'koh das panzerbrechende Schwert, das Kroll'kar fallen gelassen hatte.

»Bin ich wahnsinnig?«, schrie D'koh. »Hier vor laufender Kamera?«

»Sie müssen. Er wird sonst an der Schande zugrunde gehen.«

»Mir egal!«, sagte D'koh. Er warf die Waffen voller Wut zu Boden und verließ mit großen Schritten den Kampfplatz.

Kurz hinter Gla'Thal blieb er noch einmal stehen. »Sagen Sie Ihrem Freund Kkiku'h, er soll ja nicht wagen, mir noch einmal unter die Augen zu kommen. Dann mach ich mit ihm das Gleiche wie mit dieser adeligen Missgeburt!«

»Langsam, langsam. Sie sollten ihm dankbar sein. Hätte er mich nicht informiert, wäre ich nicht hierher gekommen und Sie hätten nicht diese einmalige Chance bekommen …«

»Ach, tatsächlich«, brummte D'koh und ging endgültig, da er das Geschrei Kroll'kars nicht mehr ertragen konnte.

»Ja, tatsächlich«, rief ihm Gla'Thal nach. Aber D'koh war schon verschwunden. »Verdammt, ich wollte ihm doch noch ein paar Fragen stellen.«

***

Fast zeitgleich setzten die drei Landefähren der STERNENFAUST auf dem Raumhafen von Mantis VI auf.

Captain Dana Frost und ihre Truppe, die aus Mitgliedern ihrer Besatzung wie einer Gruppe Marines bestand, wurden von zwei Botschaftsangehörigen in Empfang genommen.

Sie stiegen in einige Großgleiter um und bekamen ihre ersten Mantiden zu sehen, die diese Fahrzeuge steuerten.

Während der kurzen Fahrt kamen sie an einigen typischen Gebäuden vorbei. Fast alle waren auf einer runden Grundform aufgebaut, die teilweise viele hundert Meter hoch aufragten. Dazwischen befanden sich großzügige, breite Straßenzüge, die immer wieder von kreisrunden oder ovalen Plätzen unterbrochen wurden. Die Bauten selber hatte man häufig mit Röhren miteinander verbunden. Manche der Röhren waren durchsichtig, sodass man die zwischen den Häusern hin und her huschenden Mantiden gut beobachten konnte.

In einiger Entfernung erhob sich ein vielfach ineinander verschlungener, gewaltiger Gebäudekomplex, von dem Dana wusste, dass es sich um den Palast von Königin Ggu'kha'tha handelte.

Die Botschaftsangestellten zeigten der STERNENFAUST-Gruppe die Sehenswürdigkeiten, an denen die Gleiter vorbeiflogen. Für die meisten aus Dana Frosts Truppe war es der erste Besuch auf Mantis VI.

Doch kaum bogen die Gleiter durch das große Tor in den weitläufigen Botschaftskomplex, spürte Dana Frost instinktiv, dass irgendetwas nicht stimmte.

Es waren vor allem die heftig miteinander diskutierende Gruppen von Mantiden, die zusammenstanden und – so viel kannte Frost bereits von der Art, wie diese Spezies ihre Gefühle auszudrücken verstand – emotional aufs Höchste erregt zu sein schienen.

»Sind dies alles Botschaftsmitarbeiter?«, fragte sie eine der Angestellten, die sie am Raumhafen in Empfang genommen hatten.

»Ja, Commander. Wir beschäftigen in den verschiedenen Abteilungen der Botschaft etwa dreihundert Mantiden. Dem gegenüber arbeiten nur knapp zweihundert Menschen hier.«

Zwischen den erregt debattierenden Gruppen rannten einzelne menschliche Mitarbeiter hin und her, offensichtlich um zu beschwichtigen.

»Warum die Aufregung? Was ist vorgefallen?«, fragte Frost.

»Ich weiß es nicht, Commander.«

»Dann sollten wir es schnellstmöglich herausbekommen.«

Die Gleiter stoppten vor dem Hauptgebäude, das in vielerlei Hinsicht einen Kompromiss zwischen den unterschiedlichen räumlichen Anforderungen von Mensch und Mantide darstellte. Sie stiegen aus.

»Seine Exzellenz, der Botschafter der Solaren Welten, Mr. Florian Hutter«, stellte die Botschaftsangehörige einen gut aussehenden Mann mit blonden Haaren vor. »Sir, darf ich Ihnen Commander Dana Frost und ihr Team von der STERNENFAUST vorstellen.«

»Danke, Martha«, erwiderte der Botschafter, »es ist mir eine Freude, Sie hier auf Qrrk'kk begrüßen zu dürfen. Verzeihen Sie, Commander, wenn ich alle Höflichkeitsfloskeln fallen lasse. Aber ich fürchte, Sie kommen gerade zur rechten Zeit.«

»Dann, Exzellenz, erzählen Sie mir doch, was vorgefallen ist«, sagte Dana trocken.

»Kommen Sie bitte mit in mein Büro, Commander Frost. Meine Mitarbeiter werden sich in der Zwischenzeit um Ihre Leute kümmern.«

Botschafter Hutter schloss sorgfältig die große, runde Tür seines Büros. Der Raum wie auch der Zugang waren für rein menschliche Verhältnisse etwas zu überdimensioniert, hielten sich aber nur Mantiden gleichzeitig hier auf, sah man rasch, warum die Botschaft so gebaut war.

»Es ist eine seltsame Sache passiert, deren Folgen ich noch nicht richtig einschätzen kann«, begann Hutter mit seiner Erklärung, nachdem Dana und er sich gesetzt hatten.

Frost sah den Botschafter aufmerksam an. Er war ein hochgewachsener Mann, der angesichts seiner Büroarbeit in ziemlich guter körperlicher Verfassung zu sein schien. Sein Alter schätzte Dana auf Ende Vierzig, sein schon schütteres, blondes Haar verbarg auf den ersten Blick, dass es bereits von zahlreichen grauen Strähnen durchzogen war.

»Eine Mitarbeiterin wurde vorhin entführt, deshalb die Aufregung«, fuhr Hutter fort.

»Oh. Weiß man schon, von wem und warum?«, fragte Dana.

»Vor unseren Augen ist es geschehen. Qua'la – so heißt die Mitarbeiterin ...«

»Eine Mantidin?«, unterbrach Dana Frost.

»Ja, eine hervorragende Mitarbeiterin. Sie stammt aus einer der ersten Familien am Platz. Das wird noch Kreise ziehen.«

»Erzählen Sie von Anfang an, Exzellenz.«

»Sie ist heute erst sehr spät zur Arbeit gekommen und hat ihren Gleiter draußen vor dem Gelände geparkt, so wie sie es immer macht. Einer unserer Wachleute wollte gerade das Tor für sie öffnen, da raste ein anderer Gleiter heran, bremste abrupt direkt neben ihr. Unser Wachmann dachte schon, er würde sie überfahren, so schnell war er, als er herankam. Dann sprangen zwei mit Blastern bewaffnete Mantiden heraus, stoppten sie und zwangen sie in den Gleiter zu steigen. Dann flog er in einer Steilkurve wieder davon. Das Ganze hat keine halbe Minute gedauert.«

»Und der Wachmann?«, fragte Dana.

»Was soll mit ihm sein? Er ist immer noch völlig schockiert. Das kann ich gut verstehen. Mir geht es ähnlich, obwohl ich es nicht mit ansehen musste. Solche Vorkommnisse sind völlig untypisch für die mantidische Gesellschaft.«

»Hat der Vorfall etwas mit dem Auftrag zu tun, wegen dem ich hierher geschickt wurde?« Diese Frage hatte sich Dana Frost eher selbst gestellt, da sie jedoch wusste, dass Botschafter Hutter die Unterstützung des Star Corps angefordert hatte, konnte sie die Frage laut aussprechen.

»Ich weiß es nicht, Commander. Bisher äußert jeder nur Vermutungen, aber mit denen werden wir bis hinauf in höchste Kreise konfrontiert.«

»Sie sagten, Qua'la stammt aus gutem Hause.«

»Ihre Familie ist direkt mit ihrer Majestät Ggu'kha'tha verwandt.«

»Dann liegt der Schluss nahe, dass die in meinem Auftrag erwähnten oppositionellen Kreise dahinter stecken«, sagte Dana.

Der Botschafter zuckte mit den Achseln. »Genau das vermutet jeder – und gleichzeitig streitet es jeder ab.«

»Kann denn der Wachmann die Entführer genauer beschreiben, hat er jemanden erkannt? Weiß er, um was für einen Gleiter es sich gehandelt hat? Hatte der Gleiter eine Kennung? Irgendeinen Anhaltspunkt wird es wohl schon geben. Haben sich die Entführer bereits gemeldet?«

»Das sind alles Fragen, die die mantidische Polizei natürlich auch gestellt hat. Um es kurz zu machen: nein, nein, nein. Der Wachmann war zu weit weg, um genauere Beschreibungen zu liefern. Andere Zeugen gibt es nicht. Die elektronische Kennung des Gleiters war gestört und … und …«, der Botschafter stockte, »die Entführer haben sich noch nicht gemeldet.«

»Dann würde ich gerne als Nächstes mit dem Wachmann reden«, sagte Dana.

»Kein Problem, ich rufe ihn«, antwortete der Botschafter und ging zu seinem Schreibtisch. Er drückte einen Knopf auf seinem Kom. Der Bildschirm flackerte auf und Dana konnte von ihrem Platz aus das Gesicht eines Mantiden darauf erkennen. »Gkasch'tar, würden Sie bitte in mein Büro kommen.«

Durch den Lautsprecher war deutlich zu hören, wie das in den Kom integrierte Translatorprogramm die Worte des Botschafters synchron in eine Abfolge klickender Laute übersetzte.

»Sofort, Exzellenz!«, ertönte jetzt die Translatorstimme aus dem Lautsprecher, während im Hintergrund das originale Klacken des Wachmanns zu hören war.

Nur wenige Minuten später betrat der Mantide das Büro.

»Was glauben Sie, wer hat Qua'la entführt?«, fragte Dana Frost ohne weitere Umschweife, nachdem der Botschafter sie einander vorgestellt hatte. Sie sprach den Namen wie »Karla« aus. Für dieses Gespräch benutzten sie einen auf dem Tisch installierten Synchrontranslator.

»Ich weiß es nicht, Commander. Ich kenne die Entführer nicht.«

»Sie haben länger mit der Polizei gesprochen, haben die denn schon eine Vermutung?«

»Ich … ich weiß nicht …«

Der Translator war ein sehr gutes Modell, denn er übertrug jedes Zögern und Zweifeln.

»Was haben sie gesagt, was sagen Ihre Kollegen?«, bohrte Dana nach.

»Fragen Sie sie doch selbst …«

»Nein, Gkasch'tar. Wir haben *Sie* hierher gebeten, also antworten Sie bitte dem Commander«, mischte sich der Botschafter in das Gespräch ein.

»Alle sagen, es wäre D'koh gewesen«, brach es schließlich aus Gkasch'tar heraus, »aber ich glaube es nicht. Ich kenne D'koh, er würde so etwas nie tun.«

Dana sah in das Gesicht Hutters, doch auch dort zeichnete sich nur ab, dass ihm dieser Name offensichtlich ebenfalls nichts sagte.

»Danke. Es wäre sehr freundlich, wenn Sie uns noch darüber aufklären könnten, wer dieser D'koh ist?«, bemühte sich Frost um größtmögliche Freundlichkeit.

Wieder übertrug der Translator zuerst ein paar Geräusche, die nur Unschlüssigkeit ausdrückten. Doch Gkasch'tar brauchte keine weitere Ermahnung mehr.

»Es ist etwas kompliziert«, begann er zögernd, doch Hutter wie Frost nickten ihm aufmunternd zu. Der Mantide schien die Geste zu kennen. »D'koh hat sich in Qua'la verliebt!«

»Das sollte doch nichts Schlimmes sein«, sagte Dana Frost.

»Doch, doch«, erwiderte Gkasch'tar, »D'koh ist ein einfacher Mann aus niedrigem Stand, Qua'la dagegen stammt aus …« Er zögerte.

»… bester Familie, ich weiß«, Dana seufzte. »Was glauben Sie?«

»Wie ich schon sagte, Commander. Er war es bestimmt nicht. Im Grunde weiß D'koh, dass seine Beziehung zu Qua'la nicht den Hauch einer Chance hat. Er ist ein netter Kerl. Er repariert Bildballons. Meinen hat er auch wieder hingekriegt.«

»Bildballons?«

»Das wichtigste Unterhaltungs- und Nachrichtenmedium hier auf Mantis VI«, erläuterte der Botschafter.

Dana nickte. »Wer war es dann? Stecken oppositionelle Gruppen dahinter?«

»Vielleicht, Commander«, die Klicklaute Gkasch'tars waren wesentlich leiser geworden und auch die Translatorstimme sank zu einem Flüstern herab. »Aber das werden Sie von offizieller Seite wie der Polizei nicht bestätigt bekommen.«

»Warum?«, fragte Dana erstaunt.

»Weil für Regierung und Polizei die Opposition nicht existiert. Bitte entschuldigen Sie meine offenen Worte, Exzellenz.«

»Genau die wollen wir hören, Gkasch'tar«, erwiderte der Botschafter.

»Exzellenz, wir müssen rauskriegen, ob die Polizei diesen D'koh schon verhaftet hat«, sagte Dana. »Wenn nicht, wäre es sicherlich nicht verkehrt, wenn wir zuerst mit ihm reden. Allein um auszuschließen, dass die Angelegenheit doch keine aus dem Ruder gelaufene Love-Story ist.«

Florian Hutter nickte. »Ich rufe meinen Assistenten. Er ist der Ortskundigste von uns allen. Er wird Ihnen helfen, und außerdem bitte ich Sie, Gkasch'tar, uns zu zeigen, wo wir möglicherweise diesen D'koh finden können. Begleiten Sie den Commander.«

Wenig später bestieg Dana Frost zusammen mit Taylor May, dem Botschaftsassistenten, und dem mantidischen Wachmann einen Gleiter. Ihr Ziel lag weit vom Botschafts- und Regierungsviertel entfernt. Gkasch'tar wies Taylor May, der das Gefährt flog, den Weg in eine der heruntergekommensten Gegenden der Hauptstadt. Dorthin, wo D'koh seine Werkstatt und Wohnung hatte.

Als der Gleiter endlich auf dem Platz niederging, den Gkasch'tar anwies, befanden sie sich in einem öden, abgelegenen Stadtteil, in dessen Straßen und auf dessen Plätzen sich niemand sehen ließ.

»Scheint eine ausgestorbene Gegend zu sein«, murmelte der Assistent des Botschafters.

Er war ein schlaksiger, nicht allzu großer junger Mann, der sein schulterlanges Haar im Nacken zu einem Zopf zusammengebunden hatte. Seine kleinen, beinahe wasserblauen Augen verrieten kaum, wohin er schaute. Nur die Fältchen in den Augenwinkeln sagten Dana Frost, dass es sich bei Taylor May um jemanden handeln musste, der gerne lachte.

»Hier drüben wohnt er«, klackte Gkasch'tar in den Translator und schritt auf ein konisches Gebäude zu, dessen grauer Putz an vielen Stellen brüchig geworden war.

»Hier ist das Schild seiner Werkstatt.« Der Wachmann wies auf eine Platte aus unbestimmbarem Material, deren Oberfläche durch die Witterung bereits ziemlich angegriffen war. Für menschliche Augen, waren die Erhebungen darauf kaum noch als mantidische Schriftzeichen erkennbar.

Das in fast allen Häusern auf Mantis VI übliche ovale Haustor schwang ohne Probleme auf. Es war unverschlossen.

»Ich befürchtete es«, sagte Taylor May, als er in den Hausflur eintrat.

»Was?«, fragte Dana.

»Eine kleine Kletterpartie gefällig, Commander?«

Der Assistent des Botschafters wies auf die steile, stufenlose Stiege, die nach oben führte. »Mantiden kommen hier problemlos hoch. Für Menschen ist das fast unmöglich.«

»Ich dachte, Mantiden verwenden Antigravlifts wie wir?«, sagte Dana.

»Aber nicht hier in dieser Gegend, Commander«, erwiderte Taylor May.

»Einen von Ihnen kann ich mitnehmen«, sagte Gkasch'tar.

Taylor May wich lächelnd einen Schritt zurück.

»Ladys first«, sagte er mit einer angedeuteten Verbeugung.

»Steigen Sie auf, Commander«, forderte Gkasch'tar sie auf.

Dana schluckte. »Sie meinen, ich soll auf Ihnen reiten?«

»Genau das meint er, Commander«, ermunterte May sie.

Nach einem kurzen Moment des Zögerns schwang sich Dana auf den Rücken des Mantiden.

»Geben Sie Acht«, rief der Botschaftsassitent lachend, »unser Freund ist kein Pferd. Halten Sie sich gut fest.«

»Das habe ich gemerkt«, erwiderte Dana, während sie versuchte, auf dem glatten Rücken Halt zu finden.

Schließlich umklammerte sie Gkasch'tars nach oben abgewinkelten Oberkörper. Gerade noch rechtzeitig, denn in diesem Moment begann er bereits die mehr als 50 Grad steile Stiege hochzuklettern, die in Danas Augen nur aus einer glatten Röhre bestand. Dabei bewegte er seine sechs kräftigen Beine mit einer Geschwindigkeit, dass der Bewegungsablauf kaum nachvollziehbar war.

Doch ebenso schnell war der Aufstieg schon wieder vorbei. Sie standen vor der sperrangelweit offen stehenden Tür zu D'kohs Wohnung. Dana verspürte eine seltsame Scheu, in eine private Unterkunft eines ihr unbekannten Mantiden einzudringen. Doch Gkasch'tar schritt ohne Zögern hinein. Dana, die inzwischen wieder von seinem Rücken heruntergerutscht war, ging hinterher.

Kurze Zeit später trafen sie wieder auf Taylor May, der vor der Haustür auf sie gewartet hatte.

»Niemand da«, sagte Dana knapp, »aber wir waren nicht die Ersten. Die Tür zu D'kohs Wohnung wie die zu seiner Werkstatt standen sperrangelweit offen und jemand hat alles gründlich durchsucht. D'koh wird sich freuen, wenn er die Bescherung sieht.«

»Polizei?«, fragte May.

»Wahrscheinlich«, antwortete Gkasch'tar, »aber sie scheinen ihn nicht gefunden zu haben.«

»Haben Sie eine Idee, wo er sonst noch sein könnte?«, fragte Dana.

»Vielleicht. Hier in der Nähe gibt es eine Selen-Station. Er hat mir mal erzählt, dass er dort gerne hingeht.«

Da in der Umgebung der Selen-Station die Straßen ungewöhnlich eng und viele Mantiden unterwegs waren, stellten sie den Gleiter ein Stück weit entfernt ab.

»Wir haben Glück«, klackte der Wachmann leise, als sie sich der Station näherten.

Er wies auf einen Mantiden, der auf Dana einen isolierten Eindruck machte, da er sich vor der Station von den anderen Mantiden fernhielt und mit niemandem sprach. Er stand unmittelbar an der Wand des wuchtigen Gebäudes, so als ob er ausprobiere, mit ihr zu verschmelzen. Unsichtbar zu werden …

Die Ankunft der beiden Menschen in Begleitung Gkasch'tars erregte ziemliches Aufsehen. Offensichtlich kamen Vertreter dieser befreundeten galaktischen Spezies so gut wie nie in Stadtteile wie diesen.

»Die meisten Mantiden kennen den Anblick von Menschen nur aus den Bildballon-Programmen«, sagte Gkasch'tar.

»Die wenigsten von ihnen haben unsereins schon mal leibhaftig zu Gesicht bekommen«, ergänzte Taylor May.

Der Wachmann steuerte direkt auf D'koh zu, der ihm ohne jegliche Regung entgegensah. Es war nicht auszumachen, ob er ihn wiedererkannte.

»Wir kommen gerade aus deiner Wohnung«, sagte Gkasch'tar.

Die wortlose Fühlerbewegung D'kohs erinnerte Dana Frost an ein Schulterzucken. Zunehmend kamen ihr die Mantiden etwas weniger fremd vor.

Inzwischen erinnerte sich D'koh wieder an den Wachmann. Die Tatsache, dass seine Wohnung und seine Werkstatt durchsucht worden waren, schien ihn kaum zu berühren. Es kam Dana – die die Gesprächsführung erst einmal dem Wachmann überließ – so vor, als beschäftige ihn ein derart schweres Problem, dass ihm solche Ereignisse im Vergleich dazu nichtig vorkommen mussten.

Schließlich sprach D'koh doch noch. Auf einmal löste er sich von der Mauer, es war ihm plötzlich sichtlich egal, dass rings herum mehrere Dutzend Mantiden standen und zumindest Teile des Gesprächs mitbekamen. Im Gegenteil, er schien es sogar darauf anzulegen, dass möglichst viele ihn hörten.

Er erzählte zuerst, dass er sich vor wenigen Stunden mit einem adeligen Traditionalisten in einem illegalen Duell schlagen musste und dass er diesen schwer verletzt hatte. Diese gefährliche Selbstbeschuldigung erregte die Aufmerksamkeit der Umstehenden, die unverhohlen das Ergebnis des Duells begrüßten.

Anschließend wechselte er jedoch das Thema und sprach von einer Demonstration Oppositioneller, die vor seinem Haus stattgefunden hatte. Jeder anwesende Mantide wusste, wovon er sprach.

Als er jedoch erzählte, dass die GP die Waffen, die sie angeblich bei den Demonstranten gefunden hatte, den Oppositionellen selbst untergeschoben hatte, herrschte auf einmal völlige Stille. Auch Dana, deren Translator synchron übersetzte, hielt den Atem an.

»Was kannst du uns zur Entführung Qua'las sagen?«, fragte sie D'koh.

Mit einem Mal richteten sich sämtliche Augen auf sie.

Auch D'kohs Gesicht schnellte zu ihr rüber. Die Gesichtsplatten der Mantiden konnten, das wusste sie, je nach Gefühlszustand vielerlei Farbmuster zeigen. Das hektische Flackern, das sich bei D'koh zeigte, signalisierte Dana Frost – auch ohne dass er etwas sagte –, dass dieser junge Mantide kaum etwas mit der Entführung zu tun haben konnte. Er war sichtlich schockiert und sprachlos.

»Das … was … was ist mit ihr …?«, stammelte es schließlich aus Danas Translator.

»Er scheint nichts davon zu wissen«, sagte Taylor May und wies Dana mit einer Handbewegung auf D'kohs Beine. Sie zitterten, wie auch seine Feinarme, nur die kräftigen Kampfarme hielt er so fest ineinander verklammert, dass sich die scharfkantigen Krallen knirschend in sein Chitin bohrten, ohne dass er es merkte.

»Erzählen Sie ihm alles, was er wissen muss«, wies Dana den Wachmann an.

Doch kaum hatte Gkasch'tar mit seinem Bericht begonnen, ertönte ein hektisches Klacken, das immer lauter wurde und sich näherte.

Die umstehenden Mantiden begannen sich rasch in die Seitenstraßen abzusetzen. Noch bevor der Gleiter zum Stehen kam, von dem dieses Geräusch ausging, war die Umgebung der Selen-Station bis auf die beiden Menschen, D'koh und den Wachmann wie ausgestorben.

Mehrere mit Kampfanzügen ausgerüstete Mantiden sprangen aus dem Gleiter, die Blaster im Anschlag. Als sie Dana Frost und Taylor May sahen, hielten sie kurz inne. Mit hektischem Klicken sprach einer von ihnen in ein Funkgerät.

Er war zu weit entfernt, um vom Translator verstanden zu werden. Doch Dana wusste genau, dass sich der Bewaffnete bei einem Vorgesetzten Anweisungen einholte.

»Geheimpolizei …«, flüsterte Taylor May in Danas Ohr.

Im nächsten Augenblick setzte die bewaffnete Gruppe unvermittelt ihren Weg fort. Ohne die beiden Menschen näher zu beachten, umzingelten sie D'koh und befahlen ihm barsch mitzukommen.

»Ihre Aussage wird gebraucht«, übersetzte der Translator bruchstückhaft.

Widerstandslos ließ sich D'koh abführen.

»Halt!«, rief Dana Frost laut und rannte hinterher.

Obwohl ihr Translator die Aufforderung übersetzte, hätten die GPs diesen Ausruf auch ohne Übersetzung verstanden. Sie stoppten tatsächlich und der Anführer der kleinen Gruppe, der mit seiner Zentrale gesprochen hatte, drehte sich um.

»Ja, bitte?«, antwortete er mit ausgesuchter Höflichkeit.

»Sie können diesen Zeugen nicht mitnehmen!«, verlangte Dana.

»Und warum nicht?«

»Er muss uns in die Botschaft der Solaren Welten begleiten! Wir brauchen ihn!«

»Er wird sie nirgendwohin begleiten …«, der Mantide stockte, dann entschlüsselte er ihre Rangabzeichen, »Commander. Es geht Ihnen doch auch um die Entführung ihrer Angestellten, nicht wahr?«

»Ja, um nichts anderes.«

»Nun, in dem Fall muss ich Sie darauf hinweisen, dass die Entführung nicht auf dem Gelände der Botschaft stattfand, sondern davor auf mantidischem Hoheitsgebiet. Es handelt sich mit anderen Worten um eine innermantidische Angelegenheit, die wir alleine regeln.«

Zähneknirschend musste Dana zugestehen, dass das nicht zu leugnen war.

Also versuchte sie es anders. »Sie haben recht, äh …«

Taylor May informierte sie: »Es handelt sich um einen Polizei-Sergeanten.«

»… Sergeant. Aber gestatten Sie uns wenigstens ein kurzes Gespräch mit ihm. Wir sind doch beide an der Aufklärung des Vorfalls interessiert, und ich verspreche, Ihnen sämtliche Erkenntnisse zur Verfügung zu stellen, die wir gewinnen.«

Dana war jetzt nahe an die Gruppe getreten und stand nun unmittelbar bei D'koh, der den Kopf hängen ließ und schwieg und auch nicht auf die kurze Berührung von Danas Hand reagierte.

»Das ist sehr freundlich von Ihnen, Commander«, antworte der GP-Sergeant. »Aber ich fürchte, das geht nicht. Ich habe meine Befehle. Los, alles einsteigen!«, befahl er seiner Gruppe und D'koh. »Wir machen es umgekehrt«, sagte er noch einmal zu Dana gewandt. »Wir teilen unsere Erkenntnisse umgehend der Botschaft mit.«

Dana schluckte wütend und wandte sich wortlos ab.

»Ich kann mir denken, wer für die Entführung Qua'las verantwortlich ist, aber euch werde ich es niemals sagen!«, schrie D'koh, als er in den Gleiter geschoben wurde.

»Was sollte dieser Vorstoß?«, fragte Taylor May sichtlich irritiert.

Dana schüttelte den Kopf und schwieg.

Der Gleiter der GP hob ab, nahm Fahrt auf und verschwand im Straßengewirr. Gkasch'tar, Dana und Taylor gingen zu ihrem eigenen Gleiter zurück …

***

»Und dann konnte es die GP nicht abwarten, bis wir wieder verschwunden waren«, beendete Dana ihren Bericht für Hutter und schüttelte den Kopf, »Sie wussten nicht, wie sie sich uns gegenüber verhalten sollten. Es war ja ein Glück, dass ich mich einigermaßen gut ausgerüstet mit Taylor May und Gkasch'tar auf die Suche begeben habe.«

Der Botschafter sah Captain Frost stirnrunzelnd an.

»An D'kohs Chitinpanzer klebt jetzt eine Nanosonde«, erklärte sie. »Ich hatte diesen kleinen Hybridsender eigentlich dafür vorgesehen, dass er uns – falls er tatsächlich der Entführer ist – zu dem Versteck geführt hätte, in dem man Qua'la gefangen hält. So aber nützt die Sonde uns immerhin, jederzeit zu wissen, wo er sich nun aufhält. Denn ich fürchte, egal, welche Rolle D'koh in diesem Zusammenhang auch immer spielt, wir werden ihn noch brauchen.«

»Wird die GP die Sonde nicht finden?«, fragte der Botschafter.

»Optisch auf keinen Fall, Exzellenz«, erwiderte Dana. »Dieses Teil ist so winzig, dass es nur unter einem Mikroskop erkennbar ist. Und ich glaube nicht, dass sie ihn so ausführlich scannen.«

»Aber was ist mit der abgehenden Funkspur?«

»Auch das sollte kein Problem sein. Der Sender wechselt zwischen den Frequenzen ziemlich wild hin und her, sodass man ihn nur dann findet, wenn man genau weiß, wonach man suchen muss.«

»Ausgezeichnet, Commander«, sagte Florian Hutter anerkennend.

***

Der nächste Vorfall ereignete sich kaum einen halben Tag später.

Dana Frost hatte nach einer kurzen Nacht beschlossen, das Frühstück zusammen mit Bruder William einzunehmen, da sie wusste, dass er neben ihr selbst die Verhältnisse auf Mantis VI am besten kannte und einschätzen konnte. Die Absprache der weiteren Zusammenarbeit schien überfällig zu sein.

Aber William kam nicht allein in den kleinen Speisesaal der Botschaft, wo die menschlichen Besucher und Angestellten ihre Mahlzeiten einnahmen. Mantiden nahmen ihre Mahlzeiten allein ein, da in ihrer Kultur öffentliche Nahrungsaufnahme als unfein galt. In Bruder Williams Begleitung betrat eine kaum einen Meter sechzig große, jugendlich wirkende Frau in Schwesterntracht den bis auf Dana leeren Raum.

»Das ist Schwester Janisa«, stellte William die zierliche Person vor. »Sie leitet die auf Mantis VI stationierte Abteilung der Christophorer.«

»Sehr erfreut, Sie kennenzulernen, Schwester Janisa.« Dana erhob sich, um ihr die Hand zu geben.

»Ganz meinerseits, Commander.« Schwester Janisa erwiderte ihren Händedruck mit einem überraschend kräftigen Druck und lächelte.

Unter ihrer Tracht verbirgt sich offensichtlich eine Frau, die nicht nur gut aussieht, sondern auch weiß, was sie will, dachte Dana.

»Schwester Janisa kennt die hiesigen Verhältnisse wahrscheinlich noch besser als seine Exzellenz, der Botschafter«, sagte Bruder William, als sie sich alle gesetzt hatten.

»Sie übertreiben schamlos, Bruder William«, erwiderte Janisa verlegen lächelnd.

Er rückt auffallend nah an Schwester Janisa ran, stellte Dana fest und musste sich ein leichtes Grinsen verkneifen.

Dabei sollte es ihr eigentlich herzlich egal sein, ob und wenn ja, was sich zwischen William und der Schwester entwickelte. Schließlich hatte man schon bei der Gründung des Christophorer-Ordens auf das Zölibat verzichtet. Trotzdem schwang genau diese Vorstellung unbewusst immer noch mit, wenn man Brüdern oder Schwestern der Christophorer begegnete. Mehr als zweitausend Jahre katholischer Tradition ließen sich nicht einfach in ein paar Jahrzehnten beiseite wischen.

Dana war ihrerseits froh, dass sie Lieutenant David Stein, der bei *ihr* für emotionale Irritationen sorgte, auf der STERNENFAUST zurückgelassen hatte.

»Wir sind Botschafter Hutter sehr zu Dank verpflichtet, dass er den Orden auf dem Botschaftsgelände untergebracht hat«, sagte Schwester Janisa.

»Nicht so bescheiden, Schwester«, erwiderte Dana. »Ich bin mir sicher, auch der Botschafter profitiert von dieser Regelung.«

»Das will ich meinen«, sagte William. »Schließlich ist Schwester Janisa der einzige Mensch, den ich kenne, der sich auch ohne Translator mit den Mantiden verständigen kann.«

»Bitte, William«, wehrte sie ab, »verständigen kann man das nicht nennen. Ich beherrsche gerade mal ein paar Höflichkeitsformeln und mehr wird es nicht werden, da menschliche Stimmbänder einfach nicht in der Lage sind, die Lautvielfalt und die Art der Laute nachzuahmen, wie sie die Mantiden erzeugen. Unmöglich!«

Die Sprachbegabung der Christophorer war legendär, aber dass sich Schwester Janisa auch mit der mantidischen Klicksprache abgab, nötigte Dana Respekt ab.

»Ich würde gerne von Ihnen etwas über die so genannte oppositionelle Bewegung erfahren, die sich hier auf Mantis VI gebildet hat, Schwester«, lenkte Dana das Gespräch schließlich in die Richtung, die sie haben wollte.

»Es gibt nicht nur *eine* Oppositionsbewegung, sondern sehr viele«, antwortete Janisa, nachdem sie einen Schluck aus ihrem Glas getrunken hatte, das mit echtem Orangensaft, importiert von der Erde, gefüllt war. »Das Grundmotiv ist aber bei allen gleich. Sie sind unzufrieden mit den verkrusteten gesellschaftlichen Verhältnissen, die der Masse der mantidischen Bevölkerung keine Aufstiegschancen bietet. Sie wissen über die Adelsschicht Bescheid, Commander?«

Es war nur eine rhetorische Frage, denn sie sprach sofort weiter. »Wer das Glück hat, als Adeliger geboren worden zu sein, dem steht eigentlich alles offen. Er kann es bis ganz nach oben schaffen in der Verwaltung, in der Forschung, in der Regierung, in der mantidischen Raumflotte … Wo auch immer. Mantiden aus nicht adeligen Familien ist solch ein Aufstieg nahezu unmöglich, egal wie begabt der Einzelne auch sein mag.«

»Sieht man denn in Regierungskreisen nicht, was einem da für ein Potenzial entgeht?«, fragte Dana nachdenklich.

»Manche Adeligen sehen das durchaus, man munkelt sogar, die Königin selbst und einige ihrer Berater wären höchst unglücklich mit der festgefahrenen Situation. Aber es gibt auch seit einiger Zeit eine Gegenbewegung. So genannte Traditionalisten, die alles daran setzen, selbst die jetzt schon erreichten kleinen Fortschritte wieder rückgängig zu machen.«

»Interessant«, sagte Dana nachdenklich, »dann sollte man diese Traditionalisten konsequenterweise auch als eine Art Opposition ansehen.«

»Das kann man mit der Sicht von außen, wie wir sie haben, durchaus so sehen. Innerhalb der mantidischen Gesellschaft jedoch wird sie kaum jemand so bezeichnen. Im Gegenteil, für die einfachen Mantiden verkörpern die Traditionalisten die Extremform der Regierung.«

»Dann vermittelt die eigentliche Regierung das, was sie tut, ihrem Volk nicht gerade gut. Aber wie auch immer, ich würde gerne einmal Vertreter dieser beiden Positionen kennenlernen. Ist das möglich?«, fragte Dana.

Schwester Janisa nickte. »Vertreter dieser unterschiedlichen Extrempositionen finden Sie manchmal schon in der gleichen Familie. In Qua'las Familie zum Beispiel: Ihr älterer Bruder ist ein bekannter Traditionalist, während ihr jüngerer Bruder für die Opposition und das einfache Volk und dessen Leben schwärmt.«

»Klassenromantik – auf beiden Seiten. Gut, ich möchte beide kennenlernen. Und umso besser, dass sie aus Qua'las Familie stammen.«

In diesem Moment stürmte Botschafter Hutter völlig aufgelöst in den Raum.

»Schon wieder eine Entführung!«, keuchte er noch völlig außer Atem.

Alle Augen wandten sich ihm zu.

»Wer?«, fragte Dana scharf.

»Taylor May, gerade eben, fast an der gleichen Stelle vor der Botschaft, wo gestern Qua'la entführt wurde. Und es geschah auf die gleiche Weise. Ein Gleiter hätte ihn fast in voller Fahrt gerammt und abrupt abgestoppt. Mantiden mit Blastern sprangen heraus und zerrten ihn ins Fahrzeug.«

»Wer ist Zeuge dieses Vorfalls?«, fragte Dana Frost, und die unterkühlte Stimme machte ihrem Namen alle Ehre.

»Ich. Ich habe es mit eigenen Augen mit ansehen müssen. Ich war starr vor Schreck. Wäre ich auf den Vorplatz gerannt, hätten sie mich möglicherweise niedergeschossen oder auch mitgenommen.«

»Wahrscheinlich Letzteres, Exzellenz«, sagte Dana Frost. »So wie wir Menschen die Mantiden nur schwer voneinander unterscheiden können, so erkennen sie uns umgekehrt mit Sicherheit auch nicht so leicht.«

Schwester Janisa nickte.

»Deshalb liegt die Vermutung nahe, dass Sie selbst entführt werden sollten«, fuhr der Commander fort. »Möglicherweise haben die Entführer unter den mantidischen Angestellten der Botschaft einen Informanten. Das müssen wir herausbekommen. Und Sie, Exzellenz, stehen ab sofort unter unserer ständigen Bewachung. Sergeant Olafsson von meinen Marines wird die Wachen einteilen.«

Dana Frost erteilte über ihr mobiles Interkom unverzüglich die notwendigen Befehle.

»Die Situation eskaliert, seit wir hier angekommen sind«, sagte sie schließlich. »Und es sieht so aus, als habe irgendjemand ein großes Interesse daran, die Solaren Welten in einen Konflikt mit einzubeziehen, der eigentlich nicht unsere Angelegenheit ist.«

Hutter nickte. Er hatte sich inzwischen etwas beruhigt.

»Und noch etwas«, sagte sie, »diplomatische Verhaltensweisen hin oder her: Kein Mensch bewegt sich ab sofort innerhalb und erst recht nicht außerhalb des Botschaftsgeländes mehr ohne die Begleitung eines Marines. Das gilt auch für Sie, Bruder William, und für Sie ebenfalls, Schwester Janisa. Damit meine ich auch die übrigen Christophorer.«

***

Während der kurzen Nachtruhe hatten sich alle Menschen in der Botschaft der Solaren Welten mit zusätzlichem Sauerstoff versorgt. Trotzdem spürte Dana Frost, dass ein längerer Aufenthalt auf Mantis VI schnell an die Substanz ging. Insgeheim bewunderte sie Botschafter Hutter und seine nicht von hier stammenden Mitarbeiter dafür, dass sie es so lange auf dieser trockenen, staubigen und für Menschen nicht gerade freundlichen Welt aushielten.

Das war eine ihrer Hauptsorgen angesichts der neuen, nochmals eskalierten Situation. Wie lange würde es Taylor May in der Hand seiner unbekannten Entführer aushalten, ohne regelmäßig mit Sauerstoff versorgt zu werden? Abgesehen von den anderen Bedürfnissen wie Essen und Trinken. Auch hierin unterschied sich der Mensch grundlegend vom Mantiden.

Das Wenigste an einheimischer Nahrung war für einen menschlichen Metabolismus zuträglich, und für Menschen lebenswichtige Flüssigkeiten wie Wasser nahmen Mantiden sowieso kaum zu sich.

Es war ihr auch vorher schon klar gewesen, aber diese Tatsachen verstärkten Dana Frosts Einsicht, dass sie handeln musste – und zwar rasch.

Da sie keinerlei Anhaltspunkte hatte, wohin die Entführer Qua'la oder jetzt Taylor May verschleppt hatten, brauchte sie dringend weitere Informationen: am besten von D'koh.

Es wurde ihr immer klarer, D'koh war der Schlüssel zu den Entführern.

Mit raschen Schritten hatte Dana Frost die Nachrichtenzentrale der Botschaft erreicht, ein streng abgeschirmter Raum, zu dem nur Botschafter Hutter und von ihm handverlesene Mitarbeiter Zutritt hatten.

Doch bevor sie die Zentrale betreten konnte, vibrierte ihr Kom. Sie blieb an einer Ecke des Gangs stehen und nahm das Gespräch an. Auf dem kleinen Display erschien das Gesicht Gkasch'tars, der wieder Dienst am Haupttor der Botschaft versah.

»Hier ist jemand, der Sie dringend sprechen will, Commander«, ertönte quäkend Gkasch'tars automatisch übersetzte Stimme.

»Wer?«, fragte Frost.

»Ein junger Stabsoffizier der mantidischen Raumflotte. Er heißt Klogg'ter und ist der jüngere Bruder von Qua'la. Er wird noch von jemandem namens Kkiku'h begleitet.«

Dana pfiff leise durch die Zähne. Den einen der beiden hatte sie ohnehin sprechen wollen. Das traf sich gut.

»Warten Sie, ich hole sie persönlich ab. Aber scannen Sie die beiden bitte noch auf Waffen.«

»Das ist bereits geschehen. Sie sind sauber.«

»In Ordnung, bis gleich.«

Fünf Minuten später saßen der junge Offizier und Kkiku'h zusammen mit Dana Frost und Botschafter Hutter in einem Besprechungsraum.

»Ich habe wirklich überhaupt nichts gegen die Romanze zwischen D'koh und Qua'la. Ich würde es sogar begrüßen, wenn sie ihn mit in unsere Familie bringt. Das wäre ein Zeichen, ein wichtiges Signal«, sagte Klogg'ter gerade auf eine Frage des Botschafters.

»Wofür ein wichtiges Signal?«, wollte Dana wissen.

»Das ist doch klar. Ein wichtiges Signal dafür, dass die verkrusteten Herrschaftsverhältnisse aufgeweicht werden. Dass auch normale Mantiden eine Chance bekommen. Deshalb halte ich es auch für unmöglich, dass irgendwelche oppositionellen Kräfte hinter der Entführung stecken. Sie läuft den Zielen und auch dem Bekenntnis zur Gewaltlosigkeit der Opposition zuwider. Sie können es nicht gewesen sein.«

Dana wunderte sich über die Offenheit des Offiziers, ihr Eindruck bestätigte aber das, was Schwester Janisa vorhin über Qua'las Bruder geäußert hatte.

»Haben sich alle Oppositionellen zur Gewaltlosigkeit bekannt?«, fragte Florian Hutter. »Mir sind da andere Informationen zu Ohren gekommen ...«

Es hatte etwas durchaus Menschliches an sich, wie sich der junge Mantide wand und herumdruckste.

Schließlich gab er zu: »Es gibt kleine radikale Grüppchen, die durchaus mit dem Gedanken an Gewalt spielen. Aber auch für die wäre eine solche Aktion eher schädlich.«

»Warum?«, wollte der Botschafter wissen.

»Wenn ich versuche, mich in deren Köpfe hineinzuversetzen, dann müssten die Radikalen eher an Aktionen gegen einflussreiche Traditionalisten interessiert sein. Damit könnten sie vielleicht Sympathien bei noch Unentschlossenen gewinnen – vielleicht! Kkiku'h kennt sie wahrscheinlich besser. Ich weiß es einfach nicht, deren Denken ist mir fast genauso fremd wie das der Traditionalisten. In der Flotte sind sie eine kleine Minderheit ...«

»Einer Ihrer Brüder gehört, wie man mir sagte, zu den Traditionalisten«, warf Dana ein.

Klogg'ter bejahte.

»Was hat Sie dazu bewogen, zu uns die Botschaft zu kommen?«, fragte sie endlich das, was ihr schon lange auf der Zunge lag.

»Ich will helfen, Qua'la zu finden. Ich mache mir große Sorgen um sie, mein Vater und meine Mutter auch.«

Sie wollte gerade die gleiche Frage an Kogg'ters Begleiter richten, der die ganze Zeit schweigsam gewesen war, als sich erneut Danas Kom meldete. Es war die Nachrichtenzentrale, die sie rief. Sie stand auf und trat vor die Tür des Besprechungsraums.

»Ich höre«, antwortete sie. »Ich wollte ohnehin gleich zu Ihnen kommen.«

»Das sollten Sie sofort wissen, Captain«, antwortete der Dienst habende Offizier, »das Signal entfernt sich gerade.«

»Wohin?«

»Der Sender hat Mantis VI verlassen ...«

***

D'koh hatte es schon die ganze Zeit vermutet. Jetzt im Andockschlauch, durch den ihn seine Wächter trieben, wurde seine Vermutung zur Gewissheit. Er hatte erstmals in seinem Leben die Oberfläche seiner Heimatwelt verlassen. Er war auf die einzig mögliche Art und Weise ins All gelangt, die für seinesgleichen vorgesehen war.

Als Gefangener.

Der Andockschlauch wies eine Reihe schmaler Fensterschlitze auf, durch die er den Blick auf die endlose schwarze Leere des Weltraums richten konnte.

»Trödel nicht rum!«, raunzte es bösartig hinter ihm.

Die ganze Zeit war er in einem fensterlosen Raum eingesperrt gewesen. Er hatte keine Ahnung, wohin man ihn brachte oder wo er sich gerade befand. Niemand hatte es für nötig befunden, ihm etwas zu sagen; keine Andeutung, keine Information, nichts. Es wollte aber auch niemand etwas von ihm wissen. Keiner der GPs, die ihn verhaftet hatten, hatte etwas gefragt oder ihn gar verhört.

D'koh ahnte, was das zu bedeuten hatte. Und er wusste in diesem Moment, als er einen kurzen Blick durch das schmale Fenster werfen konnte, dass die bösen Gerüchte, die man sich unten in den Selen-Stationen hinter vorgehaltener Hand erzählte, offensichtlich der Wahrheit entsprachen.

Neben der Schwärze des Alls und ein paar blassen, weit entfernten Sternen hatte er etwas davon erblickt, wohin man ihn durch den Andockschlauch brachte.

Den Teil des Schiffsinneren, den er gesehen hatte, als man ihn aus der kleinen Zelle herausholte, war ein moderner, sauberer Gang, blitzende Leuchtanzeigen, ein funktionierender Antigrav und eine riesige Halle mit zahllosen Gleitern gewesen. Sie hatten die Halle rasch auf dem Weg zur Schleuse durchquert, hinein in jenen Schlauch. Man hielt überall ein Minimum an Atmosphärendruck aufrecht, um sich ohne Funk verständigen zu können.

Das, was er also gerade verlassen hatte, war eines der modernen Schiffe der mantidischen Raumflotte. Das, was er nun betrat, war ein verrostetes, ausgeweidetes Wrack, das antriebslos durch die Schwärze des Alls taumelte.

Ja, die bösen Gerüchte waren tatsächlich wahr. Hierhin wurden all diejenigen abgeschoben, die in irgendeiner Weise irgendjemandem an den Schalthebeln der Macht gefährlich geworden waren. Man fing sie ein, verfrachtete sie ohne Anklage, ohne Prozess und ohne Urteil auf eines der vielen ausgemusterten Raumschiffwracks, die durch das Sonnensystem flogen. Dort überließ man sie ihrem Schicksal. Bestimmt befanden sich auf diesem oder einem der anderen Wracks auch die Mantiden, die vor seinem Haus demonstriert hatten.

Ein besseres Geheimgefängnis gab es nicht für die Geheimpolizei. Garantiert ausbruchssicher und nichts anderes als eine grausame Hinrichtungsmaschine. Denn dass man sich die Mühe machen würde, die Gefangenen mit Nahrung und Selen zu versorgen …

Dieser Illusion mochte sich D'koh nicht hingeben.

Doch er sollte sich in Bezug auf seine Person irren. Das, was man mit ihm vorhatte, sollte seine Vorstellungskraft sprengen …

***

»Wie bitte?«, fragte Dana Frost und konnte kaum einen Ausdruck des Entsetzens verbergen.

Dass der mantidische Strafvollzug seit langem auf ausbruchssichere Gefängnisse setzte, die im All in einer Umlaufbahn um Mantis VI kreisten, war allgemein bekannt. Schließlich hatte diese Art der Verwahrung Strafgefangener weit weg vom planetaren Leben sogar in bestimmten politischen Kreisen der Erde Bewunderer gefunden. Doch das Gerücht, dass die GP angeblich Gefangene in Raumschiffwracks unterbringt, schockierte selbst sie.

»Exzellenz«, sagte sie, »ich lasse einen Teil meiner Leute hier. Sie werden alles tun, um für die Sicherheit der Botschaft zu sorgen. Der Rest muss mit mir schleunigst zurück zur STERNENFAUST. Bitte fragen Sie mich nicht, was ich dort zu erledigen habe, ich würde es Ihnen – bei allem Respekt – nicht sagen.«

»Verstehe«, antwortete Hutter knapp. Ihm war klar, dass Frost etwas plante, was ihn möglicherweise kompromittieren könnte.

»Meinen mantidischen Kollegen nehme ich mit.« Dana zeigte auf Klogg'ter. »Es könnte nützlich sein, einen Offizier der mantidischen Raumflotte dabei zu haben. Sind Sie damit einverstanden?« Die letzte Frage richtete sich an Klogg'ter direkt.

»Natürlich, ich habe meine Hilfe *Ihnen* angeboten, nicht der Flottenaufklärung, nicht der Polizei und erst recht nicht der GP. Denn ich vermute, dass Sie etwas effektiver handeln werden.«

»Wollen wir es hoffen«, sagte Dana. »Aber ich warne Sie, es wird etwas eng. Unter Platzangst dürfen Sie nicht leiden.«

»Keine Sorge, das halte ich aus.«

»Gut, dann brechen wir sofort auf.«

»Ich würde auch gerne mitkommen«, meldete sich nun Kkiku'h.

»Und warum?«, fragte Dana gereizt.

»Ich kenne D'koh, und ich weiß, in welchen Schwierigkeiten er steckt. Wir«, er wies auf Kogg'ter, »sind uns schon häufiger begegnet, sonst hätte Kogg'ter mich nicht gebeten, ihn zu begleiten. Vor allem aber könnte ich nützlich sein, weil ich die mantidische Öffentlichkeit vertrete.«

Dana starrte ihn fragend an.

»Ich verbürge mich für Kkiku'h«, sagte Kogg'ter stattdessen. »Er ist ein unabhängiger Nachrichtenmann. Was immer geschieht, was immer wir herausbekommen, die Mantiden – alle Mantiden! – haben das Recht, es zu erfahren.«

Dana zuckte mit den Schultern. »Gut, dann wird's eben noch enger.«

Als wenig später die Landefähren vom Raumhafen abhoben, war es wirklich sehr eng in den Beibooten. Nicht nur weil ein ausgewachsener Mantide von zwei Metern Länge und entsprechender Höhe viel Platz brauchte, sondern auch weil Dana Frost – mit Ausnahme von fünf Mann unter Befehl von Corporal Kaharti – fast alle Marines wieder mit zurück zur STERNENFAUST nahm.

Sie waren mit drei Fähren auf Mantis VI gelandet, eine davon ließen sie jetzt zurück. Es kam Dana so vor, als hörte man es dem Donnern der Triebwerke an, dass L-1 und L-2 deutlich überlastet waren. Das war natürlich eine Täuschung. Doch kaum hatten sie das unmittelbare Schwerkraftfeld des Planeten verlassen, klangen sie wieder normal.

Captain Frost hatte schon vor ihrem Start die STERNENFAUST per Funk aufgefordert, die weiter außen im System von Beta Pictoris angewiesene Parkposition zu verlassen und ihnen entgegenzukommen.

Sie benötigte die Ortungsgeräte der STERNENFAUST, um das schwache Signal des Nanosenders aufzufangen.

Die Zeit, bis sie endlich im Hangar der STERNENFAUST andocken konnten, verging in zäher, nervenaufreibender Langsamkeit. Alle verfielen in tiefes, brütendes Schweigen und hingen düsteren Gedanken nach.

Doch auch diese Prüfung in Geduld ging an ihnen vorüber.

Die beiden Landefähren schwebten in mustergültigem Kurs durch die weit geöffneten Tore des Hangars, die unmittelbar nach ihrem Eintreffen wieder geschlossen wurden. Ungeduldig wartete Frost die letzten Sekunden ab, bis die rote Signallampe erlosch und ein grünes Licht anzeigte, dass der Hangar wieder mit Luft geflutet war. Sie eilte aus der Fähre und rief noch im Forteilen Sergeant Olafsson zu, sich um Klogg'ter und Kkiku'h zu kümmern.

Sekunden später stürmte sie grußlos auf die Brücke.

»Haben Sie das Signal, Lieutenant Stein?«, rief sie noch außer Atem. Natürlich hatte sie ihrem Ortungsoffizier die Frequenzdaten noch vor ihrem Abflug per Funk durchgegeben.

»Aye, Ma'am«, sagte er grinsend und zeigte auf das schwache Blinken vor ihm auf dem Display.

»Können Sie mir sagen, wo das ist?«

»Schwierig, Captain. Vorhin konnte ich noch deutlich die typische Strahlungsquelle eines schnellen, mantidischen Kreuzers ausmachen. Das heißt, der Sender war dort an Bord. Aber diese Quelle hat vor einiger Zeit abgedreht und jetzt ist da nur noch das Sendesignal.«

»Und das bedeutet …?«

»Es sieht fast so aus, als hätte man den Sender und damit wahrscheinlich auch den Träger des Senders im All ausgesetzt.«

Die Gerüchte, die sie in der Botschaft gehört hatte, hatte sie natürlich noch nicht vergessen. »Kann es sich auch um ein Raumschiffwrack handeln?«

»Sicher, wenn man vorher sämtliche Triebwerke und andere Energiequellen ausgebaut hat.«

»Lieutenant Santos«, sagte Frost an den Ruderorfizier gewandt.

»Ma'am.«

»Nehmen Sie Kurs auf die Senderquelle!«

»Aye, Ma'am«, erwiderte er.

»Äh, Captain …«, bat David Stein um Aufmerksamkeit.

»Ja, Lieutenant?«

»Ich erhalte gerade vom automatischen Navigationssystem die Meldung, dass die Koordinaten nicht angeflogen werden dürfen.«

»Eine automatische Ansage?«, vergewisserte sie sich.

»Ja, aber es ist kein militärisches Sperrgebiet.«

»Ignorieren.«

»Aye, Captain.«

Tong zog die Augenbrauen hoch, sagte aber nichts.

Wenig später erfuhr Frost auch, warum der Sektor offiziell gesperrt war.

»Es handelt sich um einen elliptischen Streifen, eine Umlaufbahn um Beta Pictoris«, berichtete ihr Erster Offizier, der kurz recherchiert hatte. »Dort wird Weltraummüll entsorgt.«

»Wracks von Raumschiffen?«, fragte Dana mit finsterer Miene.

»Wracks, Wrackteile, radioaktiver Abfall, alles Mögliche«, antwortete Tong.

»Lieutenant Stein, können Sie das bestätigen?«

»Jawohl, Captain«, antwortete der Ortungs- und Kommunikationsoffizier. »Und wie Sie vermutet haben, befindet sich am Zielpunkt ein ziemlich ramponiertes Wrack. Es ist ein Wunder, wenn da im Innern noch atmosphärischer Druck herrscht.«

Frost nickte nachdenklich. »Ich gehe mit Sergeant Olafsson und fünf Marines von Bord. I.O., Sie haben die Brücke.«

Tong versuchte nicht einmal, Widerspruch einzulegen. »Aye, Ma'am.«

***

Als sich Dana Frost zehn Minuten später im Hangar einfand, trug sie einen Raumanzug.

Die sechs Marines erwarteten sie in ihren schweren Panzeranzügen, die unter anderem weltraumtauglich waren.

»Sind jetzt auf Parallelkurs und nähern uns an, Captain«, klang Tongs Stimme aus ihrem Helmlautsprecher.

»Gut.« Sie wandte sich an die bereit stehenden Marines. »Ich habe keine Ahnung, was uns da drüben erwartet. Unsere Aufgabe ist eine Befreiungsaktion. In diesem Wrack befindet sich mindestens ein Gefangener. Wahrscheinlich sogar mehrere Häftlinge, die illegal dort festgehalten werden. Wir verfügen nicht über Informationen, ob sie bewacht werden.«

Olafsson schaltete sich ein. »Ihr wisst also, dass ihr euch auf Überraschungen einstellen müsst. Wir wollen keinen Ärger, aber wir gehen nicht ohne die Gefangenen.«

»Captain«, wurde sie von ihrem Ersten Offizier benachrichtigt, »unsere Annäherung an das Sperrgebiet ist nicht unbemerkt geblieben.«

»Dachte ich mir«, sagte Frost. »Vertrösten Sie sie.«

»Okay, ich werde mich für das Versehen entschuldigen. Navigationsfehler. Und wenn die weiternerven, fällt mir schon was ein. Viel Erfolg.«

»Danke, I.O.«, sagte sie und meinte nicht nur die guten Wünsche.

Geplant war, dass an Bord der L-1 Olafsson mit seinen Marines die Vorhut bildete. Die Mantiden sollten mit Dana Frost im zweiten Shuttle folgen. Doch bevor die Einstiegsluke geschlossen wurde, drängte Kkiku'h seinen chitingepanzerten Leib mit hinein.

»Was soll das?«, verlangte Frost zu erfahren.

»Sollen wir ihn wieder rausschmeißen, Captain?«, fragte Olafsson durchs Helmkom, doch die Luke war bereits geschlossen.

»Ich will die Aktion von Anfang an aufzeichnen, Commander«, ertönte die Translatorstimme Kkiku's. »Bitte …«

»Verdammt, wir haben keine Zeit mehr«, beschloss Dana. »Start!«

Die L-1 schwebte aus dem geöffneten Schott der STERNENFAUST. Das Wrack, das sich jetzt nur noch in einigen Kilometern Abstand befand, war deutlich zu sehen. Die löchrige und zerbeulte Oberfläche funkelte in den schwachen Strahlen von Beta Pictoris.

Lieutenant Stein meldete sich.

»Was gibt's, Ortung?«

»Hinter dem Wrack, fast im Ortungsschatten befindet sich ein Schnellboot der Mantiden. Es ist am Wrack angedockt. Die Triebwerke sind ausgeschaltet, deshalb habe ich es erst jetzt …«

Dana unterbrach ihn. »Olafsson! Haben Sie die Meldung der Ortung verstanden?«

»Jawohl, Captain.« Er wandte sich an seine Männer. »Wir müssen uns darauf einrichten, dass wir bereits erwartet werden.«

Einer der Marines grunzte: »Wäre sonst ja auch langweilig.«

Dana vermutete, dass es sich um Takashi gehandelt hatte. Dabei lief es ihr heiß und kalt den Rücken hinunter. Man hatte sie wegen ihrer angeblichen diplomatischen Fähigkeiten hierher geschickt. Doch das, was sie jetzt gerade anzettelte, lief auf eine handfeste diplomatische Krise hinaus.

Was mache ich hier?, fragte sie sich selbst.

»Ortung«, bellte sie über Funk, »ich denke, das Schiff, das D'koh hier ausgesetzt hat, ist wieder beigedreht?«

»Captain, das Schiff, das am Wrack hängt, ist ein viel kleineres, aber auch sehr viel schnelleres als der vorhin geortete Raumkreuzer. Es muss schon eine ganze Weile hier sein. Deshalb konnten wir es nicht orten.«

»I.O., wir starten sofort mit der L-2«, beschloss Dana. »Klogg'ter ist Offizier, das könnte nützlich sein.«

Jetzt kommt es sowieso nicht mehr drauf an, dachte sie und verdrängte den Gedanken, was wohl geschehen würde, wenn einem der beiden Mantiden etwas geschah …

***

Vor ihr legte die L-1 an einer noch gut erkennbaren, ehemaligen Andockstation des Wracks an.

Dana Frost machte sich ebenfalls bereit für den Ausstieg.

Die Mantiden benötigten zwar keine Atemluft. Dennoch trug Klogg'ter – ebenso wie Kkiku'h – einen weltraumtauglichen Schutzanzug, der ihn gegen Kälte und Dekompression schützen sollte. Sie stammten aus den Beständen der Botschaft und waren eigentlich für deren Mitarbeiter gedacht.

»Im Wrack existieren noch einige Bereiche mit Restatmosphäre«, tönte Olafsson in Danas Helmlautsprecher. »Mit der Restwärme können Mantiden wohl eine Zeit überleben. Hier ist jedenfalls eine funktionstüchtige Schleuse.«

»Funktionstüchtig? Wir haben keine Energie angemessen …«, erwiderte Frost.

»Jawohl, funktionstüchtig, Captain. Diese Schleuse wird per Hand bedient.«

»Per Hand?«

»Na ja, mantidische Hände. Ich bin froh, dass wir Kkiku'h dabei haben. Er hat die Funktionsweise nämlich sofort erfasst. Allein stünden wir wohl immer noch davor und würden rätseln, wie das hier funktioniert. Ah, er bekommt sie auf … Oh, verdammt!«

»Was ist, Sergeant?«

»Mit jedem Öffnen der Schleuse entweicht etwas von der Atmosphäre des Wracks in den Weltraum. Sie wird nicht beim Öffnen ins Innere zurückgepumpt.« Er atmete hörbar durch. »Wir gehen jetzt rein.«

»Warten Sie, bis wir angelegt haben, dann gehen wir gemeinsam rein. Ist die Schleuse groß genug?«

»Aye, Captain, sie wurde für Mantiden gebaut.«

Die L-2 dockte oberhalb der L-1 an.

Frost und Klogg'ter hangelten sich durch die Schwerelosigkeit, um ebenfalls die offen stehende Schleuse zu erreichen.

»Irgendetwas gesehen, gehört?«, fragte Dana den Sergeant.

»Nichts, Captain. Wenn nicht das Nanosignal wäre, könnte man glauben, dass auf diesem Wrack keine Maus mehr lebt.«

»Schließt das äußere Schott.«

Dana Frost war sich des Risikos voll bewusst. Sie schwebten in der Schwerelosigkeit der Schleuse wie auf einem Präsentierteller, frei zum Abschuss. Die Marines waren gepanzert, aber sie selbst und die Mantiden …

Sie spürte, wie ihr Amulett – die verformte Kugel – auf ihrer Haut regelrecht zu brennen begann und der Gedanke: *Bedenke, dass du sterblich bist!* wie ein Schmiedewerk in ihrem Kopf hämmerte.

Es nützte nichts, sie hatte keine andere Wahl, wenn sie ihr Ziel erreichen und D'koh befreien wollte. Er war der einzige Schlüssel, den sie besaß, um irgendetwas für die Entführungsopfer zu tun. Sie musste alles riskieren für eine minimale Chance.

Plötzlich fühlte sie sich sanft gepackt.

»Verzeihung Ma'am«, sagte Takashi, der sie hinter sich schob. »Bitte bleiben Sie zurück.«

»Alle Lampen aus und inneres Schott öffnen«, befahl Olafsson mit eiskalter Ruhe.

Auch das innere Schott musste per Hand bewegt werden. Einige, den kräftigen Klauen der mantidischen Kampfarme angepasste Hebel wurden umgelegt und zwei mit entsprechenden Griffmulden versehene Räder mussten unter Einsatz größtmöglicher Körperkraft gedreht werden. Zischend drang die kostbare Atmosphäre des Wracks in die Schleuse. Diese Restatmosphäre war der einzige Schutz vor der tödlichen Kälte des Alls.

Hinter dem sich öffnenden Tor blickte Dana in die gähnende Leere eines dunklen Gangs.

»Scheinwerfer an!«, sagte Sergeant Olafsson nach einem Moment und aktivierte einen starken Strahler.

Seine Marines taten es ihm gleich.

Kann es sein, dass uns noch kein Schwein bemerkt hat?, überlegte Dana.

Der Gang, der von der Schleuse ins Innere des Schiffs führte, war leer. Einige Kabelbäume ragten funktionslos aus der Wand, an der an vielen Stellen die ursprüngliche Verkleidung herausgerissen worden war.

Zwei Marines hechteten im Gleitflug in den Gang und leuchteten auch die Seitengänge aus. Dann schalteten sie die Magnetsohlen ihrer Kampfanzüge ein und klackten an Metallstreben fest. Es sah bizarr aus, einer ragte waagerecht in den Gang hinein, während der andere aus Frosts Sicht kopfunter an der Decke hing.

»Nichts zu sehen, Sergeant«, meldete der eine.

Olafsson richtete sein undurchsichtiges Visier auf Dana. »Captain?«

Sie nickte. »Weiter!«

Die Erstarrung, die sie und den Rest ihrer Truppe gepackt hatte, löste sich ein wenig. Mit aktivierten Magnetsohlen bewegten sie sich gegenseitig sichernd durch den Hauptgang.

Ein Teil der Marines – eigentlich alle außer Takashi, der ihr nicht von der Seite wich – waren gut zwanzig Meter vor ihnen. Sie leuchteten in jeden abzweigenden Gang und öffneten eine Tür nach der anderen, die in irgendwelche Räume führten. Das Schiff wirkte wie ausgestorben.

Doch dann …

»Captain, hier!« Olafsson stieß seine Meldung mit einem zischenden Laut hervor. »Ich fürchte, hier ist, was sie suchen …«

Dana eilte, so schnell es mit magnetischen Sohlen ging, auf Olafsson zu. Einen Moment später wusste sie, was der Sergeant meinte.

Im Boden des Hauptgangs befand sich eine kreisrunde, gut zehn Meter im Durchmesser große Öffnung zu einem unterhalb liegenden Raum, der jetzt von dem gleißenden Licht der Handstrahler und Helmlampen beleuchtet wurde.

Dort befanden sich bestimmt zwanzig, wenn nicht noch mehr Mantiden, die sich in einer Ecke zu einem grausig aussehenden Knäuel verflochten hatten. Einige schienen noch zu leben. Andere waren offensichtlich tot, denn einige ihrer Beine und Arme waren abgerissen und trieben als leere Chitinhüllen um die Mantidengruppe herum, die sich auf engsten Raum zusammendrängte, um sich gegenseitig mit ihrer Körperwärme vor dem endgültigen Erstarren und Erfrieren zu bewahren.

»Bei allen geflügelten Himmelsboten«, klackte es aus dem Translator, den Kkiku'h am Hals trug.

Trotz seiner sichtbaren Erschütterung hielt er sein kleines Aufzeichnungsgerät fest in der Hand und schwenkte es mit einer unheimlichen Ruhe über eine Szene des Grauens, die er und Klogg'ter sofort begriffen und die sich den Menschen erst nach und nach erschloss.

Aus Selenmangel hatten die bedauernswerten, hier ausgesetzten Gefangenen nach und nach die Körper ihrer an Entkräftung gestorbenen Leidensgenossen aufgerissen und ausgesaugt.

Das *ist Kannibalismus, zu dem diese Wesen gezwungen wurden,* schoss es Dana durch den Kopf und erschauerte.

Dann gewann die Wut über die eigentlichen Urheber die Oberhand. Doch auch dieses Gefühl ließ sie nicht hoch kochen, sie zwang sich vielmehr zu äußerster Ruhe.

»Sergeant, beginnen Sie mit der Evakuierung«, befahl sie. »I.O., hören Sie mich?«

»Aye, Ma'am.«

»Nehmen Sie Kontakt mit der Botschaft und den mantidischen Gesundheitsbehörden auf. Übermitteln Sie die Bilder aus unseren Helmkameras und schildern Sie unseren Fund. Die Sache wird jetzt offiziell. Fordern Sie Verstärkung an. Wahrscheinlich befinden sich noch weitere Gefangene auf anderen Wracks …«

»Commander«, sagte Klogg'tar, »D'koh ist nicht dabei.«

»Okay, wir …«

»Captain!«, ertönte auf einmal David Steins Stimme in Danas Helmlautsprecher. »Der mantidische Schnellraumer fährt die Maschinen hoch.«

»Die wollen abhauen«, sagte Dana. »Das müssen wir verhindern. Olafsson, Sie kümmern sich um die Mantiden! Klogg'tar, ich brauche Sie jetzt. Bitte begleiten Sie mich. L-1 übernimmt die Evakuierung, L-2 nehmen wir.«

Dana Frost deaktivierte die Magnetsohlen, stieß sich kräftig ab und schoss zurück zur Schleuse. Noch unterwegs sah sie, wie ein großer Schatten seitlich an ihr vorbeizog. Klogg'tar erreichte als Erster die Schleuse, dann Frost und Takashi, der ihr folgte wie ein Schatten.

Er wollte schon das innere Schott zudrehen, da drängte sich Kkiku'h noch hinein.

Die L-2 legte ab.

Sie war viel näher an dem Schnellraumer als die STERNENFAUST, deshalb wollte sie das Schiff mit der Landefähre stoppen. Die L-2 ließ sich relativ stark beschleunigen.

Sie tauchte um den ausgeweideten Leib des Wracks herum und schob sich mit einer eleganten Drehung über den kleinen, hantelförmigen Schnellraumer, der trotz seiner Wendigkeit seine Antriebsaggregate noch nicht zu einer ausreichenden Betriebstemperatur hochgefahren hatte, um überhaupt ablegen zu können. Mit der weiter entfernten STERNENFAUST hätte der mantidische Raumer zwischen den Trümmerteilen und Wracks, die hier überall herumflogen, eine Chance zur Flucht gehabt. So jedoch nicht.

Im Gegensatz zu dem Wrack besaß der Schnellraumer standardisierte Andockstationen. An der erstbesten machte Crewman Wredan, der Pilot der L-2, kurzerhand fest.

»Ich gehe vor, Captain«, sagte Takashi bestimmt.

Dana gab ihm angesichts seines massiv gepanzerten Kampfanzugs widerspruchslos den Vortritt.

Zischend öffnete sich das automatische Zwischenschott. Wieder betraten sie ein scheinbar leeres Schiff. Allerdings war das Anlaufen der Triebwerke deutlich zu hören.

»Zur Brücke!«, befahl Dana.

Sich nach allen Seiten absichernd rückten die beiden Menschen und die zwei Mantiden vor. Im den mantidischen Größenverhältnissen angepassten Kommandoraum wurden sie allerdings bereits erwartet.

»General Krqu'tghul!« Der Translator Klogg'ters brachte das Erstaunen in der Stimme des jungen Stabsoffiziers rüber. Und einen Moment später: »Da ist Qua'la …«

»General Krqu'tghul ist der oberste Befehlshaber der GP«, ergänzte Kkiku'h an Frost gewandt.

»Still! Dorthin, Sie alle! Waffen weg!«, herrschte der als General Angesprochene die vier Eindringlinge an. Er hatte zwar keinen Translator, aber er sprach so laut, dass die beiden tragbaren Geräte von Kkiku'h und Klogg'ter synchron mitübersetzten.

Er hielt einen Blaster in der Hand, mit dem er wie ein schlechter Dirigent herumfuchtelte. Von der Waffenüberlegenheit Takashis nahm er keine Notiz. Dana erkannte auch sofort, warum. Zum einen waren noch vier weitere Blaster auf sie gerichtet. Die uniformierten Mantiden, die sie hielten, hatten sich sorgfältig postiert. Ohne Verluste waren sie kaum auszuschalten.

Wichtiger als das war noch etwas anderes. Seitlich neben dem General befanden sich zwei Geiseln. Dana erkannte den Menschen sofort – Taylor May. Bei der Mantidin daneben handelte es sich um Qua'la, Klogg'ter hatte es gesagt. Beide waren mit Magnetschellen gefesselt und standen zur Unbeweglichkeit verdammt im Raum.

»Sie sehen, was die Fesseln mit unseren Gefangenen machen?«, schnarrte der General.

Das kleine Steuergerät in der Feinhand des Generals sprach eine deutliche Sprache. Ein Knopfdruck und die Kraft auf den Fesseln würde sich so erhöhen, dass die Mantidin zerquetscht würde, so wie ein Nussknacker eine Walnuss knackt. Über die Auswirkungen der Fesseln auf Taylor May wollte Dana Frost nicht näher nachdenken.

»General«, sagte sie bestimmt und aktivierte ihren Translator zu voller Lautstärke. »Sie können nicht mehr gewinnen. Inzwischen weiß jeder Mantide über ihre Machenschaften Bescheid. Geben Sie auf!«

»Still, wer hat Ihnen erlaubt, etwas zu sagen? Wenn jemand redet, dann ich!«

»General, machen Sie sich nichts vor. Sehen Sie diesen jungen Mantiden dort? Er hat alles aufgezeichnet, was wir an Schrecken auf dem Wrack gefunden haben. Schrecken, den offensichtlich Sie zu verantworten haben. Er zeichnet auch jetzt auf und alles wird automatisch an seine Sendezentrale gefunkt, die diese Bilder in diesem Augenblick an alle Bildballons ihrer Welt sendet. Viele Millionen sehen ganz genau zu, was Sie jetzt gerade tun und wie Sie sich verhalten. Sie können es mir ruhig glauben, General. Sie haben verloren!«

»Ruhe! Sie sollen still sein. Unsere Idee verliert niemals.«

»General. Ich bin Commander Frost, Captain der STERNENFAUST, Leichter Kreuzer des Star Corps. Die Mantiden und wir sind Verbündete. Wie sieht es da aus, wenn Sie meine Leute und diejenigen, die sich unter meinen Schutz gestellt haben, mit der Waffe bedrohen? Können Sie das mit Ihrer Ehre vereinbaren? Mit Ihrer Treue zur Königin? Mit der Pflicht, die Sie Ihrem Volk schulden?«

»Mein Volk, pah!« Wenn der General hätte ausspucken können, er hätte es wohl getan. »Das verkommene Pack erkennt die wahren Werte nicht mehr an! Der Adel muss sich gegen dieses Volk wehren, bevor der gemeine Pöbel alle Werte mit Füßen tritt!«

»Captain«, drang in diesem Moment Michael Tongs Stimme aus Danas Helmlautsprecher, »legen Sie mich bitte auf Ihren Außenlautsprecher und den Translator.«

Frost zögerte nur einen Moment. »Ok, I.O., legen Sie los!«

»Hören Sie General, Sie sehen mich nicht, weil ich mich auf der Brücke der STERNENFAUST befinde, aber ich kann Sie über die Helmkamera meines Captains ganz gut erkennen. Ich bin Lieutenant Commander Michael Tong, der Erste Offizier von Captain Frost. Ich möchte Sie nur bitten, General, dass Sie mal einen Blick auf Ihre Instrumente werfen. Dann werden Sie nämlich sehen, dass Sie im Schussfeld unserer Gauss-Kanonen liegen, die feuerbereit sind. Sollten Sie Ihren Geiseln, Kkiku'h, Klogg'ter, dem Sergeant und dem Captain irgendetwas antun, entfällt für mich jeder Grund, nicht auf Ihr Schiff zu schießen. Und Sie wissen genau, dass Sie das nicht überleben, General.«

»Ha! Glauben Sie Schwätzer im Ernst, Sie könnten mich einschüchtern? Nein, Sie werden uns den Weg freigeben und zwar sofort, sonst bringen wir nämlich ganz langsam einen *nach* dem anderen um. Verstanden?«

»General«, erwiderte Tong mit erstaunlich ruhiger Stimme, »Sie haben mir nicht zu Ende zugehört. Ich bat Sie, werfen Sie einen Blick auf Ihre Instrumente. Sie sind nicht nur in unserem Schussfeld. Von Mantis VI nähert sich mit hoher Geschwindigkeit eine kleine Armada mantidischer Kreuzer. Und glauben Sie mir, die wollen Sie nicht raushauen, die wollen Ihren Kopf ...« Tongs letzte Worte vermischten sich mit einem schleifenden, schlitternden Geräusch.

Als sich der General tatsächlich leicht zur Seite drehte, um auf die Instrumente zu sehen, stieß sich Dana Frost kräftig ab und schoss knapp über dem Boden auf General Krqu'tghul zu. Sie prallte gegen sein vorderes Beinpaar und nutzte den Aufprall, um ruckartig ein Stück nach oben zu kommen. Gerade ausreichend, um dem General die Fernbedienung für die Magnetfesseln aus der Hand zu schlagen …

Aber nicht, um ihm auch noch den Blaster zu entwinden. Aus den Augenwinkeln sah sie, dass die Fernbedienung quer durch den Raum flog. Mit einer eleganten Bewegung fing Klogg'ter sie auf.

Doch in diesem Moment spürte sie, dass ein stahlharter Kampfarm sie umfasste und zu zerquetschen drohte. Auch die beiden Feinarme des Generals waren kräftiger, als sie gedacht hatte, und hielten sie ebenfalls gepackt. Am schlimmsten aber war die Mündung seines Blasters, die sich auf einen Punkt etwas oberhalb ihrer Augen zubewegte.

Der General presste ihr die Mündung auf die Stirn und – drückte ab!

Im gleichen Augenblick spürte Dana eine heftige Erschütterung. Qua'la, gerade von Klogg'tar mithilfe der Fernbedienung aus ihren Fesseln befreit, stürzte sich auf den General.

Frost griff mit beiden Händen um den Lauf des knapp abgefälschten Blasters. Sie spürte die Wärme der Schockwellen, die aus ihm hervorbrachen. Gleichzeitig zerdrückten die Klauen des Generals ihre Rippen.

Sie schrie vor Schmerz, stemmte sich weiter gegen die Waffe und bog sie von sich weg. Nur weg.

Plötzlich ließ die mörderische Umklammerung nach. Verblüfft sah sie nach oben und starrte in die blicklosen riesigen, verschleierten Augen des Mantiden und begriff, dass er tot war. Getötet von seiner eigenen Waffe.

Und sie registrierte zur gleichen Zeit, dass um sie herum die Hölle losgebrochen war. Takashi feuerte und hatte bereits zwei der anderen Bewaffneten ausgeschaltet. Der dritte folgte in diesem Moment.

Der Letzte warf voller Panik die Waffe durch den Raum und ergab sich.

»Captain?«, schnarrte Tongs Stimme in Danas Helm.

Dana schaute sich um. »Wundersamerweise keine Verluste auf unserer Seite, I.O. Vier tote Gegner und ein Gefangener«, sagte sie mit ungläubiger Stimme und sah, wie Qua'la die Brücke verließ. »Takashi, machen Sie sich auf eine dicke Belobigung gefasst.«

»Aye, Ma'am!«

Frost konnte sein Lächeln fast hören.

»Aber wir sind hier noch nicht fertig. Wir müssen D'koh finden!«

»Commander, Qua'la und ich wissen, wo er ist!«, meldete sich Taylor May.

In diesem Moment kehrte Qua'la bereits mit D'koh in die Kommandozentrale zurück.

»Diese Verbrecher haben ihn auch hier auf dem Schiff festgehalten«, sagte Taylor May. »Sie wollten ihn einer Gehirnwäsche unterziehen. Er wäre ihre willenlose Marionette geworden, mit dem Auftrag uns umzubringen, um die Schuld an den Entführungen tatsächlich irgendwelchen oppositionellen Gruppen in die Schuhe schieben zu können.«

»Ich vermute mal, die GP hätte ihn auf frischer Tat geschnappt«, sagte Dana nachdenklich.

»Diesen Triumph hätten sie sich sicher nicht entgehen lassen«, ergänzte Kkiku'h. »Aber noch viel wichtiger wäre für sie gewesen, die politische Stimmung erfolgreich zu Gunsten der Traditionalisten zu beeinflussen.«

»Da dürfte was dran sein«, sagte Dana.

Abseits der anderen sah sie in einer Ecke Qua'la und D'koh, die eng nebeneinander standen und sich zärtlich mit den Fühlern berührten. Dana lächelte.

Auch Klogg'ter war die Szene aufgefallen und näherte sich langsam den beiden.

»Entschuldigt, wenn ich euch störe, aber ich muss euch – speziell dir D'koh – etwas sagen«, klickte er behutsam. »Ich wäre stolz darauf, dich als neues Mitglied unserer Familie begrüßen zu dürfen.«

»Aber dein Bruder! Nein, das geht nicht gut«, stammelte D'kohs Stimme aus den eingeschalteten Translatoren.

»Vergiss ihn. Nach diesen Ereignissen haben Traditionalisten in unserer Familie nichts mehr zu sagen. Und wenn sich herausstellen sollte, dass er auch nur im Entferntesten irgendetwas mit General Krqu'tghuls Verschwörung zu tun hatte, dann hat er erst recht Stimme und Zugehörigkeit zu unserer Familie verloren, das verspreche ich.«

D'koh schwieg, man spürte dem Schweigen seine Unsicherheit an.

»Klogg'ter, ich glaube, wir werden uns anders entscheiden«, sagte nun Qua'la. »D'koh hat auch eine Familie. Und wenn er mit mir zusammen ist, dann sind *wir beide* eine Familie. Ich weiß, dass wir viele Freunde haben.«

Mutig, dachte Dana Frost.

Epilog

Tage später

Die Sternenfaust befand sich auf dem Rückweg in die Solaren Welten, wohin man sie zur persönlichen Berichterstattung befohlen hatte.

»Captain, ich habe hier interessante Nachrichten aufgefangen.« Die Stimme von Leutnant Stein riss Frost aus ihren Gedanken, die in diesen bereits den Bericht schrieb. »Ich dachte, es würde Sie interessieren. Es ist eine Nachricht über Commander Schaffer.«

Dana ahnte nichts Gutes, doch sie sollte sich täuschen.

»Commander Schaffer hat das Wrack der Wilson's Smile entdeckt.«

»Wie bitte?« Das war wirklich interessant.

»Aber das Beste kommt noch. Es gibt Überlebende.«

»Wie bitte? Es ist fünfunddreißig Jahre her, dass die Wilson's Smile verschollen ist!«

»Schaffer hat das havarierte Schiff auf einem merkurgroßen Eis- und Gesteinsbrocken in der Dunkelwolke entdeckt. Sie erinnern sich, das Schiff hatte ähnliche Probleme wie wir mit dem Mandelbaum-Receiver. Den Überlebenden gelang es, sich tief in diesen Gesteinsbrocken hineinzubohren und dort eine Art Kolonie aufzubauen. Entsprechende Geräte, Maschinen zur Lufterneuerung, Apparate zur Wassergewinnung und so weiter hatten sie ja dabei ...«

Frost blickte ihren Ersten Offizier an. »Was sagen Sie dazu? Ausgerechnet Schaffer und seiner Galaxy gelingt eine derart sensationelle Entdeckung ...«

»Nun ja, Captain«, war die Antwort. »Bruder William würde sagen: Den seinen gibt's der Herr im Schlaf.«

Vorschau Band 2

Planet der sieben Monde

Planet der sieben Monde von Alfred Bekker

Die Sternenfaust eskortiert Botschafter Paljanow in das Tardelli-System. Hier soll er mit den Bewohnern des Planeten Heptagon über einen Pakt verhandeln, der es den Solaren Welten ermöglicht, einen weit vorgeschobenen Horchposten zu installieren, um die Kridan auszuspionieren. Doch Captain Dana Frost und ihre Crew werden bereits von den vogelähnlichen Außerirdischen erwartet …
Auf Heptagon trifft Dana Frost zum ersten Mal auf die Hinterlassenschaften einer uralten, machtvollen Zivilisation. Das dürft ihr nicht verpassen!

Der Wächter von Christian Montillon

Der Weltenzerstörer wartete nur darauf, sich zu befreien. Er wollte seinen verderblichen Inhalt ausspeien und die Sterblichen in den Untergang führen. Nur ein Wesen hinderte ihn daran, Kalikora auszulösen und die Flammen zu befreien, die das Universum verbrennen sollten:
Auf der Suche nach dem verschollenen Forschungsraumer Kalkutta erreichen Captain Dana Frost und ihre Crew das Gerohli-System. Auf dem dritten Planeten treffen Sie auf ein Wesen, das sich selbst ›Wächter‹ nennt …

Gefangene der Chaarck von Christian Schwarz

Commander Dana Frost, Captain der Sternenfaust, erhält den Befehl, ins Sternstein-System zu fliegen. Dort gibt es Hinweise auf eine intelligente, der Menschheit noch unbekannte Rasse – die Chaarck. Mit diesen soll sie Kontakt aufnehmen. Der Empfang ist zunächst sehr freundlich. Doch da geraten die Mitglieder der Sternenfaust-Crew zwischen die Fronten, und Dana Frost und ihre Offiziere Michael Tong und David Stein finden sich in der Gewalt der Rebellen wieder.